BAKHITA

Née en 1962, Véronique Olmi est une romancière, comédienne et dramaturge française. Elle est notamment l'auteur de *Bord de mer*, prix Alain Fournier 2002, *Nous étions faits pour être heureux*, *Le Premier Amour*, *Cet été-là*, prix des Maisons de la Presse 2011, et *La Nuit en vérité*. Elle a cofondé le festival théâtral «Le Paris des femmes» en 2012.

Paru au Livre de Poche :

CET ÉTÉ-LÀ

J'AIMAIS MIEUX QUAND C'ÉTAIT TOI

NOUS ÉTIONS FAITS POUR ÊTRE HEUREUX

LA NUIT EN VÉRITÉ

LA PLUIE NE CHANGE RIEN AU DÉSIR

LE PREMIER AMOUR

LA PROMENADE DES RUSSES

SA PASSION

VÉRONIQUE OLMI

Bakhita

ROMAN

ALBIN MICHEL

© Éditions Albin Michel, 2017.
ISBN : 978-2-253-25971-8 – 1re publication LGF

Pour Louis
Pour Bonnie

« Ils nous enlèveront jusqu'à notre nom : et si nous voulons le conserver, nous devrons trouver en nous la force nécessaire pour que derrière ce nom, quelque chose de nous, de ce que nous étions, subsiste. »

Primo LEVI, *Si c'est un homme*

I
DE L'ESCLAVAGE À LA LIBERTÉ

Elle ne sait pas comment elle s'appelle. Elle ne sait pas en quelle langue sont ses rêves. Elle se souvient de mots en arabe, en turc, en italien, et elle parle quelques dialectes. Plusieurs viennent du Soudan et un autre, de Vénétie. Les gens disent : « un mélange ». *Elle parle un mélange et on la comprend mal. On doit tout redire avec d'autres mots. Qu'elle ne connaît pas.* Elle lit avec une lenteur passionnée l'italien, et elle signe d'une écriture tremblante, presque enfantine. Elle connaît trois prières en latin. Des chants religieux qu'elle chante d'une voix basse et forte.

On lui a demandé souvent de raconter sa vie, et elle l'a racontée encore et encore, depuis le début. C'est le début qui les intéressait, si terrible. Avec son *mélange*, elle leur a raconté, et c'est comme ça que sa mémoire est revenue. En disant, dans l'ordre chronologique, ce qui était si lointain et si douloureux. *Storia meravigliosa.* C'est le titre de la brochure sur sa vie. Un feuilleton dans le journal, et plus tard, un livre. Elle ne l'a jamais lue. Sa vie, à eux racontée. Elle en a été fière et honteuse. Elle a craint les réactions et elle a aimé qu'on l'aime, pour cette histoire, avec ce qu'elle a osé et ce qu'elle a tu, qu'ils n'auraient pas voulu entendre, qu'ils n'auraient pas compris, et qu'elle n'a de toute façon jamais dit à personne. *Une histoire merveilleuse*. Pour ce récit, sa mémoire est revenue. Mais son nom, elle ne l'a jamais retrouvé. Elle n'a jamais su comment elle s'appelait. Mais le plus important n'est pas là. Car qui elle était, enfant, quand elle portait le nom donné par son père, elle ne l'a pas oublié. Elle garde en elle, comme un hommage à l'enfance, la petite qu'elle fut. Cette enfant qui aurait dû mourir dans l'esclavage a survécu, cette enfant était et reste ce que personne jamais n'a réussi à lui prendre.

Quand elle est née, elles étaient deux. Deux petites filles pareilles. Et elle est restée le double de sa jumelle. Sans savoir où elle était, elle vivait avec elle. Elles étaient séparées, mais ensemble, elles grandissaient et vieillissaient éloignées et semblables. La nuit surtout, elle sentait sa présence, elle sentait ce corps manquant près du sien, ce souffle. Leur père était le frère du chef du village, à Olgossa, au Darfour. Le nom de ce village et de cette région, c'est les autres qui le lui ont dit, ceux à qui elle a raconté son histoire, et qui ont fait des recoupements avec les cartes, les dates et les événements. À Olgossa, donc, son père les avait exposées, sa jumelle et elle, à la lune, pour les protéger, et c'est à la lune qu'il a dit pour la première fois leurs prénoms, qui rappelaient pour toujours comment elles étaient venues au monde, et pour toujours le monde se souviendrait d'elles. Elle sait que ça s'est passé comme ça, elle le sait d'une façon infaillible et pour toujours. Quand elle regarde la nuit, souvent elle pense aux deux mains tendues de son père, et elle se demande dans quelle partie de cette immensité son prénom demeure.

Le soir à Olgossa, quand le soleil avait glissé derrière les monts de pierre, les hommes et les troupeaux étaient rentrés, les chèvres étaient agenouillées sous les arbres, le cri des ânes faisait une musique fausse, la terre n'était pas encore froide, et autour du feu les gens de son village se rassemblaient. Ils parlaient fort, comme la foule sur les petits marchés. Elle s'asseyait sur le genou de son père et elle posait sa tête contre son épaule. Quand il parlait sa voix faisait vibrer sa peau. Un frisson très long, un frisson qui avait une odeur, une musique, une chaleur. Sa jumelle s'asseyait sur l'autre genou, elle avait la même peur qu'elle dans le soir qui vient. Elle a pensé si souvent à ces soirs-là, la douceur de leur peur protégée. Elle fermait les yeux. Et elle gardait pour elle cet indéfinissable chagrin, impossible à expliquer. Elle n'avait pas le langage pour dire cela, les mots qu'elle connaissait étaient concrets et rudes, à chacun pouvait correspondre un dessin ou une forme, ils ne disaient ni ce qui échappe ni ce qui demeure. C'est dans son regard que l'on pouvait lire le contraste entre sa force et son innocence, dans son regard il y avait, toujours, ce qu'elle avait perdu et ce que sa vie intérieure lui avait permis de retrouver. Sa vie. Qu'elle protégeait comme un cadeau.

Le visage de sa mère devait être beau, puisqu'elle était belle. Puisque toujours elle était choisie pour ça, sa beauté. Sa mère devait être grande, les pommettes hautes, le front large et les yeux noirs, avec cette lueur bleue comme une étoile plantée au milieu. Comme elle. Elle sentait le mil grillé, le sucre amer de la sueur, et le lait. Elle sentait ce qu'elle donnait. Si elle sait que sa mère sentait cela, c'est parce que cette odeur est revenue plusieurs fois, et lui coupait le souffle. Il était terrible de ne pouvoir la retenir, d'en recevoir le choc sans en goûter la douceur. Il était terrible et il était bon aussi de recevoir cette fulgurance, quelques secondes qu'elle devait simplement accueillir, comme un mystère sans chagrin. Des onze enfants que sa mère avait mis au monde, quatre étaient morts. Deux avaient été enlevés.

Elle a cinq ans quand cela arrive pour la première fois. Cinq, six ou sept ans, comment savoir ? Elle est née en 1869. Peut-être un peu avant. Ou un peu après, elle ne sait pas. Pour elle le temps n'a pas de nom, elle n'aime pas écrire les chiffres, elle ne lit pas l'heure sur les horloges, seulement sur l'ombre projetée des arbres. Ceux qui lui ont demandé de raconter *depuis le début* ont calculé son âge en fonction des guerres du Soudan, cette violence qu'elle retrouvera ailleurs, puisque le monde est partout le même, né du chaos et de l'explosion, il avance en s'effondrant.

Elle a cinq ans environ, et c'est la fin d'un monde. Cet après-midi-là porte une lumière qui n'est jamais revenue, une joie tranquille qui vibre et qu'on ne remarque pas. On ne sait pas qu'elle est là. On vit à l'intérieur de cette joie comme des oiseaux affairés, et cet après-midi-là dans son village, les petits jouent à l'ombre du grand baobab, et l'arbre est comme une personne de confiance. Il est le centre et l'ancêtre, l'ombre et le repère. Les vieux dorment, à cette heure du jour. Les hommes ramassent les pastèques, dans les champs. À la sortie du village les femmes battent le sorgho, c'est la musique tranquille d'un village paisible qui cultive ses champs, une image de paradis perdu qu'elle gardera pour se persuader que ça a existé. Elle vient de là, le lieu de l'innocence massacrée, la bonté et le repos. C'est cela qu'elle veut. Venir d'une vie juste. Comme toute vie avant la connaissance du mal.

Sa grande sœur, Kishmet, a quitté le village de son mari pour passer l'après-midi chez eux. Elle a quatorze ans, à peu près. Elle n'a pas emmené son bébé avec elle, sa belle-mère garde l'enfant qui a un peu de fièvre, alors, pour quelques heures, elle redevient la fille de ses parents, elle est avec la jumelle qui fait la sieste, dans la case des femmes. Elle est triste de vivre ailleurs, d'appartenir à son mari et plus à son père, mais elle est fière d'avoir un enfant, ses seins sont pleins, avant de s'endormir la jumelle a bu un peu de son lait, cela les a soulagées toutes les deux.

Le chant des femmes qui battent le sorgho est comme un bourdonnement d'insectes, elle a cinq ans et elle joue aux côtés de sa mère, avec ses petits cailloux. Elle fait ce que font tous les enfants, elle invente, elle donne vie aux objets, aux pierres, aux plantes, elle anime et elle imagine. Ce sont ses tout derniers instants d'innocence. La connaissance va s'abattre sur elle d'un seul coup, et retourner sa vie comme un gant. Sa mère chante un peu plus lentement que les autres femmes, elle entend ce décalage, les pensées de sa mère sont ailleurs, parce que sa fille aînée est venue pour l'après-midi. Bientôt elle sera comme elle. Elle a déjà un bébé. Elle en aura un autre. Et encore un autre. La vie d'une femme mariée. Le chant plus lent de la mère dit la fierté, l'inquiétude discrète. Et la tendresse.

Elle a cinq ans et elle a peur des serpents. Souvent son frère aîné dessine sur le sable de longs rubans avec le bout de son bâton, il rit quand elle crie, c'est un jeu, la farce du frère aîné, et toujours dans son esprit son frère et le serpent seront associés. Elle regrettera ce jeu inégal, les yeux du frère qui guettent sa frayeur et en rient d'avance, ce regard moqueur qu'il avait sur elle et qui lui donnait une petite importance. Cet après-midi-là, c'est au moment où elle voit la trace du serpent que son frère n'a peut-être pas dessinée, qu'elle entend le bruit énorme. Inconnu. Elle ne le comprend pas, mais au même instant, les femmes arrêtent de battre le sorgho, leurs visages se lèvent, elles crient comme si elles étaient déjà devant le malheur, et elles courent le rattraper. Sa mère la saisit sans la regarder, comme un paquet, la fauche comme une herbe et court en hurlant. Et puis l'oublie. La laisse là, soudain, dans le village défiguré, au milieu des flammes, et se précipite dans la case où dorment Kishmet et la jumelle. Alors elle est seule. Au milieu du feu et des morts. En elle se plante la terreur de l'abandon. Elle appelle sa mère. Elle hurle son nom, mais son cri se perd dans le bruit furieux du feu, des coups des hommes qui le battent avec les fourches, les mortiers, renversent les seaux d'eau, et la fumée enveloppe le village et l'étouffe. La petite fille tousse et appelle sa mère, mais ni ses sanglots ni ses bras tendus ne reçoivent de secours.

Quand elle arrive dans la case des femmes, la mère cherche Kishmet et ne trouve que la jumelle. Seule, et vivante. Elle la secoue. L'embrasse. La repousse. La serre contre elle. Des gestes paniqués et sans cohérence. Elle crie à la petite : *Dis-moi ce que tu as vu !* Elle le répète d'une voix aiguë, elle l'ordonne dans des sanglots hystériques, *Dis-moi ce que tu as vu !* La petite reste muette. La mère sait ce qu'elle a vu. Elle sait ce qui s'est passé. Elle-même est née dans la guerre, elle connaît l'organisation de l'esclavage, et elle sait pourquoi on a enlevé sa fille et à quoi elle va servir. Elle voudrait dans le récit de la petite trouver sa dernière image. *Dis-moi ce que tu as vu !* signifie *Dis-moi que tu la vois encore !* Mais la petite ne bouge pas. Elle se tait. Son regard a changé, il porte une connaissance nouvelle, et elle n'a pas encore les mots pour la transmettre.

Cet après-midi-là les ravisseurs étaient arrivés au galop, avec le feu, les fusils, les chaînes, les fourches et les chevaux, et ils ont pris tout ce qu'ils pouvaient. Les jeunes surtout. Les garçons pour les armées, les filles pour le plaisir et la domesticité. Ils ont fait vite, ils ont l'habitude. Ils connaissaient le village, renseignés par des collaborateurs qui leur avaient indiqué le chemin, et qui étaient peut-être du village voisin. Ils savaient ce qu'ils trouveraient.

Les hommes et les femmes d'Olgossa sont arrivés trop tard. Leurs garçons et leurs filles ont tenté de fuir, de se cacher, mais ils ont été pris, blessés, tués, et leurs voix se sont perdues dans le grand souffle des flammes. Il y a des corps démembrés, brûlés, agonisant et gémissant dans de grandes flaques de sang. Il y a des chèvres errantes, des chiens qui pleurent et des oiseaux muets. Il y a des cases défoncées et des fourches à esclaves brisées, qui signent le passage des razzieurs. Le feu court encore de point en point. Il est la signature des négriers.

Le village reste en désordre plusieurs jours, comme un champ après l'orage. Elle ne reconnaît pas sa jumelle et elle ne reconnaît pas l'endroit où elle vit. Olgossa est plein des gémissements des blessés, ça ne s'arrête pas, une répétition de la souffrance, qui tourne comme un appel lent et désespéré. Elle ne reconnaît pas les gens avec qui elle vit. Les habitants ont ramassé les morts et compté les absents. Ils ont découvert des vieux décapités et des enfants amputés. Ils ont découvert le saccage et le pillage, les champs ravagés, les vaches agonisantes, l'eau de la rivière souillée par des cadavres gonflés, tout signe de vie anéanti. Alors les femmes ont griffé leur corps jusqu'au sang et cogné leur front sur le sol en hurlant des sons qu'elle n'avait jamais entendus. Les hommes ont pris leurs lances et leurs tamtams et ils sont partis dans la nuit. Le sorcier est venu et a fait des sacrifices. Après des jours et des nuits, les hommes sont revenus. Sans regarder leurs femmes. Et devant leurs fils aussi, ils ont baissé les yeux. Contre les fusils et la poudre, leurs flèches et leurs arcs n'ont servi qu'à signaler leur présence impuissante. Quelle ironie.

Longtemps le village a gardé l'odeur des corps et de la paille brûlés, et les cendres ont volé plusieurs jours avant de disparaître dans le vent, et quand elles ont disparu, tout était vraiment fini. Mais sur le sable, devant la case des femmes, le corps de la sœur aînée a laissé la trace d'un serpent aussi large qu'une branche de baobab. Elle la voit tout le temps. Même quand les autres marchent dessus. Même quand la pluie change la terre rouge en paquets de boue. Elle voit l'image de son absence brutale et muette. Cet avertissement. Et elle garde la peur nue, celle de ses propres hurlements que sa mère n'entendait pas. C'est un danger nouveau : perdre la protection de sa mère. Une mère qu'elle ne reconnaît plus. Une femme inquiète, nerveuse et sans sommeil.

Bien sûr les habitants d'Olgossa ont hésité à quitter leur village, puisque maintenant il était connu des marchands, et que sûrement leurs agents reviendraient, et puis ils ont pensé à ceux qui l'avaient fait avant eux, qui avaient fui leur village razzié, avaient abandonné leurs plantations, perdu leurs troupeaux, étaient partis pour un ailleurs où ils n'étaient jamais arrivés. On les avait retrouvés morts de faim au pied des collines, dans la plaine et la forêt. Alors les habitants d'Olgossa sont restés. Avec la peur d'aller chercher du bois, d'aller chercher de l'eau, la peur que les enfants s'éloignent, que les femmes soient trop belles, la peur que les fusils et la poudre reviennent au galop. N'importe quand. Le jour. La nuit. Et leur joie est devenue plus incertaine, troublée par le deuil et l'impuissance, et cette méfiance nouvelle pour les étrangers, mais aussi, et surtout, pour ceux qui ne l'étaient pas, et qui avaient indiqué sans faillir où on pouvait les trouver.

Sa mère avait tant d'enfants. C'est comme ça que toujours elle s'est souvenue d'elle, avec des enfants tenant ses mains, ses jambes, gonflant son ventre, suçant ses seins, endormis dans son dos. Un arbre et ses branches. C'est sa mère. Mère de tous les petits, mère aimante et universelle, miroir de toutes les femmes qui ont donné la vie, elle reste jeune et fertile toujours, elle reste aimante et puissante, elle est l'amour sans condition, l'amour absolu et martyr. La *Mater dolorosa*.

Elle a essayé de garder les jolies images de cette mère, des images d'avant la razzia. Ce jour de fête où elle a vu son corps peint en rouge, luisant d'huile, qui faisait une flamme tendue au-dessus du sable. Elle était belle comme une inconnue. Les enfants la suivaient en se tenant la main, avec des rires timides. Le village était toujours plein d'enfants. On grandissait, un enfant dans les bras. Sur la hanche. Dans le dos. À la main. On grandissait en accueillant tous ceux qui venaient après soi, on grandissait pour pouvoir les porter, et cela n'avait pas de fin. Les enfants s'échappaient, s'éparpillaient, allaient libres et nus avec des cris aigus, des rires et des pleurs fugitifs. Et d'autres naissaient déjà.

Pour cette fête, elle s'en souvient, sa mère avait tressé ses cheveux avec des perles rouges, jaunes et bleues, elle avait entouré sa taille et ses poignets des mêmes perles rouges, jaunes et bleues, qui avaient appartenu à ses ancêtres et étaient le signe de leur tribu, leur reconnaissance, comme les peintures sur les corps et les visages, les tatouages des paupières, ces coiffures et ces parures. Ce sont des couleurs qui reviennent, des morceaux d'enfance qui resurgissent et auxquels elle veut croire. Pour cette fête, sa mère avait pris du temps rien que pour elle, et quand elle a eu fini elle lui a dit *Tu es belle*. Alors elle a pensé qu'elle était un bijou à elle toute seule, et elle s'est juré que plus tard elle lui ressemblerait, elle ressemblerait à cette flamme rouge que suivent les enfants.

Les deux années qui ont suivi la razzia, elle pensait qu'elle se marierait, elle aurait des enfants et elle remplirait le grand vide laissé par la sœur aînée. Elle réparerait le malheur. C'est cela qu'elle ferait. Réparatrice de malheur. Pour que sa mère cesse d'être cette femme qui tombe, cette femme aux aguets qui ordonne dix fois par jour de ne pas s'éloigner, de ne jamais parler aux étrangers, de ne jamais suivre les gens qui ne sont pas du village, même les femmes, même les adolescents, c'est une litanie qu'elle n'entend plus, c'est le chant nouveau de la mère.

Elle a sept ans maintenant, et elle sait que derrière les collines, sa sœur aînée et d'autres jeunes filles et d'autres jeunes garçons ont disparu, ils sont devenus des esclaves. Esclave, elle ne sait pas ce que c'est exactement. C'est le mot de l'absence, du village en feu, le mot après lequel il n'y a plus rien. Elle l'a appris, et puis elle a continué à vivre, comme font les petits enfants qui jouent et ne savent pas qu'ils sont en train de grandir et d'apprendre.

Elle a sept ans, elle mène les vaches à la rivière, elle n'y va jamais seule, pas d'éloignement, jamais, mais on a besoin d'elle et ça lui plaît. Elle a sa place. Et son caractère aussi. On dit qu'elle est joyeuse, toujours de bonne humeur, qu'elle ne tient pas en place. Sa mère dit qu'elle est « douce et bonne », alors même quand elle est furieuse, même quand elle est en colère, elle essaye de ressembler à ce que sa mère dit d'elle, « douce et bonne », ça la tient un peu, la ramène à quelque chose de raisonnable, elle qui a une imagination si grande et qui chaque jour invente de nouvelles histoires qu'elle raconte aux tout-petits, des histoires qu'elle mime pour amplifier son récit, avec des gestes et des effets de voix. Elle aime ça, le regard des gamins qui attendent la suite de l'histoire, leurs cris de fausse frayeur, leurs mains posées devant leur bouche, leurs rires de soulagement. Elle aime leur donner ces moments de fantaisie, la fierté qu'il y a à faire surgir les sentiments cachés : la peur et l'espérance.

Elle a sept ans et elle obéit à sa mère qui un après-midi lui demande d'aller chercher de l'herbe à la sortie du village. Elle n'est pas toute seule, elle est avec son amie qui s'appelle Sira, elle se rappelle un nom doux, pourquoi pas Sira. Elle avance en balançant les mains et en chantant sa petite chanson, « Quand les enfants naissaient de la lionne », c'est une chanson qu'elle a inventée et qu'elle chante aux tout-petits. La chanson parle d'une vieille femme qui se souvient qu'avant les enfants naissaient revêtus de poils et armés de dents qu'ils perdaient en grandissant pour devenir de vrais humains. Quand elle invente, elle est esprit, enfant perdu, animal guerrier. Sa propre peur s'apaise toujours avec la fin heureuse de l'histoire.

Cet après-midi-là, son amie Sira marche à ses côtés, elles paressent un peu pour aller chercher cette herbe demandée par la mère, il y a quelque chose d'indolent, le vent s'apaise, le soleil a perdu sa dureté, et c'est peut-être à cause de cette douceur qu'elles sont, Sira et elle, si insouciantes et distraites. Elles voient les deux hommes et elles ne se méfient pas. Ni poudre, ni fusil, ni cheval, ce sont deux hommes dont le village n'est pas si éloigné. Des voisins.

Eux aussi ont été victimes des razzias. Ils ont tout perdu. Peut-être veulent-ils échanger une de ces deux enfants contre une que les négriers leur ont prise et qu'ils espèrent retrouver. Peut-être sont-ils devenus eux aussi, à leur tour, des esclavagistes. Rescapés d'un village razzié, ils cherchent à survivre. Et les deux petites sont seules. Si jeunes. Une petite fille est ce qui se vend le plus cher, avant même un petit garçon. Les enfants entre sept et dix ans sont les plus cotés, et elle, ils voient qu'elle est belle déjà, ils voient ça, cette beauté qui va s'épanouir et vaut vraiment cher. Une beauté de harem. Ils sourient. Ils saluent, dans un dialecte pas si éloigné du sien, et ils attendent un peu, malgré l'impatience ils attendent, ils se parlent tout bas et se mettent d'accord sur la marche à suivre, ils n'en prendront qu'une, ils ne sont plus très jeunes et elles ont l'air robustes déjà, elles doivent se défendre comme des tigresses, une seule c'est moins risqué, la plus belle évidemment, un seul lui parle, pour ne pas l'effrayer, l'autre se tient prêt à intervenir, en cas de résistance.

L'homme demande à Sira de s'éloigner. De s'éloigner un peu. Encore un peu. Plus bas. Sira recule, sans se retourner, elle recule. Il fait signe avec sa main toujours, et elle obéit. Elle s'arrête près de la rivière. Les hommes sont étonnés de la facilité de la chose, les petites ne mouftent pas, ils ne sont pas loin du village, un seul cri et ils auraient déguerpi en vitesse. À elle, l'homme dit d'aller dans le sens opposé, vers le bananier. Elle ne bouge pas. Elle a l'air égaré, presque idiot. Il lui montre le bananier, il dit qu'il faut aller chercher un paquet, elle ne comprend pas. Elle regarde l'arbre. Et elle regarde son amie. Sira sautille d'un pied sur l'autre, sans s'arrêter, et ses yeux

sont immenses. L'homme lui parle plus fort, maintenant. « Il est étranger à notre village. » Elle pense ça,
comme une flèche, cette pensée. Son amie danse plus
vite d'un pied sur l'autre, et ses grands yeux la fixent
en pleurant. Elle sent la peur. Elle est prise dans les
filets de la peur qui circule des hommes à Sira et de
Sira à elle-même. Ses oreilles bourdonnent et sa vue se
brouille. L'homme grimace, elle voit ses dents jaunes,
son sourire est impatient, et l'autre, qui garde la main
sur sa hanche, souffle fort, il est agacé. L'homme
guette, le village n'est pas loin, quelqu'un pourrait
passer, c'est la fin de l'après-midi, ils vont rentrer les
troupeaux, cette gamine est belle mais stupide. Elle
sent le temps se distordre et peser. Elle ne voit pas le
paquet. Elle ne peut pas parler. Elle n'a pas envie de
crier. Elle n'essaye pas de fuir. Elle sent qu'elle glisse,
elle tombe quelque part. Mais elle ne sait pas où. Les
deux poings enfoncés dans la bouche, pliée en deux,
Sira la regarde, et on dirait que son corps va s'enfoncer
dans la terre. Le monde est silencieux et furieux. Le
vent ne souffle plus, le ciel blanc est pris par un seul
et immense nuage, immobile. L'homme insiste. Elle
regarde l'arbre qu'il lui demande d'atteindre. Elle ne
sait pas pourquoi, mais elle le fait. Elle va vers l'arbre.
Les deux hommes la suivent, la rejoignent prudemment, sous le bananier. Le bruit de son cœur. Comme
un tam-tam qui demande le rassemblement. L'homme
qui tenait sa main sur sa hanche sort un poignard et
le met contre sa gorge, de son autre main il couvre
sa bouche, « Si tu cries je te tue ! », cette main est si
grande, elle prend tout son visage, elle sent mauvais,

et le tam-tam cogne dans sa tête, sa poitrine, son ventre, et ses jambes tremblent. Elle ne sait pas ce qui a rendu les hommes furieux. Ils hurlent maintenant dans leur dialecte et le poignard appuie fort sur son cou, elle pense que peut-être ils mangent les petites filles comme eux mangent les gazelles. Ils la traînent comme une gazelle morte, elle est nue, comme les enfants de son village. Ils avancent en la traînant. Olgossa s'éloigne. S'effondre plus vite que sous les flammes.

Elle a marché avec eux jusqu'à la nuit. Et elle n'a pas entendu les gens de son village les poursuivre. Elle n'a pas entendu battre le tambour de la brousse. Elle n'a pas vu surgir son père, puissant et redouté. Elle a continué à marcher, longtemps, le jour déclinait, et elle les attendait toujours. Ils allaient s'inquiéter, ils allaient marcher vite, ils allaient courir et les retrouver. Mais ils ne venaient pas, alors il y a eu cette terreur soudaine, la révélation de ce qu'elle avait déclenché. Elle a vu son village en flammes. Elle a pensé que c'était pour cela qu'ils ne venaient pas à son secours. On prend un enfant et le village brûle et les habitants sont occupés à lutter contre la destruction. Voilà ce qu'elle avait fait. Elle avait désobéi et déclenché la catastrophe, et appeler sa mère, tendre les bras, encore une fois, était inutile. Plus personne ne l'entendait.

Elle a attendu. Elle a beaucoup attendu. Et beaucoup marché. La nuit est arrivée, et après… Après, elle ne l'a jamais raconté. Comme si elle ne s'en était jamais souvenue. *Comme si ça n'était jamais arrivé.* Ça

n'est pas une histoire merveilleuse. *Storia meravigliosa.*
Pour qu'une histoire soit merveilleuse, il faut que le
début soit terrible, bien sûr, mais que le malheur reste
acceptable et que personne n'en sorte sali, ni celle qui
raconte, ni ceux qui écoutent.

La nuit est venue. Elle était seule avec les ravisseurs. Comment raconter ce qu'elle voudrait n'avoir
jamais vécu ?

La marche a duré deux jours et deux nuits. Elle
ne savait pas où était le grand fleuve, où étaient les
villages, ce qu'il y avait derrière la colline, derrière
les arbres, et derrière les étoiles. Alors elle a essayé
de retenir, pour faire le chemin en sens inverse, et
rentrer chez elle. Elle avait peur et elle retenait. Elle
était perdue et elle récitait : le petit ruisseau. L'enclos
avec quatre chèvres. La dune. Les buissons. Le puits.
Deux bananiers. Des ronces. Un chien jaune. Un
âne. Deux ânes. Un palmier nain. Un vieil homme
assis. Des acacias. La dune. Un champ de mil. Un
chemin de cailloux noirs. Un éléphant derrière un
baobab. Des herbes vertes. Des pierres rouges. Elle
recommence. Deux ânes. Un vieil homme assis. Des
acacias. La dune. Elle trébuche. Elle tombe. Le petit
ruisseau. L'enclos. Elle se relève. Un puits. Un chameau. La lune. Elle hésite. Les étoiles : le Chien, le
Scorpion et les trois Étoiles Sœurs. Deux ânes. Non.
Deux palmiers nains. Le champ de mil. Elle entend
le cri grinçant des hyènes. La chaleur s'est changée
en glace dans la nuit qui vient, le vent est froid et

rapide. Le paysage s'efface. Elle est au milieu de l'invisible.

L'entrée d'un village. Un petit chemin de terre, quelques cases, des chiens maigres et les échos d'une vie lointaine. Des hommes sont là, ils parlent entre eux, distraitement et sans passion. Ils saluent les deux hommes, et ils retournent à leurs palabres. Ils ont l'habitude des enfants volés, il y en a partout et tout le temps depuis toujours, ils ne regardent pas la petite fille, il n'y a ni pitié ni curiosité. C'est un soir ordinaire.

Les ravisseurs ouvrent une porte. Ils la jettent. Elle tombe. Sur une terre dure et gelée. Ils referment la porte avec le grand verrou. Elle est terrorisée, et le mot *maman* est tout ce dont elle se souvient, la seule chose qui existe vraiment. Ce mot habite sa tête, sa poitrine, tout son corps. Il se mélange à la douleur, à la grande peur de ce qu'on lui a fait, de ce qu'elle ne comprend pas, il est le seul nom qui lui reste. Un autre lui manque : le sien. La première nuit, les deux hommes lui ont demandé comment elle s'appelait. Elle avait trop peur pour les regarder. Les yeux baissés elle voyait le poignard. Brillant et froid. Comment elle s'appelle. Comment l'appelait sa maman. Comment elle s'appelle. Comment l'appelait son père quand il parlait à la lune. L'un des hommes a posé ses mains sur ses jambes maigres, blessées par les épines d'acacia tout le long de la marche. Comment elle s'appelle. Elle a laissé son prénom près de la rivière. Elle a laissé son prénom sous le bananier. Il disait comment elle était venue au monde. Mais elle ne sait plus comment elle est venue au monde. Elle pleure de panique. Seul le nom de sa mère demeure. Il est partout. Et il ne sert à rien.

Dans la pièce verrouillée où ils l'ont jetée, il n'y a pas de jour, et le soir ne descend jamais. Il n'y a pas de soleil. Pas de lune. Et pas d'étoiles. Le dehors apparaît faiblement, par un petit trou percé en haut du mur. Elle reste là, longtemps. Un mois peut-être. C'est un temps sans rythme, un temps qui ne fait qu'un avec l'angoisse. Elle appelle sa mère et sa mère ne vient pas. Avec tendresse elle la supplie. Elle demande pardon, Pardon je regrette, Pardon je ne le ferai plus, punis-moi, reprends-moi, Pardon. Parfois sa mère apparaît dans ses rêves et ses délires, des apparitions qui la relient aux siens. Est-ce qu'elle se relève la nuit pour la guetter ? Est-ce qu'elle supplie son père de la retrouver ? Est-ce qu'elle la maudit d'avoir agrandi la plaie profonde de son chagrin ?

Parfois elle pense qu'elle va rester là toute sa vie, avec les deux ravisseurs qui le soir viennent avec un peu de pain et d'eau, et leur violence, aussi. Elle va grandir comme ça. Est-ce que c'est possible ? Est-ce que ça arrive ? Être oubliée de tout le monde, sauf de ces deux hommes-là ? N'exister que pour eux ?

Elle est dans la nuit, et il n'y a rien après cette nuit que le recommencement de cette nuit. Elle sent les rats, les poux dans ses cheveux, tout est invisible et menaçant, elle est sale et assaillie, elle porte un corps nouveau, plein de douleur et de honte. Maintenant, on ne s'approche d'elle que pour lui faire du mal. Une présence est une menace. Elle mettra longtemps à ne plus sursauter quand on l'approche, à ne plus avoir peur d'une main qui se tend, d'un regard trop sûr de lui. Elle mettra longtemps à apaiser l'instinct des proies aux aguets, même dans la joie ou le sommeil.

Elle dort repliée en fœtus, suce son pouce et parfois chante sa chanson «Quand les enfants naissaient de la lionne», en posant sa main sur sa poitrine, pour sentir sa peau vibrer comme celle de son père. Sa voix tremble comme l'air au soleil de midi, et sa peau se déchire. Les piqûres des cafards et les morsures des souris y dessinent des signes brûlants qu'elle suit avec les doigts.

Un matin, elle décide de s'évader. Elle trouve en elle la force d'espérer, croire en quelque chose et désobéir. Des jours durant elle gratte la terre, le trou d'argile en haut du mur. Sur la pointe des pieds, le corps tendu, elle gratte tant qu'elle peut. Elle est petite, elle est maigre, mais elle décide de le gratter tout le temps, tous les jours, et alors le trou s'agrandira, elle rentrera chez elle. Elle se découvre une force têtue, acharnée, cette envie de vivre qu'on appelle l'instinct de survie. Il y aura toujours en elle deux personnes : une à la merci de la violence des hommes, et l'autre, étrangement préservée, qui refusera ce sort. Sa vie mérite autre chose. Elle le sait.

Tous les jours elle gratte et elle répète Maman Maman, ce nom la tient, elle est dans le tempo de ce mot répété qui devient un ordre. Très vite, ses doigts saignent. Les croûtes se forment et puis se déchirent, comment agrandir ce trou, avec quoi ? Un matin elle y lance des souris, pour qu'elles l'aident. Mais celles qui ne retombent pas sortent par le trou sans jamais le grignoter. Celles qui retombent ont des cris aigus qui attisent sa peur. Fais-moi toute petite ! elle demande un soir à la lune qu'elle ne voit pas, fais-moi sortir ! Elle pleure et elle se sent disparaître, la vie l'abandonne. Et puis elle se redresse. Quelque chose la tire, la réveille du désespoir. Elle regarde ce trou, et elle lui parle. Il devient son ami. Son ennemi. Un animal à dompter. Un esprit à supplier. Elle le garde devant les yeux même quand elle ferme les yeux. Elle le garde dans sa tête même quand elle dort. Une journée entière elle y frotte ses cheveux. Ses cheveux se cassent. Le trou ne s'agrandit pas. Chaque jour, sur la pointe des pieds, elle le mesure avec ses mains tendues. Il en fait trois. Et jamais plus.

Alors elle trouve un autre moyen de se sauver. Les histoires, maintenant, c'est à elle qu'elle les raconte. Elle imagine parfois que les tout-petits l'écoutent, elle revoit leurs yeux pleins de peur et d'espérance, elle commence l'histoire et elle ne finit jamais, elle ne sait pas où elle s'arrête, tout se dérobe, la fièvre la prend et elle plonge dans le monde d'avant, où elle entend les cris le soir pour ramener les troupeaux. Les appels de sa mère pour venir manger. Les voix cassées des vieilles qui palabrent quand le soleil descend. Elle entend et elle voit tout. Elle installe tout ça autour d'elle, elle change les scorpions, les rats et les fourmis en personnes aimées, elle les nomme, elle les regarde vivre. Un temps, cette autre réalité la sauve de la mort. Et puis le désespoir revient. Elle voit où elle est réellement. Elle n'est plus personne. Elle crie comme un animal abandonné. Elle crie et elle pleure entre le rêve et le sommeil, des voyages entre l'imaginaire et le réel, entre l'enfance et la fin de l'enfance. Elle serre les poings. Le trou d'argile est un œil qui la surveille. Il est en haut. Il ne la délivre pas.

Un matin un des ravisseurs ouvre la porte, il la traîne dehors, et la lumière est comme un couteau. Il y a des voix. Il y a des hommes. Un brouhaha compact, dans une langue qui n'est pas celle de sa tribu. Tout de suite elle comprend que ceux qui sont là ne sont pas ceux de son village. La déception est violente comme le soleil. Elle sent les mains des hommes sur elle et elle ouvre les yeux, des aiguilles blanches qui dansent, et rien d'autre. L'un des hommes soulève ses paupières et il dit qu'elle est malade. Alors le ravisseur prend son menton dans sa main, il la force à ouvrir la bouche et à montrer ses dents. On lui lance un bâton pour qu'elle coure et le ramène, au début elle ne comprend pas. Elle ne va pas le chercher. On la gifle et on recommence. Elle court. L'homme crache quand elle tombe. Ses jambes ne la portent plus, elle tient sur deux bouts de bois tordus. Elle ne comprend pas ce qu'elle doit faire. Elle est affolée. Elle ne sait pas ce qu'ils veulent. On l'inspecte. Partout. Ça lui fait mal et elle ne comprend pas pourquoi toujours on veut lui faire mal. Elle pleure de cette incompréhension et elle pleure de découragement, alors le ravisseur s'énerve, il montre au marchand les muscles de la petite, les mollets et les bras, et surtout il répète qu'elle est belle. *Djamila.* C'est le mot qui la désigne. *Djamila.* Les palabres commencent, les disputes et les rires pleins de morgue. Ses yeux s'habituent à la lumière. Elle voit qu'il y a des hommes et des femmes derrière eux. Un petit groupe qui attend. Elle ne sait pas quoi. Elle écoute la tractation dans une langue qu'elle ne comprend pas, est-ce qu'elle va retourner dans le trou ? Un instant elle espère que ces hommes sont envoyés par son père, puis elle voit l'argent passer de la main de l'homme à celle du ravisseur. Elle voit nettement les pièces. Elle ne veut pas retourner dans le trou, rester avec les ravisseurs, elle préfère partir avec ces gens, elle VEUT partir avec ces gens. Elle écoute et elle comprend quelques mots, qui disent qu'elle a *à peu près sept ans*, qui disent qu'elle s'appelle *Bakhita*. Le ravisseur met l'argent dans une petite bourse et il la pousse vers le groupe qui attend. Elle est terrifiée, mais elle quitte sa prison. Elle ne sait pas que *Bakhita*, son nouveau nom, signifie « la Chanceuse ». Elle ne sait pas qu'elle est prise par des négriers musulmans. À la vérité, elle ne sait rien de tout ce que cela signifie.

Ils sont attachés les uns aux autres. Les hommes devant. Trois. Les chaînes autour du cou, reliées au cou des deux autres. Les femmes derrière. Trois. Les chaînes autour du cou. Reliées au cou des deux autres. Tous sont nus, comme elle. Il y a aussi une petite fille, à peine plus âgée qu'elle, qui n'est pas attachée et à côté de qui on la place, elles sont entre deux gardiens, elles ferment la marche. Elle voit ce cortège, les gardiens ont des fouets, des fusils, les enchaînés marchent sans se plaindre, ils ne l'ont pas regardée, ils ne la regarderont pas. Elle, toute sa vie, cherchera le regard des êtres maltraités, par la vie, le travail ou les maîtres. Elle entre dans le monde organisé de la violence et de la soumission, elle a sept ans et malgré la peur, elle est attentive. Elle ne savait pas que l'on pouvait marcher enchaîné et fouetté. Elle ne savait pas que l'on faisait ça aux hommes. Et elle ne sait pas comment ça s'appelle. Alors elle demande à la petite fille comment ça s'appelle.

— Chut…, lui répond la petite.

— C'est qui ?

Elle répète, plus bas. Mais la petite fait signe qu'elle

ne comprend pas. Elle ne parle pas son dialecte. Elle désigne ces adultes, très jeunes, qui marchent devant elles :

— Eux ! Qui ?

La petite plisse les yeux, elle cherche à comprendre, et puis soudain elle dit :

— *Abid.*

Puis elle la désigne :

— Toi : *abda.*

L'angoisse la fauche comme une gifle. *Abda.* Sa sœur. C'est ça. Ce qui lui est arrivé. *Abda, esclave,* c'est le pire du malheur, *abda,* c'est Kishmet et c'est elle, et soudain c'est réel, ça existe devant elle, c'est là, devant ses yeux, et elle se demande pour la première fois : « Est-ce que Kishmet est LÀ ? » Elle se le demandera toujours.

Elle se revoit perdue dans la fumée du village, appelant sa mère qui ne l'entend pas. Elle regarde les jeunes filles enchaînées, et elle entend sa mère : *Dis-moi ce que tu as vu !* C'est à elle maintenant que sa mère ordonne cela. Alors elle regarde, les corps jeunes déjà courbés, et les cicatrices sur leurs dos, leurs pieds déchirés, et le mot Esclave, le mot de la terreur marche devant elle, la petite à ses côtés se désigne et dit tout bas : « Binah. Bi-nah. » Puis elle la désigne à son tour et lui pose une question qu'elle ne comprend pas mais qu'elle devine. Elle voudrait lui répondre, mais elle ne sait pas comment. Cela fait longtemps qu'on ne lui a pas parlé, et toute langue est maintenant langue étrangère. Elle hésite. Elle regarde les esclaves.

Puis elle passe ses doigts sur ses yeux mouillés, essuie sa morve avec son bras sale et elle dit, pour la première fois, elle se désigne et elle dit : « Bakhita ».

Les jours qui suivent, elle a l'impression de traverser la terre entière. Des plaines et des déserts, des forêts, des cours d'eau sans eau, des marais puants, ils enjambent des crevasses, des sillons dans un sol crevé. Ils gravissent des montagnes. Avec des pierres brûlantes qui bougent sous les pieds et font tomber les hommes chargés comme des ânes, des pierres avec des serpents dessous qui sifflent en levant la tête. Elle se répète son prénom qu'elle déteste et elle tente de faire sa connaissance. « Bakhita ne crie pas quand elle voit la langue dansante du serpent », « Bakhita n'attrape pas la main de Binah quand elle tombe sur les pierres »... Avec ce nouveau prénom, elle a peur que le soleil et la lune ne la reconnaissent pas. Elle essaye de se repérer dans cette nouvelle vie, mais elle ne sait pas où ils vont, ce qui va se passer. Elle sait que son village s'éloigne, elle ne connaît pas ce paysage, tout ce qu'elle voit elle le voit pour la première fois. Le vent est chaud, il fouette ses jambes avec des poignées de sable, et ses piqûres restent longtemps sur la peau, comme les morsures des moustiques invisibles. Il y a des jours où le ciel se remplit d'eau, un ventre énorme et gris au-dessus d'eux, mais personne ne parle à la pluie, personne ne dit les prières et les chants pour qu'elle vienne, alors ils restent avec leur soif, séparés du ciel.

Elle n'est plus dans la prison, elle est dans le monde immense et changeant et elle regarde, avec épuisement et avec avidité aussi. Elle voit des oiseaux aux ailes rouge et bleu qui s'appellent de très loin, se retrouvent, et puis disparaissent vite, comme si on les effaçait du ciel d'un seul coup. Est-ce que ces oiseaux volent vers sa mère ? Est-ce qu'elles peuvent voir les mêmes choses toutes les deux ? Est-ce qu'elle peut lui envoyer ses pensées ? Dans tout ce qu'elle voit, elle la cherche. Un matin, très tôt, elle voit un faucon qui se repose dans le ciel, ses ailes ouvertes comme une main calme, et ce calme la fait pleurer. Il ressemble à sa mère, avant le grand malheur. Elle voit des fleurs qui bougent dans le vent et elle se demande ce que leur danse veut lui dire, mais elle ne le devine pas. Sa mère le sait. Sa mère sait lire les paysages. Elle voit un arbre par terre, renversé par des bêtes sauvages, ses branches plantées dans le sol comme des griffes, et elle pense au tronc du baobab à terre sur lequel les enfants jouent dans son village, et où sa mère s'assoit pour regarder venir le soleil du matin. Elle entend des bêtes courir, elle les entend sans les voir, leurs pas tremblent sous ses pieds, elle pense à sa mère quand elle danse, elle ne la quitte pas, mais au-delà de ces pensées il y a la fatigue et la douleur. La soif qui la fait baver. Et ses pleurs quand elle regarde les femmes attachées, qui ne sont pas sa sœur aînée. Leurs gorges font des bruits d'eau, des toux qui ne sortent pas. Elles râlent et trébuchent, leurs mains bougent sans cesse, leurs doigts tremblent au bout de leurs bras. Leurs cous sont entaillés et gonflés, parfois leurs doigts essayent de repousser la chaîne, toujours elles refont ce geste, ça ne sert à rien, alors elles arrêtent. Et puis elles recommencent. Ça fait rire les gardiens. Ça les agace aussi, ils disent qu'elles ont de la chance d'avoir les mains libres, ça ne va pas durer, et puis ils se servent de leurs fouets, de leurs bâtons ou de leurs poignards, ils brandissent leurs fusils, les femmes ont peur et lorsque l'une tombe ça fait tomber les autres, et c'est un grand désordre, les chaînes les étranglent un peu plus, ce sont des cris et des pleurs, il faut toujours penser aux autres enchaînées, elle, elle pense à sa sœur aînée. Est-ce qu'on lui a fait ça ?

Elle comprend que depuis qu'elle a été enlevée elle n'a pas fait un petit voyage, elle a beaucoup marché, et elle n'essaye même plus d'avoir de repères : les collines, les montagnes, les dunes, les plaines et les forêts, elle ne peut pas apprendre tout ça. C'est le monde, elle le découvre, les dialectes changent, comme les paysages, la forme des cases, les bêtes dans les enclos et celles dans les plaines, les visages des hommes et des femmes, les marques sur leur peau, le noir de leur peau, certains sont tatoués, d'autres sont scarifiés, elle n'a jamais vu ça avant, c'est beau et effrayant. Certains sont grands et fins comme des tiges, d'autres petits comme de vieux enfants, et tous ont l'habitude des caravanes qui passent. Leur village est sur la piste des esclaves, qui vont de zériba en zériba, ces centres disséminés partout dans le pays où l'on rassemble, garde et trie pour les gros marchands à qui ils appartiennent, l'ivoire et les captifs. Plus tard, on les acheminera vers les grands marchés. Dans ces villages traversés, parfois des affaires se concluent, à l'improviste. Ceux qui n'ont pas d'esclave à vendre vendent quelqu'un qu'ils ont volé ou bien un membre de leur famille, Bakhita a vu ça, une fois, dans ce village dépeuplé par la famine, ce jeune homme famélique qui avait proposé une petite fille, défigurée de maigreur. Les gardiens avaient craché au sol, pour qui il les prenait ? Ils avaient cinglé la petite d'un coup de cravache et aussitôt elle était tombée, preuve qu'elle ne valait rien. Bakhita n'avait pas compris qu'elle était la sœur du garçon, c'est Binah qui le lui avait expliqué, qui avait insisté pour qu'elle la croie. Bakhita se bouche les oreilles. Parfois, la connaissance du monde est une grande fatigue. Et puis, l'instant d'après, c'est l'inverse. Elle veut tout voir et tout écouter. Même ce qu'elle ne comprend pas. Elle veut retenir des mots arabes, retenir ce qu'elle voit, ce que la faim et la misère font des hommes. Elle voit la peur d'où surgit la colère, et le désespoir d'où surgit la haine. Elle reçoit tout cela, sans pouvoir le nommer. Le spectacle de l'humanité. Cette bataille qui les déchire tous.

Elle découvre que tous achètent et vendent des esclaves, ne pas en posséder un ou deux est la pire des misères. Elle voit les esclaves dans les champs et dans les maisons, forgerons, miliciens, paysans, ils sont partout, une épidémie d'esclaves, et quand ses gardiens en achètent de nouveaux, des jeunes toujours, c'est chaque fois le même processus : avant d'acheter ils vérifient les dents, les yeux, la peau, dedans, dehors, les muscles, les os, ils lancent le bâton, font tourner, sauter, lever les bras, et parler aussi, des fois. Ils battent les femmes qui pleurent. Qui hurlent quand on les sépare de leurs petits, ou ne hurlent plus. Elles ouvrent la bouche et leur voix habite au fond de leur ventre, dans la glace. Bakhita les regarde et elle pense au bébé de Kishmet, est-ce que c'était une fille ou un garçon ? Elle est abrutie, étourdie par trop de malheurs. Elle est dans cette histoire, *abda*, et elle n'en sort pas, cette histoire effrayante elle n'en sort pas. Elle continue. Elle a peur, elle aussi. Car le marchand achète, et abandonne. Il abandonne ceux que la marche a épuisés, ceux qui toussent, ceux qui boitent, ceux qui saignent, ceux qui tombent, mais Binah et elle, il les garde. Elle veut qu'il les garde. Parce que sans lui, ce sera pire, elle le sait. Être abandonnée par le gardien ne signifie pas être libre, au contraire. Elle sait, depuis son enlèvement, que d'autres hommes peuvent la prendre, la garder et la revendre. Alors elle a peur de se blesser. D'être malade. De montrer sa fatigue ou sa soif. Elle suit la caravane, les hommes devant, les femmes derrière, Binah et elle entre deux gardiens. C'est une longue file nue et désespérée, qui traverse le monde dans une grande indifférence. Elle que son père avait présentée à la lune, elle qui se savait l'invitée de la terre, voilà que l'univers ne la protège plus. Les esclaves passent et n'habitent nulle part. Leur peuple n'existe plus. Ils font partie de cet éparpillement, ce martyre, les hommes et les femmes loin de leurs terres, qui marchent, et souvent meurent en chemin.

La nuit, avant le repos, les gardiens retirent les chaînes et les cadenas autour du cou des hommes et des femmes, et les leur mettent aux pieds. Deux par deux ils sont enchaînés. Ils font pareil à Bakhita et Binah. Ils les attachent ensemble, par les pieds, et elles font tout ensemble. Avec beaucoup de honte. Au début elles n'osent pas se regarder, et à peine se parler. Un soir, la gêne les fait rire, alors elles gardent ce rire et les soirs suivants elles rient à l'avance de ce qu'elles doivent faire ensemble, dans la terre, et même si leurs rires sont plus forcés que sincères, ils donnent à la honte un peu de dignité. Bakhita apprend cela, qu'elle gardera toute sa vie comme une dernière élégance : l'humour, une façon de signifier sa présence, et sa tendresse aussi.

Elles tentent avec Binah de mélanger leurs dialectes, et c'est difficile. Elles y mêlent quelques mots d'arabe, mais les rares mots arabes qu'elles connaissent sont violents et rudes, inutilisables pour ce qu'elles ont envie de se raconter. Elles ont envie de se raconter des histoires d'avant. Dire à l'autre comment c'était avant, quand elles étaient petites (encore plus petites), et ainsi, rester reliée à sa vie, avoir sa propre histoire, avec ses vivants et ses morts. Bakhita comprend que Binah a été prise peu de temps avant elle. Elle aussi veut retrouver sa maman. Elle lui dit que sa sœur aînée n'a pas été prise par les négriers. Elle est morte en mettant au monde un petit garçon. Pour se faire comprendre, elle mime l'accouchement, le bébé et la mort. Bakhita ne comprend pas tout. Elle regarde cette petite fille et elle pense aux enfants à qui elle racontait des histoires, elle voit dans le regard de Binah la même attente. Elle renonce à lui parler de sa jumelle, de son père, du troupeau de vaches qu'elle menait près du ruisseau, de son frère qui dessinait le passage des serpents sur le sable. Et quand Binah lui demande son vrai nom, elle tord sa bouche, elle pince son bras pour ne pas pleurer. Binah, elle, sait comment elle s'appelle. Elle s'appelle Awadir. Elle le dit à Bakhita, comme un secret qu'elle ne doit pas répéter, jamais. La nuit suivante, elles dorment en se tenant la main. Bakhita sent alors une force insoupçonnée, un courant puissant, et cela aussi est nouveau : partager avec une inconnue l'amour que l'on ne peut plus offrir à ceux qui nous manquent.

Un jour, sous la violence d'un soleil blanc, la caravane arrive à Taweisha. Elle n'est plus tout à fait la même. Certains esclaves ont été achetés, d'autres sont morts, et la caravane a été suivie tout le long de sa marche par les hyènes et les vautours qui attendaient que les esclaves les nourrissent. Les malades que les gardiens détachaient et qui agonisaient face au ciel. Ceux qui ne respiraient plus et, subitement, tombaient. Ceux qui suppliaient et que les gardiens assommaient d'un coup de bâton puis laissaient là. La piste de la caravane est marquée de squelettes brisés comme des fagots de bois, nettoyés et blancs. Bakhita a fait connaissance avec une mort sans rites ni sépulture, une mort au-delà de la mort, ce ne sont pas des hommes qui meurent, c'est un système qui vit. Elle a eu peur du cri des hyènes et du vol lourd des vautours, elle ignore que sur d'autres pistes, celles des grandes caravanes, ces animaux, trop rassasiés, ne se déplacent plus. Les esclaves meurent et demeurent dans le grand silence de pistes semblables à des charniers.

Taweisha, ce poste central où ils arrivent enfin après trente jours de marche, est la dernière ville frontière entre le Darfour et le Kordofan. C'est dans cette zériba que les chasseurs d'esclaves conduisent les captifs qu'ils n'amèneront pas eux-mêmes à la côte. C'est la ville de tous les trafics et de la contrebande. Trafic d'eunuques. Trafic d'esclaves échangés ou vendus aux intermédiaires. Contrebande d'ivoire, de plomb, de marchandises, de miroirs, de parfums ; les grandes et les petites caravanes se retrouvent là, gros marchands ou petits bandits, et tout s'évalue, se jauge, se monnaye.

Des cases en paille et des cases en pierre sont accrochées à la colline, là où vivent les habitants. Aux esclaves on réserve, en bas de la colline, de grandes cases sans fenêtres. Quand elle arrive à Taweisha, Bakhita ignore qu'elle intègre l'organisation implacable de l'esclavage. Sa caravane est immédiatement inspectée par deux faroucs, noirs comme l'ébène, noirs comme elle, noirs comme ses ravisseurs, mais esclaves, eux aussi. Ce sont des responsables du camp, les militaires sans qui rien ne peut se faire. Ils sont enviés et protégés, à Taweisha ils possèdent des fermes, ils ont des femmes, des enfants, ils ont des esclaves aussi, de tout jeunes garçons qui ont été enlevés ou se sont portés eux-mêmes volontaires pour les servir et dont la gratitude est immense, ce sont des enfants soldats, sauvés de la misère. Les faroucs parlent avec les gardiens, ils se connaissent bien, c'est une affaire de confiance, d'organisation et de hié-rarchie. Quelques habitants descendent la colline et viennent eux aussi les voir, ils disent des choses dans une langue que Bakhita ne comprend pas, il y a des enfants qui les regardent sans étonnement, parce que ça arrive tout le temps, les esclaves à trier avant de par-tir vers le grand marché. Et puis le silence se fait sou-dain, les corps se redressent, puis s'inclinent, le prêtre musulman, le faki, vient d'arriver. Bakhita devrait baisser les yeux mais elle ne le fait pas, elle est soudain attirée par un tout petit bébé endormi dans les bras de sa mère, habitante de Taweisha. Elle a envie de tou-cher les pieds de ce bébé. Mentalement, elle sort du rang des esclaves, elle quitte le sordide et va vers la vie la plus fragile, la plus neuve. Elle remarque à peine le faki, vénéré et craint, tout de noir vêtu, la longue barbe flottant sur la poitrine, qui vient chercher les petits garçons. Il y a dans les rangs des esclaves alignés des cris et des pleurs, des coups de fouet et des supplications, la peur circule comme un souffle. Bakhita s'absorbe dans la contemplation des pieds de ce bébé, ils sont si petits, elle avait oublié comme c'est beau, un pied, avec ses orteils minuscules et ses ongles presque transparents, ses plis, sa courbure, sa peau fine, elle avait oublié ce pied d'enfant, ce pied qui n'a jamais marché. Le faki continue son choix, il sait que sur les vingt petits garçons qu'il choisit ce jour-là, deux seulement survivront à l'émasculation. La rareté, justement, fait le prix, et rien ne rapporte plus qu'un eunuque. L'air est lourd, la brise soulève la terre sèche avec une paresse pesante. Bakhita avance la main vers les pieds du bébé, sa mère recule en criant, un gardien frappe la petite avec le fouet, il y a un silence avant qu'elle ne pleure, et le bébé pleure à son tour, réveillé par le cri de sa mère. Bakhita ne pleure pas seulement à cause du fouet, cette surprise brûlante, elle pleure les bébés de son village, celui de Kishmet, et celui qu'elle fut et qui a disparu. C'est une détresse sans consolation. La mère et l'enfant s'éloignent. Les vingt petits garçons suivent le faki, il va lui-même les émasculer, exception dont il s'enorgueillit, car on fait faire habituellement par les juifs cette opération qu'aucun musulman ne doit pratiquer, mais les eunuques se font rares et les fakis du Darfour mettent la main à la pâte. Le Darfour, à l'ouest du Soudan, est le nouveau lieu de la traite, un lieu d'asile pour tous les malfaiteurs, la violence dans la violence, l'inhumain dans l'humain.

Bakhita sanglote, et à travers les larmes qui brûlent ses yeux pleins de poussière, elle voit une jeune esclave s'arracher les cheveux en hurlant, Binah explique : « Son petit frère. Frère. À elle. » Elle désigne à Bakhita la file des petits garçons qui suivent le grand prêtre. Ils ne sont pas enchaînés, ils se tiennent la main et avancent tranquillement, le faki leur a dit qu'il les choisissait pour un grand destin, une vie d'élu. Ils ne comprennent pas l'arabe. Mais ils avancent gentiment parce qu'ils ont vu les punitions faites à ceux qui désobéissent, alors ils restent bien sages. L'un d'eux, un bref instant, se retourne vers la fille devenue folle, un simple regard, d'une douceur lointaine.

Après cela, les esclaves deviennent nerveux et commencent à trembler de fatigue sous le ciel blanc et à s'appuyer les uns sur les autres, à se faire mal, à se tirer le cou les uns les autres, les gardiens ont peur que la marchandise s'abîme, ils ouvrent les cadenas pour retirer les chaînes au cou et les mettre aux pieds, ils ouvrent la porte des grandes cases rondes, ils précipitent les femmes dans une case, les hommes dans une autre, ils disent, Pas de fornication, les esclaves ne comprennent pas ce mot, mais qui aurait le cœur à s'unir, lesquels d'entre eux auraient la force de s'accoupler ? Ils ne vivent pas. Ils survivent.

Bakhita comprend vite qu'être dans la case est pire qu'être dehors. Elle retrouve cette oppression, cette vie dans le trou où l'avaient enfermée les ravisseurs, et ici, les scorpions sont gros comme la main, les rats ressemblent à des petits renards. Elle entraîne Binah au fond de la case, elles se tiennent l'une contre l'autre et elle chantonne sa petite chanson « Quand les enfants naissaient de la lionne », elle ne dit pas vraiment les paroles, seule la musique s'échappe de ses lèvres desséchées, elle chante toujours les mêmes notes, elle essaye, une fois de plus, de s'échapper dans sa tête, mais tout autour ça crie et ça gémit, le monde autour est plus fort, elle n'arrive pas à s'en extraire, elle sent Binah contre elle, épuisée et sage, qui a posé sa tête contre son épaule et lui dit : « J'aime ta petite chanson. » Elle ne comprend pas la phrase, elle comprend le sentiment. Et c'est comme ça que dorénavant elle avancera dans la vie. Reliée aux autres par l'intuition, ce qui émane d'eux elle le sentira par la voix, le pas, le regard, un geste parfois.

Elle regarde. Celles avec lesquelles elle vit. Les femmes qui étaient là avant, et les nouvelles venues dont elle fait partie. Elles sont jeunes pour la plupart, il y a d'autres petites filles, elles se regardent, cherchent une des leurs, demandent des nouvelles dans un mélange de dialecte et d'arabe, et puis s'en retournent, déçues et fatiguées, à leur condition de filles à vendre. Ça sent le vomi et la merde, la sueur, le pus et l'urine, le sang menstruel, elles dorment toutes à même le sol, quand elles dorment. Où vont-elles ? Que va-t-on faire d'elles ? Combien de temps cela va-t-il durer ? Elles l'ignorent. On vient chercher les malades, elles sortent et on ne les revoit plus. On vient chercher les plus âgées, elles sortent et on ne les revoit plus. Des jeunes filles sont appelées pour quelques heures, et quand elles reviennent, elles titubent comme des femmes saoules et parlent de se tuer. D'autres racontent des histoires terribles que personne ne veut comprendre et qu'elles ne veulent pas croire quand elles les comprennent. Bakhita entend l'histoire de cette esclave qui n'arrivait plus à suivre sa caravane et que le marchand avait attachée à un arbre par le cou, pour être sûr qu'elle ne se repose pas, être sûr qu'elle meure et que personne d'autre n'en tire bénéfice. Elle n'entend pas le nom de cette jeune esclave, mais elle pense à sa sœur, et elle sait qu'elle aussi a été débaptisée, comment s'appelle-t-elle aujourd'hui ? Un nom musulman pour qu'elle devienne musulmane, mais aussi pour qu'on les confonde toutes, que personne ne retrouve personne, les cartes sont brouillées, elles font partie du grand troupeau. On parle d'esclaves abandonnées, la fourche au cou, par l'acheteur qui n'a plus de quoi les nourrir ; d'esclaves poignardées ou tuées par balle ; on parle de celle dont le bébé a été jeté aux crocodiles et qui a sauté dans la rivière pour le rejoindre ; et aussi de celle dont le ventre plein a été ouvert en deux, parce que les ravisseurs avaient parié sur le sexe du fœtus. Bakhita ne veut plus entendre tous ces récits qu'elle comprend mal. Au-delà de la méfiance qui règne dans la case, de la haine et la folie qui s'emparent des unes et des autres, il y a l'amour pour Kishmet, alors pour un temps très bref, toutes les enfermées lui ressemblent. Celle qui gratte ses joues jusqu'au sang. Celle qui cogne sa tête contre le mur de pisé. Celle qui ne parle plus mais grogne et gémit. Celle qui prie. Celle qui ronfle. Celle qui rit en pleurant. Et cette toute petite fille venue se blottir contre elle, qui refuse de parler et garde les yeux fermés. Bakhita sent battre le cœur de l'enfant, qui a ce tic de frapper son bras avec un doigt, peut-être qu'elle se berce, peut-être qu'elle rythme une histoire, peut-être qu'elle perd l'esprit, comment savoir. Elle est comme un oisillon tenu par un peu de paille, un infime espace de chaleur où trouver du repos, les yeux fermés contre Bakhita, elle respire hors de la peur. Bakhita ne la connaît pas. Ni son nom ni d'où elle vient, comment elle est arrivée là. Elle a quatre ans, peut-être cinq. Bakhita sent que toutes ces femmes enfermées aimeraient faire comme la petite fille. Elle pose sa main sur le crâne de l'enfant et sent son sang battre contre sa paume. Elle se calme à son tour. Elle ose penser à ce qui lui est cher, elle ose convoquer le visage de sa mère. Son rire. Sa voix. Son odeur. Cette autre vie. Quand elle s'appelait. Quand elle s'appelait… Comment s'appelait-elle ? Et sa jumelle ? Et son frère aîné ? Et son amie ? Comment s'appelaient-ils tous ? Elle cherche, et puis s'endort, la petite fille contre elle, qui bave et pousse de profonds soupirs.

Le matin, dans un sursaut, elle se réveille. Le coq vient de chanter pour la première fois. Elle entend l'appel à la prière. Elle est tirée subitement d'un rêve violent, coloré et incohérent. Elle transpire et son cœur bat dans sa gorge. La petite a enlacé ses jambes aux siennes, deux petites jambes maigres et abîmées, elle a les sourcils froncés, la bouche pincée, elle est tendue comme une herbe sèche. Elle a sûrement, elle aussi, un nom musulman. Un nom qui ne dit pas comment était le monde le jour où elles sont nées. Mais leurs pères n'ont pas prononcé en vain les serments à la lune. Leurs pères sont puissants et bons. Et elle a la certitude que son nom oublié vit quelque part, protégé. Elle devine les corps endormis dans l'odeur atroce et les bruits intimes, et elle décide qu'elle veut bien s'appeler Bakhita. Elle décide ça, elle l'accepte. Bakhita. *Abda*. L'esclave. Comme les femmes et la toute petite dans ses bras. Elle dit *oui*. Et puis elle se rendort. Elle glisse dans un rêve dans lequel sa mère la tient contre elle. Elle cherche les mots pour lui dire qu'elle l'aime, la rassurer, mais elle l'aime tant qu'elle ne trouve pas les mots. Pour cet amour-là, il n'y en a pas.

Au bout de quelques jours, on les fait sortir de la case. Pas seulement pour travailler ou servir le plaisir des hommes. On les fait sortir, tous. Les hommes, les femmes. Les jeunes, les tout-petits. Ils sortent. Les morts ont été jetés, et avant qu'ils ne valent plus rien, les malades ont été bradés à quelques colporteurs de passage, reste le premier choix, des jeunes et des enfants, sains et robustes. Ils sortent et ils retrouvent le jour. Les odeurs de pain cuit, de maïs grillé. Les aboiements, le bêlement des chèvres et le cri des ânes, les appels et les voix du village, c'est la vie, et la vie est d'une beauté insoutenable. Bakhita entend le bruit du vent dans les feuilles du baobab, c'est fort et si familier que les larmes lui viennent aux yeux. Elle ne sait pas pourquoi ce qui est beau lui fait tant de peine, pourquoi le désordre de ces feuilles qui tanguent lui serre le cœur. On les bouscule, on les met tous en rangs, et la peur, instantanément, s'empare d'eux. Elle entend pleurer, un peu plus loin devant elle, la petite fille qui dormait dans ses bras. Par-dessus sa plainte il y a le bruit du vent dans les feuilles du baobab. C'est un chant qui enfle, désaccordé. Il fait chaud déjà, et en chaque esclave il y a ce grand découragement à l'idée de repartir, marcher sans mourir.

On va décider de qui partira pour la côte, l'immense marché, Khartoum, là où vivent les trois grands marchands qui se partagent le trafic. Jusque-là ils n'ont fait que passer de main en main, d'intermédiaire en intermédiaire, la destination finale se rapproche. On les inspecte de nouveau, ils sont évalués et répartis par groupes, les faroucs dirigent les opérations, le faki est là aussi, tractations, discussions, éternels palabres. Bakhita sait qu'elle ne doit pas ouvrir grand les yeux, qu'elle doit marcher doucement pour se réhabituer, elle sait qu'elle ne doit pas toucher les pieds des petits bébés, regarder les adultes en face, parler avec Binah, montrer de la fatigue ou demander à boire, elle sait comment elle doit se tenir mais elle a tellement peur d'être séparée de Binah, ses jambes tremblent, de temps en temps leurs doigts se frôlent et disent : *Je ne lâche pas ta main*, elles voient les jeunes hommes et les jeunes femmes partir, les uns après les autres, la caravane se former, ils s'en vont et ça recommence, les clefs et les cadenas, les chaînes, les uns après les autres ils sont choisis, et Binah et elle si on les sépare, elle pense, elle deviendra folle, comme celles qu'elle a vues dans la case, et elle pense à sa mère, encore, «Ma petite fille elle est douce et bonne». Elle est encore sa petite fille. Elle est encore douce et bonne. Elle n'est pas devenue folle. Elle ne va pas le devenir. Elle voit trébucher et partir la toute petite qui dormait dans ses bras, son visage levé et son regard perdu qui cherche une femme à qui se raccrocher. Le groupe s'en va, un nuage de poussière pris dans la lumière aveuglante.

Quand le bruit de la ferraille, des fouets et des ordres s'est éloigné, quand elle n'a plus entendu que les aboiements des chiens qui les suivaient, et puis les aboiements des chiens qui revenaient, ils ne sont pas nombreux à rester à la zériba et parmi eux, il y a elle et Binah. Ensemble, une fois encore, peut-être pour un jour ou deux seulement, mais ensemble. Peut-être y avait-il trop d'enfants dans la caravane qui vient de partir, c'est compliqué, cette marchandise précieuse qui ralentit les expéditions. Elles sont mises de côté pour un autre convoi. C'est une surprise incroyable, ce qui leur arrive c'est le hasard et la joie, l'envie de crier et de frapper dans ses mains, l'envie de sauter sur place, se jeter dans les bras l'une de l'autre et sentir contre son corps, son corps maigre, ses os de petite fille, son odeur d'humidité, d'urine et de poussière, son odeur de vieux qui ne va pas avec la force de ce bonheur furtif. Bien sûr elles ne le font pas. Elles prennent le risque de s'attacher l'une à l'autre, mais sans signe extérieur d'attachement, sans débordement d'humanité.

Le gardien les enchaîne ensemble et les enferme encore, toutes les deux, et elles se parlent. Sans comprendre leurs dialectes, elles comprennent leurs peines. Sans suivre vraiment les récits de l'autre, elles racontent leur désobéissance, leur village, leurs parents, leurs grands-parents, leurs frères et leurs sœurs, leurs cousins, leurs ancêtres, leurs morts, tous ceux qui les attendent, et cela redevient réel, et interminable aussi, comme si elles avaient déjà une si longue vie derrière elles. Elles apprivoisent les mots de l'autre, parfois cela est décourageant et incompréhensible, parfois cela concorde et jaillit, alors elles répètent les mots étrangers, et quand elles se taisent et restent seules avec tout ce qu'elles ont avoué, le chagrin les submerge avec une telle violence qu'un matin, dans un éclat de folie, elles le font, elles décident de cela, elles se le disent : elles vont rejoindre leurs familles. C'est un signe d'inconscience, de jeunesse et de vie. Elles vont s'évader.

Ça dure comme ça trois jours. À parler et à rêver de leurs villages et de leur évasion. Elles font partie d'un monde qui n'a pas disparu, puisqu'elles s'en souviennent, et elles vont y retourner, retourner sur leurs pas, revenir au point de départ. Bakhita s'imagine dans les bras de sa mère, tenue contre elle les yeux fermés, elle sentira son odeur de lait, sa sueur sucrée, sa jumelle sera là, cette autre elle-même qui l'a attendue et grâce à qui elle n'est pas tout entière partie du village, une partie d'elle est *abda*, l'autre est demeurée libre, et tous les soirs se réfugie sur les genoux de son père. L'émotion est un moteur et une paralysie, Bakhita est prise dans les courants contraires du rêve et de l'angoisse, elle se demande si Olgossa existe toujours, si son départ n'a pas mis le feu au village, si les habitants n'ont pas fui ce lieu devenu trop dangereux, est-ce que les lieux existent encore quand on les a quittés ?

Dans leur innocence et leur espoir, leurs dialogues imprécis, Binah et elle s'imaginent que leurs villages sont proches, leurs familles sont ensemble, retrouver l'une c'est retrouver l'autre. Le jour elles travaillent dans une des fermes de la zériba, au milieu d'autres esclaves, de vieilles femmes taiseuses et épuisées, elles sont surveillées par un gardien, et enchaînées. Le soir, dans la case sans fenêtre, elles sont encore enchaînées. Pourtant, elles le savent, elles vont trouver un moyen, l'évasion commence par l'esprit. Le soir, Bakhita chante sa petite chanson, elle l'apprend à Binah au fond de la case qui est pleine d'images, de chants et d'histoires de sa famille, et les contes aussi, elles se les disent, celui du magicien qui répare les filles, et celui de la mère sauvage, cela revient, et les jeux des cailloux et celui de la lune, tout renaît et se rapproche, leur monde va changer, leur monde change déjà.

Et un soir, ça arrive. Le gardien revient des champs avec des épis de maïs plein sa carriole. Il est de mauvaise humeur et très pressé. Il les fait sortir de la case et leur ordonne de trier le maïs, il doit le vendre avant la nuit, elles n'ont pas intérêt à traîner. Pour que ça aille plus vite, il retire leurs chaînes. Elles les entendent tomber. Puis elles sentent leurs pieds bouger sur la terre, leurs chevilles danser, d'avant en arrière, elles peuvent se redresser, se retourner, elles peuvent bouger sans blesser l'autre, leurs jambes sont deux plumes, elles pourraient s'envoler. Ça les fait trembler fort. Ça leur fait presque peur. Parce qu'elles savent. C'est maintenant. Il faut qu'elles le fassent maintenant. Elles n'ont pas besoin de se parler. Il faut obéir et trier le maïs pour ne pas être battues, mais il faut aussi ne pas trier le maïs et s'enfuir. Leurs mains tremblent, elles trient les épis et elles regardent autour d'elles, vite, comme des oiseaux, elles tournent la tête, le maïs, le village, le maïs, les chemins autour du village, les bruits, les odeurs, le monde qui respire, le maïs, le monde qui s'ouvre et se ferme, le maïs, et puis le gardien rentre dans sa case. Il les laisse. Toutes seules. Toutes les deux. Sans les chaînes. Elles entendent l'appel à la prière, et cette voix ne leur fait plus peur, c'est une voix dans le vent, le ciel, ailleurs.

Le cœur de Bakhita recommence son rythme de tamtam, comme lorsque les hommes l'ont enlevée derrière le bananier, c'est le même appel qui tape dans les oreilles et entraîne le corps doucement, cogne, insiste, ne s'arrête pas, cogne, insiste jusqu'au vertige… Elles n'arrivent plus à trier les épis à vendre et les épis à donner aux bêtes, elles les jettent au hasard, n'importe où, elles regardent la porte du gardien, toujours fermée, elles guettent, elles espèrent, le moment où elles vont se mettre à courir. Les enfants jouent sur la colline, leurs cris et leurs rires dans le soir qui vient, les appels des ânes qui attendent leur nourriture, les chiens qui tournent autour des hommes qui vont les nourrir, et c'est une grande chance pour elles que les chiens aient faim. Il y a cette femme, près du puits.

Elle a rempli sa jarre, l'a tirée, l'a posée sur sa tête et maintenant elle reste là. Binah commence à pleurer parce que cette femme reste près du puits, sans raison, toute seule, avec sa fatigue et sa paresse. La porte du gardien est toujours fermée. Un homme passe à côté de sa case, il hésite et puis finalement il ne frappe pas, il repart, il a un chapelet dans sa main, il le fait bouger très vite, il les regarde et il part en balançant son corps, très grand, tordu, et la femme quitte le puits. Il fait sombre. Il n'y a plus personne. Dans le silence elles entendent encore le cri des ânes. Cela ressemble aux sons des cornes de vache dans lesquelles soufflent les musiciens. Cela ressemble à une détresse. Cela ressemble à un signal. Sans se parler, sans se regarder, elles balancent le dernier épi et se prennent la main. Elles courent.

Au hasard. Le plus vite qu'elles peuvent. Elles courent. La nuit vient, et elles courent sur une terre sans ciel et sans lumière, la lune s'est cachée derrière les nuages, l'obscurité les protège. Leurs mains sont serrées, attachées ensemble, et leurs souffles comme le chant des flûtes, elles courent, sans plus penser qu'elles courent, sans plus ressentir ni la fatigue, ni la peur, droit devant, elles fuient. *Je ne lâche pas ta main.*

Elles arrivent dans une forêt. Impossible de courir vite au milieu des arbres et des racines, elles ralentissent. Les arbres sont pleins d'oiseaux qui s'appellent pour la nuit. Il y a dans les branches le bruit de leurs ailes, des claques rapides et désordonnées. Il y a les singes, leurs cris aigus. Les arbres hauts, serrés, si proches les uns des autres, leurs branches montent vers le ciel, aspirées par l'air. Elles marchent vite, longtemps. Et puis elles s'arrêtent. Respirer fait mal. La sueur coule comme la pluie. La bouche est chaude et sèche. Elles ne savent pas où elles sont. Elles ne savent pas dans quel sens elles doivent aller. Il faut continuer.

Et elles marchent dans la nuit qui est un nouveau monde, ramassé et pesant, mais à la fin de ce monde, leurs mères les attendent. Elles ne sentent plus leurs jambes, elles sont au-delà de la fatigue et de la douleur, au-delà de toute pensée. Soudain, il y a une lumière, une lueur qui vient du fond de la forêt, c'est une flamme qui passe entre les arbres sans les brûler, elle est tenue haute et sûre, les petites repartent, de nouveau elles courent, leurs pieds pris dans les racines, et d'un seul coup, la forêt s'allume. Des flammes, il y en a partout, comme si celle qui les suit en avait allumé d'autres, nourries à son feu, et dans la forêt et dans le ciel, ces tremblements jaunes et rouges, la guerre les encercle. Elles courent. Elles tombent, elles se blessent, se relèvent, et juste avant d'être happées par les flammes, elles renoncent à tout, l'incendie a gagné, elles s'arrêtent. Les jambes en sang de Bakhita tremblent comme si un fouet les chassait. Elle reprend son souffle. Elle regarde. La forêt est plongée dans la nuit. Il n'y a plus de flambeaux. Et sûrement il n'y en a jamais eu. Seule l'imagination les a menacées, le délire les a poursuivies. Elles entendent les derniers oiseaux se répondre, les dernières feuilles bruire ensemble, les singes gémir et puis tout, vraiment tout, s'apaise.

Bakhita et Binah sont deux enfants perdues, elles ont tourné en rond, elles ont inventé l'incendie, et dans leur poursuite imaginaire sont revenues sur leurs pas. Elles se tiennent silencieuses et désemparées dans la forêt immobile, se prennent la main, elles sont vivantes. Elles ne se méfient pas quand elles entendent le pas calme et lent approcher. Elles pensent qu'elles imaginent encore, mais bientôt un grognement profond et las s'accorde au pas qui vient. C'est une bête fauve. Patiente. Infaillible. Bakhita pousse Binah contre un arbre et la petite y grimpe, soutenue par la peur, elle monte facilement. Bakhita la suit. Toute sa vie, elle se souviendra de cette nuit. C'est comme un conte, une mythologie. Elle en tirera une fierté dont elle sera un peu gênée, mais qui la ramènera à la sauvagerie réelle d'un Soudan qui fut le sien et qu'elle savait affronter. Toujours les enfants aimeront qu'elle leur raconte. La bête qui va dévorer les petites filles évadées. Ils aimeront imaginer Bakhita petite, endormie dans un arbre, comme les singes et les oiseaux.

Ce qu'elle ne racontera pas aux enfants, ce sont les gémissements de la petite Binah, la terreur. Ce qu'elle ne dira pas, c'est que l'hiver, lorsque les loups de Vénétie hurlent dans les collines alentour, c'est Binah qu'elle entend. Binah qui l'appelle et qu'elle ne sauve pas.

Le matin la forêt les réveille, le tapage des chants des oiseaux, comme si les arbres éclataient, les appels et les cris affamés des bêtes dans le jour qui vient, discordants, furtifs, incessants. La lumière passe à peine entre les troncs serrés, et tout en haut les feuilles ont la couleur transparente de l'eau. L'esprit de la nuit s'est apaisé et leur donne une nouvelle chance. C'est le premier matin sans les chaînes, les gardiens, c'est le premier jour.

Elles cueillent des fruits qu'elles ne savent pas bien ouvrir, dont elles ne connaissent pas le nom, le monde les accueille et les nourrit, c'est une chose dont elles se souviennent, le temps sans menace. L'impatience à retrouver leurs mères les pousse à nouveau, et après deux heures de marche, elles sortent de la forêt et arrivent dans la grande plaine. C'est un paysage large, neuf, elles ont envie de courir sur cette plaine, mais elle est recouverte de petites bosses, on dirait que la terre a bouilli et garde ses brûlures, des milliers de cloques, marcher est difficile et très vite douloureux. Il y a aussi ces arbustes pleins d'épines que le vent pousse vers elles, ils flottent sur leurs jambes et les griffent, elles ne peuvent rien faire pour se défendre et elles marchent malgré tout, elles marchent et le soleil est haut, le ciel brûlant descend jusqu'à elles. C'est le chemin pour retrouver leurs mères, il faut le suivre, et parler à ces mères tout le temps, calmer leur inquiétude, Bakhita raconte à la sienne ce qu'elle a vu, ce qu'on lui a fait, et sa mère lui pardonne. Ce pardon la tient, et tout ce jour d'épines et de chaleur, elle le traverse pour elle.

Le jour se grise, le soir va venir, avec lui la nostalgie et l'appréhension. Elles ne se parlent plus. Elles avancent, déçues sans se le dire, désorientées et hésitantes. Et puis au même moment, toutes les deux, elles l'entendent. La voix humaine. Ça les cloue sur place. Elles s'arrêtent pour la chercher. La plaine est déserte. Elles sont deux petits points noirs dans la main du crépuscule. La voix se rapproche. Elles s'accroupissent derrière des buissons d'épines, et elles guettent. La voix est là. Avec les mots de la colère et de la menace. Le gardien les a retrouvées. Sa voix est portée par le vent. Elles se prennent la main. Binah se met à pleurer, sa main tremble fort dans celle de Bakhita, comme si quelqu'un essayait de les séparer. La voix est tout près maintenant, et c'est la voix du fouet. La voix qui fait peur même quand elle se tait. Elle est revenue souvent chercher Bakhita. Elle venait quand elle dormait. Elle disait qu'elle n'avait pas droit au repos. Elle venait quand elle priait. Elle disait qu'elle n'avait pas le droit d'espérer. Cette voix est là, dans la plaine qu'elles croyaient déserte. Accroupies derrière les épines, elles savent que le gardien va les voir, mais se relever devant lui, elles ne le peuvent pas, se lâcher la main, elles ne le peuvent pas. La tête baissée, recroquevillées, elles l'attendent, et elles font sous elles, plus sales et honteuses que jamais. Le gardien est peut-être au-dessus d'elles maintenant, patient, il jouit de sa colère. Elles ferment les yeux si fort qu'ils en tremblent, elles se mordent les joues, l'intérieur de la bouche scellée, et elles entendent. Les gémissements. Les plaintes. Les toux sifflantes. Bakhita reconnaît le grésillement plein d'eau dans les gorges des femmes. Ce sont les esclaves. Les esclaves qui passent devant elles. Ce sont les esclaves qui reviennent.

Ils avancent dans le bruit lourd des chaînes. Ils se traînent, frappent la terre de leur malheur. C'est le bruit du fer qui claque et gémit dans le vent. La longue file des épuisés et des mourants. Leurs grimaces de douleur et leurs lèvres brûlées. Leurs yeux aveugles. Leur peau déchirée. Et on dirait que ce n'est pas une caravane qui passe, mais une seule personne, une seule douleur qui pose son pas sur la plaine et l'écrase.

Elles regardent passer les esclaves. Et puis elles les regardent disparaître. La voix du gardien s'est évanouie. Ce soir-là le malheur a marché devant elles et les a évitées.

Rester dans la plaine est comme se tenir offertes, trop en vue, elles doivent s'éloigner de la piste des caravanes. Elles n'ont d'autres points de repère que la forêt, alors c'est là qu'elles retournent, découragées et terrifiées par l'obscurité elles retournent sur leurs pas en espérant que leurs pas les mènent quelque part, mais elles ne savent lire ni le ciel ni la terre, et leurs ombres les suivent au hasard.

Binah a mal aux dents et elle gémit en se tenant la joue. Bakhita ne sent plus rien, aucune douleur, son corps est au-delà de la souffrance, un bloc. Elles marchent jusqu'à la nuit profonde, et quand enfin elles entrent dans la forêt, droite et haute comme une reine géante, ça n'est pas un soulagement, mais une grande confusion. Bakhita ne sait pas reconnaître les esprits bienfaisants. Elle regarde la nuit et essaye de se souvenir de ce que sa mère lui racontait du monde, elle a peur que la nuit l'efface, la fasse disparaître. Tout peut arriver. Tout est déjà arrivé. Cette nuit-là elles n'ont pas le courage de dormir encore dans un arbre, avec l'appréhension de tomber, alors elles s'abandonnent à une confiance fataliste, elles se couchent sur le sol. Binah a toujours mal aux dents. Le sable a creusé des plaies dans les pieds de Bakhita, la douleur cogne jusqu'au cœur. C'est la toute petite partie d'elle qui vit encore. Elle est allongée sur les feuilles dures et sèches, sans bouger, sans peur, sans chagrin. Elle dérive. Et soudain cela arrive. Une lumière très fine, une main posée à l'intérieur d'elle, qui prend sa douleur, celle de son âme, et celle de son corps, l'enveloppe sans la bousculer, comme un voile qui se repose. Elle respire sans que ça fasse mal. Elle vit sans que ce soit terrifiant. Elle attend un peu, surprise, elle se demande si cela va durer, cela dure, alors elle s'assied, et elle regarde la nuit. Elle est claire et tremble d'une chaleur qui passe sur elle, et à cette chaleur, elle s'abandonne.

Elle a raconté cette nuit-là. Le feuilleton de sa *Storia meravigliosa* décrit « sa rencontre avec son ange gardien ». Elle, ne nommait pas ainsi cette nuit de la consolation. C'était un mystère et un espoir, c'était surtout une envie de vivre encore, l'interstice par lequel passe la dernière force humaine, avec la certitude fulgurante et violente de ne pas être totalement seule.

Le lendemain, moins assurées, moins innocentes, elles marchent longtemps, elles sortent de la forêt, ce n'est pas la plaine traversée par les caravanes, mais la steppe. Une steppe qui leur paraît immense. À perte de vue. Bakhita gardera toujours le souvenir de cette steppe comme d'un océan, des vagues basses qui n'en finissaient pas, la steppe se déroulait toujours, en marchant elles la faisaient naître encore, elles en perdaient tout repère, c'était, pour ces deux petites filles, un vertige.

Elles trébuchent dans les herbes sans se plaindre. Le vent les bouscule, les évite, puis revient les claquer dans un grand dédain. Les herbes coupent leurs pieds et leurs jambes, elles vont toujours, sous le ciel immense qui n'indique rien. Le paysage ne change jamais, les mêmes heures sous le même ciel vide, elles marchent, les yeux brûlants, les lèvres en sang, et Bakhita sent son corps se rétrécir dans la soif et la faim. Elle sent que la soif est dans ses muscles et sous sa peau. Elle sent que bientôt elle ne sentira plus rien.

Et puis soudain, il y a les champs. Au début, elles n'y croient pas, tout est flou et irréel, ces champs soudain, c'est comme une illusion. Le ruisseau, Binah l'entend avant de le voir, un bruit qui cogne contre le vent, un tout petit bruit qui se mêle à son souffle large, Bakhita, elle, ne l'entend pas. Sans Binah elle serait morte. Sans Binah elle n'aurait pas eu la force de le croire : dans le bruit du vent, il y avait aussi le bruit de l'eau. Elles boivent longtemps, et quand elles n'ont plus soif elles continuent de boire, jusqu'au vomissement elles boivent, comme des chevaux imprudents. Elles boivent et se lavent, sentent le flux glissant et tiède de l'eau, les larmes de reconnaissance se mêlent à l'eau de la rivière. C'est un moment comme avant, qui leur dit que leur enfance n'est pas très loin, leurs familles quelle surprise elles vont leur faire, quel étourdissement cette joie, c'est presque une douleur.

Elles recommencent à marcher et elles retrouvent l'envie de parler, se racontent, encore, ceux qu'elles vont retrouver, les vivants et les morts. Les parents et les aïeux. Bakhita connaît les histoires de Binah, il lui semble qu'elle en a compris certaines entièrement, sa petite sœur à qui elle a appris à marcher et qui s'appelle Mende, le petit chat que son père lui a donné et qui s'appelle Chat, elle, elle veut toujours que Bakhita lui chante sa petite chanson, «Quand les enfants naissaient de la lionne», et leurs souvenirs, compris ou incompris, se mélangent, comme si elles se les offraient pour en avoir plus. Mais le visage de leurs mères. La voix de leurs mères, elles les gardent pour elles, dans une espérance tellement forte qu'elle se tient dans un sanglot. Il ne faut pas redevenir trop vite deux toutes petites filles. Il faut tenir. Avoir du courage. Et de la force pour deux.

Le lendemain est une journée heureuse. C'est le troisième jour, elles sont tout près. Fini la forêt, fini la plaine aux esclaves, fini les herbes mouvantes de la steppe, maintenant il y a les champs, les bêtes, le travail des hommes. Il y a la vie et les signes de la vie. Les villages, elles s'en tiennent éloignées d'instinct. Elles guettent les colporteurs sur leurs petits ânes chargés ou leurs bœufs décharnés, on les entend venir de loin, ils vendent des étoffes, des oignons, de la verroterie, des anneaux de fer ou de cuivre, et parfois des humains, vieux ou malades la plupart du temps, les faibles dont les négriers ne s'encombrent pas, avoir un esclave à vendre rehausse un peu leur commerce, celui qui ne vend même pas ça est vraiment le plus pauvre d'entre les pauvres. Elles commencent à le comprendre. Elles guettent aussi les enchaînés et les hommes seuls, elles ont pris à l'animal la retenue et le pressentiment, elles avancent en observant de loin, elles longent le monde, ce monde qui les attire et les intrigue, et elles se demandent qui verra la première surgir l'arbre de son village. Et soudain, Binah pousse Bakhita du coude :

— C'est pas ta maman, là-bas ? Ta maman ? Là-bas ?

Bakhita ne sait pas où regarder, Binah lui indique une femme qui porte contre sa hanche un enfant qui chante et dans son dos un autre qui dort.

— C'est elle ! Hein ? C'est ta maman ? Ta maman ?

La femme ne ressemble en rien à la maman de Bakhita, ni la taille ni le visage ni la couleur de la peau, et que ferait-elle ici, dans ce village qui n'est pas le sien ? Bakhita désigne un troupeau de vaches à Binah :

— Les vaches de ton village là-bas ? Hein ? Tes vaches ? Là ! Regarde !

Elles se taisent et se mettent à pleurer, découragées et déçues, comme si l'autre ne faisait aucun effort pour reconnaître les siens, comme si l'autre y mettait de la mauvaise volonté. Elles voudraient demander leur chemin mais n'osent pas s'adresser aux étrangers, elles voudraient demander de l'aide mais dès qu'elles ouvriront la bouche on comprendra qu'elles ne sont pas d'ici, mais pourquoi n'y a-t-il nulle part, dans aucune colline, aucun enclos, aucun champ, aucun passant, un seul petit signe de leurs familles ? Tant de monde et rien qui les concerne, après trois jours de marche et de courage, rien qui leur soit familier. Elles marchent encore, et bientôt l'obscurité les accompagne, les mène doucement vers une autre longue nuit dehors. Et soudain, ça apparaît. La stupeur les cloue sur place.

— C'est lui ! dit Binah.

Bakhita le regarde. L'angoisse lui empoigne la gorge. Binah est heureuse, elle répète : « C'est lui ! C'est là ! On est arrivées ! » C'est le feu du village de Binha, le feu de la veillée, qui brûle au loin. Pour

Bakhita c'est autre chose. Depuis la razzia et le village en flammes, le feu, c'est autre chose. Binah lui prend la main, le rire monte en elle, nerveux et camouflé, et elle court, entraînant Bakhita. Bakhita pense qu'il ne faut pas y aller, mais elle cède à l'enthousiasme de Binah, contre sa volonté elle la suit, parce qu'elle aussi, elle a envie de crier Maman ! Et que ce soit possible. Le hurler comme un dernier recours, un chant de victoire, Maman sur tous les tons, un appel, un ordre ! Alors elles courent et le feu troue l'obscurité, et quand elles s'arrêtent un instant pour reprendre leur souffle, un homme s'approche. D'instinct, elles reculent. Elles le regardent avec toute la méfiance et le défi dont elles sont capables.

— Boire ? Un peu ?

Un chien roux a rejoint l'homme qui leur tend une gourde, elles hésitent, à contrecœur elles refusent, il insiste. En tendant le bras au maximum, l'une d'elles s'en saisit. Elles boivent à tour de rôle et c'est presque aussi bon que leur bain dans la rivière. Cela les calme. Les apaise. La fatigue leur tombe dessus d'un coup, dans cet instant de répit, elles rendent la gourde à l'homme, murmurent *choukrane* et s'en vont. Elles se prennent la main et marchent lentement, comme étourdies et écœurées, vers le feu. Le froid descend avec la nuit, et les étoiles apparaissent, lancées là comme un signe de bienvenue, mais lointaines et désordonnées. La lune orange est grosse comme un soleil. Bientôt le petit chien trottine à leurs côtés, elles se serrent l'une contre l'autre, il les accompagne, l'homme le siffle, l'appelle, c'est un chien désobéissant. L'homme est obligé de venir le chercher. Il le corrige d'un coup de pied et demande quelque chose aux petites, dans un dialecte qu'elles comprennent mal. Ses mains, ses yeux, l'intonation de sa voix, il leur pose une question. Mais laquelle ? Bakhita n'aime pas cette voix. Binah a compris, elle répond en désignant le feu qui brûle au loin :

— Là-bas !

L'homme a l'air étonné.

— Maintenant ?

Bakhita tire Binah par le bras.

— Oui, là-bas !

L'homme fait signe que le feu est loin. Elles s'en fichent. Il mime le froid. La nuit. Elles s'en fichent. Il montre les blessures à leurs jambes. Elles s'en fichent. Il désigne la nuit et grogne comme une bête fauve. Comment sait-il ? Comment a-t-il deviné qu'elles connaissent les bêtes fauves ? Que ça leur est arrivé ?

— On n'a pas peur, dit Bakhita.

— Très bien ! répond l'homme en souriant.

Puis, avec les mains jointes sur sa joue il mime le sommeil, et montre sa cabane.

— Vous dormez là et demain, vous irez là-bas.

Elles disent non et elles reprennent leur marche, le feu est vraiment loin, elles ne le quittent pas des yeux, c'est une petite procession, un entêtement d'enfants plus très sûres d'elles, et soudain Bakhita pousse un cri terrifié, elle recule en se repliant sur elle-même, tordue par la peur. Binah ne comprend pas ce qui se passe. Le chien court au-devant d'elles et revient avec le serpent dans la gueule, Bakhita hurle toujours, l'homme frappe son chien, lui ouvre la gueule et jette au loin le reptile à moitié dévoré. Bakhita pleure. L'homme pose sa main sur son épaule.

Dans sa cabane, il leur donne à manger et à boire. Attenante à la masure, il y a une bergerie. Elles entendent le raffut des brebis et des boucs enfermés là pour la nuit. Le chien est assis sur le seuil, il les protège des bêtes et des serpents, elles pensent que c'est lui le gardien du troupeau, un bon chien. L'homme, le berger, leur dit de se reposer un peu dans sa cabane. Demain, dès qu'il fera jour, il les conduira lui-même au village, là où le feu brûle ce soir. Hein ? Demain ? Leur maman ? Elles comprennent ? Elles sont d'accord ? Leur maman ? Il ne veut pas les forcer. Elles peuvent repartir si elles veulent. Elles n'ont pas la force de répondre qu'elles ne veulent pas. Elles s'endorment l'une contre l'autre, d'un sommeil immédiat. Elles sont arrivées au bout de ce qu'elles pouvaient faire, de ce qu'il leur était possible de vivre.

Quand l'homme les réveille au milieu de la nuit, elles ne pensent pas que c'est le milieu de la nuit. Elles pensent que c'est le jour et que l'homme les réveille pour les conduire lui-même au village de Binah. Il fait froid. Les petites émergent du sommeil et elles sont encore dans le monde des rêves, mais elles voient le chien, elles le reconnaissent, lui grogne maintenant en montrant ses crocs. Elles sont réveillées comme par un seau d'eau glacée jeté au visage. Bakhita entend Binah crier. Et puis elle sent. La chaîne autour de sa cheville. En essayant de courir Binah la fait tomber. Elles sont toutes deux à terre. Binah hurle, essaye de ramper, ses mains s'accrochent à la terre gelée, Bakhita attrape sa main, la prend contre elle, la tient fort. Binah sanglote dans ses bras. Bakhita se tait. Elle n'a ni surprise ni peine. Elle n'a plus peur. Elle est aussi haute et froide que les étoiles que la lune pâlit. Elle vit très loin, au-delà de cette nuit, sa petite Binah dans ses bras. Attachée à elle. Encore.

Le souvenir de ce qu'elles ont vécu dans cette bergerie, Binah et elle, est un de ses plus forts traumatismes. C'est une alerte qui se réveillait en elle, un souvenir qui était dans toutes ses peurs et dans beaucoup de ses nuits. Comme une visitation. Le feu à Olgossa, le trou où l'ont enfermée les ravisseurs, et cette bergerie, sont trois abîmes. Les marches de l'enfer. Après que le berger leur a mis les chaînes, elles sont enfermées dans cette bergerie, piétinées, cognées, mordues par des troupeaux entiers de brebis et de boucs qui leur marchent dessus, les étouffent, les cognent, font sur elles ce qu'ils font sur les chemins, et toujours cette chaîne au pied qui creuse leurs mollets et la petite Binah ne bouge que lorsqu'elle sanglote. Bakhita n'a pas de mots pour la consoler. Elles ne se parlent pas. Elles se touchent la main. Elles dorment un peu le jour quand les brebis et les boucs sortent de la bergerie, dorment sur la terre immonde, l'odeur de leurs déjections qui donne envie de vomir, dorment par petits bouts, tiraillées par la soif et la faim, et quand le soleil descend, elles entendent revenir les troupeaux, le bêlement qui se rapproche est une angoisse longue et fine comme une aiguille, et quand les boucs se battent elles reçoivent des coups de corne et elles pleurent de toute cette injustice. Pourtant, traitées comme des bêtes, maltraitées par des bêtes, enfermées, piétinées, attachées, leur personnalité, leurs rêves, et même une partie de leur innocence, ce qu'elles sont, demeure.

Un matin le berger vient les chercher, il les traîne dehors. Combien de jours, combien de nuits ont-elles passé dans la bergerie, elles ne le savent pas. Trois jours ? Dix jours ? Trente ? C'est un cauchemar dans lequel le temps n'a rien à faire. Elles ont été dans ce temps déformé de la violence, à la merci d'un homme cruel, sadique et arriéré. Lorsqu'elles sortent de la bergerie, elles ressemblent plus à deux vieilles femmes qu'à deux petites filles. Leur peau est abîmée, croûteuse et sale, courbées elles se tiennent les mains, leurs ongles cassés elles sortent au jour, mi-humaines mi-animales, avec la même obéissance et le même abrutissement. On les tire dehors, elles ne résistent pas, elles ne pensent et n'anticipent rien, elles obéissent. L'esclavage les a rattrapées une fois encore, comme si toute autre forme de vie avait disparu. La seule vérité, c'est l'esclavage.

Le marchand à qui le berger veut les vendre les touche en grimaçant, Bakhita comprend qu'elles ne valent pas cher. Mais elles sont jeunes, *C'est ce qui se vend le mieux*. Les enfants. On peut les former plus facilement. *Les avoir à notre goût.* On les fait s'accroupir, se relever, s'accroupir encore, on touche leur intimité, et Bakhita a honte d'être si sale, cette honte est le premier signe qu'elle est vivante encore. Quand ils retirent les chaînes pour les regarder marcher, Binah tombe, Bakhita crie son nom, un cri grinçant comme des cailloux, parce que c'est comme ça qu'elle est, pleine de terre et de cailloux. Elle a peur d'être achetée sans son amie. À terre, Binah regarde Bakhita comme si elle la voyait de loin, comme si elle cherchait à se souvenir de qui elle est. La lumière du jour est aveuglante, Bakhita lui tend la main. Binah la regarde sans bouger. Le berger lui donne un coup de pied dans le dos pour qu'elle se relève. Alors elle se recroqueville, tourne un peu son visage vers le ciel en fermant les yeux, et elle reste là. Bakhita lui tend toujours la main. Elle veut entendre encore l'histoire de la petite Mende à qui Binah a appris à marcher. Elle veut lui chanter encore sa petite chanson. Parce qu'elle le sait, si Binah a la force de se relever, elles recommenceront à vivre. Mais si l'une est choisie et pas l'autre, alors l'autre retournera avec les brebis et les boucs. Seule avec eux. Et ça, ça n'est pas possible. Seule avec le berger. Ça n'est pas possible. Le marchand commence à s'impatienter. Derrière lui ses esclaves attendent. Ils tremblent de fatigue et de colère. Ceux qui pleurent sont sûrement ceux qui sont pris depuis peu. Ceux-là sont fouettés sans cesse, même immobiles, même dans l'attente, ils reçoivent le fouet, Bakhita entend le grognement des gardiens à chaque coup, le sifflement du fouet avant qu'il

80

frappe la peau dans un bruit mouillé, et les pleurs qui viennent des hommes, et les pleurs qui viennent des femmes. Elle essaye de les oublier, se penche vers Binah et chuchote : « Awadir », son prénom d'enfant aimée. Binah ouvre les yeux. Elle voudrait que Bakhita lui pardonne, mais elle n'y arrive pas, elle n'en peut plus, voilà. C'est fini. Elle arrête là. Son regard demande pardon, puis ses yeux se referment tout seuls, c'est un renoncement si doux, alors Bakhita oublie le marchand, le berger, les gardiens et le fouet, à la vérité elle s'en fiche, elle est décidée à sauver son amie, elle touche son épaule et lui tend la main avec fermeté, cette main que Binah a si souvent tenue, cette force.

— Ne me laisse pas…, dit Bakhita.

Binah sourit un peu, de désolation.

— Ne me laisse pas toute seule…

Binah hésite, elle voudrait lui sourire et elle n'y arrive pas.

— Viens, s'il te plaît…

Le marchand frappe Bakhita qui recule. Il dit des mots en colère, et il la frappe encore. Bakhita met son bras devant son visage, et quand il cesse de frapper et qu'elle baisse doucement son bras, elle voit, debout devant elle, Binah. Elle s'est relevée et elle attend qu'on l'inspecte. Le marchand se tourne vers elle, crache à terre et grimace en lui palpant les os, le ventre, et puis il tape ses jambes, soulève ses paupières, et quand il tient son menton pour voir l'intérieur de sa bouche, Binah recule, elle a si mal aux dents, sa joue et sa gorge brûlent. Le marchand ouvre sa bouche en grand, on dirait qu'il cherche à ouvrir Binah en deux, l'ouvrir par la bouche, et il enfonce ses doigts dedans. Il tire. Binah ressemble à un petit cheval. Ses yeux sont affolés comme ceux des chevaux quand ils ont peur. Elle grogne et recule mais le marchand la tient fermement par la mâchoire. Il arrache deux dents du fond, deux molaires qu'il jette à terre, et puis les discussions recommencent avec le berger. Binah crache des filets de sang, Bakhita passe sa main dans son dos, elle voudrait lui dire qu'elle va être mieux sans ces dents abîmées, mais elle se tait. Elle pleure. Parce que c'est fini. Elles ne reverront pas leurs mamans. Elle regarde alentour mais bien sûr, dans ce jour lumineux, il n'y a aucune raison qu'un grand feu les attende quelque part. C'est fini, les retrouvailles, et l'espoir des retrouvailles. Le monde est trop grand, trop pauvre, trop avide. Et c'est là, au milieu des palabres du marchand et du berger, les arrangements, les disputes, au milieu des sanglots des hommes et des femmes, des bêlements des moutons, des chants du coq, au milieu de tout ce fouillis, c'est là que Bakhita entend, parmi les esclaves, un bébé pleurer. Instantanément, elle pense que sa mère est avec les esclaves. D'un seul mouvement, elle se tourne vers eux. Elle cherche sa mère du regard, c'est une petite caravane, elle les dévisage tous très vite, et aussi vite elle comprend qu'elle s'est trompée. Elle n'est pas là. Et pourtant. Cela ne la quittera jamais. Toute sa vie, jusqu'au bout de sa vie, quand elle entendra un bébé pleurer, elle croira qu'il est dans les bras de sa mère. Même quand sa mère n'aura plus l'âge d'être une mère. Et puis plus l'âge d'être en vie. Chaque enfant qui pleure sera dans ses bras et attendra sa consolation.

Binah aussi l'entend. Le cri de ce plus petit qu'elle. Toutes les deux, elles ont l'âge des grandes sœurs, l'âge des petites mamans dans leurs villages. Ce bébé est plus fragile qu'elles. Alors Binah se mouche avec ses doigts, prend sur elle pour ne plus pleurer. Le bébé crie toujours, et Binah montre qu'elle peut se tenir droite, comme une grande. Elle respire difficilement, la douleur de sa bouche irradie tout son visage, mais ce bébé lui rappelle l'ordre. Lui, le nouveau venu, fait partie de la caravane, alors elles deux, à sept ans, elles doivent y aller aussi.

Elles sont achetées ensemble, Binah et elle. Une fois de plus. Et une fois de plus, sans les chaînes, elles marchent entre les gardiens. Elles vont. Elles continuent. *Je ne lâche pas ta main.*

Avec la caravane elles marchent sur cette terre du Soudan ouverte sous le ciel immense, et souillée par le troc et le trafic. Elles marchent et Bakhita comprend que le temps de la fuite est un temps perdu, le monde des esclaves est le sien, mais il y a toujours, pour la maintenir en vie, un espoir. Elles vont peut-être passer par leur village. Elles vont peut-être retrouver Kishmet. Elles ne passeront pas leur vie sur les pistes, un jour la marche sera terminée, un jour il y aura autre chose, et autre chose ne peut pas être pire, le pire est déjà vécu. Bakhita suit la piste, longue, sinueuse, dangereuse, comme les dessins des serpents que son frère dessinait pour lui faire peur, et elle décide que plus jamais elle ne les craindra. Celui qui l'a fait hurler la nuit où le berger les a prises était le dernier. Ne plus avoir peur du serpent est comme vaincre le serpent. Et cette résolution, étrangement, la rassure. Elle en est étonnée, elle voudrait la partager avec Binah, mais parler est interdit et elles n'en ont de toute façon pas la force. Tout est concentré sur la marche et le courage qu'il faut pour la faire. Mais cette envie de vivre qui la saisit là, dans cette captivité où elle est moins considérée qu'un âne, est comme une promesse qu'elle se fait : elle veut vivre. Cette pensée est à elle. Personne ne peut la lui prendre. Elle a vu les esclaves abandonnés aux vautours et aux hyènes. Elle a vu les esclaves invendables, et ceux bradés aux miséreux. Elle ne sait pas si elle vaut de l'argent, une chèvre, quatre poules, du sel, des bassines en cuivre, des colliers, des pagnes, une dette, une taxe, elle ne comprend pas contre quoi on l'échange, mais elle sait une chose : elle ne veut pas mourir abandonnée au bord de la route. Alors elle obéit. Elle marche. Elle se concentre sur l'effort. Elle est avec Binah, sauvée de la bergerie et du berger. Elle marche. Et elle a une amie. Une autre vie que la sienne, à laquelle elle tient aussi fort qu'à la sienne.

Mais il y a ce bébé, toujours. Ce bébé qui pleure. Sa mère n'est pas attachée. Elle est très jeune et c'est son premier enfant. Elle a eu tellement peur quand le feu a pris dans sa hutte que son lait ne coule plus. C'est ce que Bakhita comprend dans la rumeur partagée de la caravane. Les négriers ont mis le feu à son village. Comme chez Bakhita. Car c'est partout la même histoire, une répétition de la violence, le feu des fusils et des torches, le feu qui prend les cases et les gens dans les cases, le feu qui dévore les bêtes, les arbres et les champs, le feu qui court plus vite que la vie.

Ce bébé qui pleure, au bout d'un moment, ça empêche Bakhita de respirer. Elle ne peut plus marcher sans perdre l'équilibre. Et elle n'est pas la seule. Ce bébé au milieu de toutes ces chaînes, ces cris, ces coups, tout ce tumulte, on n'entend que lui. Sa maman le tient contre elle. Elle essaye de le bercer mais elle tremble tellement qu'elle saute sur place, et tout en secouant son bébé, elle presse ses seins et essaye de se traire, le bébé attrape ses mamelons, les lâche en hurlant et puis il recommence, sa bouche se tord, il cogne sa tête contre la poitrine de sa mère, il attrape le mamelon et ses pleurs recommencent aussitôt. Le gardien le plus proche, un homme petit, compact comme un bloc de pierre, fouette la mère pour que ça cesse, « Fais-le taire ! Fais-le taire ! », il crie. Il est jeune, mais il a l'âge d'avoir des enfants, il en a peut-être. Et il est réellement incommodé par les cris du bébé. Ou peut-être, se dit Bakhita, peut-être qu'il en a peur. Il lui semble qu'elle voit cela, dans la cruauté de cet homme, la peur.

Des mains se tendent vers la mère, et puis retombent. Des femmes regardent le bébé et puis détournent les yeux dans une grimace de douleur. D'autres sont agacés, comme le gardien, angoissés aussi, ils connaissent l'histoire répétée et appréhendée, écrite à l'avance. Et puis il y a ce tout jeune garçon dont la colère est si forte que si le gardien avait croisé son regard, il aurait brûlé sur place. Il a le crâne rasé, le visage fort déjà, buté et gentil à la fois, le visage d'un grand frère prêt à combattre, mais qui porte encore une tendresse fragile qui l'encombre.

Après avoir marché une longue heure, peut-être deux, la caravane arrive près de champs cultivés. Les villages ne doivent pas être loin. La mère a un petit rire, comme un sanglot. Elle secoue toujours son bébé en pensant le bercer, et son visage se tourne dans tous les sens, de panique elle fait sous elle, le filet de son urine le long de sa jambe elle ne le sent pas, elle cherche tout autour et soudain elle se précipite vers le gardien. Elle a vu la chèvre. Elle dit qu'elle fera très vite, elle ne retardera pas la caravane, elle reviendra en courant. Le gardien la repousse d'un coup de coude dans la tempe. Elle sourit presque, ça ne la décourage pas. On dirait qu'elle ne voit pas ce qui se passe, on dirait qu'elle a perdu la raison. Elle est avec eux et loin d'eux déjà, tellement loin. Elle revient vers le gardien, avec son bébé qui pleure, et elle lui dit que si son fils grandit il pourra en tirer un bon bénéfice. Elle regarde les esclaves, elle veut qu'on l'approuve, oui, c'est une bonne idée, si le bébé prend le lait de la chèvre, s'il ne meurt pas, il vaudra cher. Mais personne ne pense qu'on s'arrêtera pour que la chèvre nourrisse son bébé. Le jeune homme en colère dit très fort des mots que personne ne comprend, sa voix tremble sous la révolte, se cogne aux pierres et s'éteint. Le gardien ne le bat pas. Alors le jeune homme en colère redit, trois fois, ces mots que personne ne comprend, trois fois, en regardant le ciel, mais le ciel ne lui renvoie qu'un soleil féroce. Bakhita et Binah se prennent la main, elles ont peur maintenant, l'habitude du danger humain. Leur ventre se tord d'appréhension. Quelque chose de mauvais flotte et empoisonne l'air. Une jeune femme, mais qui a l'âge d'être sa mère, regarde la maman et lui dit tout bas : *Asfa. Pardon.* Et elle secoue la tête, de désolation, parce que la jeune mère, qui a l'âge de la sœur aînée de Bakhita, quatorze ans tout au plus, ne comprend pas ce qui se passe.

La caravane passe devant la chèvre, devant les champs, le ruisseau, l'espace redevient vide. Et toujours on entend les pleurs du bébé comme un chant ancien, mêlés aux sanglots de sa mère. Cela enveloppe et alourdit les esclaves, tous ils sont recouverts de cette détresse, certains pleurent, tout doucement, avec l'impuissance de ces larmes qui ne servent à rien. Le jeune homme en colère marche plus droit que les autres, comme si cela l'aidait à contenir sa rage, ses yeux regardent droit devant, sa mâchoire est serrée comme un piège qui a eu sa proie. Il semble sans fatigue. Bakhita pense qu'il doit être un bon grand frère et un bon fils. Mais le regarder lui fait presque aussi mal que d'entendre la maman et son bébé. On est peut-être bientôt arrivé, quelqu'un de gentil va l'acheter, quelqu'un qui lui donnera du lait, se dit Bakhita. Ça ne va plus durer très longtemps. Et puis elle voit la colline. Ça la rassure. Le paysage change, c'est bon signe, ils vont arriver ailleurs, un village, peut-être. Mais la colline devient un mur. Ils sont au pied de cette colline, et le paysage c'est elle, et seulement elle. Bakhita lève la tête pour la voir tout entière et elle manque de tomber. Elle est très haute et pleine de rocailles, on dirait un caillou géant qui se serait brisé. Ils marchent pieds nus sur ce caillou éventré. Bakhita regarde la maman, elle marche en regardant son bébé, il pleure moins fort, il gémit et, la tête renversée, reçoit la brûlure du soleil comme une torche braquée sur lui. Bakhita et Binah se soutiennent, se tiennent par le coude, par la main, le poignet, tête baissée, et même les gardiens ont du mal à marcher, ils fouettent sans crier, en grinçant des dents, et quand ils s'arrêtent pour boire, on voit dans le regard de certains esclaves le désir de les tuer. La soif fait mal jusqu'à des endroits que Bakhita ne connaissait pas. Des endroits à l'intérieur d'elle qui se tordent, et ses jambes lui font tellement mal qu'on dirait qu'elles ne sont pas à elle. Le jeune homme en colère regarde le bébé et marmonne tout bas, ses yeux sont deux flammes sombres.

Dans la colline, l'enfant recommence à pleurer. Le chef de la caravane stoppe la marche brusquement. Les enchaînés se bousculent et se cognent les uns aux autres, leurs respirations ont le bruit chaud de la forge. «Fais taire ce débile !» crie le chef à la maman. Elle le regarde avec un étonnement lointain, et met un mamelon dans la bouche du bébé, sa main tremble. «Je n'en peux plus ! Je n'en peux plus !» hurle le chef.

Le bébé pleure plus fort, Bakhita essaye de lui parler, dans sa tête, elle lui envoie du réconfort, des mots gentils et affolés, le soleil cogne si fort que l'air tremble, tout est flou, comme disparu déjà. Le chef s'approche. Il a dit qu'il va le faire taire. Son débile. Son demeuré. Elle, elle ne crie pas. Quand il le lui prend.

Elle ne crie pas, elle ouvre la bouche et sa grimace recouvre tout son visage, comme un masque de guerre. Où trouve-t-elle la force de se jeter sur le chef pour reprendre son fils ? Elle est si jeune et si maigre, jamais on ne penserait qu'elle peut avoir tant de force, son cri est plus puissant qu'elle, et ses poings si violents sur le visage du chef de la caravane. Mais puissante, bien sûr elle ne l'est pas. Et elle ne parvient pas à reprendre son enfant. Elle essaye de l'attraper, elle sautille et elle s'élance, le chef recule en riant. Il tient le bébé par un pied et le fait tourner en l'air, comme une corde pour attraper un animal. Le bébé vomit et puis l'homme l'abat contre une pierre. Le bébé convulse. Ses yeux saignent et il tremble comme le poisson que l'on sort de la rivière. Une esclave tombe à genoux et elle prie en sanglotant. D'autres crient en regardant le ciel.

Bakhita ne comprend pas ce qu'ils disent. Elle a du mal à rester debout, elle sent que Binah tient sa main. Elle sent ça. Et c'est tout. Quand la maman demande au chef de la tuer, elle ne comprend pas non plus. Elle s'est agenouillée et supplie : « Tuez-moi ! Tuez-moi ! » Bakhita ne sait plus ce que ça veut dire. La vie. La mort. Faut-il vraiment rester *ici* ? Ce qu'elle voit, elle ne le comprend pas. Ça arrive et elle ne le comprend pas. Une sidération.

Un esclave crie au chef des mots furieux, d'autres font comme lui, et c'est un bourdonnement de colère, de dialectes, de prières et de révolte. Alors le chef lève son fouet et il frappe la maman, jusqu'à ce qu'elle tombe à genoux, jusqu'à ce qu'il n'y ait plus rien d'elle qu'une grande peau déchirée. Et soudain tous les esclaves se taisent. On n'entend plus que le bruit des coups et les rugissements du chef, suant et bavant de fureur. Le corps de la maman tressaute et puis il s'ouvre sous les coups, et les pierres deviennent rouges. Le bruit du vol des vautours résonne contre les pierres, une claque lourde et lente qui bat l'air chaud. Le jeune homme en colère se plie en deux et il vomit. Les hommes enchaînés à lui doivent se baisser aussi, et on dirait qu'ils se prosternent. Le jeune homme en colère a perdu, sa révolte n'a servi à rien, et il sait que plus jamais il ne sera fier de lui, il sait qu'il est celui à qui on ne demandera jamais de l'aide. *Ila al'amam !* Le chef ordonne de reprendre la marche. Bakhita pleure dans les bras de Binah, elle ne peut obéir. Elle regarde le ciel. Elle voudrait lire un signe quelque part. Elle voudrait qu'on leur ordonne de creuser la terre pour y coucher la maman et son enfant. Elle voudrait qu'on leur ordonne de chanter. Elle voudrait que quelque chose ici, au milieu des pierres, vienne des hommes. *Ila al'amam !* Elle recommence à marcher. Comme les autres. Elle obéit. Elle ne sait plus où sont les vivants et où sont les morts. De quel côté est la vie.

Après trois cents kilomètres de marche, la caravane arrive au centre du Soudan, au grand centre caravanier d'El Obeid, la capitale du Kordofan. La ville vit du commerce de la gomme arabique recueillie sur les acacias, et des esclaves qui vont vers l'Égypte et la mer Rouge. De cette ville où elle arrive épuisée, Bakhita gardera d'abord le souvenir du bruit. Après plusieurs mois de marche, les souks, les appels à la prière, la foule, les bêtes, c'est un contraste violent. Elle se souviendra d'un bruit profond, un fracas de ferraille et de voix, comme si tout se brisait. Un désordre auquel elle ne comprend rien. Elle a soif et elle a mal, ses muscles sont tressés ensemble, comme les feuilles séchées des baobabs, rugueuses et grinçantes. Elle ne voit plus les esclaves avec qui elle a marché, elle les sent autour d'elle, des ombres lourdes, un souffle qui marche quand elle marche, s'arrête quand elle s'arrête, ils sont devenus une seule bête noire et courbée. Une seule bête blessée. Un quart des esclaves sont morts en route. Seule la présence de Binah est réelle.

Dans le souk d'El Obeid, les cris qui viennent des bêtes et ceux qui viennent des hommes sont les mêmes. Une excitation brutale. Ça siffle, ça grogne, ça s'interpelle dans l'air humide, les odeurs se mélangent, le cuir, le tabac, le crottin, les épices, le mouton grillé, ça empoigne la gorge, ça écœure, il y a de la poussière partout, qui vient de la terre, soulevée par les bêtes et le vent, et les hommes se tiennent accroupis sur cette terre de poussière sèche, à côté de ce qu'ils ont à vendre, dans un temps distendu, une attente éternelle. La ville s'étale, perdue entre la terre grise et des nuages désolés. C'est un lieu de passage, de méfiance et de trafic.

Bakhita est projetée là, avec le soulagement d'être arrivée, et l'angoisse de faire partie de cette cohue. Elle a soif. Tous, ils ont soif. Ils sont épuisés et malades, et ils se demandent ce qu'il va se passer. On les enchaîne, ils attendent des heures, au soleil, sans savoir ce qu'ils attendent. Leurs gardiens sont allés se restaurer et parlementer avec les faroucs et se présenter au faki, le séjour s'organise. Au bout de quelques heures on leur porte à boire, et même s'ils savent que ce n'est pas acte d'humanité mais précaution pour ne pas perdre la marchandise, beaucoup remercient. Des hommes solitaires passent devant eux et les observent, évaluent du regard ce nouvel arrivage. L'un d'eux, râblé, ridé, au ventre énorme bombant sous son galibieh, s'approche de Bakhita en lissant sa moustache, elle a un mouvement de recul, mais très vite il se détourne d'elle, attiré par deux petits garçons endormis l'un contre l'autre, qu'il regarde un instant, silencieux, et puis simplement, à reculons, lissant toujours sa moustache, il s'éloigne.

Comme les autres esclaves, Bakhita a peur. Il y a dans chaque regard, chaque rencontre, quelque chose de sous-tendu et de vicié. Pour apprivoiser sa peur, elle se force à regarder la vie devant elle. Elle voudrait comprendre où elle est vraiment, ce monde de l'esclavage organisé, avec les hommes armés qui passent devant eux sans même un regard, les femmes voilées, chargées, qui ne vont jamais seules, les enfants soldats qui marchent avec des fusils plus hauts qu'eux, et puis elle voit passer d'autres enfants, plus jeunes encore, qui ramènent, comme à Olgossa, les troupeaux dans les enclos. Elle ne veut pas penser à son village, penser à son évasion ratée, elle se concentre comme elle peut sur le présent, enchaînée à Binah, entassée avec les esclaves oubliés sous le soleil. Penser à sa famille lui avait donné la force de fuir, à présent cette pensée est un chagrin trop lourd.

Depuis Taweisha, elle sait que cette ville n'est en rien un endroit paisible. Ici tous sont marchands et gardiens d'esclaves, esclaves, femmes ou enfants d'esclaves, esclaves d'esclaves, une vie hiérarchisée, sous le haut commandement du prêtre, lui-même aux ordres des gros négociants. Le respect, c'est à eux qu'il va, les riches et les religieux. Ici les hommes ne sont pas seulement chargés de ce qu'ils ont pris aux villages razziés, ils sont aussi chargés de ce qu'ils ont arraché aux éléphants et aux bêtes sauvages, leurs mulets et leurs chameaux aux dents jaunes portent les trésors de pierres et d'or, ils ont gratté et éventré la terre et les arbres, ils vont vendre les hommes, les cornes et les peaux, le sel, la gomme et le cuivre, par eux le monde a été saccagé, et Bakhita entend le bruit des masses qui cognent le bois pour faire des enclos, celui des bêtes et celui des hommes, prisonniers et innocents pareils.

Au bout d'interminables heures, on vient les chercher. Le soir descend et le froid s'installe avec la pénombre, allié à elle toujours, comme si à l'étouffement du jour ne pouvait succéder que l'excès de la froidure, il y a dans toute chose une violence qui ne capitule jamais. Le marchand, les gardiens et les faroucs commencent le tri. Les femmes d'un côté. Les hommes de l'autre. Les bien portants d'un côté. Les mal en point de l'autre. Les esclaves appréhendent la dispersion, c'est leur vie qui se joue, encore. Les gardiens ont bu, ils ont fumé, et leurs ordres sont brutaux, incompréhensibles et contradictoires. Ils sont pressés, ils ne supportent plus d'avoir à s'occuper encore de ces esclaves, ils leur en voudraient presque de tous ces kilomètres endurés, ils les haïssent de ce travail qui n'en finit pas, il y a dans l'air sombre des relents de fureur et de frustration.

Quelques badauds regardent le tri, ce vacarme, tout ce désordre, et Bakhita reconnaît parmi eux l'homme à la moustache fine et au ventre énorme.

Il s'approche, parle un moment avec un farouc, qui semble être l'agent en chef, et bientôt ce dernier donne un ordre, sa voix est grave et ses mots brefs, on lui obéit vite, on fait venir les deux petits garçons qui dormaient l'un contre l'autre quelques heures plus tôt. Eux, d'emblée, ont peur. Être désigné est toujours être menacé. Il y a la peur instinctive d'être violemment battu, et celle d'être séparé du groupe, comme si être ensemble constituait une sécurité. L'homme, un petit sous-traitant, veut les deux. Il sort l'argent. Le farouc le repousse avec colère. L'homme revient. La dispute commence, jeu habituel, rituel. Les deux petits garçons gémissent en regardant derrière eux les esclaves dont aucun n'est leur parent, mais dont ils ne veulent pas être séparés. Ils se grattent les jambes, les bras, ils reniflent, la panique les gagne. Finalement, et alors qu'il fait quasiment nuit maintenant, le farouc empoche sa commission et donne à l'homme un enfant, pas deux. Petite contrebande habituelle, il rayera le gamin de sa liste, le gros négociant n'y verra goutte. Bakhita a regardé la scène, et elle a compris que les deux petits sont frères. Elle s'attend à des cris, des pleurs, une résistance, mais le petit garçon qui n'a pas été vendu ne dit rien, il cache son visage avec un avant-bras et tout doucement son corps se plie, il se laisse tomber et, replié sur lui-même, sans un bruit, son corps tremble sur la terre fine, son bras toujours devant son visage, il tremble et secoue la poussière. Le gardien le relève d'un seul geste, l'enfant ne pèse pas lourd, il le remet sur pied et le jette au milieu des hommes, le groupe des bien portants, un esclave le reçoit contre lui, comme une balle lancée, de ses deux mains ouvertes il le recueille. Alors, il semble à Bakhita que le cri qu'elle entend au loin n'est pas celui d'un animal, pas celui d'un homme, pas celui de l'autre frère, mais celui d'une douleur pure, qui appelle, au-delà de l'humain. C'est le cri des êtres séparés, mais ce qu'elle veut garder de cette scène, c'est l'enfant recueilli dans les mains de l'esclave.

Elle est désorientée, elle tient la main de Binah, qui l'entraîne avec elle, elles rejoignent le groupe des femmes bien portantes. On va les nettoyer à grands seaux d'eau, les nourrir, les laisser reprendre des forces, le deuxième groupe, celui des malades, sera soigné, avant d'être bradé à quelques Bédouins, le troisième groupe, celui des trop vieux et des trop faibles, est précipité dans une fosse. Dans ce dernier groupe, il y a le jeune garçon en colère, le jeune garçon au regard qui brûle.

Quand ils étaient repartis dans la colline, après avoir abandonné la mère et son bébé, le jeune garçon avait vomi et puis il s'était mis à pleurer, comme un tout-petit. Il n'avait plus de colère, plus de fierté, et plus d'âge. C'était une grande détresse qui faisait honte aux hommes avec qui il était enchaîné. Ils lui ont dit de se reprendre. Il était grand, il avait dû être initié déjà, et sûrement depuis longtemps il ne dormait plus dans la case de sa mère. Mais il ne les entendait pas. Il pleurait en claquant des dents, peut-être avait-il la fièvre, une grande fièvre qui le gelait, à l'intérieur.

Les gardiens se relayaient pour le fouetter à tour de rôle, et alors c'est devenu une habitude, c'était lui et seulement lui qu'ils fouettaient, un coup après l'autre, qui accompagnaient la marche. Il avançait courbé, les genoux pliés, les bras abandonnés le long de son corps cassé. Et après des kilomètres de marche, alors que la caravane descendait l'autre côté de la colline, après avoir dénudé l'os de son épaule et arraché la peau de son dos, le fouet a pris les yeux du jeune homme en colère, qui depuis longtemps n'avait plus de colère.

À El Obeid, plusieurs jours durant, on leur a donné à boire et à manger, on les a lavés, on a tondu ou tressé leurs cheveux, tué leurs poux, coupé leurs ongles, on les a vêtus d'un pagne, on a mis des pommades sur leurs plaies, de l'huile de palme sous leurs pieds, on leur a fait boire des herbes amères et mâcher des racines terreuses, on leur a permis de dormir, maintenant ils peuvent être vendus.

Et un matin, on les expose sur le grand marché. C'est un jour attendu et redouté. La mise en vente. Ils sont entassés dans un hangar, sur un terrain vague, et ils attendent, enchaînés et silencieux, résignés en apparence, terrifiés au fond d'eux-mêmes. Binah est aux côtés de Bakhita, elles ne sont pas les seules petites filles, mais elles se tiennent tout près l'une de l'autre, et personne n'y voit rien à redire, elles sont ensemble, comme un lot. Le fracas des bêtes et des hommes qui gueulent dans l'air rance, les tambours, les appels à la prière, pour Bakhita, tout s'est tu. Les odeurs de peaux tannées et de café, de menthe et de fer brûlé ont disparu. Elle est debout, à moitié nue et à vendre, et elle n'entend ni ne sent rien de cette réalité-là. Au petit matin son esprit s'est envolé haut, comme un oiseau libre, étranger à El Obeid. Elle l'a pris au creux de ses mains et puis elle l'a lâché au-dessus du marché, et elle le voit danser dans le ciel, comme un voile qui bat. Elle le suit avec curiosité, elle a cette capacité à s'imaginer ailleurs, s'échapper d'un corps qui appartient à tous, pour vivre sa vie secrète. Elle est dans le hangar, et elle est avec cet oiseau. Parfois bien sûr, elle entend les hommes. *Djamila.* On la désigne, on la désentrave, elle s'avance, et elle fait ce qu'on lui demande de faire. Comme d'habitude. De face. De dos. Vite. Lentement. Les yeux baissés. La tête renversée. Calme et sans expression. Patiente et obéissante. Parfois les mains sont épaisses et mouillées. Parfois c'est juste un doigt, qui tapote et examine un point après l'autre, comme un bec. Bakhita pense au ciel clair, elle y ajoute des nuages blancs, pour son oiseau, elle dessine, elle lance des traits. On lui demande de parler. Elle parle. Ça fait rire. Elle sourit. Des mouches se posent sur ses lèvres. Elle ferme la bouche. Un bâton écarte son intimité. Elle ajoute un autre oiseau dans le ciel, qui vient rencontrer le sien, et elle se demande ce que ça va donner. *C'est ce qui se vend le mieux. Tant pis pour toi.* Elle retourne à sa place. On l'entrave de nouveau. Le deuxième oiseau, elle n'arrive pas à se concentrer dessus, et il disparaît trop vite.

Après son exhibition, son esprit est dissipé et elle entend ce qui se dit :

— Combien cette négresse ?

Dans la foule, un homme désigne une jeune fille, belle, aux formes généreuses, aux jambes musclées. L'homme qui demande son prix est lui-même esclave, c'est un soldat, un nanti. Ce matin il vient s'acheter une femme. Elle partira en campagne avec lui, servira de domestique et lui donnera des enfants. Il en a déjà onze, de ses deux autres femmes, il est respecté. L'esclave désignée marche devant le milicien, tandis que le marchand vante sa force et sa soumission. Elle sait que si elle devient la femme du milicien, elle aura des enfants qui serviront son armée, des enfants qu'on ne lui enlèvera pas, peu d'esclaves ont cette chance. Le milicien est âgé, il la regarde les yeux mi-clos et la bouche amère, il s'approche et elle sent son haleine de tabac froid et de bière, il hésite, claque sa langue contre ses dents, la touche un peu et subitement demande à en voir une autre, plus jeune, douze ans à peine, presque formée.

— Celle-là c'est une Abyssinienne, dit le marchand. C'est forcément plus cher !

La première esclave est retournée avec les autres. Elle est moins jolie que ne le sont les Abyssiniennes, les plus recherchées et les plus réputées. Elle n'est plus assez jeune pour être formée pour les harems. Elle est trop belle pour servir de simple domestique, travailler aux cuisines ou faire le ménage. Trop fragile pour travailler dans les mines. Elle fait encore partie des esclaves de valeur, peut-être un autre milicien viendra-t-il l'acheter, peut-être aura-t-elle des enfants, toute sa vie ses propres enfants à ses côtés, c'est la seule chose à laquelle elle pense, cet espoir qu'elle s'est inventé, car il faut bien en avoir un, se raconter la possibilité d'une vie. Mais le milicien a déjà négocié avec le marchand, l'affaire s'est vite conclue, à peine l'a-t-il fait marcher et se prosterner qu'il a payé pour l'Abyssinienne, elle est non seulement plus belle, mais aussi plus saine, il est content de son achat, dès ce soir il la mettra dans son lit. Douze ans… Il sourit malgré lui. Un jeune propriétaire terrien s'approche, il regarde l'achat du milicien, il a reconnu la race de la fille, il est un peu écœuré et frustré, même si les prix ont baissé, lui n'a pas de quoi se payer grand-chose, si seulement il n'était pas étranglé par les taxes il s'achèterait aussi une petite fille, mais tout passe dans les champs, toutes ses économies, dès qu'il a une piastre de côté il renouvelle le matériel, des esclaves d'âge mûr qui mourront au bout de quelques années à peine. Depuis que le gouverneur britannique Gordon Pacha, pourtant au service de l'Égypte, tente d'éradiquer la traite, c'est l'apogée, le grand trafic, on ne suit plus le Nil avec les vapeurs pour prendre les esclaves et l'ivoire tout autour du fleuve, on va chercher la marchandise plus loin, en Ouganda, au Sud-Soudan et au Sud-Darfour, un bon vivier le Darfour, mais il faut y aller, traverser les déserts, les rivières infranchissables, on meurt en route à l'aller ou au retour. N'empêche, le pays est gavé de gens à vendre, et lui n'a même pas une gamine dans son lit. Il repart comme il est venu, las et jaloux. Le marchand fait désentraver Binah, un riche négociant organise une fête, il vient chercher quelques cadeaux pour ses invités.

Binah regarde Bakhita, comment faire pour rester ensemble? Bakhita demande à son oiseau imaginaire de protéger son amie, elle lui parle, des mots simples que l'oiseau comprend, elle en est sûre, elle le veut, et l'oiseau plane au-dessus d'elles, ses ailes ouvertes comme une caresse qui va de l'une à l'autre. Le négociant regarde Binah, la touche un peu, il est fatigué à l'avance, elle est belle, oui, mais un brin trop jeune, elle n'y connaît sûrement rien, elle ne sera pas efficace... Ce n'est pas que ses invités n'aiment pas les enfants mais sa prochaine fête il la veut enivrante, débridée, la danse, le chant, les jeux érotiques, cette gamine semble déjà au bord des larmes. Il fait un signe agacé et le gardien reprend la petite. Bakhita vacille, et le mouvement furtif de la main de Binah dans la sienne, elle le confond avec le bec de son oiseau, sa tête si douce, alors elle le remercie, elle incline la tête à son tour. Binah gémit doucement, de soulagement et de fatigue. *Je ne lâche pas ta main.*

Et la vente continue, des heures interminables sous une chaleur indifférente, une fatigue à tomber. L'air est chargé d'angoisse, le vrai nom d'El Obeid, c'est l'angoisse. Le poids de la souffrance humaine leste la ville et la ville est maudite. La vente continue, tout le jour, avec des esclaves achetés, des esclaves bradés, des esclaves séparés et suppliants, les lamentations inutiles. Ça ne servait jamais à rien, dira plus tard Bakhita. Ça ne servait jamais à rien de crier, de pleurer. C'était comme un chant que personne n'écoutait, «le chant des séparés». Le dégoût de soi ne quittait pas les esclaves. L'envie d'avoir un autre corps, une autre peau, un autre destin, et un peu d'espérance. Mais en quoi ?

Le soir descend sur le marché d'El Obeid, l'oiseau blanc n'est plus qu'un point dans un ciel étouffé, Bakhita est en train de le perdre, si elle veut survivre elle doit le retrouver, retourner dans ce monde en marge, mais sa concentration s'épuise, elle bave tant elle a soif, la sueur coule sur sa poitrine et son ventre, les voix des acheteurs se rapprochent avec leurs doigts, les enchères montent, les piastres passent de main en main, ça crie, ça rit aussi, on s'apostrophe et on se moque, on vante, on flatte, Bakhita entend toujours le mot *djamila*, elle est belle, mais à quoi sert la beauté d'une petite fille, si ce n'est à faire la fierté de ses parents, elle ne le comprend pas. Et la peur monte avec la fatigue, tous se tiennent immobiles et serviles, comme face à des fusils braqués.

Soudain Bakhita entend le rire de Binah. C'est une joie affolée, presque une panique, ce rire. Elle ne le comprend pas tout de suite. On retire leurs chaînes. Un homme vient de les acheter. Sans aucune démonstration, il les a achetées. C'est un civil, arabe, grand, large, presque carré, son regard pétille en les regardant toutes les deux, comme s'il venait de faire une découverte amusante. Elle sent furtivement la main de Binah dans la sienne, la petite fille a ce rire idiot et énervé. Elle répète : « Toutes les deux ! On est toutes les deux ! » C'est la fin de la journée. Ceux qui n'ont pas été vendus repartent au camp avec les gardiens. Bakhita et Binah ne les suivent pas.

Bakhita ne comprend pas tout de suite ce que cela signifie. Qu'est-ce qu'elles vont faire avec cet homme ? Pourquoi les a-t-il achetées toutes les deux ? Où est-ce qu'il les emmène ? Il n'y a aucune réponse, c'est une situation inconnue, et elle se dit que Binah a raison. Elles sont ensemble et il ne faut penser à rien d'autre. Furtivement, elle passe une main dans le dos de son amie. Le petit dos se creuse sous l'effet de la surprise, et Binah sourit. Et puis elle a un sanglot, bref, bruyant. Bakhita la regarde, et elle l'aime. Elle sait que c'est un danger. Mais elle l'aime vraiment. Elle regarde le ciel et elle remercie l'oiseau, qui plane si haut maintenant, absorbé par le soir.

Tenues par un garde, elles sortent du marché, elles quittent les souks. Depuis combien de temps n'ont-elles pas marché hors d'une caravane ? L'espace est différent, elles flottent presque dans cet espace clair-semé. C'est une autre vie qui commence, et Bakhita se demande si dans cette autre vie, sa sœur l'attend. Elle tremble de cet espoir qui surgit.

Elles traversent une petite allée de terre bordée d'eucalyptus malingres et de palmiers secoués par le vent du soir. Elles voient les murs hauts et rouges d'une maison, avec des fenêtres sans vitres d'où s'échappe la lumière des premiers chandeliers. Elles voient les terrasses désertes, elles se rapprochent, et la maison leur apparaît comme une montagne, profonde et mystérieuse. Elles comprennent que c'est là qu'elles vont. Pas une case. Pas une bergerie. Cette maison-là. Que vont-elles faire dans cette immensité ?

Le jardin sent les écuries, le poulailler et les giro-flées. Un chat famélique court sur le toit d'une bâtisse, au fond du jardin. Il y a deux petites maisons, au fond du jardin. C'est presque un village, alors ? Des hommes et des femmes passent furtivement, noirs dans le soir, comme des ombres profondes. Est-ce qu'elles vont vivre avec ces gens ?

À la porte d'entrée, un Noir se précipite au-devant de l'homme, il se prosterne, *Ia Sidi*, mon maître, sa voix est atroce, aiguë et enfantine, il ouvre grand la porte de la maison, et à la suite du maître, elles entrent. Dans la montagne profonde.

Elles le suivent à l'étage, la partie réservée aux femmes. Quand elles posent leurs pieds nus sur le sol plat, froid, égal, elles se prennent la main. C'est difficile de marcher sur cette terre sans repères, et quand elles doivent monter l'escalier, la tête leur tourne, c'est comme remonter un torrent, elles pensent qu'elles vont tomber, elles lèvent la tête pour ne pas voir leur reflet sur le sol. Sur le palier de l'étage une femme voilée se précipite, s'incline devant le maître, baise ses mains et disparaît. Lui s'avance, sans un regard, sans un mot, il s'avance, il est le maître des lieux, le propriétaire de la maison. Bakhita et Binah le suivent toujours, le long d'infinis couloirs. Bakhita pense au serpent. «La maison serpent.» C'est comme ça que toujours elle en parlera, et que toujours elle en aura peur. Elles traversent des couloirs jonchés de nattes, des pièces sans porte devant lesquelles sont abandonnées des babouches de soie. Des femmes attendent devant les pièces, d'autres passent portant un plateau, des candélabres, celles qui ont le buste nu lèvent brusquement leur jupe devant le maître et se couvrent le visage à son passage. Celles qui portent des voiles baissent les yeux. Le monde s'ouvre et s'effraye devant le maître. Bakhita et Binah découvrent des objets inconnus, massifs dans la pénombre : divans, fauteuils, tabourets, tapisseries, miroirs, et Binah crie quand elle doit passer devant le renard du désert aux babines retroussées. Ses yeux sont rouges et sa gueule grande ouverte, pleine de dents aussi pointues que des petits poignards. Elle ne passera jamais devant le renard empaillé sans penser qu'il va se réveiller et la déchiqueter. Le jour où elle ne le craindra plus, il se réveillera, comme le font les esprits offensés.

Et puis elles entrent dans la chambre des filles du maître, Sorahia et Radia. À peine plus âgées qu'elles. Allongées sur une ottomane elles mangent des fruits du bout des dents, la pièce a de larges fenêtres sans vitres ni persiennes, l'une donne sur la colline, l'autre sur la place du marché d'où parviennent les derniers cris des chameaux et les hennissements des chevaux. C'est un autre monde déjà, le monde d'en bas, le cœur lointain du trafic, ici la lumière des chandeliers est douce, elle tremble et les moustiques dansent autour d'elle, ça sent le citron, un peu acide, familier, par l'autre fenêtre on peut voir les éclats roses du dernier soleil, un instant Bakhita pense à tous ceux qui sont encore enchaînés, elle, elle est sauvée, mais elle ne saurait dire de quoi.

À l'arrivée de leur père, Sorahia et Radia se sont levées dans un bruit de bracelets et de petits rires, elles vont à lui, qui semble enfin à l'aise, sa voix est douce, sa voix est heureuse. Il désigne Bakhita et Binah :

— Regardez ce que je vous ai ramené du marché !

C'est toujours un petit coup porté au cœur. Une violence qui surprend. Cette façon de parler d'elles, ce ton qui dit plus que les mots, ce dédain et cet appétit, comme si elles étaient sourdes. Totalement idiotes. Est-ce qu'ils vont dire *djamila*, encore, le mot toujours marié à l'argent ?

— *Choukrane, baba !*

Bakhita comprend ce mot, elle le connaît et elle le trouve beau. *Baba.* On a envie de le dire. De le répéter. Un mot qui va si bien avec le soir. Elle lève un peu les yeux et voit par la fenêtre la montagne sombre, un quart de lune pâle s'est posé juste au-dessus. C'est un grand calme, qui contraste avec l'excitation de la chambre. Les deux jeunes filles parlent fort, sautillent et applaudissent :

— Elles sont noires ! Tellement noires !

Elles les font marcher, se tourner, passent un doigt le long de leur peau, grattent un peu, touchent leurs cheveux crépus, poussent des petits cris de frayeur, elles ont envie de les avoir tout de suite. Leur père tempère leur impatience :

— Il faut les préparer ! Elles arrivent tout droit du marché !

Bakhita n'oubliera jamais que c'est au moment où les deux jeunes filles commencent leur caprice :

«Baba, laisse-nous jouer un peu ! Babaaaaa... S'il te plaît... », c'est à ce moment-là qu'il entre. Il entre et tout se fige, l'air cesse de circuler, c'est comme si les fenêtres étaient bouchées. Quand il voit entrer son fils Samir, le maître ne rit plus. Son regard devient gris et il a sur les lèvres une grimace de mépris. Samir a quatorze ans. Il n'a plus le droit d'être du côté des femmes, pourtant il dort parfois dans le lit de ses sœurs, de sa mère, de ses cousines. Il est presque un homme. Bientôt il quittera le harem et descendra au mandara. Ses yeux sont ronds, trop gros, ses yeux débordent de ses paupières, son visage est plein de taches brunes et de cicatrices de varicelle, son visage est une bataille. Il n'a jamais quitté la mémoire de Bakhita, ni son odeur, qui pourrait l'effrayer toujours, même âgée, même ailleurs, un autre continent. Une odeur comme si on avait fait brûler ensemble un animal mort et un fruit amer. C'est une odeur qui vient de la peau mais semble venir de l'intérieur du ventre, comme oubliée et rassise. Tous se taisent, et le silence dit quelque chose. Sorahia est l'aînée. Elle regarde son père avec insistance. Bakhita et Binah instinctivement reculent et demeurent tête baissée. Samir s'approche, il leur tourne autour sans un mot, avec des soupirs agacés. C'est comme être à la vente, encore. Cette frayeur de l'évaluation. Sorahia dit que sûrement son frère aussi a un cadeau. «N'est-ce pas, baba, que Samir aussi a un cadeau ?» Bakhita ne comprend pas tant d'audace. On ne s'adresse pas comme ça à son père. On ne lui commande rien. Elle pense qu'une dispute va éclater et elle a peur. Elle a honte d'être à moitié nue, pleine de la sueur et de la poussière du marché, elle a honte que cette famille montre ses rivalités à deux étrangères. Le silence est brutal. Soudain Sorahia l'attrape par le bras et la jette contre Samir, elle se cogne à son ventre gras, son odeur épaisse. Elle dit :

— Celle-là c'est la plus belle !

Et puis elle la fait tourner sur elle-même, en disant très vite de longues phrases que Bakhita ne comprend pas en entier. Elle tourne comme les moustiques dans la lumière, elle voit la nuit accrochée aux fenêtres, tout ce noir danse autour d'elle, et ce mal de crâne qui lui donne envie de vomir, et quand Sorahia arrête de la faire tourner, elle est aussi étourdie que si elle avait dansé longtemps, une danse qui ne délivre pas, n'appelle rien ni personne, c'est la danse forcée des maîtres. L'odeur de la chair morte et du fruit amer coule en rigoles sur le front de Samir. Bakhita voit ce filet de sueur sur ce visage abîmé, et de nouveau elle baisse les yeux. Sorahia va la former. Elle a compris ça. Sans savoir ce que ça signifie vraiment. Ensuite elle la donnera à Samir, pour ses nuits, avant son mariage. Elle a compris ça aussi. Et ce que ça signifie, elle le sait.

C'est ainsi qu'a commencé la vie au service des maîtres. Celui-là était le premier. C'était un chef arabe, un homme riche qui aimait acheter, trafiquer, connaissait tout le monde et toutes les combines, avait longtemps fait affaire avec le gouvernement égyptien du temps où les razzias servaient à lui payer les taxes et les impôts, il trafiquait maintenant avec les gouverneurs corrompus, ceux-là mêmes qui participaient à l'arrêt de la traite. Il s'était d'abord enrichi avec le commerce de l'ivoire, fier d'avoir formé les jeunes garçons enlevés à leur village et qui devenus adultes comptaient parmi ses braconniers les plus barbares. Lui n'a jamais pris part à aucun carnage, il avait ses lieutenants pour ça, des hommes passionnés, qui ordonnaient à ses esclaves de prendre l'ivoire, mais aussi les enfants, le bétail, les vivres, tout ce qu'ils pouvaient voler ils le volaient, avec la puissance des fusils. Le maître sait ce que coûtent une boule de billard, le manche d'un couteau, un collier. Le meurtre à grande échelle. Il peut convertir une case, un hameau, un village ou un district en kilos d'ivoire, il le fait parfois, quand ses invités le lui demandent, mais avec les détails, tous les détails, le temps de la splendeur et de l'aventure.

Bakhita et Binah ont habité dans la bâtisse réservée aux esclaves femmes, au fond du jardin. Elle masquait la bâtisse minuscule dans laquelle vivaient les esclaves mariés. Bakhita n'a jamais oublié ce couple dont elle a vu naître le troisième fils, enfant de l'esclave Idris et de l'esclave Mina. Selon la loi islamique, le maître avait autorisé ce mariage et les enfants lui appartenaient. Mina était laide, et servait aux cuisines. Qu'Idris l'ait choisie pour femme était sujet de moqueries et il se murmurait qu'il en aurait vite une autre. Mais Idris n'a jamais eu de seconde femme, et ce qui les liait tous deux demeura pour tous un mystère et une moquerie. Bakhita les regardait vivre comme on prend l'air, un endroit où la vie était à hauteur humaine, même s'il y avait cette peur permanente qu'un jour le maître vienne chercher un des petits et qu'on ne le revoie jamais. Ils se retrouvaient parfois le soir, ils allaient partager le repas, nourrir leurs fils, et sûrement Mina chantait des berceuses aux petits pour les endormir. Ça existait. Et elle se souvenait de l'avoir connu. La troisième bâtisse, à côté de celle des femmes, était réservée aux esclaves hommes, Bakhita ne s'en est jamais approchée. Elle entendait parfois des bagarres, violentes, il y avait des rixes, des règlements de comptes, plusieurs soirs de suite, et puis plus rien pendant des semaines. Les bagarres avaient souvent lieu pendant les périodes de ramadan qui étaient si dures. Bakhita se souvient du cri d'un homme, une ou deux fois chaque nuit, il criait, peut-être dans son sommeil, un cri de détresse qui venait d'ailleurs, qui appelait. Personne ne lui répondait ni ne le rabrouait. Il criait, et puis de nouveau, le calme de la nuit.

Le premier soir, quand elles entrent dans la bâtisse des esclaves, sombre, à l'odeur humide de crasse, de légumes bouillis et de tabac, Bakhita instantanément cherche Kishmet. Pénétrer dans ce grand silence rempli de femmes, c'est comme nager au fond de la rivière. Un monde secret et taiseux, peuplé d'espèces différentes. Avant d'avoir vu les deux petites, toutes les esclaves savaient que le maître les avait ramenées du marché pour ses filles. Sans beaucoup d'illusions mais avec toujours cet espoir tenace, elles sont curieuses de les voir. Elles sont peut-être leurs sœurs, leurs filles ou leurs petites-filles. Et si elles ne le sont pas, elles les ont peut-être connues, elles ont peut-être entendu parler d'elles. Elles s'approchent et les touchent, essayent de les reconnaître, d'entendre leur dialecte, de voir les marques sur leurs peaux, elles leur demandent d'où elles viennent, quels villages elles ont traversés, quels maîtres elles ont eus, dans quelles zéribas, et est-ce qu'elles ont vu Awut, celle qui a les signes de l'aigle sur les joues, et Amel, une toute petite avec sa sœur qui chante comme l'alouette bourdonnante, ou Kuol, le bébé qui vient du pays zandé, sûrement pris avec sa mère, très jeune; et le vieil Aneh, qui vient de Maba, un homme sage, avec de longs bras et des mains noueuses, elles l'ont vu? Les mots en dialecte, les mots en arabe, les prénoms inconnus, l'empressement des femmes, c'est à n'y rien comprendre, à tout confondre. Peut-être qu'elles ont vu Awut, Amel, et les bébés et le vieillard, mais elles ne s'en souviennent pas et toutes ces questions, sans les comprendre vraiment, elles les ont déjà entendues en marchant avec les caravanes, et dans le camp de Taweisha, et dans chaque village traversé, ce ne sont plus des questions c'est une litanie d'espoir et de désespoir, des vies volées et puis envolées, des enfants qui n'ont plus rien de l'enfance, un effondrement de toute chronologie et de toute normalité, alors comment se reconnaître, puisque tous se perdent sitôt qu'ils appartiennent à d'autres ? Bakhita n'a rien à répondre aux femmes, mais elle répète le nom de sa sœur, et elle essaye, dans un dialecte qu'elles ne comprennent pas, de leur dire que sa sœur a seize ans, elle vient d'Olgossa, au Darfour, c'est une Dajou et elle s'appelle, enfin elle s'appelait Kishmet. Les femmes haussent les épaules et s'éloignent. Elle vient de loin et elle n'apporte rien d'autre que son ignorance. Bakhita pense à la maman et à son petit écrasé sur les pierres. Est-ce qu'il s'appelait Kuol ? De quel pays venait-il ? Cette histoire-là elle ne la racontera jamais à personne. Et le jeune garçon en colère qui n'avait plus de colère, elle ne laissera jamais aucune femme penser qu'il était peut-être son fils.

Binah est si effrayée qu'elle s'est assise dans un coin de la pièce, la tête baissée, elle ne veut voir personne et surtout que personne ne la touche en pensant retrouver son enfant chérie. Bakhita la rejoint, la petite pose sa tête sur ses genoux, Bakhita caresse doucement ses cheveux et pense à autre chose. Elle pense que Kishmet est dans cette ville. Elle le sait, elle le ressent jusqu'au fond de son ventre, il n'y a pas de questions à se poser, aucun doute, c'est une évidence. La présence de la sœur aînée donne un sens à sa présence ici, la maison de ses premiers maîtres. Tout ce chemin, c'était pour se rapprocher de Kishmet. Rien n'a été inutile ni hasardeux. Elle a bien marché, elle a bien obéi, et elle est arrivée au bon endroit. Elle va retrouver sa sœur et revenir à Olgossa avec elle. Binah s'est endormie contre elle, elle la relève tout doucement et l'allonge sur la natte qu'une femme leur a apportée. Elle s'étend sur la sienne, ferme les yeux et chante «Quand les enfants naissaient de la lionne» à l'intérieur d'elle, les mots et le rythme de sa langue maternelle, pour ne pas oublier et se tenir éloignée le plus possible de ce qu'elle a vu ce soir et de ce qu'elle a compris, Samir, son visage furieux, Samir contre qui Sorahia l'a poussée. *Djamila.* La beauté, cette malédiction.

Bakhita est restée trois ans au service des petites maîtresses. Après les violences physiques, les marches, l'enfermement, la soif et la faim, vivre au harem, elle aurait presque remercié pour ça. C'était un monde clos, peuplé de maîtresses et d'esclaves, toutes vivaient ensemble et toutes étaient captives. Aucune maîtresse ne devait être vue par un homme, aucune ne sortait seule, et jamais après le coucher du soleil. Les épouses acceptaient la polygamie, les concubines, les autres enfants, et les *umm walad*, ces « mères de l'enfant » esclaves épousées et engrossées par leur mari et devenues mi-libres mi-esclaves. La vie était un carnaval aux masques trompeurs, à la joie factice, une fête susceptible de si vite s'interrompre.

Bakhita faisait de son mieux. Elle voulait qu'on la garde. Qu'on la garde parce qu'on était content d'elle. Parce qu'on aimait sa présence. Mais jamais elle n'a pris cela pour de l'amour. L'amour, elle savait ce que c'était, elle l'avait reçu de ses parents, c'était une reconnaissance, un partage et une force. L'amour des maîtresses pour elle était un caprice. Elle vivait dans l'intranquillité et la soumission. Le projet de retrouvailles et d'évasion avec Kishmet était un remède au désespoir, un but secret. Quelque chose au fond d'elle qui la rendait unique.

C'est Zenab qui chaque matin préparait Binah et Bakhita pour les jeunes maîtresses. Elle les coiffait, les parfumait et les habillait. Zenab avait passé quarante ans au service du maître, avant d'être affranchie. Elle considérait toujours le maître comme son patron et s'était elle-même proposée pour préparer les deux petites. Elle ne se mêlait jamais aux familles libres, qui étaient d'un rang supérieur à elle, elle ne sortait jamais de la maison, ne parlait à personne, et restait assise toute la journée dans un coin du jardin en tirant sur une longue pipe, ses yeux minuscules à moitié fermés. Elle sentait le tabac froid, la menthe qu'elle mâchait entre deux fumeries, et la pisse de chat. Quand elle mettait les perles dans les cheveux des petites esclaves, les bracelets de cuivre à leurs chevilles et à leurs poignets, chacun de ses gestes dégageait une odeur sombre et hostile. Son visage était fermé. Ses gestes brusques. Bakhita et Binah n'ont jamais entendu sa voix. Elle était ridée comme la grand-mère de Bakhita, et elle aurait aimé qu'elle lui raconte l'histoire de ses rides, comme sa grand-mère le faisait, un événement important pour chacune d'elles, naissance, deuil, combat, sa grand-mère connaissait toute l'histoire de leur famille : « Ceux que l'on voit, les ancêtres, et ceux qui attendent de venir au monde », comme elle disait. Pour Bakhita, le passé s'effaçait et l'avenir appartenait aux autres. Chaque jour était un jour de peine et d'efforts. Il fallait plaire aux petites maîtresses. Tout ce qu'elles voulaient. Tout ce qu'elles imaginaient. Les ordres, les contre-ordres, les caprices et les fantasmes. Vivre pour obéir et plaire. Et se lever chaque matin avec un seul but : survivre à la journée.

Quand Bakhita commence à vivre aux côtés des petites maîtresses, dans cette grande chambre aux divans profonds, pleine de tapis, de coussins, de matelas de soie, ces *chillas* posés à même le sol, de consoles dorées, de plateaux de faïence et d'argent, cette chambre dans laquelle Sorahia et Radia dorment, mangent, jouent, reçoivent leurs amies, quand elle commence à vivre au harem, Bakhita pense que son nouveau prénom lui va bien. *Bakhita la Chanceuse*. Qui ne marche plus sur les pierres. N'est plus enfermée avec les brebis. Ne dort plus dans les arbres. Et qui, comme le répète Binah avec tant d'étonnement, n'a plus vraiment faim ni soif. Elle essaye d'être «douce et bonne», comme sa mère le lui a appris, douce et bonne, elle se distingue et elle existe grâce à ça, cette particularité. Elle veut tout faire avec joie, pour montrer à ses petites maîtresses que ça lui plaît, de leur obéir, et qu'elles font bien de la garder avec elles. La plupart du temps, elles sont allongées et elle les évente. Elles parlent, elles mangent, jouent aux dominos ou aux cartes, elles dorment. Bakhita les évente. Elle pense qu'elles ont inventé ça. Elle pense qu'un jour elles ont eu cette idée de jeu : lui donner le grand éventail pour qu'elle le remue lentement au-dessus d'elles. Elle trouve que c'est une bonne idée, car il fait très chaud et elle transpire beaucoup, mais elle n'a plus jamais soif, ou pas longtemps, et ça ne peut pas s'appeler la soif, juste une petite douleur. Elle les évente et elle fait de son mieux pour ne pas bouger, ne pas trembler, ne pas respirer trop fort, « Ne souffle pas comme un éléphant ! » elles disent en riant, et bien que Zenab la parfume chaque matin, elle sait qu'elle sent mauvais, à cause de toute cette sueur, mais Sorahia dit que c'est parce qu'elle est très noire, et elle ajoute : « et très belle, aussi ». *Djamila !* Elles sont fières d'elle. Quand leurs amies viennent les voir, elles leur montrent tout ce que l'esclave sait faire. Le petit singe, c'est ce qu'elles préfèrent. Bakhita pousse des cris aigus, se gratte sous les bras et attrape avec la bouche ce qu'elles lancent en l'air. Parfois aussi elle fait le cheval qui rue et galope, et leurs amies montent sur son dos à tour de rôle. Elle fait tout ce qu'on lui demande. Tout ce qu'elles veulent. Quand elle n'a pas été sage, elles la mettent au coin. Quand elles veulent impressionner leurs amies, elles lui demandent de chanter et de danser comme on fait dans sa tribu, de le faire très fort et de tout son cœur. Elle le fait, et de tout son cœur, mais jamais elle ne chante sa petite chanson « Quand les enfants naissaient de la lionne ». Celle-là, c'est son secret, et elle ne veut pas qu'on en rie en se tapant sur les cuisses et en poussant des youyous. Quand elles sont très contentes d'elle, les petites maîtresses l'autorisent à s'asseoir à leurs pieds et parfois lui caressent furtivement le crâne, des petites tapes satisfaites. Bakhita appréhende ces moments, elle a toujours cette crainte que les petites tapes se fassent plus insistantes, comme sur la peau tendue des tambours, elle s'imagine enfoncée dans le sol par ces tapes répétées, alors elle tombe dans le mandara, elle arrive chez les hommes, les histoires terribles qui se racontent, ce qui arrive aux esclaves les jours de fête. Et ce qui leur arrive quand la fête est finie. Les tortures. Les meurtres. Les sacs jetés dans le fleuve avec les femmes cousues ensemble. Ces tapes sur son crâne sont des caresses menaçantes.

À l'étage des femmes, il y a les tout jeunes garçons, et il y a Samir. Au début il n'exige rien, il rôde et se tait, il la regarde à peine, il semble plus attiré par Binah qu'il s'amuse à faire pleurer chaque jour. C'est un défi rituel qui le fait rire. Il faut qu'elle pleure chaque jour devant lui. L'attente de ce moment est un énervement constant, les nerfs de Bakhita sont à vif, elle voudrait prendre la place de son amie quand Samir la bat ou l'humilie, montre à tous ses dents en moins, sa voix qui déraille et sa peur de la taxidermie. Il la picore avec un aigle empaillé, la force à chevaucher un crocodile, elle supplie et parfois se fait dessus. Et elle pleure. Comment Samir a-t-il appris la peur de Binah ? Zenab lui a-t-elle dit son appréhension chaque matin à passer devant le renard du désert ? Par elle ou une autre, tout se sait. Tout se répète. Tout le monde écoute, tout le monde épie. Cela distrait. Les esclaves, eunuques ou femmes, les domestiques, les affranchis, les maîtresses, c'est un monde clos, une prison sans barreaux. Dans la chambre des jeunes maîtresses il y a tant d'esclaves, elles servent les repas, présentent les vases pour les libations, allument les chandeliers, et le soir, sur la terrasse, elles chantent et dansent pour les maîtresses, les longues veillées où l'on s'ennuie, où les femmes du maître, ses enfants et ses concubines racontent des histoires et boivent du café. Les journées et les nuits sont interminables. Beaucoup d'esclaves dorment devant les chambres des maîtresses, jamais fermées à clef, dorment dans les couloirs, à même le sol, se tiennent prêtes, toujours. Quand on autorise enfin Bakhita et Binah à aller se coucher, dans la bâtisse au fond du jardin, c'est encore un monde hostile. Les femmes qui travaillent aux cuisines, et celles qui travaillent dans les champs du maître, ne les aiment pas. Elles ont la place privilégiée auprès de ses deux filles, et elles attendent que ça passe. Car ça passera, et ce jour-là elles comprendront ce que c'est réellement d'être une esclave. Elles, reçoivent le fouet chaque jour, leurs corps ne sont que plaies ouvertes, leurs corps diffusent en permanence le feu de leurs brûlures. Jour et nuit, la douleur court sous la peau. La folie les guette. Bakhita craint cette Mariam qui appelle ses enfants sans cesse, leur court après et les gronde tendrement, elle veut tout le temps les nourrir, leur donner à boire, et jamais elle ne se rend compte qu'elle ne parle et ne poursuit que des canards. Ses enfants ont été vendus, les deux ensemble, un lot pour le maître qui avait perdu un pari. Bakhita pense à Kishmet. Est-ce que son enfant lui manque? Il a plus de deux ans maintenant. Est-ce qu'elle en a eu d'autres? Est-ce qu'on les lui a laissés? Est-ce qu'elle a supplié et chanté le chant de la séparation qui ne sert à rien ? Quand l'angoisse est trop forte, elle pense à la main chaude qui s'était posée à l'intérieur d'elle, la nuit dans la forêt de l'évasion. Elle ne sait pas si c'était un ancêtre, un esprit, un fantôme, elle ne sait pas comment le dire, l'expliquer serait impossible. Mais elle supplie pour que cette main revienne. Parfois elle revient. Elle l'emporte, la nuit, au-dessus de ses peurs. Au-dessus du temps du harem, au-dessus d'El Obeid, peut-être même au-delà du Soudan, de l'Afrique tout entière. Un espace de clémence et de repos. Là, elle se sent de nouveau douce et bonne. Telle que sa mère la voyait.

Deux ans environ après l'arrivée de Bakhita chez les petites maîtresses, deux événements majeurs ont lieu, dans une époque qu'elle appellera «l'époque du grand malheur», deux cauchemars semblables. Le premier de ces événements est la sortie prévue avec les petites maîtresses au grand marché aux esclaves. Le deuxième est la préparation du mariage de Samir.

Bakhita a neuf ans et elle est terrifiée. Le marché et le mariage donnent aux maîtres la même excitation violente, et chacun semble toujours hors de lui. Samir a grandi. Samir va quitter le harem. Il va épouser Aïcha, promise à lui depuis six ans, et qu'il n'a jamais vue. Sa mère se lamente et serre contre elle son fils avec une impudeur bruyante. Lui est fier, déçu, et impatient aussi. Tantôt il se plaint comme un bébé, tantôt il se fait cruel comme un vieux roi.

Bakhita se souvient des combats qui avaient lieu chaque année, chez elle, pour célébrer les moissons. Les jeunes garçons qui étaient entrés dans l'âge d'homme luttaient contre les adolescents d'autres villages, une lutte fraternelle, comme une danse. Leur village se tenait avec eux, avec fierté, et son frère était alors plus que lui-même, il était aussi, comme disait sa grand-mère, « les ancêtres, ceux que l'on voit, et ceux qui attendent de venir au monde ». Les femmes se paraient, paraient leurs enfants, on aurait dit qu'une seule personne puissante et vénérable s'était démultipliée en des centaines d'autres, avec un même désir intense et infatigable. Mais dans la maison serpent, la fête, la préparation du mariage de Samir ressemble à la préparation du grand marché. C'est la même joie féroce, une organisation anxieuse, des ordres et des accusations du matin au soir. Tout est tendu, comme si on attendait une vengeance, et tous vivent dans la panique et la crainte. Au grand marché le maître veut acheter, vendre, faire des bénéfices, il va chercher de la marchandise, hommes et bêtes, ivoire et or, il part de longues journées, revient et s'isole pour faire ses comptes, passe de l'excitation la plus bruyante à l'abattement le plus cruel. Il punit et châtie ses esclaves, il monte au harem et harcèle ses femmes. Pour le mariage de son fils il a envie de bontés insurpassables, de richesses brûlantes et attirantes comme le feu. Et ce sont les mêmes comptes et les mêmes sautes d'humeur, un lunatisme incontrôlable, il est le maître absolu, mais il finit par ne plus savoir de quoi. Marier son fils dans la splendeur ou revenir du grand marché plus riche encore, c'est pour lui la même victoire. Mais avant d'être victorieux, il faut combattre, et il ne connaît plus le repos.

Dans la mémoire de Bakhita les deux événements

se mêlent mais ce qui a lieu en premier, c'est le grand marché. Depuis la bâtisse des esclaves et depuis la chambre des jeunes maîtresses, jour et nuit elle entend le rassemblement des voyageurs qui passent à El Obeid avant d'aller à Khartoum, des centaines d'ethnies, d'hommes avec leurs troupeaux, qui ont marché des jours et des nuits, des mois entiers, pour échanger, vendre et acheter. Bakhita sait que les hommes arrivent chargés, elle sait qu'il y aura « de l'ébène », et parmi eux, précieuse parmi les précieuses, il y aura sa sœur. Elle le sait, c'est tout. C'est une certitude qui lui donne envie de crier. L'attente devient physique, l'attente l'envahit. Le soir, quand elle est couchée, elle imagine leurs retrouvailles, elle se raconte à elle-même son rendez-vous avec Kishmet, cet amour retrouvé qui donnera un sens à sa vie.

Bien sûr, avant ce grand marché, elle est déjà sortie dans El Obeid avec les petites maîtresses et les eunuques pour les accompagner. Sortir avec quelques esclaves est signe de richesse, on prend les plus jolies, et Bakhita est un bel ornement. Bien sûr, elle a déjà guetté sa sœur parmi la foule, devant les maisons, dans les ruelles, le bazar, au coin des hauts murs, sur le chemin du cimetière bordé de cyprès, elle a déjà espéré, mais jamais avec cette certitude. Elle découvrait la vie d'une petite ville qui lui paraissait si grande. Le monde prenait forme, et elle n'avait pas toujours les mots pour comprendre ce qu'elle en voyait, la misère à côté de laquelle se pavane la richesse, elle sentait cette étrange fatalité, les mendiants et les esclaves sans révolte, les filles au seuil des estaminets, les porteurs d'eau et les innombrables et misérables petits commerces. Elle passait avec les maîtresses voilées et les eunuques, comme des oiseaux colorés, piaillant et filant, des papillons au milieu de la crasse. Elle a vu les enfants abandonnés, malades et infirmes, qui mourraient bientôt et dont personne ne se souviendrait. Sauf elle. Elle ne le sait pas encore, mais elle n'oubliera pas ces enfants des rues d'El Obeid, et elle les retrouvera, ailleurs, dans d'autres enfances, d'autres rues, la misère universelle.

Sorahia et Radia avaient prévu de l'emmener avec elles au grand marché aux esclaves. Elles iraient avec leur mère, trois eunuques et quelques servantes. Bakhita attendait ce matin comme celui de sa rencontre avec Kishmet, cette rencontre qu'elle annonce à Zenab, un matin elle lui murmure : « Au marché, il y a ma sœur. » Elle le dit en arabe, elle fait cet effort, et l'annonce en arabe devient officielle. *Oukhty*. Ma sœur. Ma sœur aînée. Ma sœur Kishmet. Elle sera là. Est-ce que Zenab comprend ? Bakhita a une famille, elle aussi. Quelqu'un qui l'aime et n'est pas loin. C'est comme ça, l'arabe le certifie. Elle a une sœur aînée, qui a un enfant de deux ans, oui, et elle a une jumelle aussi, et son père est le frère du chef du village, c'est une grande famille et sa grand-mère sait toute l'histoire de cette grande famille et, oh ! si elle connaissait assez bien la langue de Zenab, tout ce qu'elle lui dirait, tandis qu'elle la pare et la parfume, elle lui dirait tout, car à l'approche du grand marché, elle n'a plus ni prudence ni tristesse, et l'espoir qu'elle porte est si grand qu'il rayonne malgré elle, elle voudrait le cacher qu'elle ne le pourrait pas.

Sa présence au grand marché est annulée à la dernière minute. Sans explication, bien sûr, sans raison peut-être, par étourderie ou par ruse, elle ne le saura jamais. Les petites maîtresses partent, et Bakhita reste au harem, tout le jour, debout à la fenêtre de leur chambre, elle se tient sur la terrasse écrasée de chaleur et elle regarde, en bas, la ville où elle n'est pas, le grand marché dans lequel sa sœur va surgir sans la rencontrer.

Elle guette. Depuis le soleil brutal jusqu'au soleil déclinant, dans la chaleur féroce et dans l'air assombri, elle guette. Elle regarde la foule immense, ceux qui se croisent, enveloppés par tant de couleurs, de cris et de poussière, elle trie la foule, elle observe et elle sépare Kishmet de tous ceux qui ne sont pas elle, elle se tient prête et attentive tout le jour, dans la chaleur, la soif et le vertige, et après des heures de patience et d'espérance, elle la voit. Dans la foule qui grouille en miniature, il y a Kishmet. Quelques secondes de stupeur, réveil brutal, la lumière explose. Elle est là, en bas, devant la maison ou presque, ce groupe d'esclaves qui va vers le marché. Elle crie son nom, et dans ce cri elle reconnaît le cri des femmes dans Olgossa en feu, elle entend sa voix comme elle ne l'a jamais entendue, ce cri c'est sa voix endormie qui se réveille et la saisit, comme dans la transe. Kishmet se retourne. Et Bakhita retrouve ce qu'elle pensait avoir oublié. Sa silhouette, ses yeux, sa bouche, et la façon dont elle s'est retournée, vive, aux aguets, c'est elle, elle qui porte son enfance, sa tribu, sa vie d'avant. Kishmet s'est retournée, puis elle a été frappée par un garde. Elle tombe à genoux, se relève, se tourne encore vers la voix, mais enchaînée aux autres, prise et traînée par les autres, elle s'éloigne, elle s'efface, elle n'existe plus. Bakhita veut appeler quelqu'un dans la foule, faire un signe, demander de l'aide. Elle regarde Kishmet disparaître et elle reste là, prise par l'effroi, et puis elle s'avance tout au bord de la terrasse, ouvre les bras, elle n'a plus aucune peur et aucune prudence, elle s'élance vers le grand marché comme un oiseau puissant. Une main la saisit, la gifle violemment, et elle s'évanouit dans cette main-là. L'esclave qui l'a sauvée ne veut pas que les maîtresses l'accusent de négligence ou de paresse, alors elle la soustrait à la mort, et puis elle la laisse à même le sol de la chambre, inanimée.

Absente à elle-même, elle le reste longtemps encore. Samir le sent immédiatement. La jeune esclave a perdu de sa vitalité. Il a envie de la faire réagir, tester son pouvoir viril sur cette petite fille sans vie. Avant de prendre femme, il veut tester sa puissance, cette puissance qui sera son arme d'homme et sa loi.

Bakhita a presque dix ans. Sa vie au harem va prendre fin, mais elle ne le sait pas encore. Un soir Samir l'appelle et les petites maîtresses lui donnent l'autorisation de le rejoindre, elle pose le grand éventail et va dans la pièce où il l'attend.

Il lui dit d'approcher. À sa voix, elle pense qu'il va la battre pour une bêtise qu'elle a faite, elle ne sait pas laquelle mais il y en a sûrement une, il y en a toujours. Elle se jette à ses pieds, elle se prosterne et dit *Asfa*. Pardon. S'il vous plaît ne me battez pas. *Asfa*. Ça le fait rire. Il la repousse d'un coup de pied, et elle tombe. Il lui ordonne de se relever, elle se relève et elle sent son odeur de fruit amer et d'animal mort, elle commence à pleurer doucement. Il la gifle, pour qu'elle arrête de pleurer ou qu'elle pleure plus fort, elle ne sait pas. Il la gifle pour la réveiller ou l'abrutir. Il la gifle par habitude. Ses dents s'entrechoquent, ses tempes lui font mal, elle garde la tête baissée, comme il se doit, et elle voit les dessins sur le tapis, rouges et jaunes, des oiseaux et des lunes, elle trouve étrange que ce soient des lunes et pas des soleils, elle reçoit les gifles et elle essaye de penser à ça, pourquoi des lunes et pas des soleils, le souffle de Samir se rapproche, elle recule, alors la gifle est si forte qu'elle tombe sur le tapis, les oiseaux et les lunes. Il hurle qu'elle est une idiote, et il tombe sur elle. Il prend sa tête dans sa main et la cogne contre le sol, comme s'il voulait la faire exploser, l'ouvrir en deux, il est sur elle, comme une montagne, avec les pierres et les serpents dans les pierres, inondé de haine, il veut la tuer.

Ce qui se passe après, le saccage, être battue dehors et dedans, elle le connaît déjà, c'est le gouffre sans fin, sans secours, c'est l'âme et le corps tenus et écrasés ensemble. Le crime dont on ne meurt pas.

Quand le jeune maître a fini, il se relève. Il lui ordonne de se relever aussi. Elle n'y arrive pas. Ses jambes tremblent, elle n'y arrive pas. Il l'attrape par le bras et la soulève pour qu'elle se mette debout, mais elle tremble toujours, et on dirait qu'elle danse accroupie, elle ne peut plus obéir, elle ne retrouve plus son souffle, elle est pleine de secousses, comme si on lui avait lancé un sort. Le jeune maître crie toujours, des mots qu'elle ne comprend pas et d'autres qu'elle comprend, il dit qu'elle est impure, *najas*, et il recommence à la battre.

Elle pense qu'elle salit le tapis, car elle est tombée, encore, et elle saigne en plusieurs endroits. Elle pense que le jeune maître va briser sa cravache et se briser les mains et se briser les pieds à force de la battre. Elle pense que la maison va s'écrouler sous ses cris. Elle pense que son corps va s'ouvrir en deux. Elle pense que c'est fini. Elle pense aussi qu'elle veut vivre. Elle rampe pour sortir de la pièce. Le maître la suit en la bourrant de coups de pied comme s'il la poussait, elle se réfugie dans la chambre des petites maîtresses, Sorahia et Radia sont allongées sur les matelas au sol, elles mangent, par ennui tout le jour elles mangent, elles crachent la peau des raisins, les noyaux des dattes, Bakhita se réfugie derrière elles, leur demande de l'aide. *Ainajda… Ainajda…* Samir continue à la battre. Elles continuent à manger.

Bakhita est maintenant un jouet cassé. Et impur. Elle va donc être chassée. Plus tard, quand on lui demandera pourquoi, ce qui s'était passé exactement, elle dira : « J'avais cassé un vase. » À une personne, une seule, elle dira la vérité. Une seule, et qui gardera pour elle le récit de l'offense.

Après les coups de Samir, on la porte chez les esclaves, où elle reste un mois entier allongée sur une natte, à tenter de survivre. Personne ne la soigne ni ne lui parle. On dépose en silence de la nourriture et de l'eau à côté d'elle, sans se soucier qu'elle y touche ou non. Elle appelle Binah, qui ne vient pas. Quand elle ouvre les yeux, elle ne la voit pas. Elle ne sent jamais sa main dans la sienne. Elle n'entend plus sa voix. Quand elle reprend conscience, on lui dit que le maître avait une dette de jeu.

Elle ne se souviendra jamais de quand elle l'a vue pour la dernière fois. La disparition de Binah est comme la disparition de son nom, un cœur qui s'arrête. Binah était sa chance de survie. Son humanité. Libre, éloignée, vieillie, Bakhita la gardera avec elle. Tout le temps, et jusqu'au dernier jour. Avec elle, elle avait réalisé le rêve de chaque esclave, elles avaient fui, elles avaient désobéi, elles avaient cette valeur-là, et cette force.

Le jour où elle peut se lever toute seule, on estime qu'elle peut travailler de nouveau, plus question pour elle de se montrer au harem, elle travaille aux cuisines, au fond de la cour. C'est un lieu d'une saleté inimaginable, que ne connaissent pas les maîtresses, dans lequel il ne leur viendrait jamais à l'esprit d'aller. Les murs sont noirs de crasse et de la fumée qui s'échappe du four, il n'y a pas de cheminée, les chats errent entre les cafards et les rats, les chiens mangent à même les casseroles. Chaque jour Bakhita se lève avant le premier appel à la prière pour allumer le four et faire bouillir l'eau. Elle va chercher le bois dans la réserve, et parfois elle lève les yeux vers les fenêtres des petites maîtresses, la terrasse déserte. C'est un monde lointain déjà et qui n'a peut-être jamais existé. Elle préfère regarder le ciel, le jour qui va naître, elle se demande si au même instant sa mère est assise sur le tronc du baobab à terre, si elle regarde la naissance du jour, comme elle aimait à le faire. Mais elle n'ose plus lui parler. Elle n'a plus aucune promesse à lui faire. Elle n'obtiendra ni son pardon, ni la fin de ses souffrances, et elle avance seule dans un monde qui chaque jour la bouscule comme un vent affamé. Elle est perdue dans ce monde-là. Le départ de Binah est une séparation qui ravive les autres séparations, certains esclaves, pour éviter cette souffrance, choisissent de ne jamais aimer, oublient un cœur qui ne sert qu'à souffrir. Bakhita parle aux poules, aux chiens, aux merles, aux dernières étoiles qui s'effacent dans la nouveauté du jour, parle au bois qu'elle ramasse, à l'eau, au vent, elle demande s'il est possible que la lune se souvienne de son nom, et il lui semble que le dernier lieu paisible, le seul abri est là, dans cet instant où la nuit disparaît pour céder la place au jour. Et puis elle reprend son travail, petit âne têtu qui baisse la tête, travaille et obéit toujours, et reçoit les coups sans chercher à comprendre pourquoi, qui les ordonne, qui les mérite, qui décide que ça s'arrête, que ça reprend, et elle pense à la main de Binah dans la sienne, le courage que ça lui donnait. *Je ne lâche pas ta main.* C'est peut-être vrai, encore. Elle décide que ça l'est.

Des mois passent ainsi, dans la maison serpent où chacun fait sa journée avec son bouclier d'indifférence, dans le tumulte des ordres et des coups, le grand désordre plein de peur. Et un jour le maître l'envoie chercher. Un eunuque la mène à son bureau, l'étage des hommes, elle passe devant le renard empaillé qui faisait si peur à Binah, alors elle comprend que dans le bureau du maître, le malheur l'attend tranquillement. Depuis que Samir a crié qu'elle était impure, le maître veut la vendre, elle le sait.

Ce jour-là il est avec un homme en tenue militaire qui l'examine, puis ils sortent dans le jardin pour que le militaire la voie au grand jour, la regarde courir. Avec une grande fatigue elle court pour n'aller nulle part, elle court dans le magnifique jardin indifférent, et quand elle s'arrête, elle baisse les yeux et elle attend. L'argent circule. Alors elle marche derrière son nouveau maître, les mains liées par une chaîne, tenue par un garde, elle va. Elle essaye d'emmener Binah avec elle, de garder son cœur d'oiseau contre le sien, et de laisser derrière elle leurs jours de peine, leurs jours de honte, toutes leurs souffrances. Elle se souvient du sourire de Binah qui disait : « On n'a plus vraiment faim et pas trop soif. » Et elle emporte avec elle cette gratitude d'enfant.

Elle quitte la maison serpent sans rien emporter, aucun objet, pas même une pierre, un peu de terre, une parole, un au revoir, un regard. Rien. Que la peur de l'inconnu, et cette impureté que tout le monde, elle en est sûre, voit dans son regard baissé, sa respiration minuscule, et dans sa voix qui a changé, si basse, et qui chante faux maintenant, déraille et divague. Elle parle moins, elle est prudente, peu assurée, et ce n'est pas son langage qui est *un mélange*, c'est elle. Elle a dix ans et elle ne sait pas comment grandir. Grandir bien. Grandir douce et bonne, elle impure, abîmée, et sans innocence. Sa vie est comme une danse à l'envers, un tourbillon d'eau sale. Elle cherche un repère, elle a soif de quelque chose qu'elle ne trouve pas. Un conseil. Une parole sage. Elle ne sait pas où se tourner.

L'homme qui l'a achetée est un général turc, il dirige des armées d'esclaves au service du gouvernement turco-égyptien qui tient le Soudan sous sa loi. Ses milices d'esclaves-soldats font régner l'ordre et recouvrent l'impôt, raflent le bétail, et les hommes.

La maison du général est riche mais austère, une

énorme bâtisse rouge et carrée aux fenêtres grilla-
gées, le jardin est nu, sans fleurs ni arbre, la fontaine
est tarie, et dans le pigeonnier le chant des pigeons
est las comme une plainte. La cour est sombre, le
soleil n'y descend pas. Le premier jour, Bakhita n'y
remarque pas le gong. Très vite elle redoutera de l'entendre, car il signifie la colère des maîtres, une colère
qui demande à être apaisée par une chose toujours la
même : après avoir sonné le gong, faire descendre un
esclave dans cette cour, pour qu'il y soit battu.

Dans cette maison règnent deux femmes, la mère
du général et son épouse. Toutes deux se détestent.
Leur haine mutuelle est une nourriture qu'elles
cherchent sans cesse, elles la fouillent, la remuent
comme de vieilles cendres toujours possibles à rallu-
mer. Cette haine les épuise et les anime aussi, elles en
jouissent parfois, leur dégoût de l'autre est si fort qu'il
les réunit, c'est une détestation comme un bien commun, une maladie partagée. C'est à ces deux femmes
que le général donne Bakhita, elle est au service de
son épouse, elle va apprendre à la coiffer et à l'habiller, *sans jamais la toucher*, elle va apprendre à antici-
per les ordres, les désirs, à voir venir les coups et à
les accepter. Les maîtresses parlent turc, les esclaves
l'arabe, encore une fois Bakhita se guide « à l'oreille »,
l'intonation, le geste, l'expression, et elle est bien
heureuse le plus souvent de ne pas comprendre les
mots que les deux femmes prononcent, des mots qui
semblent si violents que plus d'une fois elle s'étonne
que leur langue ne brûle pas sous leur grossièreté.

C'est Hawa, une esclave dinka un peu plus âgée qu'elle, douze ans à peine, qui forme Bakhita, lui apprend comment s'occuper de la maîtresse *sans jamais la toucher*, le matin ôter ses robes, sa chemisette et son caleçon de nuit, dénouer le cordon, nouer la ceinture dorée, passer la galabieh de percale, faire en sorte qu'elle tombe parfaitement, enlever le mouchoir de nuit pour coiffer et natter ses longs cheveux avant de les cacher sous un mouchoir de gaze franchée, et *toujours sans la toucher*, lui mettre ses boucles d'oreilles en diamants, ses énormes bagues, son collier de perles. Le soir, faire la même chose, à rebours, Bakhita l'aide à retirer sa robe, à passer une longue simarre blanche par-dessus ses caleçons de toile, sans toucher ses hanches elle les attache par un cordon de chanvre, et quand la maîtresse lui demande de le serrer plus fort elle sait qu'elle fait durer l'épreuve, l'enrichit de quelques variantes assez répétitives et attendues, sur la pointe des pieds Bakhita lui passe ensuite une chemisette puis deux ou trois robes superposées. Elle pose le mouchoir de nuit autour de sa tête et laisse retomber ses tresses plus bas que ses reins. *Sans jamais la toucher.*

Tout cela tient du calvaire. Cette cérémonie est impossible à faire sans avoir un contact avec le corps ou la peau de la maîtresse, c'est une torture raffinée, un jeu dont la maîtresse se délecte et qui finit invariablement par un coup de gong, l'apparition d'un eunuque qui mène Bakhita à la cour où un esclave-soldat la bat consciencieusement. La maîtresse appelle cela «livrer Bakhita aux corbeaux», noir sur noir, ton sur ton. L'esclave bat l'esclave. Les esclaves obéissent aux ordres, Bakhita les entend jurer contre ces *jengas*, ces «négresses», c'est la hiérarchie de l'enfermement, il y a les esclaves d'en haut et ceux d'en bas, Bakhita elle, à cause de – ou grâce à – sa beauté, n'est pas la plus mal lotie.

Les esclaves domestiques et paysans dorment dans deux bâtisses séparées, une pour les hommes, l'autre pour les femmes, des bâtisses délabrées qui puent la paille humide et l'urine, où pullulent les rats, se transmettent les maladies, mais où règne surtout la peur. Les esclaves ont peur tout le temps. Peur de dormir alors qu'il est peut-être l'heure de se lever. Peur de ne pas dormir et d'être trop épuisé pour travailler au matin. Peur des coups qui réveillent les coups de la veille. Peur des coups qui ne viennent pas et vont tomber par surprise. Peur des anciens esclaves et des nouveaux esclaves, ceux qui savent trop de choses et ceux qui arrivent dans une innocence dangereuse. Peur le jour et peur la nuit, car l'épouse du général vient chaque matin avant le chant du coq pour les battre. Et ceux qui ont travaillé dans la nuit et viennent à peine de s'allonger sur leur natte sont battus pareil. Et celles qui sont grosses d'un enfant, et ceux qui sortent de leurs songes, et ceux dont l'esprit est encore uni à la nuit, et ceux qui ont la fièvre, et ceux qui sont si vieux qu'on les jettera bientôt sur le tas de fumier, et les petits enfants encore au sein, tous, encore couchés, sont battus pareil. Chaque matin avant le chant du coq, la femme du général crie dans une jouissance furieuse : « *Abid !* Esclaves ! Race animale ! » Après cela, elle va mieux.

C'est dans cette maison que Bakhita grandit. Elle parle peu aux autres, qui ne parlent à personne, et elle a peur de grandir comme ces esclaves épuisés, affamés, dont le regard n'exprime aucun désir, ni celui de vivre, ni celui de mourir.

Bien qu'elle vive toujours à El Obeid, Bakhita se sent loin de toute humanité, Kishmet n'est nulle part, Binah est perdue dans la foule des captifs, elle tente de se souvenir, ses histoires, sa langue, ses rêveries, mais tout appartient à une autre, une petite fille sans nom. Elle essaye de recomposer le visage de sa mère mais il se dérobe, elle essaye d'entendre à nouveau les voix de son village mais son dialecte s'appauvrit, le courage qu'elle met à survivre chaque jour épuise son esprit, et la nuit, aucun songe ne fait revivre un peu de la douceur passée, les sept années de sa vie de Dajou, jumelle, douce et bonne, qui avait peur des traces des serpents et qui posait la tête dans le cou de son père le soir, quand le soleil disparaissait derrière la colline. Un jour elle ferme les yeux et elle voit son cœur. C'est un oiseau aux ailes repliées et qui dort doucement. Cette image lui fait du bien, elle est jolie comme un cadeau, mais surtout, elle signifie qu'elle n'est pas morte. Elle dort, simplement. Elle dort. Un jour, elle se réveillera.

Dans la maison du général turc, Bakhita restera quatre ans, jusqu'à ses *treize ans à peu près*, en 1882. Son corps commence à s'élever haut, comme ceux des gens de sa tribu, souple et d'un noir profond, ses yeux légèrement en amande gardent une candeur étonnante, comme une interrogation timide, son visage est d'une beauté qu'elle ne voit pas et qui l'encombre, un ovale parfait, des pommettes hautes, et surtout une noblesse qui tient de la grâce. Ce visage qui s'affine, ce corps qui grandit dans cette maison aux esprits furieux, c'est un grand malheur, comme un arbre dans le mauvais champ.

Elle a presque douze ans et sa poitrine commence à se voir. Les maîtres sont habillés. Les esclaves ne sont vêtues que d'un pagne. Bakhita voudrait être cachée, invisible comme les esprits, recouverte comme les maîtresses. Être nue à Olgossa était aussi naturel que l'herbe dans le vent, être vêtue d'un simple pagne dans la maison du maître est une honte permanente.

Le général turc appelait cela *le jeu du torchon*. Ça

allait vite et ça le faisait rire à chaque fois, comme un tour de magie qui étonne à tous les coups. La première fois, elle ne sait pas. Le maître la fait appeler, elle accourt, elle se prosterne, elle demande pardon, il lui ordonne de se relever, elle se relève, subitement il prend ses seins naissants dans ses mains et les tord comme s'il voulait « essorer un torchon », comme s'il voulait les détacher d'elle, les arracher de sa chair, les faire fondre, c'est ce qu'il dit, il veut les faire fondre, ne plus les voir. Elle crie de douleur et de terreur, c'est une souffrance brutale, une stupéfaction. Elle croit que le maître a inventé cette torture pour elle, à cause de ce qu'elle a fait, de ce qu'elle représente, elle ne sait pas que les maîtres n'inventent rien. La torture du torchon est infligée aux femmes depuis des siècles, et si seulement on lui avait dit qu'elle n'était pas la seule, peut-être qu'elle en aurait voulu au maître et pas à elle.

Parfois, les esclaves se parlent. Un peu. Des histoires brèves, dans des instants brefs, des fulgurances. Parce que la ration de soupe a été un peu plus généreuse, parce qu'ils ont eu le temps de voir le soleil se coucher, parce qu'ils ont vu naître un poulain, parce qu'ils se sont souvenus d'un chant de chez eux. Parce que la vie ne peut pas toujours être coupée de la vie. Alors, pour un instant, ils osent l'émotion de la beauté, qui leur rappelle qu'ils font partie de ce qui vit. Ils se parlent avec des mots pauvres, concrets et rares, c'est un instant volé à l'anonymat de l'exploitation. Ça meurt comme c'est venu, une trêve entre deux combats, puis chacun repart seul, dans son silence, son passé, chacun se tait, pour continuer à endurer.

Un soir d'automne où elle tient contre elle un petit chat de quelques semaines, Bakhita se sent bien. Elle est étonnée de retrouver cette sensation. C'est une joie émue, presque une tristesse, tant ça rappelle ce qui a été. Ce temps où elle faisait partie de ce qui vit. Hawa est assise par terre, à côté d'elle, elles devraient retourner à la bâtisse, mais elles volent ce moment, elles s'offrent un peu du soir, un peu du ciel et de l'air qui s'assouplit, elles sont complices, elles qui partagent chaque jour le service aux maîtresses, l'exercice sadique du *sans jamais la toucher*, elles en rient parfois entre elles, cette absurdité. Ce soir d'automne, avec ce petit chat dans ses mains, chaud comme le cou d'une personne aimée, Bakhita confie à Hawa dans un murmure de fierté : « Je me suis déjà échappée. Tu comprends ? *Firar*. Tu comprends ? J'ai fui. Avec Binah, mon amie, j'ai fui. » Hawa comprend et Bakhita raconte. Elle caresse le chaton et retrouve le plaisir du récit, l'écoute de l'autre, ce partage si simple : « Dans l'arbre, oui, on a dormi dans l'arbre ! La bête fauve est passée, là ! Sous l'arbre ! » Hawa rit un peu, soupire et suit l'histoire, Bakhita l'emmène, elle chuchote son évasion folle, elle chuchote mais elle est entendue, pourtant. La mère du général, qui se vante de ne parler ni de ne comprendre l'arabe, a tout entendu et tout compris.

Le gong retentit. La punition est donnée.

Toute une année Bakhita a vécu enchaînée, la chaîne à son pied comme un chien enragé. Jour et nuit sa jambe était un poids de douleur, tige de fer enflammée qui suivait sa hanche, son dos, son bras, s'agrippait à sa nuque, où elle tapait sans cesse. Il ne lui était pas seulement difficile de marcher, monter des escaliers, se baisser ou se relever, il lui était aussi difficile de ne rien faire qui soit soudain. Et c'est ce que voulait la chaîne. Que l'élan soit impossible, celui du corps, mais aussi celui de l'esprit : la prudence et l'instinct sans lesquels un esclave n'est plus qu'une proie.

À douze ans, avec ce boulet à son pied, Bakhita tanguait et soufflait comme une vieille femme. On l'entendait et on la voyait de loin, et si certains esclaves baissaient les yeux à son approche, d'autres lui demandaient de faire moins de bruit. Quand on lui a retiré la chaîne pour quelques jours de mansuétude pendant les fêtes d'Allah, elle boitait comme si la chaîne avait manqué à son équilibre, une partie de son corps avait besoin de son poids pour ne pas tomber. Quand les fêtes d'Allah se sont terminées et qu'on la lui a remise, elle a senti qu'on l'enfermait en elle-même. Elle était sa propre prison, coupée de tout, encombrée et encombrante, et sa présence dérangeait, qui rappelait à tous le martyre qu'ils voulaient oublier, les longues marches enchaînées qui les avaient menés à cet enfer. Sa cheville était enflée, croûteuse et enflammée. Alors elle s'est mise à lui parler le soir, sur sa natte, elle la caressait comme un petit animal, elle consolait la partie punie et torturée, parce que ça ne pouvait pas durer, elle ne voulait pas boiter, être inutile. Un esclave inutile est un esclave que l'on nourrit pour rien. Et dont on se débarrasse. Hawa réussissait parfois à voler des racines de gingembre que Bakhita rongeait, recrachait et appliquait sur sa cheville. L'inflammation se calmait un peu. Bakhita revoyait sa grand-mère qui pilait des herbes et soignait chacun, elle essayait de se souvenir mais ne se souvenait pas, c'était quoi ces herbes, qu'est-ce qui poussait chez elle, quel était le nom des fleurs, le nom des plantes ? Elle ne le savait pas, mais l'avait-elle jamais su ? Qu'avait-elle retenu de sa vie de petite fille ? Que restait-il en elle d'une Dajou du Darfour ? Depuis combien d'années était-elle esclave ? Le temps passait sans repères, elle essayait de compter les fêtes d'Allah, les saisons des pluies, mais c'était embrouillé et décourageant le plus souvent. Elle ne voulait pas être découragée. Elle ne voulait pas rester enchaînée. Elle ne voulait pas grandir dans la maison du général turc. Porter un jour, comme les autres, les enfants du maître. Et que le maître les prenne. Elle ne savait pas se repérer dans le temps, mais le temps passait pourtant et l'entraînait dans son mouvement. Ses peurs étaient des abîmes. Pour les oublier elle se penchait sur sa cheville de vieille femme, elle lui parlait, elle la soignait, et sans qu'elle le sache, dans cette attention, elle trouvait un moyen de survivre.

Elle a treize ans *à peu près*, elle est une jeune fille avec des seins mutilés et des signes terrifiants que la maternité est possible, elle a peur que ça aussi se voie, que le maître à qui rien n'échappe le sache, tout ce qui émane d'elle lui semble blâmable, ce qu'elle est, ce qu'elle fait, et même ce qu'elle voit et ce qu'elle entend. Elle n'est jamais à la bonne place, et tout la condamne.

Un matin, Hawa et elle sont témoins d'une dispute entre le général et sa femme. Elles sont dans la chambre de la maîtresse, que Bakhita *n'a pas touchée*, et qui est vêtue et coiffée comme elle aime l'être, richement, toute en voiles et en couleurs. La tête baissée et les mains dans le dos, immobiles et muettes comme les tapis et les coussins autour, elles attendent un ordre. Ce matin-là, la lumière d'El Obeid est froide, c'est bientôt l'hiver et tout est pâle, d'une tristesse lente. La femme du général, exceptionnellement, ne crie pas. Elle menace le maître avec une haine gelée comme l'eau du puits en hiver. Des mots tellement mauvais que le général qui dirige des armées, le général qui ordonne les attaques et accumule les médailles, le général, sous le coup de ces mots, baisse la tête. Comme un esclave. Et puis la redresse. S'approche de sa femme, et quand il est tout près d'elle, lève son bras un long moment au-dessus de son visage, son bras tremble de colère. Il y a un silence et un bourdonnement de silence. Il y a des respirations qui s'étouffent, un souffle qui cogne. Et puis le général baisse son bras, et il les regarde, Hawa et elle. Bientôt, elles entendent le gong.

Dans la cour, deux soldats les jettent à terre et les battent. Cela dure si longtemps que cela durera toute la vie. Sa cuisse gardera ce creux, ce manque de chair, arrachée par les verges. Le maître regarde la torture, et quand il se sent vraiment apaisé, il fait signe aux soldats d'arrêter. Ils arrêtent.

On transporte Bakhita et Hawa, évanouies et en sang, sur leurs nattes, où elles restent plus d'un mois. Il leur est impossible de vivre ailleurs que dans la douleur. Elles sont envahies par la souffrance, au bord de l'inconscience, elles ne pensent plus à rien, elles souffrent. Il n'y a ni clémence ni secours. Personne pour se pencher au-dessus de leurs corps suppliciés. D'abord parce que c'est interdit, ensuite parce que la pitié pourrait faire vaciller les esclaves les plus endurants, vaciller est dangereux, vaciller peut être mortel. Tous ceux qui sont là le sont au prix d'une terrible volonté, une force et une endurance de géant. Ils ont survécu. Ils ne perdront pas ce combat par compassion pour deux esclaves battues. Être battu est le quotidien, la condition. Beaucoup sont comme Bakhita, jeunes, effrayés, ils ne trouvent pas leur place et ils ne savent pas comment se tenir. Ils ne devraient pas. Chacun d'eux a sa place, aucun esclave n'est acheté ou vendu par hasard, vivant ou mort par hasard, battu ou violenté par hasard. Ils ont tort de se sentir à la merci d'une violence imprévisible. Les maîtres prennent grand soin de leur maison et ils savent exactement comment la tenir. Pourtant, en ces années 1880, ces maîtres restent sourds à la menace qui s'avance. Un homme, le *Mahdi, le sauveur de l'islam*, chef religieux soudanais, s'oppose à l'occupant égyptien. Au peuple asservi, exploité, il promet la libération du Soudan et le renouveau de l'islam. Le gouvernement turco-égyptien ignore la colère du peuple et sa force, puisque la force, toujours, a été de son côté, elle leur appartient, comme les hommes. Il dirige et opprime comme si le monde toujours allait tenir dans ses poings serrés, mais ce monde se craquelle, ce monde va se briser, demain il explosera.

Pendant ce mois de souffrance, allongée sur sa natte, Bakhita vit elle aussi, et à sa façon, en dehors du monde. Enfermée dans la douleur, son corps travaille à survivre, à guérir, et petit à petit sa conscience se réveille, et elle entend. Elle entend que sous elle la terre tremble, secouée par les corps des esclaves passés là avant elle, couchés au même endroit, sur la même natte exactement. La terre a gardé la marque de ces corps, avec le souffle et la chaleur, avec l'eau des larmes et l'épaisseur du sang, et elle se souvient de tous, comme ils sont différents, comme leurs esprits jamais ne pourraient se confondre, et chacun aurait tant à raconter, les paysages qu'il a vus, les animaux qu'il aimait, le moment du jour qu'il préférait, la nourriture que sa mère lui préparait, la personne qu'il aimait en secret, les dons qui étaient les siens, la terre se souvient de tout. Et cette terre dit à Bakhita que ça n'est pas juste. La place de l'esclave n'est pas juste. Il n'y a pas sur terre deux petites filles comme elle, elle est irremplaçable. Peut-être qu'elle ne se souvient pas bien du visage de sa mère, peut-être qu'elle ne saurait pas le dessiner sur le sable, mais son corps assis sur le tronc du baobab à terre, quand elle attend le lever du soleil, cela elle ne l'a pas oublié, et seul cela compte. Le visage de sa mère a changé, et changera encore, mais son amour pour le matin qui vient est éternel. Pendant des jours et des nuits, Bakhita écoute la terre, et un matin elle se relève. Elle tangue et se tient aux murs de la bâtisse pour faire quelques pas, elle regarde devant elle, accoutume sa jambe douloureuse, la rééduque, il ne faut pas faire longtemps partie des malades, il ne faut pas faire partie des esclaves inutiles, il ne faut pas mourir. La terre lui a parlé, la terre sacrée qu'honorent les gens de sa tribu s'est adressée à elle. Alors elle se lève.

Elle avance, vacillante et volontaire, dans un monde au bord du gouffre. Les troupes du Mahdi sont de plus en plus nombreuses. Les esclaves-soldats des maîtres rejoignent ses armées, les hommes maintenant vont se battre pour leur pays. Les batailles sont sanglantes, les offensives de plus en plus nombreuses, le ventre de la révolte gonfle. À El Obeid, dans la maison du général turc, on donne des fêtes, on achète deux Circassiennes et un eunuque, dans la maison du général turc, on dirige un monde de dégénérescence et d'orgueil.

C'est ainsi qu'un matin, la femme du général se réveille avec une nouvelle idée. Elle est heureuse de cette idée. Cette idée ne peut plus attendre. « Si belles ! Elles sont si belles ! » *Djamila ! Güzel !* Elle regarde trois de ses esclaves et les désigne en criant comme si elle avait oublié quelque chose qui pourtant est là, sous son nez. « *Güzel !!!* », elle le crie à sa belle-mère, et elle montre ces trois négresses, Bakhita, Hawa et une autre esclave, si jeune, six ans tout au plus, et qui est arrivée depuis si peu de temps que le maître ne lui a pas encore donné un prénom et on l'appelle *Yebit*, « Celle qui ne mérite pas de nom ». Elle semble ne jamais comprendre ce qui se passe, ce qu'elle fait là, dans la partie des femmes, où elle présente avec maladresse le plateau des ablutions et les gargoulettes, où elle tend les moustiquaires autour des lits, apporte la veilleuse, les cigarettes, le cendrier, et ses grands yeux étonnés qu'elle oublie de baisser cherchent un assentiment, et ne trouvent rien. Le maître l'a ramenée du marché un soir avec trois autres fillettes, qui ont participé aux fêtes des hommes. La petite Yebit ne parle ni l'arabe ni le turc, Bakhita ne sait pas d'où elle vient, rien dans son attitude ne permet de comprendre son histoire. Elle ne se plaint pas, elle garde ses grands yeux noirs ouverts comme deux éternelles questions et semble attendre quelque chose qui ne vient pas.

Djamila ! Güzel ! La femme du général les désigne avec une impatience avide, que partage sa belle-mère, oui, pour une fois, les deux sont d'accord. Elles s'approchent des trois esclaves, leurs mains froides, leurs ongles sur elles, elles jaugent, elles caressent, elles grattent un peu, et elles applaudissent. « Mais pourquoi on n'y a pas pensé avant ! » Elles se reculent pour les regarder, les évaluer mieux, Bakhita pense qu'elles vont les vendre. Toutes les trois. Un lot. Elles vont partir, servir ailleurs, servir à autre chose. Elle se trompe. Elles ne vont pas les vendre. Elles vont les décorer.

Elles veulent être fières d'elles. Elles veulent montrer à leurs amis qu'elles sont belles et qu'elles sont à elles, avec des signes qui le disent, des dessins, des marques, comme un drapeau ou un blason. Elles n'aiment pas la nouvelle mode. Maintenant certains habillent leurs esclaves. Elles pensent qu'un esclave habillé est aussi ridicule qu'un singe avec des babouches. Non. Elles, leurs esclaves, on les admirera nues. Et c'est leur peau que l'on va habiller. C'est leur peau de négresses qui montrera à tous la richesse de leurs maîtres.

On les amène d'abord dans une pièce. Une pièce qu'elles ne connaissent pas. Sombre, avec des tissus très lourds sur les fenêtres, qui cachent le jour et montrent la poussière, comme une poudre. Bakhita regarde cette poussière tout le temps que ça dure. Et ça dure longtemps. La tatoueuse qu'elles ont fait venir et qui est *la meilleure* a apporté des feuilles avec des dessins, qu'elle montre aux maîtresses. Devant les yeux baissés de Bakhita, la poussière est comme du sable immobile, gris et pesant. Les maîtresses examinent les dessins pour choisir ceux que la tatoueuse dessinera, et elles hésitent. Il y a beaucoup de choix. Et c'est très beau. *Güzel. Djamila.* Vraiment très beau. Bakhita ne comprend pas encore de quelle nature est le danger, mais le tam-tam revient frapper partout en elle, et le bruit de ce tam-tam est aussi puissant que la poussière est indifférente. La petite Yebit, habituellement si douce et placide, d'une confiance soumise, geint doucement. Bakhita effleure ses doigts, la petite les agrippe aussi fort qu'elle le peut, ses ongles sont tendres comme le bec d'un oisillon, ses doigts mouillés par la peur, Bakhita sait qu'elle appelle sa mère, alors elle serre fort ses petits doigts qui n'ont pas encore été abîmés par l'esclavage, ses doigts si jeunes qui savent si peu de chose. Et puis Bakhita comprend. Ce qu'on va leur faire.

Les deux femmes finissent par se mettre d'accord sur les motifs que la tatoueuse dessinera sur elles. *Ça ira très très bien !* Et puis, soudain, elles ne sont plus d'accord. Le ton monte, les injures pleuvent. Bakhita et Hawa appréhendent le gong, et confusément, malgré elles, elles ont l'impression que c'est leur faute, ces disputes, cette indécision. Ça parle d'elles. C'est leur faute. La petite pleure maintenant, et son visage baigné de larmes se lève vers Bakhita qui lui sourit, et sa main toujours dans la sienne, elle balance un peu son bras d'avant en arrière, comme un jeu. Elle voudrait la bercer tout entière, la porter contre elle et poser son visage dans son cou, qu'elle ne voie et n'entende plus rien, qu'elle respire juste l'odeur de sa peau... L'angoisse revient. Bakhita se demande où, sur quelle partie de leurs corps la tatoueuse va dessiner. C'est justement l'objet de cette dispute impossible à apaiser. Les deux femmes font venir le général. Qui défendra-t-il ? Sa femme ou sa mère ? Laquelle des deux gagnera ? Bientôt on entend le bruit des bottes, la démarche virile et furieuse.

Bakhita voudrait être la poussière. Elle voudrait être le tissu devant la fenêtre. Elle voudrait être *vraiment* une chose. Pas une esclave. Une vraie chose. Quand le général entre dans une pièce, la peur entre avec lui. Pourvu qu'il ne les touche pas, pourvu qu'il ne reste pas longtemps, pourvu qu'il apaise sa mère et son épouse. Sa mère parle en premier, elle explique : elle veut qu'on entaille le visage des esclaves *aussi*, n'a-t-elle pas raison ? Bakhita et Hawa se regardent. La petite n'a pas compris les mots en turc. Qu'on entaille le visage, *aussi*. Maintenant Bakhita voudrait que le général reste. Longtemps. Qu'il annule ce qui va suivre, puisque c'est comme ça, puisqu'il n'y a pas de terrain d'entente, que la tatoueuse reparte et que l'on passe à autre chose, une autre occupation, des chants, des danses, des jeux, une sortie au bazar. Le général se tourne vers son épouse, elle crie : «Pas question ! Pas le visage ! » Sa mère ricane et dit que ses amis font scarifier le visage de leurs esclaves *aussi*, c'est comme ça que ça se fait, aujourd'hui. «Ça gâcherait tout ! » dit l'épouse. Elle serre fort ses bras contre sa poitrine, et elle regarde son mari avec un air de défi qui ressemble à une menace familière. Les doigts de la petite Yebit tremblent dans la main de Bakhita comme de toutes petites bêtes qui voudraient courir. Oh, petite sœur, pense Bakhita, tu ne courras pas ! et elle comprend que ce qui va leur arriver sera terrible, elle l'a vu déjà, sur d'autres, et toujours elle en a frémi. Ces boursou-flures sur tout le corps, comme une terre labourée, griffée par un fauve, cette peau déformée, gonflée et brûlée. «Je suis d'accord avec toi ! » C'est à sa femme que le général a parlé. C'est à son avis qu'il se rallie. Pas de visage *aussi*.

Le gong retentit. On les fait descendre dans la cour. Bakhita lâche les doigts de la jeune esclave qui la regarde avec des yeux pleins de questions affolées, alors elle cligne un peu des paupières pour lui dire *Je ne lâche pas ta main*. Elle sait qu'elle comprend. Elle sait aussi qu'elle l'accompagne au martyre, et elle voudrait s'excuser auprès d'elle, s'excuser de cette vie.

Dans la cour deux esclaves-soldats les attendent. Deux hommes robustes. Et c'est à l'un d'eux que la femme du général demande de le faire. Mettre la petite Yebit au sol, sur le dos, et la tenir, tandis qu'on apporte deux bols à la tatoueuse, l'un rempli de farine, l'autre de sel.

Bakhita n'a pas protégé la petite Yebit, elle ne l'a pas consolée, elle l'a regardée. La petite tremble tellement que la tatoueuse doit recommencer trois fois les dessins avec la farine sur son corps. Elle lève vers la maîtresse un regard de reproche. La maîtresse fait signe à un esclave de calmer la petite Yebit, il la gifle et cela l'assomme pour quelques minutes. Alors la tatoueuse recommence ses dessins, elle s'applique, ses poignets dansent, c'est presque joli, ces arabesques, ce savoir-faire, comme un artisan, blanc sur noir, lumineux, tellement esthétique. Et puis elle sort de son tablier un rasoir, et elle suit les dessins de la farine, creuse la chair vingt-trois fois, très profond, en commençant par le ventre, d'où le sang jaillit, comme si la vieille femme délivrait des ruisseaux rouges, le ventre, et puis les bras, les jambes maigres, si courtes, la petite hurle comme un animal sauvage, la tatoueuse a les mains et les bras inondés de sang, mais elle ne s'en préoccupe pas, elle va jusqu'au bout de sa commande, et une fois que les entailles sont terminées, avec beaucoup d'application elle ouvre chaque plaie pour les remplir de sel, et puis elle appuie dessus très fort, pour que le sel pénètre bien. Les cris puissants de la petite s'affaiblissent et grincent, et puis elle grogne et se tait, son corps comme une terre en colère convulse, et puis son corps comme une bête à terre s'immobilise. Le soldat relâche sa pression. C'est fini. D'un signe de tête la maîtresse fait signe qu'on emporte le petit cadavre. La tatoueuse s'est relevée, on lui apporte une cruche, elle se rince les bras et les mains, boit un thé à la menthe, souffle un peu. Bakhita tombe aux pieds de la maîtresse et la supplie de l'épargner. Hawa sanglote et supplie comme elle. La maîtresse les regarde avec un dégoût agacé, lance ses mots acides puis ordonne aux esclaves de les battre, histoire de les calmer avant le tatouage. Elles reçoivent les coups sous lesquels elles voudraient s'évanouir, ne pas être dans ce qui va suivre, oublier ce qu'elles ont vu, ce qui va arriver, mais elles ne s'évanouissent pas, et quand c'est fini la maîtresse s'approche de Bakhita et tout bas cette fois, en la regardant droit et calme dans les yeux, elle lui dit :

— Toi ! Tu regarderas jusqu'au bout.

La tatoueuse commence par Hawa. Bakhita regarde jusqu'au bout. Jusqu'à ce que ce soit son tour.

Bakhita n'a pas protégé la petite fille. Quand elle est sortie de la bâtisse, un mois plus tard, elle l'a cherchée partout, elle voulait savoir s'il restait quelque chose d'elle, quelque chose qu'elle aurait pu mettre en terre et offrir aux esprits, mais bien sûr il était trop tard et personne ne voulait parler de la petite Yebit, qui ne méritait pas de nom, et pas de sépulture. Alors Bakhita a regardé le ciel avant la naissance du jour et elle a demandé aux étoiles de lui pardonner. Mais les étoiles sont restées froides. Bakhita a baissé les yeux et elle a demandé à la terre de lui pardonner. Mais la terre est restée muette. Bakhita avait treize ans *à peu près*, dont six en esclavage, et elle était de nouveau impuissante et apeurée comme aux premiers jours, quand la petite Binah lui avait dit : « Ça s'appelle des esclaves », *abid*, et qu'elle avait pensé à sa sœur, avant de comprendre qu'elle aussi. *Abda*. Comme les autres. Ni meilleure ni pire. Son corps est la propriété exclusive des maîtres, son cœur est pétrifié, et son âme ne sait plus où vivre. Elle n'a pas protégé la petite fille, elle a retrouvé Kishmet sans pouvoir la rejoindre, elle a perdu Binah, et elle vit dans un monde furieux, qui se dévore lui-même. Des avancées de l'armée mahdiste, elle ne sait rien, et le jour où elle sort de la bâtisse, où elle retrouve le monde des vivants, elle est comme arrachée à elle-même. Ses plaies sont gonflées, malgré le sel certaines coulent encore et sentent mauvais. Elle est décorée de cent quatorze entailles sur le ventre, la poitrine et le bras droit. Ces jours de souffrance, aux côtés de Hawa, à tenter de survivre, sont les derniers temps de son calvaire, mais elle ne le sait pas. Durant trente jours elle a combattu et survécu à la douleur, à l'infection et à la soif terrible que procurait le sel dans les plaies. Dans un sommeil semi-comateux souvent elle s'est crue sur les longs chemins sans eau des caravanes, les heures sous le soleil à ne pas vouloir mourir. La déshydratation lui donnait des vertiges même quand elle ne bougeait pas, son cerveau tanguait, uriner était une douleur insupportable, sa bouche était sèche et sa langue couverte de croûtes, elle a eu la fièvre, elle a déliré, son corps a hésité entre la vie et la mort, et puis il s'est adapté à ce qu'il était devenu, cette chair entaillée, cette peau brûlante et bouffie, ces cicatrices pour la vie, puisque vie il y a. On a posé chaque jour un bol d'eau devant sa natte, qu'elle n'a pas toujours eu la force de saisir. La tatoueuse a coûté cher, les maîtresses ne veulent pas que Bakhita et Hawa meurent, elles réservent une surprise à leurs amies et savent exactement le parcours qu'elles emprunteront pour les exhiber en ville et dans quels harems elles les mèneront.

Elles auront à peine le temps de le faire. Les maîtresses ont beau continuer leur vie comme si leur vie était un règne, la femme du général a beau fouetter les esclaves chaque matin avant la première prière, le système finit par s'enrayer… Et un jour, ça cesse. Un jour, le général ordonne qu'on arrête de battre les esclaves. Puis il quitte El Obeid. Il s'en va, on ne sait où, mais cet ordre-là, l'ordre de ne plus donner le fouet aux esclaves, est glaçant. Il fait peur aux captifs : quelque chose se prépare, quelque chose va arriver, et aucun changement, jamais, n'est en leur faveur. On cesse de les battre, mais que va-t-il se passer, *après* ? Leurs corps ne sont pas habitués à ne pas être battus. Ils frissonnent dans l'attente des coups. Leur peau est prête, leur esprit se méfie, ils guettent les bruits, les pas, chaque soir dans la bâtisse ils s'interrogent les uns les autres : qui a entendu les maîtres parler, qui a été au marché, qui a accompagné les maîtresses en ville, que disent les invités, les eunuques, le porteur d'eau, les servantes, les soldats ? Qui sait quelque chose ? Si on arrête de les battre, c'est forcément pour faire monter les prix. Le maître a besoin d'argent, mais pour quoi faire ? On va les vendre, mais dans quel but ? On va les séparer, les disperser sans pitié. Les esclaves qui sont grosses sanglotent dans leur sommeil, ceux qui sont mariés se tiennent de longues heures sans parler, les mères regardent leurs petits avec un amour terrifié, et la nuit leur répètent des mots en chapelet, toujours les mêmes, des mots d'amour qui vont finir. Les plus vieux se taisent, ils ont tout vu, ils n'attendent ni ne redoutent rien, pourtant le dégoût les submerge. Les malades supplient les cuisinières pour des herbes et des poudres qui devancent la mort, ceux-là savent qu'ils ne quitteront pas la maison du général, on va les abandonner dans la bâtisse, où ils mourront de faim et de soif, ils tentent de choisir une mort plus douce. Bakhita et Hawa se parlent un peu en arabe, leur langue commune, mais ce qui les lie ne se raconte pas. Elles ont des corps jumeaux défigurés, le service quotidien aux maîtresses avec le fouet, les insultes, la fatigue et la peur. Et la petite Yebit. Elles la partagent, aussi. La petite Yebit. Morte comme tant d'autres sous les tortures d'une tatoueuse. Sacrifiée sans dieu ni cérémonie.

Un après-midi, la maîtresse s'est endormie et pour un instant Bakhita cesse de l'éventer. Elle passe un poignet sur son front en sueur. Elle regarde ses mains, deux ailes noires ouvertes. Elle les regarde, et soudain, elle revoit les doigts de Binah. Et ceux de la jeune esclave de Taweisha. Et ceux de la petite Yebit. Elle sent ces doigts d'enfants se poser à nouveau dans sa main, tout doucement, comme des plumes, et puis ces doigts prennent chair, s'enlacent, bougent, et dansent presque. Elle regarde sa paume ouverte. La main de sa jumelle, celle de son amie, celles des petits d'Olgossa à qui elle racontait des histoires, toutes viennent se poser sur ses paumes, elles viennent, les mains de ceux qu'elle aimait en liberté. Puis elle en sent une autre se poser sur la sienne. Grande. Fine. Elle la reconnaît. Sa chaleur profonde. Sa pression rassurante. C'est la main de sa mère qui se pose et referme doucement la sienne, avec une autorité calme. Elle comprend alors : sa mère lui pardonne. Bakhita serre doucement le poing. Elle ne sait pas ce qu'elle va devenir dans ce monde qui chavire, mais maintenant, et pour toujours, c'est la main de sa mère dans la sienne qui lui dit *Je ne lâche pas ta main*.

Ils continuent. Tous. Ils pourraient, puisqu'ils ne sont plus battus, se révolter, se mutiner, se venger, fuir. Mais ils ne savent pas ce qui se passe. Les guerres entre milices existent depuis toujours, les armées s'affrontent, les hommes sont pris, les villages et les zéribas attaqués, ils sont nés au cœur de cette violence. Et surtout ils ont faim. Ils ont peur. Ils n'ont nulle part où aller. Ils parlent mal l'arabe. Ils sont à moitié nus et totalement brisés. Ils se gardent encore un peu les uns les autres, ils ont peur de se perdre. Ils travaillent moins bien. Il arrive à Bakhita de toucher sa maîtresse en la coiffant et quand elle se recule, dans l'attente des coups, c'est le bruit des objets jetés à terre qu'elle entend. La maîtresse passe sa rage sur tout ce qui l'entoure, sauf sur elle. Mais les mots qu'elle hurle sont pour elle. Et ces mots sont si pleins de colère, Bakhita pense que quelqu'un a jeté un sort à cette femme, car cette colère contre son esclave est comme une montagne qu'elle tente de gravir sans y parvenir jamais. Elle a des chaînes invisibles, Bakhita les voit.

Les esclaves vivent ainsi quelques mois, une vie prise dans la brume lente et malsaine du doute. Et puis une nuit, ils entendent le cheval du maître, un galop pire que le gong. Il les fait réveiller et venir dans la cour, tous. C'est la première fois qu'ils sont rassemblés ainsi, les hommes et les femmes, de toutes les générations, d'innombrables tribus, il y a ceux qui dormaient dans les bâtisses et ceux qui ne quittaient jamais les maîtres, jour et nuit à leur service, les simples palefreniers, les Circassiennes et les cuisinières, les conseillers et les forgerons, les esclaves proches du maître et les moins-que-rien, une société qui s'effondre, en une nuit. Les soldats-esclaves assistent le maître, comme toujours. Les autres attendent, noirs dans la nuit noire, maigres dans le froid lent, ceux qui s'aiment se tiennent en priant, ceux qui reconnaissent cette peur ancienne qui sidère, ceux qui se tiennent prêts, tous attendent le sacrifice. Le maître les vend à des propriétaires privés, il fait des lots, des listes et des associations, on les bouscule, on les disperse, Bakhita est mise au fond de la cour, à droite près du pigeonnier. Hawa ne la rejoint pas. Bakhita la cherche du regard mais personne ne distingue personne et on entend dans la nuit les cris éparpillés de ceux qui lancent des au revoir et de pauvres mots à ceux qu'ils aiment, le fouet claque, les jurons se mêlent aux supplications, les pleurs aigus des enfants aux sanglots rauques des vieillards et aux cris des mères, au bord de la folie. Une lueur apparaît à la fenêtre de la maîtresse, Bakhita lève les yeux. Seule maintenant dans son harem désert, la femme du général regarde grouiller tout ce qui lui échappe, et elle ne comprend rien à cette injustice.

Le général a décidé de rentrer en Turquie. Lui et sa famille vont quitter le Soudan au plus vite. Les préparatifs se font dans une panique furieuse, les maîtres doivent laisser à El Obeid tout ce qu'ils possèdent, les richesses leur filent entre les doigts et ils se noient dans la panique. Il leur reste si peu d'esclaves, dix à peine, et le rythme des journées est un chaos, ils sentent qu'ils tombent, ils tombent sans secours et soudain tout leur déplaît, tout leur est insupportable, ils réalisent qu'ils n'ont jamais aimé ce pays, ce vent constant, l'humidité poisseuse, les nuits gelées, et ce désert tout autour. C'est comme un réveil. Ils lèvent les yeux, regardent où ils sont, et ce qu'ils voient c'est l'hostilité et la menace, un monde qui ne parle pas leur langue et maltraite leurs coutumes, ils ont hâte de fuir maintenant, rentrer chez eux et reprendre leur place.

Bakhita reste avec les maîtres. Elle n'est pas choisie pour sa beauté, cette fois-ci, mais pour son habileté à servir la femme du général, qui a *fait* cette fille, ce qu'elle porte sur elle, pour toujours, sa peau scarifiée, son corps, elle l'a maté et façonné, Bakhita est sa créature. Le général a permis qu'elle la garde, mais Hawa a été vendue à un grand propriétaire agricole, et il en a tiré un bon prix, elle attendait son enfant et il a fait coup double. Aucune femme grosse n'a été gardée, ils vont voyager à dos de chameau jusqu'à Khartoum, à plus de six cent trente kilomètres au nord. Il leur faut des esclaves robustes et efficaces.

Partir, pour Bakhita, c'est espérer, toujours. Elle ne comprend pas qu'en quittant le Kordofan, en remontant vers le nord, au bord de la mer Rouge, elle s'éloigne du Darfour. Quand elle monte sur le chameau, quand on la hisse sur cette bête gigantesque, elle cache sa frayeur, elle s'agrippe comme elle peut, et elle regarde le monde d'en haut. Elle est proche du vent qui danse dans les arbres, agite les drapeaux, soulève le sable et la poussière, elle est proche du ciel et elle regarde, à perte de vue, les champs, les déserts, les monts, El Obeid est plus petit qu'elle ne le pensait, par où est-elle venue il y a quatre ans, où est le Darfour, à peine sait-elle que c'est à l'ouest, à peine sait-elle où est l'ouest, elle se souvient de marches interminables et de paysages changeants qui effaçaient les traces de son village ; elle ne sait plus où elle est née. Pourtant, elle est émue comme si c'était possible, comme si l'occasion lui était donnée, maintenant, de retrouver les siens. Elle a peur de perdre du temps, elle plisse les yeux, elle tourne la tête de tous côtés comme un oiseau avant l'envol. Mais ce qui s'étend à perte de vue pendant ces jours de voyage, c'est le désert, avec les dunes immenses, les monts pelés, les serpents invisibles, les ombres étendues, le sable qui danse et s'incruste dans les yeux, la bouche, la moindre parcelle de peau, et contre la selle, la cuisse à jamais blessée de Bakhita s'ouvre et saigne, elle cache tant qu'elle peut cette blessure, elle sait qu'on l'abandonnera à la première défaillance. Elle est vigilante, obéissante, mais toujours, dans la fatigue, la soif et la douleur, elle guette Olgossa.

La chaleur est dangereuse, qui pèse sur la caravane comme une asphyxie, et ils voyagent le plus souvent de nuit, se repérant aux étoiles. Les nuits sont glacées, ils avancent, blocs chancelants sur les chameaux qui tanguent, et la nervosité des maîtres n'a d'égale que leur inquiétude. Leurs ordres dans la nuit résonnent contre les pierres, ce sont les échos anciens des ordres passés avant eux, ces chefs de guerre et ces esclaves, toutes les fuites et les retraites, le trafic et le troc, le désert accueille dans son immensité rose et bleu la file des hommes sans repos, ces silhouettes qui basculent sur le dos de ces chameaux élégants et méchants, et portent sur leurs épaules la chute d'un monde.

Bakhita a guetté son village, et c'est la ville qu'elle découvre après ces nuits de voyage, c'est Khartoum qui apparaît au petit matin, ses lueurs roses qui dansent au rythme nauséeux du chameau, à travers ses yeux ensablés, chargés de sommeil, elle voit la ville au loin, ses pointes de lumière dans la nuit étendue, et à l'excitation qui s'empare des maîtres, elle sait qu'une fois de plus, quelque chose va arriver.

Ils n'entrent pas dans la ville. Ils s'arrêtent juste avant, à la périphérie proche, la première auberge fait l'affaire. Bakhita suit les maîtresses, elle dormira devant leur porte, à même le sol, prête à obéir aux ordres, constants, déplacés, de plus en plus futiles et inutiles. La domination familière rassure, remet chacun à sa place, la femme du général gifle Bakhita pour un oui pour un non, tire ses cheveux, lui crache au visage, calme sa fureur égarée, elle l'insulte en arabe, pour qu'elle comprenne mieux et que tous entendent, et elle note avec un dépit écœuré qu'elle tient à cette gamine stupide. Elle la hait et elle la veut. Elle pleure de rage dans son lit à la moustiquaire trouée, cet hôtel minable infesté de moustiques et de cancrelats, cet air moite qui rend fou et cette honte à n'avoir qu'une poignée d'esclaves à son service. Sa vie vaut-elle si peu ?

Bakhita est épuisée, son corps est un enchevêtrement de douleurs et son âme cherche Kishmet. La ville est si proche, elle a l'air si grande, on dit que c'est l'immense carrefour du commerce, c'est là que tout converge, que tout vit, on dit que le Nil devient un seul fleuve qui rassemble le Nil bleu et le Nil blanc, on dit que l'Égypte est tout près et la mer aussi, que l'on appelle Rouge, on dit tant de choses, ce n'est plus un renard empaillé qui ouvre sa gueule, c'est le gouvernement égyptien. Le maître des maîtres. Et elle, *abda*. Prise dans la tourmente comme dans une tempête de sable, elle dort sur le seuil et ses larmes brûlent et lavent ses yeux ensablés. La femme du général hurle dans son sommeil. Des mots turcs et arabes mélangés. Bakhita serre le poing pour tenir la main de sa mère dans la sienne, elle pose ce poing dans sa bouche pour ne pas pleurer trop fort, et une fois de plus, malgré elle, elle espère.

Le lendemain est presque un jour ordinaire. Les ordres. Les coups. La faim. La soif et la douleur. Sauf que. Le maître perd de son contrôle et de son assurance rigide. C'est un militaire nerveux, comme égaré sur un champ de bataille trop vaste. Il fait ses comptes. Et recommence. Et la maîtresse sanglote de dépit. Son mari est un minuscule scorpion, *Akrep !* elle répète en le poursuivant, *Akrep !* elle le dit le visage voilé et le visage découvert aussi, tant elle perd la tête, tant elle devient folle, *Akrep ! Akrep !* et Bakhita apprend par un esclave qu'on va les vendre, encore. Elle n'ira pas en Turquie ? Le maître a fait passer le message, *Esclaves à vendre*. Il les vend *tous* ? Il a besoin d'argent, de plus d'argent encore pour rentrer à Ankara. Elle n'a pas tort, la maîtresse. Le maître est un scorpion qui se mord lui-même, le maître perd la partie, le maître est pressé, donc, il a failli.

La maîtresse ne supporte plus que Bakhita s'occupe d'elle, elle voudrait la tuer, la faire rentrer sous terre, elle voudrait tous les voir rentrer sous terre, et sa belle-mère aussi, qui assiste son fils avec un triomphe piquant. Bakhita repose les brosses, les barrettes et les voiles. Elle reste là, debout, inutile et pétrifiée. Elle calcule. Si le général ne la garde pas. Si elle est achetée, ce sera son cinquième maître. C'est bien ça ? Elle réfléchit. Elle revoit les deux ravisseurs près du bananier, elle revoit les longues marches, les centres de tri, sa fuite avec Binah, elle revoit le berger et le serpent dans la gueule de son chien, elle revoit Samir et les petites maîtresses, elle revoit les couteaux, les fouets et les défaites, elle était si petite quand ça a commencé et maintenant elle connaît beaucoup de choses, et elle ne connaît rien. Elle a désappris ses coutumes et ses croyances, elle ne saurait plus mener un troupeau à la rivière, battre le sorgho, chanter dans son dialecte, et elle se demande : si ma mère prononçait mon nom, est-ce que je le reconnaîtrais ? Elle se pose cette question, et soudain elle entend qu'on l'appelle :

— Bakhita ! Bakhita, approche !

C'est comme ça que ça s'est fait, avec cette simplicité-là. Comme il suffit d'un pas pour franchir une frontière, comme il suffit d'une signature pour qu'une guerre s'arrête, arrive en une minute ce que l'on a espéré des années entières. Bakhita approche. Elle est achetée pour la cinquième fois, achetée par un homme qui s'appelle Calisto Legnani, consul italien à Khartoum. Et cet homme va changer le cours de sa vie.

Quand elle se présente le premier jour devant ce maître, Signore Legnani, Bakhita se prosterne, front contre le sol, bras étendus, mains en avant, et entend un ordre qu'elle ne comprend pas. Elle baise les pieds du maître, l'un après l'autre, trois fois, mais le maître répète l'ordre. En arabe, cette fois : *Taali ! Relève-toi.* Elle se relève, les yeux baissés, le cœur affolé, déroutée déjà par ce nouveau monde où elle fait, une fois encore, ce qu'il ne faut pas. *Guardami.* Elle ne comprend pas. Elle sent la main du maître sur elle, elle recule instinctivement quand il attrape son menton et la force à relever le visage, elle sait qu'elle ne doit pas reculer, elle doit obéir à tout, mais elle ne comprend pas ce qu'il dit. Il parle de nouveau arabe : *Shufi ilai ! Regarde-moi !* Mais ça, elle ne sait pas le faire. Regarder un homme en face. Un maître, de surcroît. La panique s'empare d'elle, elle regarde ses yeux, elle ne sait pas lire ce qu'ils expriment, elle se mord les joues pour ne pas pleurer, ne pas être renvoyée déjà, elle le regarde mais elle sait que c'est mal de le faire, il lâche son menton et s'éloigne. Il hoche la tête plusieurs fois, comme s'il était seul, et désolé. Puis il fait signe à une domestique d'approcher, il dit des mots incompréhensibles, encore, Bakhita plusieurs fois demande pardon *Asfa ! Asfa !*, mais c'est trop tard, la domestique, une femme à la peau claire, l'emmène avec elle. Bakhita la suit le visage baissé, elle ne sait pas où vivent les esclaves dans cette maison, dans quelle cour on les bat, elle marche le long de couloirs et elle arrive dans une pièce sombre, humide et embrumée. La domestique lui désigne une grande bassine en cuivre, très longue, vide, et lui explique qu'elle doit se mettre dedans. Elle ne connaît pas cette torture-là. Elle obéit.

Ce jour-là, Bakhita a été lavée. La domestique, Aïcha, lui a donné un bain. En sentant la douceur de l'eau sur sa peau, Bakhita a retrouvé la pureté de la rivière, les jeux et l'enfance, sa mère. Elle restait figée pourtant, étonnée et sur ses gardes. Quand l'eau a coulé sur ses cheveux emmêlés, que la domestique a coiffés, elle a pensé qu'on la préparait pour une fête avec les hommes, mais au fond d'elle elle sentait que c'était peut-être autre chose. La domestique a regardé ses scarifications, sa cuisse creusée, les cicatrices sur son dos, ses pieds déformés, elle a eu ce sourire triste et bref, et elle a fait couler si doucement l'eau sur ses épaules qu'encore une fois la petite esclave s'est dit que peut-être, elle ne la préparait pas pour les hommes.

Et puis, Aïcha l'a aidée à sortir du tub, lui a tendu un drap pour qu'elle se sèche, lui a fait signe d'attendre et elle est revenue avec une longue tunique blanche parcourue de fils rouges et de perles. Elle s'est plantée devant Bakhita, sans un mot, et comme Bakhita ne bougeait pas, elles sont restées ainsi un moment, à se regarder, la tunique blanche entre elles deux. Les cheveux de Bakhita gouttaient sur le drap, elle pensait avoir épuisé ses larmes, elle n'avait jamais pleuré de gratitude, et même ce temps-là, le temps du silence entre Aïcha et elle, elle ne pensait pas que c'était possible. Le temps du regard. Sans menace. Alors elle a tendu la main pour prendre la tunique, et Aïcha l'a aidée. Elle a passé la tête, les manches ont recouvert ses bras, et le tissu a pris ses épaules, son ventre, ses jambes, son corps tout entier. Au-dessus de la tunique blanche ne ressortait que le noir de son visage, comme sculpté à la lumière, et miraculeusement non scarifié. Toutes les marques d'infamie étaient cachées, la tunique était comme un voile de pudeur et pour la première fois depuis son enlèvement, elle a ressenti qu'il y avait quelque chose d'elle qui n'appartenait qu'à elle. Son corps, objet de profit et de tant de violences, lui était rendu, dissimulé aux autres il devenait un secret. Son secret. C'était le premier.

C'est comme cela, par ce corps restitué, qui ne sera plus ni battu ni convoité, qu'elle retrouve, lentement, le monde des humains. Elle a quelque chose à elle, et *c'est* elle. Elle appartient au maître, mais un peu de sa vie est protégé. Elle sait que ça peut finir d'un jour à l'autre, pour une raison qu'elle ne comprendra pas, une décision qu'on ne lui expliquera pas, un au revoir auquel elle n'aura pas droit. Elle est habillée et coiffée, elle porte des bracelets, des perles dans ses cheveux. C'est doux et menacé.

Elle demande des nouvelles de Kishmet aux esclaves du consul, aux domestiques, et le jour où l'une d'elles lui demande à quel signe particulier on pourrait la reconnaître, elle ne trouve rien à répondre. Ses goûts ? Sa voix ? Son rire ? Ses cicatrices ? Bakhita ne sait pas. Son nouveau nom ? Ses enfants ? Ses anciens maîtres ? Bakhita n'en sait rien. Alors, elle essaye de compter, calculer le temps qui a passé, se dit que Kishmet est peut-être mariée à un soldat, elle vit dans une des innombrables garnisons de Khartoum, ou chez un riche marchand, un harem immense, comme on dit qu'il y en a ici, elle danse pour désennuyer les maîtresses, ou pire... Elle ne veut pas y penser. Elle tente de retrouver cette intuition qu'elle a eue à El Obeid, quand elle avait *su* que Kishmet était là, dans la même ville, tout près. Mais l'intuition est partie, et elle ne saurait dire si sa sœur vit dans son cœur, ou dans la ville.

Un matin, le consul la fait venir dans son bureau. C'est un homme affable, qui parle d'une voix si douce qu'on a du mal à l'entendre, sa présence est presque une absence, sa gentillesse, un effacement. Il demande à Bakhita le nom de son village. Il lui demande cela en arabe, pour qu'elle le comprenne bien. C'est une question surprenante, abrupte, qui cache sûrement un piège. Ou une mauvaise nouvelle. A-t-elle trop parlé de Kishmet ? Est-il arrivé un malheur à son village ? Elle regarde au-dehors, il est tôt mais le ciel est déjà

174

blanc, la chaleur brouille l'horizon. Elle demande très bas s'il y a eu le feu.

— Le feu ? Quel feu ?

Le feu. Après un enlèvement il y a toujours le feu, mais elle n'ose pas le dire au consul, et elle reste là, tête baissée, le cœur piégé et qui se débat contre un mauvais pressentiment. Il insiste :

— Quel est le nom de ta tribu ? De ta famille ?

Elle murmure :

— *La arif...* Je ne sais pas...

— Tu ne sais pas ? Fais un effort... Je veux t'aider. Tu comprends ? T'aider.

Elle a entendu dire que le maître était bon. Qu'il avait affranchi des esclaves. Qu'il les avait achetés pour cela, les rendre libres, et elle se demande ce qu'ils font, une fois qu'ils sont libres, dans Khartoum.

— Dis-moi le nom des tiens. Ton village. Ta tribu.

Elle lève vers lui un regard stupéfait. Elle comprend qu'il veut l'aider, et surtout, elle comprend qu'elle ne sait pas le nom de sa tribu. Elle le réalise, là, dans ce bureau qui sent le cuir et le tabac, l'air brassé par l'énorme ventilateur au plafond, son bruit de vent immobile. Elle ne connaît pas le nom de sa tribu ! Elle croyait le savoir, elle ne s'était jamais posé cette question, elle cherchait les siens et c'est tout, ils existent parce qu'elle les aime, ils l'attendent quelque part parce qu'ils lui manquent et qu'elle va les rejoindre... Le nom du village. Le nom de sa famille. Elle a la tête pleine de noms arabes, de questions fuyantes, elle redit :

— Je ne sais pas...

Il ne paraît pas surpris. Il ouvre un tiroir et étale devant elle une feuille de papier si grande qu'elle prend tout le bureau. Il lui fait signe d'approcher. Il lui dit que c'est son pays, c'est le Soudan. Elle voit l'immensité de ce monde qu'elle regarde pour la première fois.

— Tu as beaucoup marché. Tu as marché où ?

Elle fait oui, elle a beaucoup marché, des mois, des années, elle a beaucoup marché. Oui.

— Mais ça a commencé où ? Avant El Obeid, tu étais où ? Tu viens d'où ? De quel point ?

Elle murmure :

— Oui.

Il reprend, un peu plus vite, plus ferme :

— C'était plutôt dans les parties jaunes, ou vertes, ou grises ? Il y avait des montagnes ? Des monts ? Le Nil bleu ? Le Nil blanc ? C'était l'ouest, n'est-ce pas ?

Son doigt tape sur la carte comme s'il allait en faire surgir du sable ou de l'eau, elle ne comprend pas comment le grand fleuve peut être si fin, et où sont les étoiles et la lune, elle ne comprend pas ce que montre la carte. Elle se souvient de la dernière image de son village, deux hommes près du bananier. Elle regarde la carte et elle répète :

— Je ne sais pas.

Le consul ne se décourage pas, de sa voix courte et presque éteinte il demande :

— Chez toi, quels étaient les animaux ? Des bœufs ou des buffles ? Des ânes ou des chevaux ? Vous changiez souvent de village ? Vous partiez, hein ? Vous

176

marchiez ? Vous mangiez les animaux ? Quel dieu tu priais ? Comment s'appelaient tes ancêtres ?

Elle éclate en sanglots. Elle voudrait tomber aux pieds du maître et que ça cesse, elle marche au bord du vide et il la pousse avec ses questions, elle est perdue et elle a perdu les siens. Le consul lui donne un mouchoir et un peu d'eau. Il replie la carte du Soudan avec tous les lieux et les mots qu'elle n'a pas su lire. Il replie cette terre qui n'a pas de ciel et la range dans un tiroir.

— Je veux t'aider, il n'y a pas de quoi pleurer.

Bakhita regarde le tiroir où est enfermée la carte avec sa famille et tous ses espoirs morts. Où sont-ils ? Mais où sont-ils tous ? Elle sanglote, les mains devant son visage, elle souffre plus que sous les coups et les injures, elle souffre d'elle-même. Le consul s'approche, il caresse sa moustache d'un air rêveur.

— C'est très simple. Tu vas me dire une seule chose, je saurai ensuite à qui m'adresser. Un ami qui connaît vos dialectes... Beaucoup de vos dialectes.

Bakhita n'a jamais été si longtemps dans le bureau d'un maître, on ne lui a jamais posé autant de questions, elle est épuisée, sans espoir, et pleine de honte.

— Ton nom.

— Quoi ?

— *Tuo nome ? Ma smouki ?* Nom ? Ton nom ?

Bakhita regarde le mouchoir blanc dans ses mains sombres. Elle le plie en deux. En quatre. En huit. Lentement. Elle ne pleure plus. Elle s'entend respirer comme un petit âne épuisé. Le maître est agacé maintenant, un peu déçu aussi, bien sûr.

— Comment tu t'appelles ?

Elle s'incline lentement vers lui, et pour lui montrer sa bonne volonté, et comme elle n'est pas ignorante en *tout*, elle dit de sa voix grave, en détachant bien chaque syllabe :

— *Non lo so.*

Et elle quitte la pièce à reculons.

Cet entretien marque le début d'un long chagrin. Elle comprend qu'elle a perdu sa langue maternelle. Son enfance se dérobe, comme si elle n'avait pas existé. Elle ne peut la nommer. Elle ne peut la décrire. Elle la sent pourtant en elle, brûlante et vive, plus que jamais. Elle a appris l'arabe avec la facilité des enfants, son dialecte, depuis sept ans, elle n'en a jamais entendu un seul mot. Elle se souvient de « Kishmet », ce talisman, cette obsession, le prénom que sa sœur ne porte sans doute plus. Elle le dit au consul, comme un dernier espoir, et à ses yeux las, elle comprend qu'il ne signifie rien, qu'il est peut-être une déformation, une illusion, lui aussi. Elle retrouve les longues nuits de désespoir, à guetter un songe, une intuition. Mais rien ni personne ne la visite. Elle n'est plus battue, elle est habillée comme les maîtres, et elle a cette impression de chute interminable. Elle tente de chanter sa petite chanson, celle que Binah aimait tant, « Quand les enfants naissaient de la lionne », elle l'a traduite, malgré elle, et depuis longtemps, en arabe. Elle comprend qu'elle dit *ami*, pour *maman*, et *baba*, pour *papa*, et surtout *asfa*, *asfa*, *asfa*, pardon pour cet abandon. Elle repense à la carte du Soudan, elle aimerait la revoir, apprendre à lire les mots dessus, les demander au moins, elle se souvient si bien des paysages traversés, et de la bergerie, et du bébé fracassé sur les pierres, et de Binah dans les centres de tri, elle porte en elle tant de vies, pourquoi les images de son enfance sont-elles perdues ? Elle fait de terribles efforts pour la rejoindre. Elle repense à ce qu'elle aimait, le feu des palabres, les genoux de son père, sa jumelle, sa grand-mère. Elle revoit son village, des bribes de cérémonies, comme des signes lointains, les dessins du serpent, son frère. «Ma petite fille elle est douce et bonne», sa mère aux multiples enfants, sa mère comme une flamme rouge, chaque nuit elle fait cet exercice, elle se remémore les siens, avec l'espérance que leurs noms reviennent, mais ils demeurent enfermés dans cet amour immense et anonyme, et elle tend les bras vers des êtres qu'elle ne peut saisir.

Chaque jour elle assiste Anna, la gouvernante, et c'est un nouveau monde, auquel, une fois de plus, elle s'adapte. Il y a l'italien, d'abord, cette langue incompréhensible, aux mots qui dansent à l'inverse de ceux qu'elle connaît, qui ne viennent pas comme l'arabe du fond de la gorge, mais s'arrachent d'ailleurs, quelque part dans la poitrine, elle mettra longtemps à trouver où. Devant la maison du consul flotte un drapeau qu'elle ne connaît pas, sans le croissant islamique, et dans la maison, les hommes et les femmes sont mélangés. Les femmes italiennes ont le visage découvert et vont au milieu des hommes, et ils se réunissent tous pour manger dans une salle spécialement faite pour ça, qu'ils appellent la salle à manger, ils se lavent les mains dans une pièce à part, ils n'utilisent pas les mains pour manger, mais des fourchettes et des cuillères, et ils ont chacun un verre pour eux, posé devant une assiette pour eux, la cuisine est inspectée chaque jour, elle est nettoyée et encore nettoyée, ils ne prient jamais Allah, le maître n'a qu'une femme que personne n'a jamais vue, et il dort seul, chaque nuit, dans un lit immense, et sa chambre est fermée à clef, aucun esclave ne dort dans la chambre du maître, ou sur le seuil, aucun esclave ne dort dans les couloirs. C'est étrange, au début, l'absence de ces corps qui habituellement peuplent les maisons. Bakhita a entendu si souvent les patrons pester contre ces esclaves partout, qui les espionnent, colportent les ragots dans toute la maison, les maîtres haïssent ces corps asservis dont ils ne peuvent se passer, ils les méprisent d'être là, de partager leur quotidien, ce partage qu'ils cherchent et qui leur fait horreur. Le pays ne s'alarme pas vraiment quand les journaux rapportent les batailles gagnées par l'armée du Mahdi, les tribus arabes qu'il soulève, les esclaves-soldats qui le rejoignent, le pays fait comme si ce jihad était une petite révolte, eux sont si forts. Depuis la fin de la traite décidée par Gordon Pacha, l'armée britannique capture de temps en temps de gros commerçants qu'elle fait juger à Khartoum, et puis tout continue comme avant. La corruption s'installe. Les infrastructures de l'Égypte sont abandonnées aux puissances occidentales, envers lesquelles sa dette se creuse à un point tel que les Britanniques se chargent de son administration fiscale. Les banquiers européens et les entrepreneurs peu scrupuleux tiennent le pays à leur merci. L'Europe entière est présente à Khartoum, ces messieurs discutent et sortent les cartes des tiroirs, les ambassadeurs de France, d'Angleterre, d'Allemagne, d'Autriche, que rencontre le maître de Bakhita, Calisto Legnani. L'Europe entière a ses armées à Khartoum, et celle de l'Égypte est mobilisée. Le Mahdi continue son avancée.

Bakhita s'adapte, aux mœurs nouvelles, à la langue nouvelle, bercée par les récits d'Anna qui lui dit que la femme du Signore Legnani écrit à son mari et le supplie de rentrer chez eux, dans ce pays où se parle l'italien, et qui s'appelle *l'Italie*. Elle décrit à Bakhita ce pays, si beau, si loin, si libre, ensoleillé et sans saison des pluies, et Bakhita se demande à quoi ressemble la carte d'un pays sans esclaves et sans déserts, sans zéribas et sans violence, où tous les hommes ressemblent au consul, et sa femme, son unique femme, est-ce qu'elle est aussi gentille que lui ? Anna lui dit que oui, elle est très gentille, et heureuse, parce qu'en Italie les femmes ne sont pas répudiées, même si elles n'ont pas d'enfants, et elles peuvent sortir seules, sans voile, et même après la tombée du jour. Ça, Bakhita ne le croit pas. Mais elle pardonne à Anna car elle aime son pays et elle sait le raconter. Elle, ne porte que les cendres d'une tribu sans nom.

Un soir, après sa journée de travail, Bakhita s'assied sur un banc du jardin. On entend les derniers oiseaux, c'est toujours surprenant ce chant des oiseaux dans la nuit qui vient. Elle les écoute et elle ferme les yeux. Les oiseaux traversent la nuit, elle sent le vol rapide des hirondelles, la ronde des chauves-souris, le vent lent dans le palmier, de temps en temps le chant des crapauds. Elle rouvre les yeux, le ciel se rassemble, noir et serré. Les premières étoiles s'allument, si petites d'abord, comme des points oubliés. Elle les regarde agrandir la nuit, et dans ce soir attentif, quelque chose en elle se réveille. Ce pays est beau. Cette terre de ses ancêtres, ce ciel du Soudan sont beaux. Et elle se demande pourquoi le monde est si beau. À qui on le doit. La laideur des hommes, elle la connaît. La violence qui vient de leur terrible colère. Mais la beauté, d'où vient-elle ? La nuit se tient au-dessus des hommes, libre et immortelle. Et cette nuit lui parle. Comme la terre l'a fait, qui se souvenait de la souffrance des esclaves passés avant elle. Bakhita comprend qu'on peut tout perdre, sa langue, son village, sa liberté. Mais pas ce que l'on s'est donné. On ne perd pas sa mère. Jamais. C'est un amour aussi fort que la beauté du monde, *c'est* la beauté du monde. Elle porte la main à son cœur, et elle pleure, des larmes de consolation. Elle a eu si peur de la perdre.

Elle a quatorze ans et c'est sa deuxième année au service du consul. Elle a vu des esclaves affranchis partir vers un village retrouvé, une mission catholique, elle en a vu partir et puis revenir, épuisés et amaigris, elle en a revu certains, assis hagards au coin des rues, elle a détourné les yeux pour qu'ils n'aient pas honte, et elle se demande si une autre vie parfois est possible. Elle écoute Anna parler de cette Italie sans milices ni enfants soldats, sans razzias ni guerre dans les rues.

Elle a peur de Khartoum. Elle y ressent la violence qu'elle connaît si bien, celle de l'extrême pauvreté et celle du profit, ce mélange sans pitié. La ville est sale, envahie de cancrelats et de sauterelles qui se cognent aux passants, les chats sont maigres et féroces comme des chiens du désert, les gens travaillent et meurent dans les rues, font leurs besoins contre les murs de boue, les esclaves font tourner la grande roue du mil, l'air est vibrant de panique, le nom du Mahdi circule comme un coup de fouet, le *padrone* parle anglais avec les autres ambassadeurs, des réunions tardives et enfumées, Bakhita entend ces voix d'hommes enrouées de sommeil et de colère, quelque chose leur passe sous le nez, qu'ils ne veulent pas abandonner. Les Britanniques ont pris le contrôle du pays, ils l'administrent avec l'arrogance de ceux qui n'ont jamais perdu. Ni leurs conquêtes, ni leur orgueil. Le *padrone* est moins doux qu'avant, il devient tatillon, maniaque comme un homme qui perd confiance. Les lettres de sa femme se font plus nombreuses, « suppliantes », dit Anna, qui sait lire et ne s'en prive pas quand elle fait le ménage dans le bureau du maître.

— Rentre vite, elle lui écrit. *Subito !*

— Elle parle comme ça à son mari ? demande Bakhita.

— Bien sûr. C'est une Italienne.

— Les Turques aussi sont comme ça.

— En tout cas, je crois que le *padrone* va rentrer. Il va repartir. Je le sens.

— Repartir ? À El Obeid ?

— En Italie !

Au début, bien sûr, elle pense que ce n'est pas pour elle, l'Italie. C'est un mot pour les autres, ceux qui ont la peau blanche comme un poulet déplumé, ceux qui rêvent et se vantent de leur bonheur. Elle a l'habitude de la nervosité et de l'impatience des maîtres, et elle sait qu'Anna a raison, le *padrone* va repartir. Il avait prévu cela, il voulait qu'elle retourne chez elle, qu'elle ne mendie pas dans les ruelles malsaines de Khartoum. Mais puisqu'elle est ignorante, incapable de dire le nom des siens, elle sait ce qu'elle deviendra lorsque le consul partira. Dans une ruelle ou dans un palais, elle sait ce qu'on voudra d'elle. Elle retournera là d'où elle vient, la violence et la honte. Et c'est sans préméditation qu'un jour elle le décide : plus jamais on ne lui ôtera sa tunique blanche. Plus jamais. Elle est au lavoir, elle lave les draps et les nappes, ces tissus de coton lourds que les Italiens aiment, l'eau est glacée et elle regarde ses mains frotter, frotter, frotter. Le mouvement l'entraîne, c'est comme un chant maintenant, au rythme de ses pensées. Et brusquement elle se relève, renverse la bassine de cendres, s'essuie à peine les mains sur son tablier et court jusqu'au bureau du *padrone.* Elle se prosterne à ses pieds, il n'aime pas cela mais elle le fait parce qu'elle n'aurait pas l'audace de le supplier debout, face à lui.

— Emmenez-moi… *Padrone…*

Il ne comprend même pas, il pense qu'elle veut rentrer chez elle, il la croit un peu stupide parce qu'elle parle mal sa langue et parce que, malgré sa bonté, il considère ces Noires comme de braves bêtes soumises. Et il aime les bêtes. C'est un non-violent. Il a horreur qu'on se prosterne à ses pieds, c'est physique, viscéral, il ne supporte pas, il la force à se relever et lui dit qu'il n'a plus le temps de chercher son village, il prépare son départ, son retour en Italie. Elle est debout, face à lui, elle répète sans le regarder :

— Emmenez-moi, *Padrone.*

Il l'aime bien mais à part un tout jeune garçon qu'il a promis en cadeau à des amis chers, il ne s'encombrera d'aucun esclave, même Anna attendra qu'il lui envoie l'argent pour son retour. Il a déjà commencé

185

à revendre ses derniers esclaves à des propriétaires privés, ou à les affranchir, et en plus de ces marchandages, il passe ses journées entre le télégraphe, les journaux, les réunions et les bagages. Avec cette amertume de repartir vaincu. Il demande à Bakhita de lui apporter un café.

Elle est envahie par son désir de quitter le Soudan. Elle essaye de travailler encore mieux, elle croit que le *padrone* va voir cela, sa façon de nettoyer les sols, de cirer ses chaussures, de repasser ses nappes, et très vite elle se rend compte qu'il ne se rend compte de rien. Il est pressé. Elle sait ce qui se passe en lui. C'est un homme qui ne voit plus rien autour de lui, il prépare son voyage et ne pense à rien d'autre. Il partira à Suakin à dos de chameau, plusieurs jours de voyage dans le désert, et puis, pour traverser les mers, il prendra un énorme bateau à vapeur, l'allié si précieux des marchands d'esclaves, ces êtres sans importance. Bakhita pense qu'elle a une importance. La terre et le ciel le lui ont dit. Une nuit qu'elle est couchée dans la bâtisse des esclaves, la lune est si pleine, si lumineuse, qu'elle éclaire la natte sur laquelle elle est couchée. Elle avance les mains dans cet éclat de lumière, c'est beau comme une surprise, comme une exception, et tous autour dorment. Elle est seule avec cette lumière de lune qui l'a réveillée, et quand le matin vient, chargé de nuages, c'est si étrange de voir comme il est plus sombre que la nuit. Elle pense à cela, dans sa journée de travail, à ce qu'elle a vu que les autres n'ont pas vu, elle aide à transporter des malles, faire les bagages, et elle entend le cri lourd des chameaux que le *padrone* vient d'acheter. Elle l'entend qui parle avec le chamelier, elle ne comprend pas ce qu'il dit, il parle un arabe incompréhensible… Elle quitte la maison et va dans la cour. Elle ne se prosterne pas. Elle ne demande pas pardon. Elle baisse à peine les yeux. Elle ose être une esclave debout entre deux hommes : le chamelier et le maître. Dans son italien maladroit elle explique au maître qu'il faudra entraver les chameaux chaque nuit, il ne faut jamais laisser un animal libre la nuit. Et elle ajoute :

— J'ai déjà voyagé avec les chameaux. Je peux aider. Emmenez-moi, *Padrone*.

— Tu te crois indispensable maintenant ?

— Ils peuvent mourir les chameaux, vous le savez *Padrone* ? Ils tombent et ils meurent. Vous croyez qu'il faut pas d'eau. Mais ils tombent et ils meurent.

— Je m'occuperai des chameaux, ne t'inquiète pas.

Elle sent son visage brûler sous l'émotion, son corps tremble d'une vigueur retenue.

— Emmenez-moi, *Padrone*.

— Mais qu'est-ce que tu ferais ma pauvre Bakhita, à Suakin ? Tu sais ce que c'est, Suakin ?

— Emmenez-moi chez vous, *Padrone*, en Italie.

Il éclate de rire, lui fait signe de s'en aller et se tourne vers le chamelier, les yeux au ciel, en signe de clémence. Il aurait pu s'indigner de cette audace, il ne l'a pas fait. C'est un homme bon.

Bakhita suppliera trois fois. Elle accueille en elle la main chaude et lumineuse qui l'a sauvée la nuit de son évasion avec Binah, et elle comprend que c'est exactement la même chose, elle doit fuir, elle doit courir sans se retourner. C'est une autre marche, une autre traversée, supplier le maître et le convaincre. Elle veut vivre. Elle sent en elle une telle force, elle, vêtue et coiffée comme une jeune fille libre, et elle s'affranchit elle-même, elle se donne ça, cette dignité. Le *padrone* part le lendemain, à la tombée du jour, pour ne pas avoir trop chaud. Elle a vu le petit garçon, promis en cadeau, il s'appelle Indir, et il est apeuré comme un jeune animal encagé. Il ne demande rien, il regarde, il suce son pouce quand il croit qu'on ne le voit pas, et il pleure parfois, quand il entend des hommes crier. Il est fin et gracieux, ce sera un beau cadeau, le *padrone* doit sans doute beaucoup à cet ami à qui il le destine.

Elle est déjà moins sûre d'elle quand elle longe les couloirs qui mènent au bureau du *padrone*. Son cœur bat fort jusque dans ses oreilles, le sang cogne, le monde autour est assourdi, elle tremble en marchant vers lui, sa jambe droite boite un peu, comme toujours dans ses moments difficiles, la douleur à la cuisse se réveille et le souffle lui manque, elle a parfois, elle si belle et si gracieuse, cette démarche lente et difficile qu'elle aura dans sa vieillesse, comme si les chaînes invisibles resurgissaient. Elle est essoufflée quand elle entre dans la pièce et sans préambule elle dit au maître :

— Je sais m'occuper des petits. Les petits enfants.

Il lève la tête, étonné, et prend un peu le temps de la regarder, elle est vraiment jolie, très jolie, la pauvre.

— Je sais Bakhita, je sais.

188

Il dit ça et il retourne à ses affaires, il range de minuscules drapeaux dans une boîte d'ébène et de nacre. On dirait un enfant nostalgique qui regrette d'avoir grandi.

— C'est un beau cadeau.

Il se retourne. Elle est encore là ! Cette voix grave qu'elle a, il ne s'y est jamais fait, il sursaute à chaque fois et camoufle parfois un fou rire.

— Indir, c'est un joli cadeau. Fragile pour traverser le désert.

Cette fois-ci il éclate de rire, elle est rusée comme un renard.

— Non, Bakhita ! Je ne t'emmènerai pas ! Tu connais le désert, les chameaux et les petits garçons, oui tu connais beaucoup de choses. Mais pas le prix d'une traversée en vapeur. C'est très très cher. Plus cher qu'un esclave. Tu comprends ?

Il a parlé trop vite, elle n'a pas tout compris. Sauf son rire. Et son regard. Qui disent non. Et elle ne se prosterne pas, elle s'écroule. Elle s'effondre à ses pieds et elle sanglote sans pouvoir s'arrêter, des sanglots qui la secouent comme si on la battait, des pleurs qui viennent de tant d'années de souffrances supportées qu'elle ne peut les retenir, elle n'y songe pas, elle sanglote et c'est tout, elle perd tout courage, toute résolution, elle n'est bonne à rien ni à personne, elle s'épuise dans ses sanglots, elle voudrait y mourir.

Lui déteste les femmes qui pleurent, alors une esclave ! Il recule. Il s'éloigne près de la fenêtre et la regarde. Son corps tremble et la manche de sa tunique dévoile une épaule. Il voit la longue cicatrice secouée

189

par les pleurs. C'est un dessin sinueux, et bien fait. Cette torture esthétique soudain le bouleverse. Et il dit :

— D'accord.

Elle ne l'entend pas, elle pleure et elle s'étouffe dans ses pleurs. Il s'approche d'elle. D'un geste timide il couvre son épaule, la force à lever le visage et lui dit en la regardant dans les yeux :

— C'est d'accord pour l'Italie.

C'est, comme tout bouleversement, une délivrance et une souffrance. Un changement de vie qui s'opère en quelques secondes. Elle va partir. Elle va vivre au pays du rêve blanc et du soleil doux. Elle va vivre là où les villages ne prennent pas feu. Où les enfants grandissent là où ils sont nés. Elle en a le souffle coupé. C'est presque injuste que ça existe. C'est injuste et c'est bon. Elle ne sauvera jamais Kishmet. Maintenant c'est trop tard. Elle ne consolera jamais sa mère. Elle doit accepter cette trahison. Elle se sauve, et elle se sauve seule. Elle est prise dans la tourmente de sentiments contraires, mais il y a en elle la certitude qu'elle a raison. Elle part. Elle s'arrache à tout ce qu'elle connaît, à tous ceux qu'elle espérait revoir, elle s'arrache à la possibilité de retrouver un jour le nom que son père a offert à la lune. Elle parle à sa jumelle, elle lui demande de protéger leur naissance, de porter cette part d'elle, libre et reliée aux ancêtres. Par sa jumelle, elle ne se trahit pas. Elle quitte le Soudan. Et elle y reste. Elle reste inscrite dans leur terre. Leurs traditions. Leur langue. Elle y vivra toujours. Elle demande à sa jumelle de prononcer son nom, le plus souvent qu'elle peut. Qu'il résonne quelque part. Dans le vent, dans l'eau, qu'il aille et se pose sur les pierres, sur les champs, les bêtes paisibles. Elle prend un peu de terre rouge et la met dans un mouchoir. Pour la première fois de sa vie, elle fait son bagage. Et elle sait que le *padrone* ne la laissera pas mourir dans le désert. Il ne l'abandonnera pas aux vautours si elle est malade, et elle se sent portée par cette invincibilité. Et puis elle a la responsabilité d'Indir. Indir qui ne sait pas qu'elle lui doit ce voyage. Indir qui ne sait rien. Qui ne comprend ni l'italien ni l'arabe ni le turc, qui suit Bakhita comme un petit chien plein de chagrin. Elle se demande d'où il sort. Il y a tant d'enfants seuls. Où sont les mères seules, on ne les voit pas. Elles ont chanté le chant de la séparation qui ne sert à rien et après on ne les entend plus, elles deviennent folles en silence. Indir a de grands yeux doux avec des cils très longs, et il fait confiance avec la tristesse de celui qui ne se révoltera pas. Bakhita le voit. C'est un petit garçon qui ne deviendra ni méchant ni fou. Il garde en lui le secret de la violence et il n'attend rien. Il n'a pas l'air d'être l'enfant d'un maître, sa peau est noir foncé, ses lèvres épaisses, Bakhita passe la main sur son crâne, elle sent des petites bosses, et l'enfant cligne des yeux très vite quand elle le touche, il se raidit un peu et sourit pour qu'on l'excuse. Bakhita se dit que s'il a été choisi pour partir avec le maître, c'est qu'il vaut très cher. Khartoum est l'un des plus grands centres de castration. Et l'enfant porte en lui cette douceur étrange et cette souffrance qui, elle le sait, sera toujours invisible aux autres. Ce sera un homme avec les souvenirs d'une enfance qui ne se raconte pas. Un être sans descendance.

Calisto Legnani a été le dernier Européen à traverser le désert avant la chute de Khartoum, le 26 janvier 1885. Ils sont quatre à partir : lui, Bakhita, Indir et Augusto Michieli, un ami du consul, qui connaît bien le Soudan, où il fait des affaires depuis de nombreuses années. Sa femme doit le rejoindre, et ne le rejoint jamais. Elle est fragile, elle est triste, d'une tristesse cachée, enfouie. Augusto Michieli porte en lui une défaite qui n'entame ni sa joie de vivre ni son envie d'entreprendre. Loin de sa femme, il se sent comme un jeune homme. Près d'elle, il a peur du malheur et s'inquiète de tout, il a cent ans.

Le consul se félicite d'avoir emmené Bakhita. Il pense que sa femme sera ravie d'avoir une domestique de plus à son service, et Bakhita a un sens pratique étonnant pour son âge. Sur son chameau, le petit Indir contre elle, elle a l'assurance d'une mère. Elle le rassure, le protège des moustiques, des taons, du sable, de la soif, du soleil ; le soir elle jette des poignées de farine de mil dans l'eau bouillante et mélange avec un bâton, elle les nourrit avec trois fois rien. Les deux ânes qu'ils ont avec eux sont chargés de bagages, de vivres et de cadeaux. Ils avancent dans la chaleur, affolés par les piqûres des taons, le soir Bakhita recouvre leur encolure sanglante de cendres. La nuit, ils braient si fort que le consul craint qu'ils n'alertent les chacals. Bakhita leur tapote le front, leur tord les oreilles. Ils se taisent aussitôt. Elle fait signe au petit Indir de faire pareil. L'enfant tord les oreilles des ânes et rit en renversant le visage en arrière, surpris lui-même par sa joie. La nuit, les chameaux se mordent et cherchent à se battre. On entend leurs mâchoires racler et ruminer, on dirait que la nuit grince. Le *padrone* demande à Bakhita de l'aider à les entraver pour qu'ils ne fuient pas chercher leur nourriture. Elle tremble en passant la lanière de cuir entre l'antérieur et le postérieur, la nuit le cliquetis incessant de ces entraves l'empêche de dormir. Pourtant, elle aime les nuits menacées du désert. Elle aime la violence de la nature qui rassemble les hommes et les bêtes. Elle aime ce lien dangereux, cette fragilité des vies. C'est un pays qui marche. Qui fuit. Et où la lenteur pourtant est un rythme de survie. Un pays implacable, une terre pillée. Dans les oasis qu'ils traversent, elle voit les esclaves cultiver les palmiers, cueillir les dattes, entretenir les canalisations. Ils sont courbés. Là ou ailleurs, dans les champs, les mines de sel, les mines d'or ou de pierres précieuses, ils sont courbés. Ce sont des hommes coupés en deux. La poitrine près des genoux. Les pieds nus solides comme du vieux cuir. L'âme piégée. Le cœur saigné à blanc. On se moque d'eux. On dit qu'ils ne connaissent ni la révolte ni la dignité. On dit qu'ils sont paresseux et qu'il faut les battre pour qu'ils travaillent, sans ça ils profiteraient du gîte et du couvert sans même remercier leurs maîtres. Dans les nuits du désert, le petit Indir endormi contre elle, Bakhita entend les deux

Italiens ronfler comme leurs ânes. Elle hésite entre le rire et les larmes. Cela pourrait être si simple de vivre ensemble. Et cela ressemble toujours à une vengeance. Elle a envie de dire *Asfa*, mais elle ne sait pas à qui.

De Khartoum à Suakin, ils ont parcouru plus de huit cents kilomètres. Tout ce qu'elle a vu, elle l'a vu pour la première fois. Elle a traversé le Nil, et elle a aimé sa puissance indifférente, l'eau rouge du soleil couchant, les reflets de lune qui rayaient la nuit, le jeu des heures, toutes les heures sur l'eau qui permet la vie. Elle a compris qu'aucun homme, aucun roi, pacha, sultan, gouverneur, chef militaire ou religieux, aucun homme ne tenait le Soudan. C'était lui le maître. Elle aurait voulu que le consul les rassemble tous les quatre au bord du fleuve et dise quelque chose, mais il aurait sûrement refusé de s'approcher des berges, à cause des crocodiles et des hippopotames dont les cris déchirants lui faisaient si peur. Alors elle lui a demandé de dessiner sur le sable le parcours de Taweisha à El Obeid, d'El Obeid à Khartoum, de Khartoum aux bords de la mer Rouge, avec le dessin du fleuve, aussi. Elle repensait souvent à la carte dans le tiroir, elle aurait tant voulu la comprendre. Le consul a fait de longs traits sur le sable, ça n'en finissait pas, des traits si fins qui ne disaient rien, et leurs jours de marche semblaient abstraits et disparus.

— Tu comprends, Bakhita ?
— Oui.
— Qu'est-ce que tu comprends ?

— J'étais très petite.

Il pense que décidément elle ne comprend rien et se demande s'il lui rend service en l'emmenant en Italie. Il la regarde, qui a pris Indir contre elle et le berce doucement, elle est en train de l'amollir, de l'aimer comme ça ne se fait pas. Il a du mal à la comprendre, elle est à la fois docile et pensive, d'une présence infaillible, qui échappe pourtant. Si elle n'était si serviable et efficace, il lui reprocherait son air rêveur. Sa femme la formera mieux qu'il ne pourrait le faire.

Et puis un jour c'est la mer Rouge, comme une invasion, un soulagement violent, irrémédiable, qui ouvre sur tous les inconnus. Bakhita découvre la mer en tenant la main d'Indir, et elle a le même âge que lui. L'âge d'une première fois face à l'océan.

— C'est là qu'on va aller, lui dit le consul d'un geste généreux, comme s'il lui offrait la mer, avec le voyage.

— *Si Padrone...*, elle murmure en italien, par politesse.

— Tu n'auras pas peur au moins ?

Il a envie de rire, elle reste là, figée, ses yeux toujours pris entre l'attention vive et la douceur. « Une gazelle du désert », avait-il dit à Augusto un soir. L'autre avait ri d'un rire encombrant.

— Hein ? Tu n'auras pas peur ?

Elle ne répond pas. À part des serpents, elle a toujours eu plus peur des hommes que de la nature ou des bêtes. Elle a envie de lui dire qu'elle a dormi dans un arbre avec les singes et les oiseaux, qu'elle a dormi dans une bergerie avec les brebis et les boucs, que sans elle il aurait eu bien du mal avec les chameaux et les ânes, et les nomades dont il ne comprenait pas la langue, et les puits qu'il ne repérait pas, et les tempêtes de sable il savait moins bien qu'elle les affronter, il ne sait pas se couvrir et respirer en même temps.

— Non, *Padrone*. Je n'ai pas peur.

Elle pense qu'elle va faire confiance à la mer. Qu'avec la mer il n'y a sûrement rien d'autre à faire que se rendre. Elle regardera. Et elle attendra. Que l'Italie apparaisse. Avec les femmes heureuses. Les enfants heureux. Les maris qui reviennent chargés de cadeaux. Et pour la première fois elle se demande ce qu'elle va faire au milieu de tant de gens comblés.

Ils restent un mois dans une auberge de la petite presqu'île de Suakin, à attendre le vapeur. Ils apprennent la chute de Khartoum, la mort de Gordon Pacha, décapité sur les escaliers de son palais, le vol des esclaves, la mort des Égyptiens et d'une grande partie des habitants soudanais de Khartoum, incendiée et en ruine. Bakhita a seize ans, elle sait que si elle était restée là-bas, elle aussi, comme une ville, on l'aurait pillée. Elle cauchemarde de Khartoum incendiée, elle entend les enfants des rues, elle les voit, ils tendent les mains vers une mère qui ne vient pas. Elle serre contre elle le petit Indir, qui ne sait pas à quoi il a réchappé. Avec elle il n'a peur de rien. Ni des cris dans l'auberge, ni des bruits de Suakin, les sirènes des vapeurs, les ordres hurlés, les mouettes affamées, les beuglements des bœufs sauvages dans les odeurs furieuses d'herbes et de charbon brûlés, de varech et de poissons morts. La ville a la violence de ses habitants, tous de passage, et tous en affaires ou en fuite. Bakhita sent tout cela sans qu'on lui explique rien. Elle a vu la mer comme un fleuve en colère et elle sait que cette sauvagerie les embrase tous, c'est une ville de pierres hautes et qui tremble pourtant. Les bateaux sont chargés jusqu'à la gueule des richesses du Soudan, de l'Inde et de l'Égypte. C'est un monde entre deux mondes. Une ville indépendante et hors du temps. Bakhita y sent la peur de la faillite et la violence du profit. Elle garde Indir près d'elle, elle essaye de lui apprendre quelques mots d'italien. Il faut qu'il sache dire *Grazie Padrone* et *Si Padrone*, et *Mi scusi Padrone*. Mais Indir n'a pas envie d'apprendre. Il garde cet air rêveur et distrait et se blottit contre elle comme un chat qui ignore dans quel monde il dort. Elle le protège de tout, et des regards aussi. Elle a entendu plus d'une fois les palabres, ceux des hommes qui *veulent*. Ce petit garçon castré, ils le *veulent*. Et ils s'étonnent que le consul leur dise «Non. Je ne le vends pas. C'est un cadeau, je l'ai promis. Non, je l'emmène en Italie, c'est pour un ami, on ne peut pas faire ça à un ami, non... Je le garde».

Et elle... Il va la garder aussi? Elle a confiance bien sûr, le *padrone* est un homme bon et s'il garde Indir, il la gardera forcément, qui s'occuperait de lui pendant la longue traversée? Il a dit quatre mille kilomètres. Et il a ajouté: «C'est beaucoup, tu comprends? Tu ne pourrais jamais faire quatre mille kilomètres à pied.»

Elle a souri en regardant la mer… à pied, non… Le *padrone* parfois est un peu dans la lune.

Et puis un jour, c'est le départ. Le vrai départ. La bousculade hurlante sur le port comme sur les marchés. Il y a des hommes et des femmes devant et derrière elle, elle est prise entre ces corps qui piétinent et qui soufflent, ces corps qui cognent, elle tient fort la main d'Indir qui pleure accroché à sa tunique blanche, et maintenant c'est fini. Elle quitte son pays. C'est fini. Et elle voudrait qu'elle surgisse. Celle qui lui crierait : *Ne pars pas !* Celle pour qui ce ne serait pas supportable. Elle entend des gens crier *Au revoir !* dans toutes les langues, mais elle n'entend personne supplier *Ne pars pas !* Elle se retourne, elle regarde par-dessus les paquets sur les dos, les têtes, les épaules, c'est un monde chargé, un monde de cordes et de boue, d'ordres et d'obéissance, certains font des signes pour dire *Au revoir !* ou *Je suis là ! Monte de mon côté !*, il y a ceux qui se quittent et ceux qui se rejoignent. Certains sifflent, d'autres hurlent. Depuis la berge on entend les chiens aboyer jusqu'à l'enrouement. L'eau claque contre le bateau et les oiseaux piaillent dans le vent lourd. Mais la femme qui supplierait Bakhita de ne pas partir, la femme qui ouvrirait grand les bras pour qu'elle revienne, elle ne la voit pas. Celle-là vit de l'autre côté du fleuve, celle-là n'a jamais vu la mer, celle-là ne sait pas que la mer existe. Que l'Italie existe. Et que Bakhita s'en va. Elle ferme les yeux pour les revoir tous, du mieux qu'elle peut se souvenir des siens, et les emporter. Les yeux fermés elle se projette les images de l'enfance, la très lointaine enfance, quand Kishmet était la sœur aînée et veillait sur eux, car c'était cela, l'ordre du monde. Paisible. Et protégé. Elle s'en souvient.

Il fallait bien que ce voyage soit long, pour que Bakhita l'absorbe. Il fallait cette traversée de quarante jours, le lent passage du canal de Suez, corridor pris sur le désert entre l'Afrique et l'Asie, et qui unit la mer Rouge à la Méditerranée. Il fallait bien qu'il y ait des jours et des nuits dissemblables, des ciels unis à l'océan et sous lesquels on n'est plus rien. Et à chaque escale, assister à la cérémonie des au revoir et à celle des retrouvailles. Des gens minuscules sur les quais, qui attendent. Et se retrouvent. On les regarde s'enlacer et disparaître. On regarde la rive et on ne les voit plus. Leurs visages sont ailleurs. Au creux d'une épaule. La moiteur du cou. Ils se tiennent.

Au fil des jours elle explique à Indir qu'ils se quitteront bientôt, il sera dans une maison et elle dans une autre, est-ce qu'il comprend qu'ils n'auront pas le même maître ? Indir prend un air buté, il serre les dents et elle voit bien qu'il la taperait s'il le pouvait, s'il ne se retenait pas il la frapperait. Il ne le fait pas. Mais plus ils s'approchent des côtes italiennes, moins il supporte le voyage. Il vomit, son front est moite, il geint et refuse de manger. Les premiers temps Bakhita a peur, comme si on allait jeter par-dessus bord ce petit esclave inutile. Mais Calisto Legnani lui reproche seulement de ne pas arriver à calmer l'enfant. Elle s'étonne qu'un homme si intelligent, si savant, ne comprenne pas la peine d'un petit garçon. Il y a un remède, bien sûr. Elle le connaît. Mais elle ne peut pas le lui donner. Elle ne peut pas lui dire qu'ils ne se quitteront pas. La nuit il a des mouvements brusques, dans son sommeil il jette sa tête contre sa poitrine, il lui coupe le souffle, elle l'entend pleurer et appeler. Elle voudrait le consoler. Mais elle n'a jamais consolé personne. Et elle se souvient de la petite Yebit morte entre les mains de la tatoueuse. C'est une vision qui revient souvent, plus qu'un remords ou une douleur, c'est la conscience de l'impuissance, de la défaite face au mal. Elle caresse le crâne d'Indir, elle serre son corps si maigre qu'on dirait de longs morceaux d'ébène mal assemblés, il est maladroit et étourdi, elle pense que l'« opération » a abîmé son esprit.

Ils dorment tous deux par terre dans la cabine du consul et de son ami, qui n'ont pas pris le risque de les laisser à l'étage des esclaves, domestiques, brigands et trafiquants en tout genre. La journée, elle reste sur le pont-terrasse, tout près de la cabine. Elle ne s'aventure pas dans les dédales du bateau. Elle aperçoit par les fenêtres les salons, les salles à manger, elle entend parfois le piano. Elle regarde l'océan et elle pense à tout ce qu'il y a dessous. Le monde froid et profond où le soleil s'arrête. Elle sait qu'ils naviguent au-dessus de morts anciennes. Elle a appris les traversées des esclaves pour rejoindre des mondes nouveaux, elle sait qu'on arrache l'Afrique à l'Afrique. Les fusils sont les maîtres et pourtant. Il y a des ciels qui la consolent, des étoiles qui traversent la nuit comme des pluies de lumière, et des lunes si grosses qu'on dirait que le bateau s'est rapproché du ciel. Elle, se rapproche d'un autre continent. D'une autre vie. Et pour une fois, elle sait où elle va, elle va chez le *padrone*, elle sera au service de sa femme, la Signora Legnani, dans une ville qui s'appelle Padoue. Elle sourit au consul quand elle pense à cela, elle ne sait pas que bientôt il disparaîtra de sa vie, et pour toujours.

Le bateau entre dans le port de Gênes. C'est une entrée lente et triste qui signe l'adieu définitif au Soudan, la corne de brume déchire les collines. C'est le printemps, avril 1885, l'air est sucré, le ciel d'une clarté pâle qui ressemble à l'aurore. Bakhita repousse la main d'Indir qui s'accroche à sa tunique, elle voudrait qu'il ne l'aime déjà plus, elle voudrait aussi le serrer dans ses bras et lui dire tant de choses qu'elle n'a plus le temps de lui dire. Elle ne sait pas si on meurt sous les coups, ici, en Italie. Indir prend sa main et lui crie : « *Si Padrone grazie Padrone mi scusi Padrone !* » C'est sa surprise. Son cadeau d'arrivée. Il a retenu et appris en cachette. Il répète : « *Si Padrone grazie Padrone mi scusi Padrone !* » Elle lui sourit, mais l'émotion lui serre la gorge, pourvu qu'il tienne le coup. Elle porte les bagages, Calisto Legnani et Augusto Michieli, chargés aussi, marchent devant, ils ont l'air radieux de ceux qui reviennent d'une conquête. Le quai est aussi encombré que celui de Suakin, les sacs de graines à terre, les cargaisons dans les filets, les dockers qui jurent, les mendiants et les enfants pieds nus. C'est le premier choc, l'incompréhension : les enfants pieds nus dans un port italien. Bakhita pense qu'ils viennent d'ailleurs, comme elle, et ils espèrent rester ici, dans le pays que lui a décrit Anna, le pays ensoleillé et libre. Il y a une femme sur le quai. Qui les regarde et ouvre grand les bras. C'est la première image que Bakhita aura de Maria Turina Michieli : une femme qui ouvre les bras comme une mère. Augusto s'approche de sa femme et la serre pudiquement contre lui, avant de déposer un baiser sur son front. Bakhita pense qu'Indir est pour elle, c'est pour elle le cadeau, elle le voit à ses grands yeux heureux. Mais une dispute éclate, dont elle comprend à peu près le sens, même si Maria et Augusto ne parlent pas l'italien qu'elle connaît. Maria les regarde, Indir et elle, et attend quelque chose qui ne vient pas, Augusto hausse les épaules, embarrassé comme un enfant, alors elle désigne les deux esclaves, ses yeux se grisent de sidération et de colère, sa voix est sèche, trop aiguë :

— Tu n'as rien, Augusto ? Rien pour moi ?

— Le petit est pour les amis du consul, Maria... Et la fille, c'est sa propre domestique...

— Mais à moi, Augusto, à moi tu ne rapportes rien ? Aucun nègre ?

— Maria... Nous sommes partis si vite. Khartoum est tombée, tu le sais, les nouvelles sont terribles.

— Ce que je sais c'est que Calisto, lui, a pensé aux cadeaux. Il n'a pas seulement pensé à sauver sa peau.

Calisto Legnani s'approche, lui explique que la traversée avec deux esclaves a été dangereuse, et onéreuse, et c'est un miracle qu'ils se soient enfuis à temps de Khartoum, un miracle qu'ils aient survécu à la traversée du désert. Et puis il ajoute, tout bas, qu'il avait promis depuis longtemps un eunuque à des amis, un couple de Gênes qui les attend à l'auberge. Demain il repartira pour Padoue avec Bakhita, elle est pour sa femme. Maria regarde les deux hommes comme s'ils étaient de mèche, elle leur en veut de l'avoir déçue et elle s'en veut de s'être montrée à eux telle qu'ils la considèrent depuis toujours : une femme aigrie et revendicative. Elle était si heureuse d'avoir fait le voyage pour les attendre sur le quai de Gênes, elle s'attendait à autre chose, maintenant tout est gâché. Bakhita les suit avec les bagages, elle a cette démarche chaloupée de ceux qui descendent de bateau, les ruelles montent à n'en plus finir, elles sont étroites et sentent le poisson et les herbes sucrées comme des fleurs épicées, ce sont des odeurs nouvelles, puissantes et sèches.

Arrivée à l'auberge, au regard des amis du consul, les Sica, elle sait qu'ils sont les nouveaux maîtres d'Indir. C'est un regard qu'elle connaît, qui jauge et se réjouit. Ils ont réservé les chambres pour leurs amis, eux s'en vont le jour même, ils habitent sur les hauteurs de la ville. La Signora Sica tourne autour d'Indir et applaudit en riant. Là encore, Bakhita ne comprend pas bien la langue, mais Indir est pour elle. Elle dit qu'elle l'adore ! Comment s'appelle-t-il ? « Indir. » Elle dit : « Non, Enrico », et elle lui demande de chanter, elle veut l'entraîner : « La-la-la ! », et elle lui fait signe d'enchaîner avec sa voix de castrat. Mais Indir dit simplement : « *Grazie Padrone si Padrone mi scusi Padrone* », et puis il regarde Bakhita. Elle lui fait signe que oui, c'est bien, mais corrige tout de même : « *Padrona.* » Elle le trouve plus raisonnable qu'elle, il a senti que la Signora Sica était gentille, et heureuse de l'avoir. Les couples se disent au revoir, baisemain et tapes amicales sur l'épaule, Bakhita regarde ces codes étranges, la femme réajuste son chapeau et prend le bras que son mari lui tend. Et ils s'en vont. Font quelques pas, se retournent. Regardent Indir et attendent. Elle a un petit rire étonné. Lui siffle pour que le petit les rejoigne. Bakhita sent cet air qu'ils respirent tous ensemble et qui n'est le même pour aucun d'entre eux. Elle voit la situation connue, éternelle. Celle d'un esclave qui va chez ses nouveaux maîtres. C'est sans violence. D'une douceur terrible. Le consul pousse Indir dans le dos, il a un petit rire gêné, son cadeau n'est pas tout à fait au point. L'enfant trébuche, se raidit et reste là. Bakhita se baisse jusqu'à lui, le prend contre elle et reçoit l'odeur de sa peau, elle lui souffle de s'en aller maintenant, de courir vers ses maîtres. Mais le voilà qui se met à hurler, un cri insupportable, aigu et déchirant, les amis se regardent avec panique, ils se concertent en silence, le rouge aux joues. Ils sont confus. Maria Turina Michieli regarde Bakhita, et elle voit ce que les autres ne voient pas. Ce petit garçon qu'on arrache à cette négresse, cet amour qu'il y a entre eux, elle regarde cette fille, et elle la veut. Ça n'est pas plus compliqué que ça. Elle la veut. Le consul arrache l'enfant des bras de Bakhita, dénoue l'un après l'autre les doigts agrippés à sa tunique, le petit grogne et s'essouffle, porté par le consul comme un sac, il se retourne encore et tend les bras vers Bakhita en sanglotant. Le consul le lance presque au Signor Sica, sa femme a un petit mouvement de recul, et puis ils s'en vont. On entend les cris épuisés du petit, les chaussures de la signora qui claquent sur le sol, et puis plus rien, le silence entrecoupé d'oiseaux indifférents. C'est fini. Maria Turina Michieli regarde toujours Bakhita qui sait sûrement beaucoup de choses. Porter les bagages. Se faire aimer des enfants. Et pleurer en silence.

Depuis la fenêtre de la chambre, Bakhita regarde. Voilà. C'est ça, l'Italie. Sûrement. Elle voit la mer s'effacer dans la nuit qui vient, comme si elle reculait pour disparaître. Des réverbères s'allument dans les ruelles, et c'est vrai ce qu'avait dit Anna, il y a des femmes dehors à cette heure-ci, et certaines vont seules, mais toutes sont habillées et toutes sont blanches, Bakhita a beau regarder elle ne voit aucun visage noir ou métis, aucune femme en djellaba, aucun homme enturbanné, les voix qui résonnent entre les murs des maisons hautes sont des voix stridentes et étonnées, les habitants s'appellent avec des mots longs et fatigués, comme des étourderies, et Bakhita s'étonne de ne pas comprendre ce qu'ils disent. Est-ce qu'ils parlent une autre langue que l'italien ? Pourtant c'est ça. C'est l'Italie. Elle est arrivée. Dans ce pays où elle n'a aucune sœur, personne à chercher, personne à reconnaître. Elle a quitté Indir, ainsi qu'il était prévu. Et elle a le cœur déchiré. Pourquoi n'aide-t-elle pas, au moins une fois dans sa vie, un enfant ? Le petit esclave pense qu'elle l'a trahi. Il n'a pas tort. Elle n'a pas supplié le maître de le garder.

Il fait tout à fait nuit maintenant. Il y a sûrement encore des hommes sur le port, qui chargent et déchargent les richesses, pour le plaisir des bénéfices. Son plaisir à elle serait d'être avec les siens. Pour leur raconter ce voyage, le dire à quelqu'un. Dire la terre que l'on voit depuis la mer, et qui est toujours loin, même quand on s'en approche. Dire le vent qui se lève avec la violence d'un combattant. Les hommes sur le pont qui jouent aux cartes et parient de l'argent comme s'ils n'entendaient pas le combat du vent. Et boivent. Et se battent. Le brouhaha de la colère, toujours.

La seule chose qui l'apaise quand elle se couche ce soir-là, c'est de savoir que le lendemain elle va partir avec le *padrone*. Elle comprend de mieux en mieux la langue qu'il parle et elle sait le servir. Il lui a donné la tunique blanche, il ne l'a jamais touchée, et il l'a sauvée de Khartoum, avant que Khartoum ne s'enflamme, elle lui doit la vie. Il y a un lit dans la chambre de l'auberge. Elle tend les draps, les borde mieux. Et puis elle s'allonge par terre. Elle cherche la chaleur du petit Indir. Elle sait qu'au même instant, il suce son pouce et l'appelle. Il lui semble être encore dans le roulis du bateau, et pour vaincre son mal de terre elle accorde sa respiration à ce tangage, ramassée sur elle-même elle essaye de suivre le roulis. C'est la première fois qu'elle dort seule. Depuis l'enfermement par ses ravisseurs, elle n'a jamais passé une nuit seule. Et soudain Binah lui manque.

Ce manque la surprend, qu'elle n'a pas éprouvé depuis longtemps. La part de leur vie partagée est si loin maintenant, est-ce qu'elle a vraiment existé ? Est-ce qu'elle ne s'est pas inventé des souvenirs avec une petite fille qui l'aurait aidée à tout supporter ? Est-ce qu'elle s'est inventé une amie ? Une sœur ? Une enfance ? Elle ne sait plus d'où elle vient. Elle écoute la mer, elle l'entend sans la voir, qui respire une si longue solitude.

Le lendemain matin quand il la voit, Calisto Legnani s'approche en lissant sa moustache, et dans ce tic, elle voit son embarras. Elle se demande ce qu'elle a oublié de faire. Ce qu'elle a mal fait. Mais la voix du consul garde sa douceur habituelle :

— Bakhita, pourquoi tu as voulu venir en Italie ?

— Pour la voir.

— Ah c'est bien… C'est bien.

— *Padrone*…

— Oui ?

— C'est ici ? L'Italie ?

— Et bien sûr, c'est ici, l'Italie ! Mais qu'est-ce que tu croyais ? Que c'était une escale ?

— Je ne comprends pas les gens qui parlent. Vos amis. Ils sont italiens ?

— Évidemment ils sont italiens ! Ils parlent leur dialecte. Tout le monde en Italie parle son dialecte.

— Vous aussi ?

— Moi je connais les deux langues.

— Oui, bien sûr, *Padrone*…

Elle comprend que l'Italie est très grande, aussi

grande, ou peut-être même plus grande que le Soudan, il doit y avoir beaucoup de tribus et beaucoup de dialectes, beaucoup de chefs de guerre aussi. Et la ville du *padrone*, est-ce qu'elle est loin ? Est-ce qu'on y va à pied ? Elle n'ose plus rien demander. Elle a peur que le maître rie. Mais c'est lui qui insiste :

— Alors vraiment, ça te plaît, l'Italie ?

— Merci *Padrone*.

— Tu vas être bien ici. C'est fini l'esclavage. Tu es contente ?

— Oui, *Padrone*.

Il la regarde, hésitant, lui sourit comme on s'excuse, et rejoint Augusto et Maria. Tous trois la regardent, et c'est comme si elle était encore au marché. Comme si elle n'avait pas sa tunique. Aucune protection. Cela ne devrait pas être, mais son cœur recommence son rythme de tamtam, le danger qui vient. Maria la regarde et il y a dans ses yeux quelque chose d'heureux et de victorieux. Une revanche splendide. Et puis elle se détourne et rit. Augusto rit un peu lui aussi, de soulagement. Bakhita ne comprend pas ce qui, en elle, est si drôle pour ces Italiens. Elle baisse la tête et serre ses mains l'une contre l'autre dans son dos. Calisto s'approche. Il lui dit :

— Tu vas suivre mes amis, chez eux, à Zianigo. Tu es à eux, maintenant. Tu comprends ? Tu vas servir la Signora Maria Michieli.

Elle ne se prosterne pas à ses pieds. Elle ne le supplie pas. Elle ne pleure pas. Elle est stupéfaite. Elle n'aurait jamais cru qu'il lui mente. Car il a menti : ça n'est pas fini, l'esclavage. C'est simplement plus lent et moins bruyant. Les yeux baissés, elle suit ses nouveaux maîtres. Sans même avoir dit au revoir au consul. Prise dans le grand brouhaha du départ, les bagages, les mots qu'ils se disent entre eux, les gestes, et elle, seule dans son silence, elle les suit, avec sa soumission stupéfaite et sans révolte, cette longue tristesse.

Elle ne comprend rien de ce que dit la Signora Michieli. Augusto traduit le dialecte vénitien de sa femme en cet italien que Bakhita comprend un peu. Elle apprend qu'ils ne l'ont pas achetée, elle a été offerte par le consul à la signora. Elle fera partie des domestiques, elle sera bien. Elle serre ses mains l'une contre l'autre pour ne pas crier. Elle s'en veut, elle n'a vraiment rien appris : un maître n'aime jamais ses esclaves. Pourquoi le consul l'aurait-il gardée ?

Ils montent dans une bête noire qui crache le même charbon que le bateau, mais engloutit les champs, s'enfonce sous des tunnels et siffle aussi bruyamment qu'elle respire. Bakhita ne montre pas sa peur. Elle ne demande pas comment ça s'appelle. Combien de temps ça va durer. Le train s'arrête souvent. Les maîtres ne bougent pas. Elle non plus. Ils descendent et changent de train. Sans parler, elle les suit. Ça dure comme ça tout le jour, à regarder l'Italie derrière les vitres. Des champs à perte de vue, avec des paysans courbés, des femmes, des hommes et de tout jeunes enfants. Est-ce qu'ils sont libres ? Aucun n'est noir. Et là encore, tous sont habillés. Mais ils n'ont pas de chaussures. Il doit y avoir beaucoup à manger ici, comme l'a dit Anna. Car les champs sont nombreux.

À la fin de l'après-midi, ils arrivent à Mirano. Une calèche les attend. Les maîtres montent dedans, elle ne sait pas si elle doit marcher à côté du cheval ou s'asseoir à côté du cocher, mais les maîtres lui font signe de venir à côté d'eux. Ils quittent la ville pour s'enfoncer dans la campagne. Elle voit les petits ânes montés par des vieillards, les chèvres et les moutons gardés par des gamins, des femmes assises au bord des routes, des hommes groupés en uniforme, des soldats, sûrement. Alors, ici aussi il y a une armée ? Elle regarde et elle a l'impression d'être posée au bord du monde et que le monde glisse lentement. Son regard croise celui de sa maîtresse. Cette femme a un sourire creusé dans son visage, comme une entaille faite au couteau.

Ils traversent Zianigo, minuscule village envahi par une église massive, trop grosse pour la place, et bientôt le cheval longe une allée bordée de cyprès, avec la si grande maison tout au bout. Il y a un arbre rose, un magnolia en fleur qui cache presque l'entrée de la demeure bourgeoise. La maison des nouveaux maîtres. Bakhita descend de la calèche et serre le mouchoir dans sa poche, la terre rouge du Soudan a séché, elle est moins tendre. Il y a un grand jardin et une cour, mais elle ne voit pas les bâtisses des esclaves, alors c'est peut-être vrai, les hommes ici sont libres. Le maître dit qu'il est heureux d'être de retour, il regarde sa femme, il regarde sa maison, et puis il éclate de rire. Il a parlé en arabe ! Il redit la chose, différemment, et sa femme incline la tête avec indulgence, et sa joie s'éteint aussitôt.

Sur le seuil de la porte une vieille femme mange. Avec un rythme lent elle racle sa gamelle. Elle lève le visage, et hurle. La gamelle tombe à terre, elle part en courant en faisant des signes affolés et rapides sur son front, sa poitrine, elle crie des choses incompréhensibles, mais terribles sûrement. Du jardin et de la maison surgissent des femmes, quelques hommes, qui s'avancent prudemment pour prendre les bagages du maître et regardent Bakhita avec une terreur muette. Une femme crache, une autre brandit les doigts croisés devant elle, bras tendus vers Bakhita, elle murmure une prière inaudible. Bakhita ne connaît pas cette cérémonie. Il est vrai que le maître rentre chez lui après un si long voyage. Alors elle sourit, si elle pouvait participer elle le ferait, mais elle ne connaît pas ce rite. Maria Michieli frappe dans ses mains et crie trois fois. Mais tous restent là. Immobiles et craintifs, ils attendent quelque chose. En vitesse, Augusto fait entrer Bakhita dans la maison, dans laquelle les domestiques n'osent plus venir, et leurs visages blêmes s'écrasent contre les vitres.

— Ils ont plus peur que toi, va !
— *Si Padrone…*

— Ils vont s'habituer, et ils finiront bien par comprendre que tu n'es pas le diable.

Elle connaît le diable, il est craint par tous les musulmans.

— Le diable, *Padrone* ?

— Eh bien oui ! Le diable noir ! Et appelle-moi *paron*. Fais un effort, apprends leur dialecte.

Il y a sur les vitres les traces de doigts et de respiration des domestiques apeurés. Elle regarde ces traces et elle se dit qu'elle va nettoyer la vitre. Elle est venue pour ça. C'est pour ça qu'on l'a offerte à la *padrona*… la *parona*… Pour que tout soit propre. Et elle se demande ce qui est pire. Être *Djamila* ou *Sheitan*.

Elle a, pour la première fois de sa vie, une chambre pour elle toute seule. Il y a un lit. Une table de nuit. Une lampe à pétrole. Une petite commode. Et une fenêtre dans le mur où grimpe la glycine. C'est une chambre haute, au-dessus des écuries. Le premier soir elle n'allume pas la lampe, elle ne l'allumera presque jamais. Elle comprend mieux avec la lumière du dehors. Quand il fait nuit, c'est qu'il faut dormir. Ou regarder le ciel. Quand il fait jour elle se lève. Même si toute la maison dort encore. Elle s'habitue à dormir dans le lit, avec la peur de tomber et ce manque de la terre, ce manque du sol et de ses vibrations. Elle fait comme a dit le *paron*, des efforts. Dormir comme les autres. Parler comme les autres. Ressembler aux autres. Dans cette lutte permanente, cette vie d'adaptation et de grande honte, cette vie sans amour ni tendresse, elle va rencontrer un homme, le premier homme après son père qui l'aimera vraiment. Cet homme sur sa route, comme une étoile tombée à ses pieds.

Il s'appelle Signore Illuminato Checchini, mais tout le monde l'appelle par son pseudonyme de journaliste local, Paron Stefano Massarioto. Il administre les biens des Michieli durant les longues absences du maître, comme il le fait pour d'autres domaines. C'est un autodidacte qui aime le peuple, les paysans, dont il est le principal défenseur auprès des propriétaires. Il est sur tous les marchés de Vénétie, il connaît les prix exacts, le cours des fruits, des céréales, du tabac et des légumes, il connaît les journaliers et les métayers, et tous lui font confiance. Il est aussi l'organiste de Zianigo, c'est un homme inclassable, passionné, religieux, chaleureux, et drôle. Ce que l'on appellerait « une figure », s'il n'était pas avant tout un humaniste.

Il se présente chez les Michieli le lendemain du retour du maître. C'est professionnel, et ça ne l'est pas. Il va bien sûr faire le bilan de l'activité agricole du domaine, mais il vient aussi, comme les autres, en curieux. La veille ses deux fils aînés, Giuseppe et Leone, lui ont dit qu'il y avait chez Michieli « un diable noir ». Ils l'ont vu, depuis la rue ! Il les a interrogés, puis gentiment remis à leur place : il s'agit sûrement d'une Africaine. Le village ne parle que de ça. Cette femme est noire comme du bois brûlé, cette femme est brûlée peut-être, prête à se réduire en cendres, on la dirait plongée dans du charbon, malade, poursuivie par la nuit. C'est incompréhensible. Et terrifiant. Stefano a vu chez les Michieli des masques africains et autres objets exotiques ramenés du Soudan, mais est-ce possible ? Une femme qui ressemblerait à ces masques ? Et quand, depuis le salon où il s'entretient avec Augusto Michieli, il la voit passer, il a malgré lui un choc. Il voudrait cacher sa surprise, mais il est bouleversé. Michieli rit de son trouble.

— C'est Bakhita, elle est à ma femme. Elle a seize ans, c'est une esclave du Soudan, elle a été prise toute gamine, elle a des cicatrices sur tout le corps, si tu savais ! Elle est très brave, un peu lente mais efficace.

— Tu l'as ramenée ? Tu l'as sauvée ?

Michieli bafouille que... oui... Elle servait à Khartoum chez un ami de Padoue et il l'a sauvée, oui... Stefano lui dit qu'il est béni pour ça, ce qu'il a fait, sauver un être humain, et Michieli embraye aussitôt sur les céréales et le tabac. Il n'aime pas les bondieuseries de son gérant, et il regrette tout le bruit qui accompagne l'arrivée de cette « *moretta* », comme tout le monde l'appelle déjà, la « noiraude », la « brunette », et il est surpris quand Stefano demande l'autorisation de l'avoir à déjeuner le jour même.

Elle le suit. Paron Michieli lui a expliqué qu'elle allait manger chez son ami, elle a demandé si elle allait revenir après. Il lui a expliqué qu'elle ne partait que pour quelques heures, elle pense qu'elle va servir là-bas, mais « quelques heures » elle ne sait pas ce que c'est. Et elle ne comprend pas un mot de ce que cet homme lui dit. Les yeux baissés, elle le suit sans poser de questions, comme d'habitude elle va où on lui dit d'aller. Dans la rue des enfants s'approchent, l'attrapent en criant, la suivent avec des claquements de langue, comme on agace un animal. Un petit garçon lèche ses doigts et se retourne en crachant. Attirées par les cris des gamins, des femmes surgissent, la main devant la bouche, certaines tombent à genoux, d'autres se signent, l'une ose s'approcher, tire sur la tunique de Bakhita, on dirait qu'elle cherche à l'arracher. Bakhita pousse un cri rauque. Tous se figent, muets, et dans ce silence arrivent d'autres paysans, un bruissement de joie et de terreur effrontée, alors la voix de Stefano s'élève, ferme et basse, il gronde ces adultes comme s'ils étaient de tout petits enfants, son autorité les calme un moment. Il s'approche de Bakhita, plie son bras et le lui tend. Elle reconnaît le geste des amis du consul, quand ils ont quitté l'auberge de Gênes. Elle se demande ce qu'elle doit faire. Elle est une domestique, et lui un monsieur. Tout autour les rires camouflés renaissent, on lance quelques cailloux. Stefano attend toujours, avec son bras replié vers elle. Et comme elle ne bouge pas, il approche tout doucement sa main de la sienne, elle a ce mouvement de recul et ce frisson de peur. La main de l'homme est rugueuse et chaude. Il pose sa main à elle sur son bras et il dit quelque chose qu'elle ne comprend pas. Elle a honte de toucher un homme en pleine rue, et pourtant on ne se moque pas d'eux, au contraire, elle sent que la violence s'apaise. Ils marchent et on les suit avec des pas prudents et des chuchotements étonnés. Ils traversent ainsi le village, Stefano le regard fier, elle, les yeux baissés. «On dirait qu'il la mène à l'autel !» murmure une femme sur leur passage.

C'est un peu ça.

Elle va s'asseoir à la table familiale au milieu des cinq enfants de Stefano et Clementina. Trois fils, deux filles, de onze à cinq ans. Bakhita accrochée à son bras, le père annonce de sa voix forte : «Voici la Moretta ! Je l'ai invitée à déjeuner !» Il lit dans le regard de sa femme la peur et le respect. «Elle n'a personne au monde. Elle a beaucoup souffert.» Les enfants se taisent, ils ne veulent pas déplaire à leur père, mais ils ne comprennent pas ce qu'ils voient. Elle voit cette peur dans leur regard, et elle avance la main pour la poser doucement sur la tête de Mèlia, la plus petite, qui se met à pleurer. Elle se tourne vers Clementina : «*Asfa Padrona… Parona…*» Même Stefano sursaute. C'est une voix d'homme. Il dit : «Eh bien, je vous présente votre petite sœur, *sorellina Moretta* !» et il en rit, et tous rient avec lui. Bakhita ne comprend pas encore qu'on vient de l'accepter dans une famille, où on l'appellera désormais «petite sœur».

Elle est au service de Maria Michieli, mais c'est par Stefano qu'elle connaîtra le monde dans lequel elle vit désormais. Chez lui, où elle est souvent invitée, il ne se passe pas un repas, une soirée, sans qu'on cogne à la porte. Les paysans viennent le supplier d'intercéder auprès des maîtres. Il les fait asseoir et leur offre toujours à boire, un peu de lait, et du pain aux enfants. Il les écoute. Leur dialecte, le pavano, plus rude, plus tranché que le vénitien, est incompréhensible à Bakhita. Mais elle les regarde, et elle reconnaît chez eux l'épuisement, la maigreur creusée et si laide de ceux qui ont faim. Le regard fixe, presque débile. La peau rouge, arrachée, et qui finit par tomber. Elle s'étonne que ce soit seulement sur les mains, le cou, les bras et les jambes. La pellagre, « la peau aigre », porte ses stigmates sur les parties exposées au soleil, et ces esclaves-là ne vont pas nus. Leurs tremblements aussi, elle les reconnaît, le ventre gonflé des petits enfants, la paralysie progressive, et ici comme au Soudan, la démence de ceux qui ne mangent pas et vont en mourir. Ils supplient Paron Stefano, pleurent, et parfois même tombent à genoux. Elle ressent ce besoin violent d'aller vers eux. Leur dire qu'elle les connaît, oui elle la Moretta, elle les connaît depuis longtemps. Ils sont soumis et désespérés. Ils travaillent et ils meurent, et leurs enfants sont condamnés. Pour avoir fui Khartoum, elle sait que les hommes supportent l'insupportable, et puis un jour, quelqu'un les appelle et ils le suivent. Alors plus rien ne peut les arrêter. Mais elle ne dit rien et ne s'approche pas. Les paysans de Zianigo ont peur d'elle, et elle ne connaît pas leur langue. Elle réprime son élan, et le soir elle raconte à la nuit ce qui la tourmente. Il lui est impossible de s'endormir sans avoir posé sa peine, son impuissance à aider les pauvres gens. Elle s'adresse à ce ciel qui est partout le même, et il lui semble alors que le monde n'est pas si grand. Pas un matin ne se lève sans qu'elle pense à sa mère, assise sur le tronc du baobab. Parfois c'est irréel, comme une vie qui serait à une autre, mais le plus souvent c'est d'une présence si nette qu'elle a la certitude qu'au même instant, sa mère pense à elle et sait qu'elle est à l'abri.

La Parona Michieli a pour elle une gentillesse agacée, une bonté forcée, et ça aussi, Bakhita l'a déjà vu et elle le sait : une femme qui tait son malheur est une femme qui porte en elle un grand ennemi. Cette femme-là devrait danser, et crier longtemps, faire sortir cet esprit qui la possède. Mais cette femme-là parle doucement, d'un petit ton sec et interrogateur, elle a toujours quelque chose à reprocher et ses soupirs annoncent sa présence. Elle n'est pas jalouse de l'affection que Stefano porte à la Moretta, il est un allié précieux pour le domaine, même quand son mari est là. Parce que son mari, même là, est absent. Il pense à d'autres affaires, il pense à repartir, toujours. Il la fuit. Il fuit cette maison où personne n'est heureux. Maria Michieli est elle aussi étrangère à Zianigo, et à l'Italie. Elle vient de Pétersbourg où Augusto qui faisait des affaires avec des marchands de fourrures est tombé amoureux d'elle. Elle n'est pas italienne, et surtout elle n'est pas catholique. Elle s'est bien sûr convertie pour se marier, dans une église, à Paris, mais elle est orthodoxe, par tradition et sans conviction. Elle partage une chose avec son mari : l'agacement pour les bondieuseries de Stefano. Non ! Il n'y a pas de crucifix chez eux ! Et non, ils ne vont pas à la messe ! Et tant pis si on la méprise pour cela. Lui, évidemment, est le grand ami du curé, il dirige la chorale, organise les pèlerinages et aide aux œuvres de charité. L'orgue, elle irait bien l'écouter, elle aime la musique, mais rentrer dans l'église... D'ailleurs elle lui interdit de parler de Dieu à Bakhita, qu'il ne cède pas à cette mode italienne des missionnaires, qu'il garde ses notions de bien et de mal pour lui, elle saura bien s'occuper toute seule de ses domestiques.

Mais Bakhita n'a pas besoin qu'on lui parle du bien et du mal. Elle connaît cette bataille par cœur et bien vite elle comprend que le monde est un seul monde. La mer entre le Soudan et l'Italie n'est pas une séparation. Ce sont des retrouvailles. Tout est pareil. Et les hommes souffrent. Un matin où elle accompagne Parona Michieli au marché, elle voit un paysan menotté marcher entre deux carabiniers. Elle est stupéfaite. Les chaînes ! Ici aussi, les chaînes ! Parona Michieli la pousse en avant et lui dit en détachant les mots :

— Il-a-vo-lé-un-fruit.
— Un fruit, *Parona* ?
— Tu comprends le vénitien !

Et elle comprend aussi que ce fruit, forcément, c'est lui qui l'a planté. Elle ne connaît pas les mots « maraudage» et «code pénal», mais elle observe et elle comprend tout. Elle n'a pas de protection, c'est immédiat, la vie la traverse et elle ne saurait se défendre de cette compassion. Comment disait sa mère ? *Ma petite fille… Ma petite fille, elle est douce et bonne. Ma petite fille…* Elle regarde Parona Michieli, et soudain elle comprend cette femme, sa méchanceté et son malheur.

Elle s'en ouvre à Clementina, l'épouse de Stefano. Avec peu de mots, beaucoup de gestes et quelques fous rires, elles communiquent comme elles peuvent. Ce jour-là, Bakhita n'a pas le cœur à rire et elle ne sait pas comment aborder le sujet. Elle désigne la cadette de Clementina, la petite Mèlia, elle parle de l'enfant et de Parona Michieli, elle les associe. Clementina l'écoute attentivement, met son chapeau et lui fait signe de la suivre. Elles traversent Zianigo, elles sortent du village, les petits chemins broussailleux, avec le bruit de l'eau invisible entre les pierres, les murets lourds, les corps de ferme profonds comme des zéribas, les immenses demeures patriciennes de la noblesse de Venise. Bakhita aime ces promenades, les odeurs de mûres et de gesses, les oiseaux qu'elle découvre et ceux qu'elle reconnaît, les merles, les alouettes, et les aigles au loin dans la montagne. Elle a toujours peur d'effrayer quelqu'un, de recevoir une pierre, mais elle se dit qu'à force de la voir les habitants finiront par s'habituer, et peut-être la laisseront-ils un jour s'approcher d'eux. Grâce à Parona Michieli, elle est vêtue à l'européenne, elle porte de jolies pinces dans ses cheveux crépus et, pour les grandes sorties en calèche avec la famille Michieli, elle met sa robe rouge écarlate, et même ceux qui la craignent le disent : elle est belle. D'une façon stupéfiante. Effrayante. Elle est belle. Et elle ne le sait pas.

Elles montent un peu la colline, Bakhita entend les vaches avant de les voir et soudain... la petite fille qui garde le troupeau, près de la rivière. C'est une toute petite fille perdue dans sa solitude, qui agite son bâton maigre comme ses jambes nues et pousse de temps en temps des cris courts et des sifflets. Bakhita la désigne à Clementina, et puis elle frappe sa poitrine. Cette petite fille, c'est elle. De cela elle se souvient et c'est comme si elle se voyait elle-même, se rencontrait. C'était il y a longtemps et c'est maintenant. Elle saurait le faire encore, mener le troupeau à la rivière le matin et le ramener le soir au village. Clementina comprend et la félicite, elle le dira à Stefano, le soir même : « Bakhita sait garder les vaches. » Elles s'éloignent et Bakhita se retourne, elle regarde son passé qui surgit en Italie, le temps bousculé.

Quand Clementina pousse la grille du cimetière, Bakhita baisse instinctivement les yeux. Elle sait où elle est. Elle a vu à Khartoum les petits cimetières des missions catholiques. Ça n'est pas fait pour elle, et elle n'est pas à l'aise, c'est comme un lieu interdit, être dans un jardin où elle n'aurait pas le droit d'entrer. Clementina la mène devant une tombe minuscule. Bakhita comprend avant même qu'elle les lui désigne les mots qu'elle ne sait pas lire :

— Carlo Michieli. Giovanni Michieli.

Le malheur de Parona Michieli est là. Elle le savait.

Le soir, Bakhita sert les maîtres, ils dînent dans la grande pièce vide, sans se regarder ils mangent le mouton, les légumes, le riz, les fruits, le pain, boivent le vin, le café, tout ce que leurs paysans ont cultivé et qu'ils ne mangeront ni ne boiront jamais. Bakhita observe la *parona*. Elle voudrait lui dire de ne pas s'inquiéter. Elle sait qu'il y a en elle un autre enfant. Il ne faut pas attendre l'enfant dans la peur. Elle l'observe et elle reste plantée là.

— Elle est lente, mais lente ! dit Maria à son mari. Et à bout de patience, elle explose : Quoi ?

Alors la grosse voix de la Moretta ose un timide :

— Je suis là, *Parona*.

Augusto cache son rire dans sa serviette. La *parona* rougit et baisse les yeux. Que personne ne voie ses larmes.

Cet enfant, elles vont l'attendre ensemble. La maîtresse et la domestique. Maria n'a pas oublié Gênes, la détresse du petit Indir qui ne voulait pas quitter la Moretta. Elle sait qu'il a traversé le désert et les mers avec elle et grâce à elle, elle se doute bien que ce ne sont pas son mari ni son ami qui ont pris soin de l'enfant ! Le consul lui a donné Bakhita comme un lot de consolation, mais elle, elle la voulait, cette négresse. Et ça n'était pas un caprice.

Augusto ne devine pas que depuis quelques semaines, Maria est de nouveau enceinte. Il pense que sa pâleur et ses nausées font partie de la panoplie, sa femme est hystérique, on ne peut rien y faire. Elle sait qu'il la fuirait si elle lui disait qu'elle attend, une fois encore, un bébé. Comme s'il n'était pas de lui, seulement d'elle, un enfant engendré par la mère et qui n'appartient qu'à elle. Il pense que les deux enfants morts, c'est sa honte à elle. Avec elle, les enfants ne vivent pas. Que ceux des paysans meurent, c'est habituel et logique, ils sont engendrés par des buveurs d'eau-de-vie trafiquée, des mangeurs de polenta analphabètes, immoraux et sales. Mais elle ! Elle *ne sait pas* faire vivre un enfant. La première fois, passe encore, on ne peut rien contre la rougeole, mais le deuxième ? Elle n'était même pas arrivée à le faire vivre à l'intérieur d'elle, elle avait donné naissance à un mort. Ce qui sortait d'elle, c'était la mort. « Dieu l'a rappelé à Lui, lui aussi », avait dit l'archiprêtre. Et c'est là que Maria avait décidé que c'était fini, elle ne voulait plus entendre parler de ce Dieu qui avait plus qu'elle besoin de ses fils. Le deuxième enfant, avant qu'il ne reçoive l'extrême-onction, elle lui avait donné le prénom de son beau-père, Giovanni, et puis on lui avait bandé les seins, de toute façon ce n'est pas elle qui l'aurait allaité, mais ces seins bandés lui ont fait un mal terrible, bien plus que pour la naissance de Carlo, qu'elle regardait téter la grosse Alessia avec ses yeux indifférents et sa poitrine démesurée. Elle les détestait tous, et leur Dieu avec. Dieu par-ci, Dieu par-là, comme un tic de langage, une idole qui se faufilait partout, se mêlait de tout et à qui « elle devait offrir ses fils », comme s'ils étaient à Lui.

Maintenant, cette grossesse que seule la Moretta a devinée, elle va la leur cacher. Que personne, ni Stefano, ni sa famille, ni le curé, ni leurs amis, ne s'en doute. Elle sait ce qu'on pense d'elle, elle est une étrangère que le mari ferait mieux de quitter pour une solide Italienne, une mamma que l'on verrait à la messe le dimanche, qui tricoterait pour les miséreux et suivrait les processions à la Vierge. Comme les autres. Et comme les autres elle courberait la tête sous le malheur, voilette noire et offrandes au Seigneur mangeur d'enfants.

Cette Moretta, elle ne sait rien de tout ça, elle est muette et elle ne peut colporter aucun ragot. Ni même aucune vérité. Alors un soir, elle lui demande d'ouvrir la porte de l'armoire dans sa chambre, lui fait signe d'en sortir la grande boîte bleue, de la poser là, sur la table, elle va lui montrer quelque chose. Et à cette domestique à qui elle va parler en russe, elle dit. La vie, si brève et si belle, du petit Carlo. Elle sort les vêtements, qu'elle avait gardés pour le second, puisque avant même qu'elle eût séché ses larmes, sa belle-mère lui avait ordonné d'en faire tout de suite « un autre », comme si elle avait simplement raté un plat. Elle ne voulait pas en faire un autre, et c'est sûrement pour ça que ce deuxième était né mort. Un remplaçant fatigué. Incapable d'ouvrir les yeux. Et il lui semblait, en le tenant dans ses bras pour lui choisir un nom, que c'était son âme qu'elle tenait contre elle, une âme éteinte, et qui voulait simplement qu'on l'oublie. Mais Carlo ! Carlito avait grandi, et vécu quatre ans ! Elle raconte dans sa langue la vie de mère qu'elle a eue avec lui. Car elle a été sa mère, quoi qu'ils en disent. Elle raconte les premiers pas, les premiers mots, les premiers bobos et les petites maladies qu'elle a soignées, oui, elle savait faire ça ! Et puis elle montre les habits en guise de preuve, elle demande à Bakhita de toucher, comme ils sont beaux, et surtout, comme ils sont vrais. On lui a interdit de parler de cet enfant, comme s'il lui rappelait des « mauvais souvenirs », mais elle, elle veut en parler, et dire à cette Moretta qui l'écoute parler russe et qui ne cache pas ses larmes, comme il a été un bon fils et elle, comme elle a été une bonne mère. Elle aime que Bakhita pleure, parce que si même une étrangère a de la peine, alors elle, c'est normal qu'elle ait du chagrin, non ? Ça n'est pas une maladie ? Elle n'est pas folle ? Elle s'emballe, parle de plus en plus vite, de plus en plus fort, mélangeant le vénitien et le russe, et le français, et l'anglais, qu'elle parle aussi, « *Guarda !* Touche-les, n'aie pas peur ! », et elle agite les dessins, les peluches, les bonnets, les petites chaussettes, « *so small !* », une main devant la bouche, elle rit maintenant, car ces chaussettes sont si petites ! Elle ne peut plus s'arrêter de rire, son corps se balance en riant. « So small ! Mio cuore ! Sertse maïyo ! Amore mio ! », dans toutes les langues elle le dit, et sa détresse explose.

Bakhita entend, depuis Taweisha, le hurlement de la mère dont elle avait touché le bébé, le pied minuscule, si joli. Elle se souvient qu'elle a été battue pour ça, et que le bébé a pleuré lui aussi. Doucement, elle s'approche de la *parona* et la prend contre elle, c'est un geste inattendu et interdit, qui veut simplement dire : Repose-toi. La *parona* se réfugie dans les bras de la Moretta et sanglote. Elle a enfin droit au chagrin.

L'enfant naît le 3 février 1886. Le maître a quitté l'Italie trois mois plus tôt, il est retourné à Suakin, d'où il écrit à sa femme des mots désolés qui anticipent sa future défaite, il lui recommande de prendre soin d'elle.

Quand le travail a commencé, *Parona* Michieli a demandé à la Moretta de rester à ses côtés, et cela fait trois jours que Bakhita dort sur le divan, sans oser lui dire qu'elle aimerait tellement mieux être par terre, ses sens sont en éveil, elle se lève dix fois par nuit, pose les mains sur le ventre qui souffre, mais elle sait que tout va bien. *Parona* Michieli sent son ventre se détendre, sous les mains de la Moretta la pierre se fait liquide, alors l'angoisse diminue d'un cran, elle arrive même à se rendormir un peu.

Bakhita est émue comme si c'était la première fois qu'elle voyait ça, qu'elle y assistait. Pourtant elle a vu tellement de naissances, fêtées ou terrifiées, des femmes heureuses ou des fillettes écartelées par la douleur, des bébés que l'on garde et des bébés que l'on rend, des mères les mains vides et d'autres comme la sienne, un arbre et ses branches, elle a vu tant de mises au monde, et tant de mondes. Elle a dix-sept ans, elle sait qu'elle n'aura jamais d'enfant, son corps d'esclave le lui dit, qui s'est recroquevillé sous les violences. La *parona* va accoucher allongée, et elle s'étonne qu'on immobilise une femme qui va faire l'exercice le plus intense, elle pense à une gazelle qu'on entraverait avant de la forcer à courir. Mais elle ne dit rien, et quand la sage-femme arrive le troisième jour, elle fait signe à la Moretta de sortir. Les choses sérieuses vont commencer.

C'est une petite fille. La *parona* la nomme Alice, Allessandrina, Augusta. On télégraphie la naissance au père, et tout le village est au courant. Maria Michieli a enfin réussi ! C'est une fille, mais elle est tout de même heureuse, et peut-être qu'Augusto le sera aussi, qui sait, sa femme fera mieux la prochaine fois, ils auront un fils. Et puis, quelques heures plus tard, il commence à faire nuit, on fait venir le prêtre. Il faut donner très vite les saints sacrements, sans attendre le baptême à l'église. La petite ne vivra pas. Au chevet de Maria Michieli, le prêtre murmure des paroles latines et fait des signes que Bakhita ne comprend pas. Sa voix est tendre et désolée, il voudrait parler un peu avec la mère, mais Maria récite les prières sans conviction, fixant devant elle cet avenir qui n'existe pas. Elle ne pleure pas, elle est stupide et épuisée. Elle ne veut plus voir la petite, ni la toucher, elle ne l'aime déjà plus, elle la hait. La sage-femme revient et lui bande les seins dans un silence résigné, elle serre avec vigueur les bandes blanches, déjà tachées, puis quitte la maison avec soulagement. La Moretta a le droit de rester. Attendre avec la mère que le bébé, maintenant qu'il est béni, lâche vers le ciel son âme purifiée.

La nuit s'alourdit, profonde et muette, il y a la buée sur les vitres et la lumière hésitante des lampes, il y a cette odeur de sang et de sueur, cette fatigue lourde. La chambre est close, coupée du monde, tous ont fui le malheur, et le temps ne passe que pour ces trois êtres : la mère, l'enfant et la domestique, avec la mort qui s'avance comme une traînée de fatalité.

Les deux femmes ne se regardent pas. L'enfant qui va mourir est seule dans son berceau, et sa souffrance envahit la chambre. C'est un tout petit être, à la présence immense et sans secours. Bakhita s'approche du berceau que Parona Michieli a voulu loin d'elle, à l'autre bout de la pièce. Elle regarde le visage bleu de la petite Alice, respiration courte, souffle rauque, elle pense à une rivière entravée par la roche, elle entend le courant de l'eau retenue, et elle voit que la vie lutte contre la puissance d'une mort déjà acceptée. Alors, elle fait une chose qu'elle n'a faite qu'une fois, il y a si longtemps, quand elle s'est évadée de Taweisha : *elle ne demande pas l'autorisation.* Elle prend le bébé, lui ôte ses vêtements, s'assied et allonge la petite sur ses genoux, crache dans ses mains et masse le thorax, lentement, en prononçant des paroles incohérentes et douces, son visage si près du petit corps que la *parona* ne voit plus que cette masse de cheveux crépus et son cou baissé. La petite grésille des pleurs enroués et faibles, Bakhita est prise dans la litanie du geste et de la parole, sa voix sombre se mêle au souffle avare de l'enfant, on entend les craquements du bois dans la cheminée, ça pétille et ça éclate, et la petite tousse de plus en plus fort, et ce langage-là, Bakhita le comprend, c'est la douleur et la révolte. Alors elle crache de nouveau dans ses mains, et elle masse, et elle parle, le visage contre le visage du bébé, elle reçoit sa toux et ses pleurs comme un cadeau à elle destiné.

La *parona* reste muette, spectatrice dépossédée, elle sent renaître l'espoir, en même temps que le refus de l'espoir. Bakhita soulève la petite, la tient sous les bras, elle suffoque et s'étouffe dans ses glaires, Bakhita l'allonge de nouveau, prend sa tête dans sa main, pose sa bouche sur son nez, aspire profondément et recrache, à même le sol. Plusieurs fois de suite, très vite, sans presque reprendre sa respiration elle aspire et recrache les glaires. C'est bruyant et sale comme la vie. Répétitif, instinctif et autoritaire. Et quand enfin la petite ne pleure plus de douleur, mais de faim, Bakhita la rhabille et la porte à sa mère. La *parona* a un mouvement de recul, ses yeux demandent à la Moretta si elle n'est pas folle, d'oser cela, mais Bakhita, d'un geste lent, ôte la longue bande blanche et délivre les seins de sa patronne. Elle dit le mot qu'elle aime, de sa voix basse elle dit : *madre.* Et elle lui montre comment elle doit faire. Parce que c'est *elle* qui doit le faire. Elle doit nourrir sa fille.

On la surnommera «Mimmina». Un surnom comme un baiser, une gourmandise, une profonde tendresse. Et c'est à Bakhita que Maria Michieli la confie. Elle a accepté de l'allaiter, mais la Moretta doit se tenir à ses côtés, elle craint que la petite ne fasse une fausse route, ne «prenne» pas assez, ou trop, et puis elle ne sait pas lui faire faire le rot, ni la langer, ni la laver, elle ose à peine y toucher, à cette petite chose puissante et mystérieuse. Elle fait installer le berceau de la petite dans la chambre de la domestique, là-haut, au-dessus des écuries, et de jour comme de nuit, Bakhita la lui descend pour les tétées. Les rôles s'inversent, la Moretta est la mère et la mère devient la nourrice. Qu'importe. Il y a longtemps que Maria Michieli se fiche de ce que pense d'elle la bourgeoisie de Zianigo, son mari est loin et sa belle-famille, stupide. Elle regarde grandir sa fille en spectatrice anxieuse et émerveillée, et son orgueil croît en même temps que son mépris de ce monde qui l'a toujours rejetée.

Bakhita ne fait pas dormir le bébé dans son berceau. Elle la tient contre elle, sous les draps. Ses jours, ses nuits, ne sont plus que cela, ce rendez-vous perpétuel avec l'enfant. Un soir où la lune est grosse comme un soleil, violente et rouge, elle tend la petite vers elle et prononce trois fois son nom. Cela ne dit pas comment était le monde le jour où Mimmina est née, cela dit comment le monde a changé le jour où elle est née.

C'est à la fois une joie profonde et un manque ravivé. Le bébé contre elle, Bakhita pleure sa propre mère, le besoin d'elle surgit dans ce qui est bon comme il avait surgi dans l'enfer, c'est une absence que rien ne comble et que tout rappelle. Elle voudrait partager avec elle cette maternité de substitution, mais aussi redevenir cette vie puissante et minuscule dans les bras de celle qu'elle appelait *mamma* dans une langue oubliée. Être la mère et l'enfant. Cet amour-là. Mais elle est coupée en deux et elle s'étonne de la force de ce manque, est-ce que toute sa vie sera entravée par cet amour irremplaçable ? Elle berce Mimmina et la remercie d'être en vie. Dans l'amour qu'elle donne à l'enfant il y a tous ceux qu'elle a aimés et qui lui ont été arrachés, des vies croisées et perdues, des blessures discrètes et brûlantes. Ses yeux dans les yeux de Bakhita, le regard flou de Mimmina se concentre et répond, et ce qu'elles se disent dans leur langue inventée, ce qu'elles se donnent dans leurs câlins et leur sommeil partagé, personne ne s'en doute. Ce sont deux vies liées, indémêlables et sauvées.

Trois mois après sa naissance, sous la pression de l'entourage, sous l'influence de Paron Stefano et aussi, il faut bien le dire, par superstition, Maria Michieli accepte que Mimmina soit baptisée, un vrai baptême cette fois-ci, dans l'église de Zianigo. La Moretta reste à la porte. Maria porte la petite, tout en dentelles blanches, sur les fonts baptismaux où ses cris résonnent contre les pierres froides. Maria pleure aussi, sous le coup de l'émotion pense-t-on, mais c'est simplement de dépit. Ce bébé qui hurle dans sa robe de baptême, elle a hâte de le rendre à la Moretta, et elle en veut à cette fille d'avoir des pouvoirs qu'elle n'a pas, sa reconnaissance est entachée de rancune.

Bakhita aime ce temps de la toute petite enfance de Mimmina. À six mois sa mère cesse de l'allaiter, et c'est elle qui la nourrit, cuisine les petites soupes et les bouillies, c'est elle aussi qui tricote ses bonnets et ses chaussons, brode la layette, soigne ses fièvres, ses diarrhées, ses gencives enflées, elle a tout appris, elle sait tout faire, « maligne comme un singe », dit la gouvernante. Elle promène la petite chaque jour dans la campagne de Zianigo, et bien souvent la promenade fait halte chez Stefano. S'il n'est pas là, Clementina et les petits l'accueillent, on félicite Bakhita pour les progrès de l'enfant, sa bonne mine, son poids, ses sourires ; si Stefano est là, il leur prépare toujours un petit en-cas, c'est un homme qui ne peut voir personne, affamé ou rassasié, sans lui donner à manger. Il tente toujours, il ne peut s'en empêcher, de parler de religion à Bakhita. Il lui désigne la médaille de Mimmina : « La Santa Maria, tu comprends, petite sœur ? La Santa Maria ! », Bakhita sourit, de ce sourire doux et désarmant. Il se retient de la faire entrer dans l'église pour lui montrer les statues, le crucifix, les tableaux. Il jouerait de l'orgue tandis qu'elle découvrirait la Vierge, le Christ, les saints et la Présence Réelle, Bakhita comprend tout sans les mots, il le sait, mais Maria Michieli a interdit que sa domestique entre dans l'église. Cela le tourmente. Il n'en dort plus la nuit. Il se sent coupable, comme s'il regardait Bakhita se noyer et qu'il restait les bras croisés. Son âme se perdra, et il n'aura rien fait pour empêcher cela. Pourtant, il émane d'elle une véritable puissance, comme un secret bien gardé. Il sait, pour parler d'elle aux pauvres gens de Zianigo et aussi aux bourgeois, que ce n'est pas seulement la couleur de sa peau qui les effraye. Ce n'est pas seulement par ignorance, superstition ou bêtise, qu'ils la fuient. Elle est belle, elle est douce et résignée. Mais elle est aussi indestructible. Comme une survivante, elle porte en elle un monde incommunicable. Et c'est cela qui les effraye, cette puissance qu'ils ne comprennent pas.

Comment Stefano a-t-il eu un jour cette idée ? Comment l'a-t-il crue réalisable ? Il décide d'adopter Bakhita. Ne l'appelle-t-elle pas *babbo*, comme le font ses enfants ? Il est déjà un peu son papa, et s'il l'adopte elle aura un nom, une famille, un héritage, et il pourra la faire baptiser, effacer le péché originel et sauver son âme. Il se lance dans une bataille aveugle pour des papiers qui n'existent pas, des actes de naissance et de rachat, un village oublié, une nationalité perdue, il écrit, télégraphie, fait jouer ses relations, demande l'aide de l'archiprêtre, du maire de Zianigo, du doge de Venise, se rend à Padoue chez le consul Legnani, reparti depuis six mois en Égypte, écrit à Augusto Michieli, le prie, depuis Suakin, de faire des recherches sur l'origine de Bakhita, il a une foi à soulever les montagnes, les montagnes d'un pays dont il ignore tout, et plus ses recherches sont vaines, plus il s'entête, pris dans une panique généreuse, mais peut-être… peut-être aussi a-t-il l'intuition qu'il faut faire vite, que bientôt cette vie douce, cette accalmie, ne seront plus pour Bakhita qu'un lointain souvenir.

Bakhita court seule dans les rues de Zianigo. Elle court comme on fuit. Comme elle l'avait fait, la main de la petite Binah dans la sienne, elle se sauve. Elle court et les enfants qui la voient passer se plaquent contre les murs jaunes des maisons penchées, les vieux assis devant les portes ôtent leur chapeau et font silence, les femmes pensent qu'il est arrivé malheur à Mimmina, car c'est le malheur qui court avec la Moretta, n'importe quelle femme du peuple reconnaît ça.

Elle sent la chaîne à son pied, cette chaîne qu'elle a portée chez la maîtresse turque pèse et la fait boiter, elle retrouve sa démarche d'esclave, son cœur d'esclave, et la peur qui va avec. Ses chaussures serrées lui font mal, sa robe colle à son corps en sueur, et sous son chapeau ses cheveux sont trempés. Sur le petit chemin de terre qui mène chez Stefano elle trébuche dans un nid-de-poule et la boue est sur son visage comme des plaques de peau. Stefano est déjà au courant de sa venue, il a demandé à Clementina d'aller chercher le médecin et de l'envoyer chez Maria

Michieli, un malheur est arrivé à Mimmina, il rejoint Bakhita sur le petit chemin de terre, il va pour la prendre dans ses bras, mais elle se jette à ses pieds, comme les pauvres paysans. Il la relève et il ne reconnaît pas son visage, il est à la fois plus jeune et terriblement vieux. Ses yeux sont ceux d'une toute petite fille et pourtant il émane d'elle quelque chose de terrifié et d'ancien.

— Mimmina?

— Non.

— Maria?

— Non.

— *Il paron?*

Elle fait signe que non et se désigne, elle cogne sa poitrine, son cœur, elle montre que c'est là, à l'intérieur d'elle, qu'il y a un grand malheur. Instinctivement il la regarde, elle a couru et n'a pas l'air malade, un instant il se demande si elle a reçu des papiers pour l'adoption, des mauvaises nouvelles de sa famille, de son village, et aussitôt il réalise que ce n'est pas possible, dans toutes les démarches qu'il entreprend il ne donne jamais que sa propre adresse. Il la fait asseoir sur un banc de pierre. Face à eux les longs cyprès se balancent dans leur odeur sucrée et triste. Il a plu toute la journée et l'air est saturé d'une humidité lourde, les oiseaux chantent dans les arbres trempés, on entend le dernier coup de tonnerre dans la montagne au loin. Quelque chose est en train de se finir. Et soudain Stefano comprend. Le choc lui coupe le souffle. Et pourtant, c'est une évidence. Il s'en veut de ne pas l'avoir anticipé, de ne jamais en avoir parlé à sa petite sœur Moretta, c'est sa faute, il aurait dû la prévenir… Mais dire ces choses-là dans un dialecte qu'elle comprend si mal aurait été plus terrible encore, plus confus et plus inquiétant… Elle va partir à Suakin, avec la Michieli. Elle quitte l'Italie. Il pose sa main sur la sienne, elle pleure maintenant, et c'est la première fois qu'elle pleure devant lui. Alors il pleure avec elle, il sanglote et les voilà tous deux sur ce banc, dans l'air humide d'une pluie épuisée, avec cette peine contre laquelle ils ne peuvent rien, car ce qui arrive est sans consolation aucune. Il voudrait lui demander pardon, si seulement il avait pensé à l'adoption plus tôt, si seulement il lui avait dit que ça pouvait arriver. Depuis un an Augusto Michieli le laisse administrer seul le domaine, il ne connaît pas sa petite fille, il n'a jamais été absent de Zianigo si longtemps… Stefano ôte ses lunettes rondes, il essuie ses yeux et demande :

— Suakin ?

— Oui, *babbo*, oui… *Aiuto*… Au secours…

Il regarde le ciel. Mais le ciel ne lui répond pas.

Il la ramène chez Maria Michieli. La *parona* lui ordonne d'aller se changer puis de décharger la gouvernante de la garde de Mimmina. Elle ajoute que sur son escapade, elles s'expliqueront après, seule à seule. Bakhita monte dans cette chambre qui lui a donné l'illusion de la liberté, l'illusion de la maternité, une vie à soi.

Dans le salon, Maria a fait asseoir Stefano et lui sert un verre de grappa.

— Je vais avoir besoin de vous plus que jamais, Stefano.

— Je sais…

— Le domaine va être entièrement entre vos mains. Bien sûr, il y aura compensation financière.

Il ne touche pas à son verre. Il regarde le jardin mouillé, le magnolia lourd et les fleurs arrachées par la pluie. Il pense que c'est étrange comme le temps, parfois, s'accorde à votre cœur. La pluie va tomber encore, le ciel est sans couleur. Il demande :

— Vous partez pour Suakin ? et il déteste ce petit mot si court.

— Mimmina a neuf mois, et son père ne la connaît pas.

— Bien sûr.

— Lui ne peut pas rentrer, vous vous en doutez, ce n'est pas le moment de lâcher l'hôtel.

— Ah… Il l'a acheté, finalement…

— Il m'écrit qu'à Suakin les maisons sont faites en pierres de corail, est-ce que vous pouvez imaginer ça, Stefano ?

— Ce doit être très beau.

— Il m'écrit que Suakin est une presqu'île totalement ronde, vous voyez, mais totalement, comme… comme une perle posée sur la mer Rouge. Est-ce que vous pouvez…

— Imaginer ça, oui, oui je le peux, signora. Ce doit être très beau.

— Toute l'Europe y fait des affaires : les Anglais, les Allemands, les Français, les Italiens, les richesses de la côte soudanaise, si je vous disais…

— Je peux imaginer, signora.

— L'Afrique, depuis le canal de Suez, l'Afrique, c'est… ! Ah, Stefano, c'est… un carrefour, c'est une ruche, c'est…

— Bien sûr, bien sûr, signora, mais dites-moi, la Moretta, vous n'avez pas peur…

— De quoi ? Qu'arrivée là-bas, elle s'évade ?

— Oh non, ce que je veux dire…

— Et s'évader pour aller où ? Elle ne sait même pas comment elle s'appelle !

— Ce que je veux dire, c'est que…

— Quand le consul a voulu l'aider à retrouver les siens, elle ne connaissait même pas le nom de son village, elle n'a aucun sens de la famille.

— Je pensais à la peine qu'elle doit avoir de retourner au Soudan.

— Le Soudan ou ici, c'est pareil, elle s'occupera de la petite !

— Signora, je peux vous demander une chose… Je m'en voudrais de ne pas vous la demander… Dites-moi… Vous ne voulez pas la faire baptiser ? Faire baptiser la Moretta ? Avant de partir ?

— Je vous aime bien, Stefano, vous êtes têtu et superstitieux, mais je vous aime bien. Vous serez la seule personne que je regretterai dans ce pays d'analphabètes galeux.

La pluie fait un bruit mat sur les feuilles du magnolia et les vitres du salon. Très vite le jardin est flou et il n'y a plus d'horizon. Le tonnerre revient par la montagne comme un fauve paresseux. Il fait presque nuit soudain. Stefano entend Bakhita passer dans le couloir, la petite Mimmina dans les bras, leurs voix mêlées, l'une si basse et l'autre fragile, comme un chant intime. Il se sent comme un père dépossédé. Il se sent lâche et sans droit. Et tellement triste. Maria a sorti les livres de comptes, les lettres de Stefano, les buvards, l'encre et la plume, il regarde les colonnes et les pattes de mouche, les dates et les chiffres, et d'une voix lasse, il dit :

— Signora, je dois vous dire, Giuseppe, mon fils, il essaye d'apprendre à lire à la Moretta. Quelques lettres. Pas plus. C'est important.

— Quelques lettres prises dans le catéchisme ?

— Non. Dans l'alphabet.

— Je vous taquine !

Il aurait voulu glisser dans la petite bourse de cuir une médaille de la Vierge, mais il ne le fait pas. À la place il met un peu de cette terre d'Italie, profonde et sombre, cette terre généreuse et maudite. Il aurait voulu lui écrire une lettre dans laquelle il lui aurait dit qu'il l'aimait comme sa fille. Juste ces mots-là, et puis peut-être quelques-uns de leurs souvenirs, chez lui, autour de la table familiale, les plats qu'elle découvre, ceux qu'elle prépare, son rire qu'elle leur offre, et ce soir où il s'était mis au piano et où elle avait tapé dans ses mains pour suivre la musique. Chiara avait éclaté de rire et alors leur petite sœur Moretta, honteuse, avait arrêté tout de suite. Lui avait joué plus vite et d'un regard, Clementina avait compris : elle avait tapé des mains à son tour et entraîné ses enfants à le faire, et tous riaient de cette incongruité, jamais ils n'avaient

246

applaudi comme ça *La Marche turque* de Mozart. Il lui aurait écrit la joie qu'elle avait apportée dans sa maison, et le respect qu'il avait d'elle, tout ce qu'il voyait et qui lui échappait : quand elle tirait sur sa manche pour cacher ses cicatrices, quand elle boitait soudain, quand son regard lent et grave se posait sur les enfants des rues, morveux et butés, quand elle murmurait à Mimmina des mots incompréhensibles, quand elle ramassait les pierres qu'on lui jetait, les regardait avec douceur avant de les reposer à terre… Il aurait tant à lui dire, à lui écrire. Mais elle ne connaît ni l'écriture ni le vénitien. Alors il pose la bourse de cuir dans sa main, il la serre contre lui avec sa maladresse brusque, et tant pis pour Parona Michieli, il murmure à son oreille « Je prierai pour toi tous les jours », et il fait ce signe furtif sur son front, il la bénit. Et puis il s'en va, malheureux comme un chien, lui l'exubérant, la figure locale, il rentre chez lui et sans le vouloir il boite comme elle, un pied ici, un autre là-bas, cette Afrique au seuil de laquelle tous piétinent comme des gamins au pied du sapin, plus souvent marchands que missionnaires, et lui va rester avec ses paysans sans espoir. Et puis soudain, il bifurque, il ne rentre pas chez lui. De son pas heurté il retourne au village, il va jusqu'à l'église. Il monte les marches de bois étroites et poussiéreuses, il s'assied derrière l'orgue, et pour elle, pour sa petite sœur, sa presque fille, il joue l'*Ave Maria*. Il joue comme ça, une heure durant, une heure lente et grave, pour ne pas entendre le bruit de la calèche qui l'emporte à la gare. Ne pas penser au village qui la regarde partir. Cette vie qui prend fin.

Il joue, sans plus penser à rien, et soudain, il sait. On le traitera encore d'original et de farfelu. Ça n'est pas très grave. On le traitera encore de rêveur et d'idéaliste. C'est peut-être vrai. Chaque jour il viendra dans l'église jouer l'*Ave Maria.* Chaque jour. Et ce sera son appel, pour qu'elle revienne. Parce que maintenant il le sait, elle reviendra.

C'est le Soudan. En face du Soudan. C'est une terre. Détachée de la terre. Un relais entre le désert et la mer. La porte de l'Afrique. Une île où s'arrêtent les pèlerins qui vont à La Mecque, de l'autre côté de la mer Rouge, une mer à laquelle on arrache le corail et dont les rives sont envahies de boutres misérables et de navires géants. On part aux Indes, aux Amériques, on parle l'arabe et le turc, l'égyptien et l'anglais, on parle toutes les langues et surtout, on parle d'argent. Il y a des civils et des militaires, des gouverneurs et des brigands, des mosquées et des bordels, des cafés et tout le long des rues, et tout le long du jour, des marchés. Car tout le monde vend. Et tout est à vendre. Les hommes, la gomme arabique, les plumes d'autruche, le charbon, les cornes d'éléphant, le copal et l'encens, les richesses que l'on découvre, que l'on exporte. On pourrait croire que le monde s'ouvre, se rencontre et grandit. Il se rétrécit, se morcelle et se creuse.

Bakhita arrive au Soudan en septembre 1886, un an et demi après l'avoir quitté, et toutes les plaies se ravivent. C'est le pays des ancêtres, le pays de sa mère, le pays de sa couleur, de sa langue et de son nom. C'est le pays qu'elle a traversé et qu'elle ne reconnaît sur aucune carte. Le pays auquel elle a survécu mais où elle ne retrouve personne. Depuis les fenêtres de l'hôtel de Suakin, elle le regarde. Il est là, posé en face d'elle, lointain et terriblement proche. Le jour, les rives de la côte sont perdues dans la brume, l'humidité plane et le ciel immobile ne laisse rien voir. Son pays est profond et enclavé. Son pays se tait. La nuit, la ville trop lumineuse masque les étoiles, Suakin jamais ne se repose, l'île est bruyante et affairée toujours, enivrée et dangereuse, les cris des singes se mêlent aux cris des hommes, et on dirait que tout le monde rit. Les étoiles sont distraites, seule la lune demeure, qui brille plus haut que les éclats de la ville, et Bakhita lui raconte.

Elle est dans cet hôtel immense comme dans un pays sans loi et elle connaît la vacuité de cette vie de profit, cette vie sans attaches, sans ancrage autre que les livres de comptes et la caisse de l'hôtel. Elle ne sait que faire des pourboires que lui donnent les hommes à qui elle sert des alcools forts et du café turc. Elle n'a jamais su quoi faire de l'argent. Elle a laissé à Zianigo les pourboires que lui donnaient les invités de Parona Michieli, qu'elle servait les soirs de réception. Elle les remerciait en baissant les yeux et déposait les pièces avec le linge, dans sa commode, et puis les oubliait. Elle avait entendu un invité demander à Augusto pour combien il avait eu la négresse, et lui, gêné, avait eu ce geste de pudeur. Non, de ce sauvetage, il ne parlerait pas... Et il y avait eu dans le salon cet air entendu et admiratif que la bonne société éprouve pour les hommes riches et discrets.

Elle ne sort pas de l'hôtel, ainsi que le veut Parona Michieli. Elle ne voit rien de l'île. On dit qu'elle est aussi belle que sale, aussi dangereuse que puissante, encore sauvage malgré les hautes demeures des riches marchands, on dit que le soleil se couche sur la mer comme la main d'Allah plongerait dans les flots, il en surgit des couleurs qu'on ne pourrait nommer. On parle de Suakin comme d'une bête vivante, que l'on craint et que l'on dompte. On parle des pèlerins en guenilles, des fusils de contrebande, des sabres acérés et des fauves qui la nuit entrent dans les demeures. On parle des fantômes des quarante vierges, esclaves abyssiniennes enceintes des djins, dont les quarante filles fondèrent la ville, et qui hantent les palais. On parle de légendes perdues et d'avenir fructueux. Il y règne la méchanceté et la misère.

Elle se souvient de l'île. Avec le petit Indir blotti contre elle, dans cette auberge de fortune, l'odeur des chameaux et du cuir, de l'urine et du varech, et ce sable qu'elle avait ramené sur elle jusqu'à Gênes, après les jours de désert. Elle se souvient des chiens sauvages et de leurs combats sur les rives boueuses du port. Des filles sans voile devant les auberges, leurs regards vides comme des ciels passés. Des femmes qui vendaient de vieux poissons à l'unité, et des lépreux assis sous les palmiers, près des paniers d'épices et de coraux séchés. Elle se souvient de tous les Soudanais arrachés à leur terre.

Quand elle ne sert pas au bar, elle promène Mimmina dans le jardin, et cela lui rappelle les harems, ces villes closes, les pigeonniers, le poulailler, les murs et les terrasses, et les bâtisses aux esclaves. Ici aussi, les serviteurs rentrent se coucher le soir dans ces maisonnettes basses et non mixtes, où les enfants ont des yeux de vieillard et des envies de repos. Elle voit les filles grosses, les tout jeunes garçons soumis et tristes, à qui on dit qu'ils ont de la chance. D'avoir des maîtres. Un toit. Une écuelle. Et de l'eau. À qui on dit de se tenir sages et serviles. Et elle sait, sans les regarder, ce que tous ont perdu, et la solitude qui est la leur pour toujours. Car elle est là, intacte, éternelle. La solitude. Bakhita n'est plus battue. Elle ne se couche pas dans la bâtisse des esclaves. Mais elle a, planté en elle comme un pieu, son besoin d'autre chose. Une autre lumière. Un peu de cet amour qu'elle a reçu chez Stefano et Clementina et qui, si dissemblable à son enfance, en avait pourtant la même musique. Elle garde les mains dans les poches de son tablier, alors qu'elle voudrait tendre les bras, généreusement, avec toute la force de sa jeunesse. Elle est entravée dans la nuit, alors qu'elle sait qu'une lumière existe, toute proche, vers laquelle elle ne peut se tourner. Elle n'a jamais oublié la voix de la consolation, la terre qui lui disait que ça n'était pas juste. *Abda*. Ça n'était pas juste et ça n'était pas sa faute. Alors, il doit y avoir autre chose pour elle.

Depuis la petite fontaine au centre du jardin, Mimmina l'appelle. Elle crie « Mamma ! » et Bakhita n'a pas le temps de la gronder « Il faut dire Bakhita ! Pas Mamma ! » que déjà la petite est dans ses bras. Elles rient toutes les deux, de bonheur et de surprise. Mimmina a marché pour la première fois ! Elle a fait ses premiers pas pour rejoindre sa nourrice. Elle se dégage de ses bras, elle veut recommencer. Elle recommence, elle tombe et se relève, elle pleure et elle rit, elle se salit, écrase les fleurs et effraye les chats. Elle n'a peur de rien, elle voit le monde debout. Bakhita lui sourit et elle sait. Aujourd'hui sa petite Mimmina a appris à marcher. Bientôt, elle devra l'appeler Alice. Et Alice ne fera jamais l'erreur de l'appeler « mamma ». La voix du muezzin résonne dans le ciel comme un ordre enroué et dansant, Bakhita regarde la petite et elle sait qu'elle ne grandira pas ici. Alice ira à l'école, comme tous les enfants des Blancs. Elle sortira du jardin. Elle quittera Suakin. Et elle ? Où vivra-t-elle ? À qui appartiendra-t-elle ? Elle regarde cette petite fille qu'elle a sauvée de la mort et qui plonge ses mains dans l'eau de la fontaine, droite et fière sur ses jambes menues. Elle a la vigueur et l'autorité de celle qui découvre une liberté nouvelle.

Elle vit ainsi neuf mois, dans ce temps incertain, cet hôtel de passage où, malgré la beauté de ses dix-huit ans, malgré la couleur de sa peau, les hommes qu'elle sert ne la touchent pas. Elle baisse moins les yeux. Quand elle reconnaît dans leur voix l'offense, brièvement elle les regarde. Elle ose ça, quelques secondes, et dans ses yeux il n'y a ni défi ni colère, mais les hommes qui ont pour elle des tentatives déplacées reçoivent un regard qui dit : « Je connais tout ça à l'avance. » Et elle reste une énigme. La soumission mariée à la force. C'est ça qui intrigue, comme si cette esclave, cette Bakhita, n'était pas à sa place. Son maître est chrétien, elle ne sera jamais ni son épouse ni sa concubine, et elle n'a apparemment pas d'enfant de lui. On la voit s'occuper de la petite du maître, parfois même quand elle sert au bar la gamine est dans ses bras, comme un singe sur une branche. Cette esclave a une place à part. Elle parle peu et sa voix a la profondeur des grottes obscures, c'est une serveuse de bar et elle ose la lenteur de ceux qui sont sûrs d'eux-mêmes. Elle fuit les hommes et s'intéresse aux gamins. Elle a toujours dans ses poches un bout de pain, un fruit à leur donner, et elle a aussi un geste, une main posée sur leur crâne, une caresse sur leur joue. Sa maîtresse devrait la corriger, tous ces gosses sont contagieux, ils traînent devant le jardin de l'hôtel leur mendicité et leurs maladies de peau, ils s'agglutinent devant les grilles comme des mouches sur la sueur. Le jardinier les chasse, ils reviennent. Ils ont faim, elle les nourrit en vain, car ils se multiplient aussi vite qu'ils meurent.

Bakhita vit dans un temps incertain, mais le temps avance, les patrons s'affairent et font des calculs, et ces calculs, un jour, donnent un résultat. Celui pour lequel ils travaillent jour et nuit. La réussite. On ne lui dit rien, mais elle sent, elle voit, et comprenant un peu le vénitien, elle surprend des conversations entre Maria et Augusto. Il y a dans l'air un mouvement de panique et d'espoir, un changement de vie qui s'amorce dans la joie nerveuse des grandes décisions. Mimmina aussi le ressent, la *parona* a beau dire qu'elle fait ses dents, Bakhita sait que ce n'est pas cela qui la fait pleurer la nuit. Ce sont les cauchemars. Elle le sait, elles ont les mêmes. Des cauchemars de sable haut, des dunes en cercles au-dessus d'elles avec des piquets de bois plantés tout autour, et il n'y a aucun moyen de sortir ni de voir l'horizon, elles sont debout, Mimmina et elle, sur ces bords encerclés, et elles restent là. Immobiles. Angoissées et incertaines.

Et puis un jour, il y a les valises. Ces gueules ouvertes qui se remplissent des vêtements de la maîtresse et de ceux de Mimmina. Elles retournent en Italie, il faut vendre le domaine et revenir, puisque c'est maintenant définitif : la famille Michieli s'installe à Suakin. Bakhita s'en doutait, bien sûr. L'auberge ne désemplit pas et Parona Michieli règne, elle n'est plus l'étrangère dont se moquait Zianigo, ici être étranger, c'est être africain. Les autres sont chez eux. L'angoisse de Bakhita se réveille. Elle est démunie et déterminée, c'est une lutte entre sa peur et sa survie, et comme elle avait supplié le consul, elle demande à Parona Michieli de l'emmener avec elle en Italie.

— Trop cher, Bakhita.

Elle offre ses pourboires. Maria éclate de rire. Elle se met à genoux. Maria explose :

— Pas ça !

Elle se relève, lui baise les mains. Reçoit une gifle. La première de Parona Michieli. Il y a quelques années encore, elle aurait à peine senti cette gifle, prémices ordinaires aux coups de fouet et aux injures. Aujourd'hui, c'est une violence qui vient heurter sa vie et lui rappelle qu'elle est moins qu'une domestique, une esclave. Immédiatement, après la gifle, Maria et elle ont le même mouvement, elles regardent dans le parc où joue Mimmina. La petite n'a rien vu, elle est assise et leur tourne le dos. Mais c'est bien là que tout se joue. Autour de l'enfant. Maria veut faire seule le voyage avec sa fille. Elle pourrait la laisser à sa nourrice et lui éviter deux traversées épuisantes, mais elle veut vivre ça, elle veut être seule avec sa fille. Elle se voit arriver triomphante dans Zianigo, son enfant dans les bras, ou mieux, lui tenant la main et marchant à ses côtés. Elle aime bien Bakhita mais elle lui en veut, comme les êtres faibles en veulent à ceux à qui ils doivent beaucoup. Bakhita regarde Mimmina qui s'amuse à taper sur son petit tambour. Elle baisse les yeux et dit :

— Vous ferez bien, *Parona*.

Le vapeur pour Gênes part le 21 juin 1887. Maria demande à Bakhita de porter ses valises et de les accompagner jusqu'au port. Quand elle sort de l'hôtel, elle retrouve la violence de la ville, grouillante de vies cachées et de misère exposée, on y respire la menace et la puissance. La clarté du ciel brûle le regard et la mer attire comme une plaque d'argent chauffée au soleil. Il y a, au-delà des rues bondées et des demeures hautes, des terrains vagues et des champs arides, la sauvagerie des lieux inexploités, il y a des cimetières oubliés et des hangars déserts, des carcasses de bateaux, des dépôts de charbon, il y a surtout la mémoire de ces milliers d'esclaves aux temps les plus intenses de la traite, et Bakhita le sent : la terre tremble de cela, la vie des hommes volés. *Abid.* Injuste. Injuste. Injuste… Elle marche derrière la *parona*, qui porte sa fille contre elle, habillée tout en blanc, comme pour une cérémonie, et c'est bien dommage car la *parona* peut-elle ignorer que le charbon aura vite fait de salir ces vêtements si peu appropriés ? Elle aussi s'est vêtue de blanc, et on dirait une mariée tenant dans ses bras une baptisée. Par-dessus l'épaule de sa mère, Mimmina parle à Bakhita, des mots et des bulles, des baisers et des grimaces, Bakhita s'en veut de ne pas lui avoir redit qu'elles allaient se quitter, elle voit bien que la petite n'a pas compris. Elle sait ce que c'est. Quitter la personne que l'on aime. Elle a passé la nuit à la regarder dormir et à lui parler tout bas.

L'arrivée sur le port est celle habituelle de la panique et de la brutalité, comme si chacun allait perdre sa place, non seulement sur le bateau mais aussi dans le monde, comme si leur vie se jouait maintenant, peut-être parce qu'on se dit au revoir, ou même adieu, il y a cette déchirure qui vibre sur le quai, sur la passe-relle et sur le pont. Bakhita ne sait pas si la *parona* va lui laisser dire au revoir à Mimmina, si elle va laisser l'esclave embrasser son enfant en public. Elle donne les valises au porteur, et Maria se tourne vers elle. Elle voudrait être bonne. Une grande dame qui n'aurait rien à se reprocher.

— Je compte sur toi pour le bar, hein, Moretta ?
— Oui, *Parona*.

Depuis les bras de sa mère, Mimmina cherche à attraper le chapeau de Bakhita, et Bakhita se recule un peu, alors qu'elle voudrait s'avancer et la prendre contre elle.

— Mimmina, dis au revoir à Bakhita !

Mimmina ouvre et referme sa petite main.

— Envoie un baiser !

Mimmina envoie un baiser. Sa mère fait demi-tour et s'éloigne. Bakhita n'a pas eu le temps de l'embrasser. Elle les regarde s'éloigner dans la foule, et elle reste là, droite et stupide, bousculée, insultée, elle ne distingue plus rien ni personne dans la chaleur de cette foule, on la cogne, on lui demande de bouger de là, elle, elle sent seulement que son cœur va éclater, son corps vacille sous le soleil brut. Et par-dessus cette incohérence et cette sauvagerie, soudain, elle entend le cri de celle qu'elle connaît comme sa fille. C'est Mimmina qui hurle, elle le sait. Elle pense aux chants de la séparation qui ne servaient à rien, toutes ces femmes qui voyaient partir leurs petits, elle reste comme elles, muette et sans droit, mais le cri de Mimmina enfle, et bientôt elle entend la toux par-dessus, et puis l'étouffement de colère, la panique qui fait hoqueter. Elle se tient la poitrine. Elle a mal, elle aussi.

— Un caprice ! C'est un caprice !

Parona Michieli est plantée face à elle, et Mimmina se jette dans ses bras.

— Oui, *Parona*, un caprice.

Et Bakhita serre si fort la petite qu'on dirait qu'elle va se retourner et s'enfuir avec elle.

— C'est incroyable ce qu'elle est devenue capricieuse !

Il y a du reproche dans la voix de la *parona*, de la peur et aussi une immense question : Et maintenant, qu'est-ce que je fais, moi ?

— Je n'ai pas l'argent du voyage.

— Non, *Parona*.

— Je n'ai pas pris ton billet !

— Non, *Parona*.

— Et tu n'as même pas de valise.

— Ce n'est pas grave… *Parona*… La valise…

Mimmina, épuisée et confiante, s'endort contre Bakhita. Enfin, elle ne tousse plus, c'est passé, cet étouffement. Elle transpire et sa robe blanche est déjà tachée. Bakhita sent la peur terrible de la *parona*, elle ne baisse pas les yeux, elle la supplie du regard, et sa sueur coule de ses cheveux à son cou, de son cou à son dos. Maria regarde sa fille. Et puis, comme une défaite, elle murmure :

— Ce serait dommage de la réveiller.

C'est ainsi que Bakhita a posé le pied sur la passerelle du bateau. Elle tenait contre elle la petite fille capricieuse qui, sans le savoir, venait de faire ce qu'elle avait fait pour elle un an et demi auparavant : lui sauver la vie.

AveMariagratia plena… Dominus tecum benedic-
tis… benedicta ! AveMariagratia plena…

Matin et soir, agenouillée au pied de son lit,
Bakhita récite la prière avec Mimmina. C'est la *parona*
qui l'a exigé. Elle leur a fait apprendre l'*Ave Maria*,
le *Pater Noster* et le *Gloria*. En latin. Une fois mis en
vente le domaine, la maison, les meubles et les bêtes,
elle s'est demandé comment sa fille grandirait en
Afrique. Elle a consulté le médecin, et le prêtre dans
la foulée. Le médecin a préconisé une dose de quinine
le matin et le prêtre les trois prières essentielles, deux
fois par jour. *Pater Noster, Ave Maria, Gloria.* À force
de répétitions, et sans comprendre une seule parole,
Bakhita apprend les prières avec obstination, et ce
n'est pas seulement le matin et le soir, c'est aussi tout
le long du jour qu'elle récite pour retenir. À Zianigo
on dit que la Moretta est devenue pieuse, pas baptisée
mais pieuse, car on ne peut la croiser sans l'entendre
marmonner : « *Pater noster, qui es in caelis* », « *Gloria
in excelsis Deo* » ou « *Ave Maria gratia plena* ». On ne
lui jette plus de pierres, on se signe lentement sur son

passage et on murmure que c'est un miracle, et même Maria Michieli, on ne la regarde plus pareil, on l'aimerait presque cette étrangère, maintenant qu'elle va partir et qu'on ne la reverra plus. Bakhita ne sait pas pourquoi la *parona* exige ces mots matin et soir, mais malgré la difficulté à les retenir sans les comprendre, elle aime ce rite qui s'accorde à sa contemplation du jour qui vient et à ses confidences à la nuit. Et puis, il y a la petite voix de Mimmina à qui elle apprend quelque chose, leur complicité se renforce encore, dans l'effort et les fous rires interdits, interdits oui, car ces mots-là semblent graves, et à la *parona* elles doivent toujours les réciter très sérieusement, elle les écoute avec une lassitude exaspérée.

Étrangement, s'il y en a un que cela n'impressionne pas, c'est Stefano. Le retour de Bakhita a été pour lui un double choc, celui de la surprise et celui de la révélation : il n'avait pas joué en vain, chaque jour qu'il était à Zianigo, l'*Ave Maria* sur l'orgue de l'église. Il a prié pour elle, intensément, et ils étaient reliés par un amour filial inaltérable. Mais il est choqué de l'entendre réciter sans les comprendre les mots sacrés des prières. Ainsi, on peut lui faire répéter ce qu'on veut, sans rien lui expliquer, comme un tour à un chien savant ? Il pense qu'elle mérite mieux et il enrage qu'elle ne comprenne du vénitien que les mots usuels. C'est Clementina qui un soir tente de l'apaiser et trouve peut-être la solution à son tourment :

— Stefano, tu devrais te réjouir.

— Me réjouir ? Quand je l'entends réciter sans comprendre ? Elle dit « *Sed libera nosam lo* » au lieu de « *nos a malo* ». *A malo*, Clementina ! *A malo !* Le mal, elle sait ce que c'est, elle, et elle ne sait pas le prononcer !

— Ce n'est pas comme cela que tu dois voir la chose.

— Ça me fait mal quand j'entends ça ! Oui, mal ! *A malo ! A malo !*

— Calme-toi. Tu ferais mieux de profiter de ce que la Michieli baisse la garde pour parler à notre petite sœur.

— Et qu'est-ce que je suis censé faire, hein ? La traduction du latin en vénitien ? Tu te moques ?

Clementina va à sa commode, y prend un minuscule objet qu'elle tend à son mari.

— Donne-le à notre petite sœur Moretta.

Il regarde sa femme, étonné, et il se calme soudain.

— Tu crois ?

— J'en suis sûre.

— Il ne va pas te manquer ?

— Non. Ça me fait plaisir.

— Mais il vient de ton père…

— Stefano ! Obéis-moi, hein, pour une fois…

Il regarde Bakhita, assise dans le jardin, qui surveille Mimmina. L'enfant joue avec Mèlia et Chiara au pied du grand chêne. La petite Alice a tellement grandi, elle est maigre, fragile encore, mais il y a en elle une force de vie, et elle est si joyeuse qu'on la reconnaît à son rire, le rire de Mimmina est comme son pas, il l'annonce. Elle a la joie des enfants jamais effrayés, toujours protégés.

Cet après-midi-là, Bakhita la surveille, un tricot à la main, car jamais elle ne reste sans rien faire, toujours ses mains sont occupées à quelque chose, et Stefano trouve qu'elle ressemblerait à toutes les jeunes nourrices des familles bourgeoises de Zianigo, n'était sa couleur, et son calme, que n'ont pas les jeunes Italiennes, et aussi, s'il était tout à fait honnête, son mystère. Elle a ce regard lent et triste des femmes sans insouciance, un sourire profond, d'une bonté lointaine. Sa beauté n'attire pas les jeunes Italiens, sa négritude est une barrière naturelle. La Moretta parmi eux n'est pas une étrangère. C'est une étrangeté. Il s'assied à ses côtés, elle lui fait un peu de place et lui désigne Mimmina :

— Heureuse !

— Oui. Elle est heureuse ta petite Mimmina. Très heureuse…

Elle pose sur lui un regard discret et interrogateur, elle a senti sa gêne, on ne peut rien lui cacher, elle sait. À la façon qu'il a eue de s'asseoir, au son de sa voix, elle sait. Il a quelque chose à lui dire. Elle va attendre. Elle a cette patience d'un autre âge, presque irritante pour lui, le bouillonnant Stefano. Il hésite. Il fait un petit signe de la main à ses filles, se tourne vers la Moretta et rit un peu, mains écartées, l'air de dire « elles jouent bien entre elles, hein ? » et cette gestuelle italienne est la chose que la Moretta a très vite apprise. Stefano regarde le ciel, les nuages arrivent de derrière les collines, la fraîcheur s'installe dans l'odeur des herbes coupées et des roses sauvages. Bakhita pose son ouvrage et va mettre un gilet à Mimmina. Quand elle revient s'asseoir, il a le bras tendu vers elle, le poing fermé. Elle s'arrête et attend. Elle regarde sans surprise ce poing tendu. Alors il ouvre la main et lui dit :

— Voilà c'est Clementina qui me l'a donné pour toi tu vois c'est un crucifix c'est Notre Seigneur Jésus-Christ mort sur la croix pour nos péchés il est le Fils du Père le Fils de Dieu et par Lui nous serons tous sauvés bien sûr je sais que Parona Michieli refuse que je te parle de religion aussi tu dois garder cela secret mais moi je ne peux plus me taire tu comprends parce que si tu restes dans l'ignorance de la foi j'ai tellement peur pour toi tu n'es même pas baptisée que vas-tu devenir enfin je ne dis pas cela pour t'inquiéter non mon but n'est pas de t'inquiéter mais voilà c'est le crucifix de Clementina elle le tient de son père il est mort Dieu ait son âme mais elle est heureuse oui très très heureuse de te le donner.

Il lui met le petit crucifix de bois et de métal dans la main. Puis il se lève d'un bond et il crie avec une véhémence tout à fait déplacée :

— Mèlia ! Mille fois je t'ai dit de ne pas faire grimper ta sœur à l'arbre, *mamma mia* !

Bakhita regarde cet homme ému qui vient de lui dire quelque chose d'incompréhensible et d'apparemment très important. Quelque chose qu'il ne pouvait pas garder pour lui. Et qu'il lui a donné. Un secret. C'est cela qu'elle comprend. Il lui a donné un secret. Elle regarde le crucifix posé dans sa paume. Il a dit plusieurs fois « Clementina ». C'est un cadeau de Clementina. Elle a vu déjà, dans les maisons des Italiens, au carrefour des petits chemins, au cimetière où sont enterrés les bébés de Parona Michieli, cette croix, avec cet homme dessus. Elle s'est arrêtée une fois devant un calvaire de pierre au pied duquel un bouquet fané faisait une tache de couleur un peu triste. Elle a regardé l'homme cloué. Elle ne savait pas qu'en Italie aussi on faisait ça aux esclaves, et elle se demande pourquoi celui-là est plus représenté que les autres. Et maintenant elle se demande pourquoi celui-là est dans le creux de sa main. Est-ce un avertissement ? Un objet protecteur ? Elle le regarde et puis elle pose un doigt dessus, la petite croix de bois et le corps de métal, si maigre, le visage renversé. Elle revoit ces esclaves que l'on clouait aux arbres pour les punir ou pour que d'autres n'en tirent pas profit. Cet homme-là est un Blanc. C'est un Italien. Elle étouffe un sanglot. Elle a abandonné les siens. Kishmet ne sera jamais sauvée, et Binah est peut-être morte sous les coups, ou enfermée dans un harem. Des larmes coulent sur son visage de domestique bien nourrie. Elle se jure que lorsqu'elle retournera à Suakin, puisqu'ils y retourneront bientôt, elle aidera son peuple, elle ignore comment mais elle fera autre chose qu'aimer Mimmina et être aimée par elle. Autre chose que servir les hommes au bar et donner un peu de pain aux gamins à la grille de l'hôtel. Elle a dix-neuf ans, elle est adulte depuis tant d'années ! Et elle ne fait rien pour rendre un peu de ce qui lui est donné, sa vie préservée. Stefano revient auprès d'elle. Il la regarde et ne peut s'empêcher de l'embrasser, deux baisers qui claquent de reconnaissance sur les joues mouillées de sa petite sœur Moretta.

— « Elle a été illuminée ! » dira-t-il le soir à Clementina.

— Illuminée ?

— Si je te le dis ! Je l'ai retrouvée en larmes, se tenant la poitrine d'une main, et ton crucifix dans l'autre !

— Mais que lui as-tu dit ?

— Tout ! Je lui ai tout dit !

— Et elle, qu'est-ce qu'elle a dit ?

— Elle ?

— Eh oui, elle !

— Mais elle… elle pleurait, elle ne parlait pas, elle pleurait et c'est tout ! Elle avait eu la révélation !

Elle n'a pas eu la révélation. Un pressentiment, tout au plus. Cette impression, une fois encore, d'être face à une porte et de ne pouvoir l'ouvrir. Cet objet dont elle ne connaît pas la fonction, elle le cache. C'est la première fois qu'elle cache quelque chose, qu'elle a ce sentiment de possession. Elle est certaine que la *parona* le lui prendrait, elle ne peut expliquer cela, elle le sait et c'est suffisant pour le cacher avec ses châles et ne le sortir que lorsque Mimmina est endormie. Elle sort l'esclave crucifié et elle en parle à la nuit, mais la nuit ne lui répond pas, elle résonne du chant des crapauds, des disputes des ivrognes et des hennissements des chevaux depuis l'écurie sous ses fenêtres. Les chevaux seront bientôt vendus. Comme la propriété et toutes les terres. Elle va quitter tout cela. Cette Italie si pauvre, où les paysans ne vivent guère plus de trente-cinq ans et où les jeunes fuient en masse pour des pays encore plus lointains que le Soudan. Giuseppe, le fils aîné de Stefano, le lui a expliqué. Il a étalé lui aussi, comme l'avait fait le consul, une grande feuille avec les terres et les mers. C'est comme cela qu'il essaye de lui apprendre à lire, avec les lettres des pays. C'est très difficile. Et elle n'a pas retenu le *A* d'*Australie*, le *B* de *Brésil* et le *C* de *Canada*, ces terres d'exil pour les Italiens sans travail. Elle est noire comme l'encre. Mais elle ne sait pas écrire. Et tous autour d'elle parlent des langues nouvelles, les mots sont comme les pays sur la carte, changeants et lointains, elle ne peut les relier à aucun des sentiments qui l'habitent, et elle s'isole dans cette incertitude.

On est en août, la *parona* est d'une humeur exé-crable, Stefano vient la voir presque chaque jour pour conclure avec elle la vente du domaine. Les tractations avec l'acheteur n'en finissent pas, et tout est réguliè-rement remis en cause. Maria s'arrache les cheveux et télégraphie à Augusto, qui s'impatiente là-bas, à Suakin. Les valises et les malles sont prêtes. Les meubles recouverts de draps blancs. Les tableaux et les plus beaux services à vaisselle vendus. Les fenêtres n'ont plus de rideaux. Les sols sont nus, les tapis rou-lés au fond des pièces. Et les mois passent. L'automne arrive. L'acheteur conteste toujours une somme ou un papier, demande à parler au maître des lieux et non à son intendant ou à sa femme, c'est une affaire sérieuse, de grosses sommes sont en jeu, le climat se tend, l'hiver est précoce, on déroule les tapis, on fait rentrer du bois, les tractations sont au point mort. À la fin de l'année, en novembre 1888, Maria Michieli décide, sur les conseils de Stefano, de partir à Suakin pour soumettre les papiers à Augusto et obtenir sa signature sur les documents les plus urgents. Le voyage coûte cher, elle partira seule avec Mimmina, elle aura bientôt trois ans et elle avait bien supporté le premier voyage. Elle hésite à vendre Bakhita à une riche famille de Mirano, la petite ville dont dépend Zianigo. Bakhita est bien connue là-bas et appréciée de tous, qui l'ont vue si souvent avec Mimmina, sérieuse et travailleuse, une perle à qui on ne verse aucun salaire, qui n'a jamais de congé, travaille même la nuit et qui, parlant peu le vénitien, est discrète comme une chouette empaillée, et robuste, comme le sont toutes les négresses. Mais c'est justement face à l'enthousiasme immédiat des bourgeoises de Mirano que Maria renonce à vendre sa Moretta. Mais que faire d'elle durant son absence ?

Elle pose la question à Stefano, qui n'en croit pas ses oreilles. C'est la Providence qui frappe à sa porte ! Ce sont ses prières qui sont exaucées ! Bakhita va enfin être délivrée de la coupe de la Michieli. Il a un espace d'action, et il se sent comme un gamin sur le point d'attraper un papillon rare, il faut beaucoup de délicatesse et de célérité, beaucoup de calme et d'assurance. Dans un premier temps il propose à Maria d'accueillir la Moretta chez lui, Clementina et les enfants s'en réjouissent à l'avance, elle dormira avec les deux plus jeunes, Mèlia et Chiara, qui la connaissent si bien. Il ne demande pas d'argent pour la pension, et quand elle rentrera pour vendre définitivement le domaine, Maria n'aura plus qu'à venir chercher son esclave chez lui et à repartir avec. Maria trouve la proposition honnête. Stefano a sa totale confiance. Elle dit oui.

Mais Stefano a menti. Il n'a pas l'intention d'accueillir Bakhita chez lui. Il a menti et il n'a même pas l'impression de commettre un péché. C'est un mal pour un bien. Car ce que veut cet homme aussi pieux que têtu, c'est le salut de sa petite sœur Moretta.

L'affaire est sérieuse. Ce qu'il faut à Bakhita, ce sont des spécialistes. Des gens faits pour ça. Giuseppe a beau lui faire répéter le *A* de l'*Australie* et le *B* du *Brésil*, elle n'a jamais écrit une seule lettre ni lu un seul mot. Quant au crucifix, impossible de savoir son influence sur elle. Quand ils récitent le *Benedicite* avant le repas elle attend patiemment, tête baissée, qu'ils aient fini, et il a beau terminer par un énorme signe de croix, elle ne voit pas le rapport avec le crucifix qu'il lui a offert. Mieux, on se moque de lui ! Ses filles ont éclaté de rire quand l'autre dimanche, après le « Amen », il a fait un signe de croix si large et appuyé que Clementina a reçu son coude dans l'œil. Des spécialistes, oui, c'est ce qu'il faut. Des spécialistes de l'enseignement et surtout, des spécialistes du catéchisme. Il pense immédiatement aux Sœurs de la Charité canossiennes, qui tiennent le Pieux Institut des catéchumènes de Venise. Comme d'autres congrégations d'Italie, ces religieuses instruisent et préparent les adultes au baptême et recueillent les enfants abandonnés. Sœur Madeleine de Canossa, fondatrice de l'ordre, née marquise au début du XIXᵉ siècle, a ouvert l'institut de Venise à sa congrégation en 1831. L'institut, lui, est aussi vieux que la Sérénissime, il a été fondé pour instruire et baptiser dans la Vérité catholique les marchands et les soldats étrangers qui débarquaient sur ses rives.

Et c'est là, à l'institut canossien de Venise, que Stefano voudrait faire admettre Bakhita en pension, le temps que Maria Michieli fasse le voyage à Suakin, et revienne. Ainsi, quand elle repartira au Soudan, elle sera catéchisée et baptisée, et lui pourra dormir en paix. Comme celle de l'adoption, cette idée du baptême chez les Canossiennes l'obsède et le tourmente d'autant plus qu'il connaît l'aversion de Maria Michieli pour tout ce qui a trait à la religion. Il décide de mentir une fois encore :

— Signora, j'ai pensé à une chose... À propos de la Moretta...

— Vous ne la prenez plus ?

— Si. Bien sûr que si. Mais je pense à vous, surtout. Vous qui êtes une femme si méritante.

— Oui.

— Une mère exemplaire, si courageuse...

— Où veux-tu en venir ?

— La Moretta... Elle vous seconde bien à l'hôtel, là-bas, en Afrique ?

— Je t'ai dit que je ne m'encombrerai pas d'elle pour ce voyage-là, ça coûte trop cher, je la laisse ici !

— Ce que je veux dire, signora, c'est que la Moretta, quand elle reviendra en Afrique, elle vous aidera encore à l'hôtel, n'est-ce pas ?

— Eh oui !

— Mimmina va grandir. La Moretta vous sera de plus en plus utile au bar.

— Évidemment !

— Alors, croyez-moi, un peu d'éducation est plus que nécessaire.

— De l'éducation ? Mais quelle éducation ?

— Eh… Savoir lire. Écrire. Compter.

— Qu'est-ce qu'une serveuse a besoin de savoir lire ?

— Quand vous recevrez du courrier, des commandes, des caisses, si la Moretta sait lire, ça vous aidera plus que vous ne le pensez.

— Écoute Stefano, je te connais depuis dix ans, alors dis-moi le fond de ta pensée, parce que j'ai beaucoup de choses à faire. Et beaucoup plus importantes que de savoir si Bakhita va savoir un jour déchiffrer une enveloppe ou une caisse de whisky.

Stefano parle alors de l'Institut des catéchumènes, là où non seulement on instruira la Moretta, mais où en plus elle sera surveillée, contrairement à chez lui, où elle sera convoitée comme domestique, enfin, lui et Clementina ne pourront pas la surveiller tout le jour, elle a dix-neuf ans, c'est tout de même un peu risqué, Dieu sait ce qui peut lui passer par la tête, des idées de liberté, allez savoir ? Le peuple n'est pas si soumis, et la Moretta non plus, qui peut subir toutes sortes d'influences. Il s'en veut un peu de ce dernier argument. Encore une fois il s'est laissé emporter. Enfin, si le coup a porté, c'est l'essentiel… Mais Maria Michieli n'est pas dupe. Si les arguments de Stefano sont justes, elle sait aussi qu'à l'Institut de Venise, les sœurs vont parler de religion à la Moretta du matin au soir. Elle sait aussi qu'à part les choses les plus élémentaires du quotidien, elle ne comprend toujours pas le vénitien, elle sait à peine faire une course et récite les prières comme une liste de légumes à cuisiner. Cependant, qu'elle soit enfermée pendant son absence est tentant. Elle demande quelques jours de réflexion, elle va télégraphier à Augusto. Elle va réfléchir un peu.

Contre toute attente, elle accepte. Stefano, pour une fois, est sans voix. Il lui demande de répéter. Elle répète. Elle est d'accord pour placer la Moretta chez les Canossiennes de Venise le temps de son voyage à Suakin. Mais à une condition : qu'il se charge lui-même de toutes les démarches. Et des démarches, il y en a. Bakhita est adulte, mais en tant qu'esclave elle n'a aucun statut, pas un seul papier, pas même celui d'un achat, puisqu'elle a été offerte à Maria Michieli. Pour l'administration, rien ne prouve son existence. C'est au plus haut niveau, auprès de ses relations influentes, que Stefano va plaider sa cause. Il parle de la nécessité de convertir les infidèles, de l'Afrique sauvée par l'Afrique, slogan très en vogue. Il parle du Fils prodigue, de la Vierge noire, il écrit aux riches ecclésiastiques et aux hauts fonctionnaires de l'administration, il reprend contact avec une cousine dont la sœur est rentrée dans les ordres, et enfin, il obtient l'accord du prieur de l'institut et rencontre la mère supérieure, Madre Luigia Bottissela.

À Bakhita, on n'explique rien. Mèlia et Chiara lui répètent qu'elles vont l'accompagner au *Collegio*, le Collège, mais ce nom, elle ne sait pas ce qu'il signifie. Elle sait qu'elle ne fait pas partie du voyage pour Suakin, mais que bientôt c'est là-bas qu'elle vivra, et pour toujours. Elle rejoindra les Michieli. Elle sait aussi que Mimmina va grandir et qu'alors elle changera sûrement de maître. Le temps sans violence n'est qu'un répit dans sa vie d'esclave. Elle obéit, sans savoir où on la mène, et même avec les gens qu'elle aime, elle est toujours un peu perdue. Elle vit dans le temps étiré de l'incertitude, qui est à la fois très lent et très ramassé, un temps qui avance par bonds successifs, comme un chemin cahoteux, et puis se prolonge dans une monotonie sans repères. Elle voit bien que Stefano est heureux, heureux pour elle. Il l'aime et il la protège. Mais elle ne sait pas de quoi.

Ils se rendent à Venise tous les six : Maria Michieli, Stefano, ses filles Mèlia et Chiara, et Mimmina, dans les bras de Bakhita. Venise n'est pas loin de Zianigo, une trentaine de kilomètres, ils prennent un train poussif qui s'arrête quand les voyageurs le demandent et qui fait tellement de bruit qu'il est inutile d'essayer de se parler, et tous gardent cet air tenu, un peu hautain, des grandes sorties. Ils traversent la campagne comme six endimanchés qui n'auraient jamais voyagé. Sur les genoux de Bakhita, Mimmina s'est endormie, elle protège sa tête des secousses du train, sa longue main posée sur son crâne, elle pense qu'elle va bientôt quitter la petite, dans quelques jours elle partira avec sa mère pour Suakin. « Quelques jours c'est très court, il n'y aura plus de dimanche ensemble », c'est ce que lui a expliqué Stefano, le dimanche, c'est le repère qu'il a trouvé. Mimmina respire contre sa poitrine, son souffle profond, son abandon, c'est cela, le vrai rythme de la vie de Bakhita. Cet amour fusionnel et confiant. Elle lui a appris tout ce qu'une mère enseigne à son enfant, et elle a partagé avec elle la contemplation de la beauté, elles ont regardé ensemble le jour qui vient et le jour qui finit, contemplé le ciel comme un être supérieur, elles ont assisté depuis leur chambre aux colères de l'orage qui transformait le paysage, elles ont ouvert la fenêtre lorsque le soleil revenait et que les odeurs étaient aussi vives que celles d'un fruit ouvert au couteau. Bakhita a appris à Mimmina à appeler les bêtes avec des sons brefs et des mouvements de langue, et quand les ânes et les chevaux viennent à elle, elle pose sa main sur leur tête de bêtes soumises et dit « *Grazie* », ainsi que Bakhita le fait, car il faut remercier toujours les bêtes qui travaillent pour les hommes.

Dans le train pour Venise, ni l'une ni l'autre n'ont compris qu'elles vont se dire au revoir. C'est une sortie ensemble, à Venise, où Bakhita est déjà venue il y a bien longtemps, Mimmina n'avait pas six mois et elle se souvient du train au-dessus de la mer, des rues si pauvres, des barques des pêcheurs et des femmes qui tiraient l'eau des puits sur des placettes où l'on vendait des herbes et du pain. La pauvreté est la même partout. Elle la reconnaît vite. C'est un regard que rien ne peut surprendre, une grande fatigue. Des enfants pieds nus. Des femmes trop chargées et des hommes à la colère rentrée. Et à Venise, comme à Zianigo, on avait eu peur d'elle, et dans les ruelles puantes où le soleil ne passait pas, elle serrait contre elle la petite Mimmina en respirant son odeur douce de bébé.

Stefano agite la cloche de l'institut, long bâtiment jaunâtre à deux étages, aux fenêtres basses, tout au bout de Venise, au 108 du Dorsoduro, sur la rive gauche du Grand Canal. Bakhita tient Mimmina par la main, qui s'est réveillée sitôt l'arrivée du train et a traversé avec elle les ponts de bois de cette ville posée sur la mer, comme Suakin, avec son ciel déchiré par les dômes et les mâts des bateaux.

La porte de l'institut s'ouvre, Stefano se présente à la *portinaia*, la sœur concierge, qui les invite à entrer. Bakhita ne connaît pas ces sœurs dont l'habit ne ressemble pas à celui des religieuses qu'elle voit dans les rues, en groupe et voilées comme les femmes d'Orient, celles-ci portent un châle par-dessus leur robe et la coiffe des femmes du peuple. On les introduit dans une longue pièce froide aux murs et au plafond recouverts de bois sombre, l'immense cheminée est vide, il y a une grande table, un canapé, quelques sièges alignés contre le mur, mais tous se tiennent debout et silencieux, Bakhita voit le crucifix accroché au mur, un Christ pâle au visage couvert de sang. Elle ne sait pas qu'elle est au parloir. Elle ne sait pas que sa vie vient de changer de manière aussi radicale que lorsque les deux ravisseurs l'ont enlevée à son village.

Dans ce parloir, Maria Michieli parle longuement à Madre Luigia Bottissela, la mère supérieure, très vite rejointe par d'autres sœurs, toutes appelées «Madre», attentives et cachant le choc que leur cause Bakhita, cette jeune fille étonnamment et entièrement noire. Elles parlent bas et gravement, avec de brefs hochements de tête, pleines d'une compréhension appliquée. Stefano, le chapeau à la main, intervient à peine, il laisse la Signora Michieli expliquer, présenter les papiers, le petit trousseau de Bakhita, tout se passe comme prévu. Elle, se tient un peu à l'écart, avec les enfants, comme une domestique doit le faire. Il comprend qu'elle n'a rien compris, et il a la sensation violente de la trahison. Il voudrait s'approcher d'elle et lui parler, mais il sait qu'il ne doit pas intervenir, Clementina le lui a dit la veille : «Tu laisses la Michieli diriger les opérations, exactement comme si c'était sa décision à elle. Pour une fois tu te tais, Stefano !» Il se tient muet et anxieux aussi, que va-t-elle comprendre à ce changement ? Va-t-elle penser qu'il ne la voulait pas chez lui ? Si seulement il pouvait lui dire la bataille qui a été la sienne, pour qu'elle soit là, aujourd'hui, à l'institut. Enfin Maria s'approche de Bakhita.

— Tu restes ici. C'est ta maison.

Il y a un silence. Puis Bakhita regarde Stefano, qui ne pensait pas que la chose serait dite ainsi, d'une façon si abrupte. Il voit qu'elle ne comprend pas. Qu'elle se sent désignée, isolée. La panique envahit son regard. Elle serre Mimmina un peu plus fort contre elle. Il s'approche en souriant, lentement mêle les mots de *Suakin*, de *départ* et de *maison*. Elle doit comprendre que c'est soit partir au Soudan, soit rester ici. Maintenant. Avec les Madri qui s'occupent déjà d'autres jeunes filles comme elle. C'est le mot *Madre* que Bakhita retient. Elle répète :

— *Madre ? Mamma ?*

La mère supérieure s'approche d'elle, lui sourit en lui souhaitant la bienvenue. Bakhita lit instantanément dans son regard qui est cette vieille femme. Elle est bonne et elle sait beaucoup de choses. Elle sourit à son tour et incline le visage. Mais elle n'a pas posé Mimmina à terre, et Stefano voit ce que la Michieli feint de ne pas voir. Avec un soupir de soulagement, elle remercie les sœurs, réajuste son chapeau et demande aux trois petites filles de dire au revoir. Mimmina enfouit doucement son visage dans le cou de Bakhita. Maria s'approche, regarde la nourrice dans les yeux. C'est un ordre.

Bakhita savait qu'elle quitterait Mimmina le temps de son voyage à Suakin, mais elle ne savait pas que ce serait maintenant. Cette impression de tomber encore, retrouver la solitude, comme un habit gelé. Elle rentre en elle sa douleur comme un poignard dans le ventre et elle pose doucement la petite à terre. La pousse un peu vers sa mère, qui attend. Mimmina va pour se réfugier à nouveau dans ses bras. Maria la tire brusquement à elle. Cette fois-ci elle ne se laissera pas attendrir par un caprice, pas ici, devant toutes ces religieuses à qui elle va montrer ce qu'est une mère. Elle siffle entre ses dents : « Tu viens ! » Et tire la petite par la main. L'enfant hurle qu'elle lui fait mal, alors Maria la prend dans ses bras, d'un geste fort, impérieux. « Tais-toi, hein ! » La petite hurle et sanglote. Bakhita recule sans cesser de la regarder. Déjà elle ne peut plus rien pour elle. Pas même la consoler.

Stefano est pétrifié, Mèlia et Chiara se mettent à pleurer aussi, tandis que Mimmina tend les bras vers Bakhita en hurlant. Ses cris résonnent dans le parloir, Maria hésite entre la colère et l'humiliation. Les sœurs se regardent avec une petite stupeur et tentent d'intervenir, on va chercher de l'eau et aussi une friandise pour la petite, on tire les chaises, on s'assied, mais Maria n'arrive plus à tenir Mimmina qui se dresse et lui laboure les genoux de ses pieds furieux, tout son corps tendu vers Bakhita, dont les sœurs voient les yeux illuminés par les larmes, elles sont face à une douleur vraie, et la Signora Michieli a beau parler de caprice et d'enfantillages, elles voient bien qu'il s'agit d'autre chose. Une gêne s'installe, comme un désaccord silencieux. La mère supérieure murmure qu'hélas, elle ne va pas pouvoir garder la Moretta. Elle doit repartir avec sa petite maîtresse.

Maria acquiesce à contrecœur, c'est une défaite de plus mais oui, elle va devoir emmener en Afrique la nourrice de sa fille, que la séparation risque de rendre malade. Toujours cette peur de la mort, ce chantage, et pour finir, elle n'est jamais seule avec sa fille ! Bakhita écoute sans comprendre, mais elle voit la peur et la douleur de chacun. Est-ce sa faute ? Elle n'a rien dit. Elle n'a rien fait. Elle est prête à obéir. Mais si seulement on la laissait consoler la petite… Stefano se lève d'un bond, cette fois-ci il va intervenir, il n'est pas question que leur petite sœur Moretta ne soit pas baptisée, pas question qu'il soit si près du but et que tout échoue maintenant, il la sauvera coûte que coûte !

— C'est impossible !

On se tourne vers lui, seul homme de l'assemblée qu'on avait presque oublié.

— Stefano, tu vois bien que ma fille a besoin de sa nourrice. Il serait cruel de les séparer.

— Oui, signora, ce serait cruel de les séparer, je suis d'accord, ce serait cruel.

— Alors partons et n'en parlons plus, je suis exténuée. Tout ce trafic pour rien !

On réajuste les manteaux, les chapeaux, Maria Michieli fait un signe de tête à Bakhita qui signifie «En avant !», mais Bakhita ne bouge pas. Inerte et sans voix, elle reste là, elle ne sait pas à quel ordre elle doit obéir, et voilà Stefano qui se lance à nouveau :

— Il y a une solution ! Si simple et si… pratique. Pour tout le monde !

Maria Michieli soupire en regardant les sœurs, l'air

de dire «Ne faites pas attention», et on leur ouvre la porte. Stefano lui barre le passage :

— La petite Alice peut rester ici le temps de votre voyage à Suakin, Signora. Laissez-la ici. Elle sera instruite elle aussi, quand vous reviendrez elle saura beaucoup de choses, les enfants apprennent vite.

— Que je parte en Afrique sans ma fille ?

— Ne lui imposez pas la fatigue du voyage...

Maria est soufflée. Toujours on la bafoue. Toujours on lui signifie que cela est impossible que son enfant vive avec elle. Elle est une mère aux mains vides. À la bonne volonté vaine. Le temps de sa stupéfaction, Mimmina s'est réfugiée dans les bras de Bakhita. Le silence revient. On n'entend plus que les reniflements de la petite que Bakhita apaise avec des mots doux, des caresses dans le cou. Mèlia et Chiara se rapprochent d'elles et s'agrippent à la tunique de leur petite sœur, bouleversées par ce qui se passe, les désaccords des adultes et surtout, l'émotion de leur père, qui perd de son autorité habituelle quand il s'adresse à la Michieli.

Bakhita ne le sait pas mais à ce moment-là, elle ressemble à sa mère. Un arbre et ses branches. Avec ces enfants accrochées à elle, elle est belle, d'une beauté ouverte, d'une humanité profonde. Et cela, la mère supérieure le voit. Elle demande :

— Comment voulez-vous que l'enfant reste ici, Signor Checchini ? Elle ne peut aller dans le bâtiment des enfants abandonnés. Ni dans celui des adultes non baptisés.

Mais quand elle demande cela, elle a déjà la

réponse. Elle sait que ce n'est pas à elle de la donner. Ni au Signor Checchini. La réponse doit venir de la Signora Michieli. Cette pauvre femme qui n'a rien compris. Cette mère impuissante.

Et Maria Michieli, dans sa peur terrible, souterraine et coupable, laisse sa fille avec sa nourrice. Elle accostera seule sur les rives d'un pays qui, sans elle, lui semble déjà un rêve avorté.

Le 29 novembre 1888, Bakhita et Mimmina entrent ensemble au Pieux Institut des catéchumènes de Venise. Stefano paie lui-même la pension d'Alice Michieli, soit une lire par jour, et il a, comme il l'avait fait pour sa petite sœur Moretta, entrepris les démarches et obtenu les papiers, ce qui n'était pas chose aisée, car c'était bien la première fois qu'une enfant baptisée vivrait avec sa nourrice noire chez les catéchumènes.

Ce jour-là, quand la *portinaia* referme la porte derrière la Moretta et la petite fille, aucune des trois ne pourrait imaginer que Bakhita arrive enfin chez elle.

Le premier jour, Bakhita attend les ordres. Elle imagine qu'ici comme ailleurs, elle va servir les maîtres. Mimmina à ses côtés, elle fera le ménage, la lessive, la cuisine, le jardin, les travaux de couture ou de broderie, tout ce qu'on veut. Mais le premier jour, on ne lui réclame rien. Elle se demande si Parona Michieli a bien expliqué. Esclave. *Abda*. Est-ce que ces religieuses savent ce que c'est ? Elle se prosterne aux pieds de la supérieure comme le font les Orientales, le haut du corps en avant, le front contre le sol, les mains bien à plat. Mais la mère supérieure la relève en souriant. C'est incompréhensible.

L'après-midi elle reste assise dans le cloître au centre duquel joue Mimmina, le jeu des cailloux et de la marelle que Bakhita lui demande de faire à voix basse, car il règne ici une douceur étrange, qu'elle cherche à comprendre. Le cloître est d'une propreté et d'un calme inhabituels. Les petites niches dans les murs sont garnies de lierre et de statuettes, des oliviers un peu maigres poussent aux côtés de lauriers roses sans fleurs et de citronniers sans fruits en cette période de l'année ; prises dans le vent de Venise, des feuilles rouges roulent sur les pavés du cloître. Des arrosoirs sont posés à côté d'un sécateur et d'un balai, tout semble à sa place, tout est net et précis. Le silence n'est interrompu que par la cloche qui rythme les heures, c'est un bruit fragile comparé aux cloches lourdes des églises de la ville, que Bakhita entend battre derrière les murs de l'institut. La ville si proche paraît si loin. Ce lieu est un abri, elle le sent, un refuge. Elle met du temps à réaliser qu'il n'y a pas une seule voix d'homme. Pas un seul cri. Et à part les chats distraits sur le toit, aucun animal non plus.

Au-dessus du cloître court un balcon de pierre, et sur la façade, sur deux étages, de toutes petites fenêtres aux volets bleus sont alignées, identiques et symétriques. Mais les fenêtres se taisent. L'après-midi reste doux et désert. De temps en temps une sœur passe dans le cloître et incline le visage dans leur direction, Bakhita voit comme chacune cache comme elle le peut le choc qu'elle lui procure. Alors elle sourit timidement, mains ouvertes, cette gestuelle qui signi-fie avec fatalisme « Eh oui, je suis noire. Très noire. C'est ainsi. Pardon ». Et elle voit leur gêne, et le rose à leurs joues si pâles. Une seule ose un petit rire gen-til devant ce geste italien venant d'une négresse plus sombre que l'enfer.

Dans la fin de l'après-midi, l'air se fait sec, le soleil rare, Bakhita a froid, immobile sur ce banc, mais elle ne sait où aller. Elle attend encore, avec cette patience soumise, et puis soudain, elle entend. Le cortège. La rumeur. Elle la reconnaît et son cœur se fige. Elle se lève pour écouter mieux, et quand elle voit passer les petites filles en rang, menées par deux sœurs, elle prend brusquement Mimmina contre elle, la petite hurle mais Bakhita la serre et la cache tant qu'elle peut avec ses bras, son visage renversé contre le sien, elle la force à se taire, elle l'étouffe presque en voulant la sauver. Le cortège passe, une quinzaine de petites filles en tablier gris, sabots aux pieds, sans chaîne, et blanches comme les esclaves les plus chères d'Afrique, les Circassiennes. Où les emmène-t-on ? Pourquoi les sœurs les ont-elles achetées ? Ces petites filles viennent d'ailleurs, elle le voit à leurs regards qui cherchent un appui, guettent un secours. Ces enfants sont ici sans leur famille. Est-ce que les sœurs les ont achetées pour les affranchir, comme le faisait le consul ? Elles sont passées. Le bruit claquant de leurs sabots s'éloigne. Bakhita repose Mimmina par terre, la petite la tape et lui dit qu'elle est méchante et qu'elle ne l'aime plus.

— Tu m'aimes plus ?

— Non.

— Moi je t'aime encore.

— Je veux pas.

— Impossible. Je t'aime encore.

Mimmina la regarde par en dessous avec des yeux d'enfant furieuse et gourmande. Et puis elle retourne, rassurée, à ses jeux de terre et de cailloux, ses jeux d'imagination et de rêveries, sous le regard doux et lent de celle qu'elle s'efforce de ne pas appeler mamma.

Le jour est passé et elles n'ont rien fait qu'être ensemble. Elles ne dînent pas encore au réfectoire avec les autres jeunes filles catéchumènes, elles dînent dans la cuisine, où Bakhita ne peut rien avaler. On lui donne une assiette de soupe et elle a tellement honte, être assise là et ne rien faire, elle a les larmes aux yeux tant elle est gênée, qui pourrait lui expliquer à quoi on la destine ? Les sœurs pensent-elles qu'elle ne vaut rien ? Qu'elle ne sait rien faire et qu'on ne peut rien lui demander ? Où sont les sœurs qu'elle a vues passer ? Et les petites filles ? C'est un grand souci, elle voudrait comprendre pourquoi la cuisinière est si douce et pourquoi elle se sent si seule dans ce monde flottant et incertain.

Le soir, elle dort avec Mimmina dans une chambre pour elles seules, au deuxième étage, la fenêtre donne sur le mur du bâtiment d'en face, de l'autre côté du canal, et le dos de la basilique Santa Maria della Salute. Les pêcheurs qui passent en barque sous leur fenêtre crient en vénitien, différent de celui des paysans de Zianigo, mais elle reconnaît à leur ton rude les disputes ou les saluts, les voix des hommes qui se retrouvent. La nuit de novembre est froide et précoce, les mouettes passent dans le ciel sombre en taches furtives, et les cornes de brume rappellent la présence de la mer. Le front contre la vitre, sa petite Mimmina dans ses bras, Bakhita se sent protégée. Ensemble, ainsi qu'elles en ont l'habitude, elles regardent la tombée de la nuit, la première qui voit apparaître la lune ou une étoile a gagné. Mais ici, contrairement à

Zianigo, il n'y a qu'un tout petit bout de ciel. Bakhita chantonne et Mimmina pose sa main sur sa gorge, elle aime comme ça tremble dans sa paume, elle rit et Bakhita descend plus profond dans les graves, car ce qu'elle veut, chaque jour, c'est entendre le rire de l'enfant. Leur vie est pleine de rites, et depuis quelques mois il y a celui des trois prières latines qu'elles récitent agenouillées au pied du lit et les mains jointes. Elles sont parfois distraites, parfois subitement appliquées, Bakhita entraîne la petite qui veut rarement aller jusqu'au bout et dit *Amen* après les premières phrases. «*Amen, non*», dit Bakhita. «*Amen, oui*», répond la petite. Et Bakhita continue, vaille que vaille. Ce soir-là, après les prières, Mimmina rejoint Bakhita dans son lit, c'est le premier soir loin de la maison et elle est triste, les draps sont rêches, l'oreiller sent la naphtaline, elle se serre contre sa nourrice, et pour s'endormir, d'une main caresse lentement le tatouage à son bras, comme un petit chemin sur le sable, de l'autre, suce son pouce. C'est ainsi qu'elle s'endort, dans ce paysage familier, l'odeur de sa nourrice, ses cheveux qui chatouillent son cou, et rien ne peut lui arriver.

À l'aurore, une cloche réveille Bakhita. Il doit être très tôt, le jour n'est pas levé, mais elle entend toujours les bruits étouffés et les mouvements les plus furtifs. Elle se lève doucement pour ne pas réveiller la petite, entrouvre sa porte et elle les voit. Visage baissé, mains dans les manches, les sœurs vont dans la nuit, le long du couloir, elles semblent glisser dans la pénombre froide, et les voilà qui disparaissent derrière un grand rideau de velours noir. Bakhita rentre dans sa chambre et se demande ce qu'elles vont chercher derrière ce rideau. Elle ne peut s'empêcher de penser aux petites filles aux blouses grises et aux sabots de bois. Des images de zéribas et de marchés, de caravanes et de harems surgissent comme des couteaux, des souvenirs qu'elle pensait ne plus avoir, et l'angoisse revient, intacte, comme si elle avait sept ans. Elle est posée dans cette chambre au centre de nulle part, et qui répondrait si elle appelait au secours ? Elle regarde Mimmina. Visage familier qui lui rappelle qui elle est : elle a dix-neuf ans, elle s'appelle Bakhita, elle est la nourrice de cette petite fille qui s'appelle Alice Michieli et vit à Zianigo. Elle se répète cette réalité, mais les souvenirs sont couchés là, au pied de son lit, le passé est un chien fidèle. Un village en feu. Un paquet derrière un bananier. La solitude. Et la peur, la peur qui grandit de jour en jour, comme un paysage nu.

Et puis, elle entend. C'est doux et mystérieux. Lent et un peu triste. Elle sort de nouveau sur le palier, les pieds nus. Tend l'oreille. C'est le chant des sœurs. Une litanie haut perchée, presque timide. Ces femmes se sont relevées pour chanter dans la nuit. Elle les écoute, et son angoisse lentement se dilue dans leur chant. Son corps se relâche. Sa respiration se débloque. Le chant des sœurs est clair, et le rideau de velours, léger comme une paroi de sable et de vent. Au-dessus du cloître, il y a ce carré de ciel dans les toutes premières lueurs du jour, qui appartiennent à ceux qui prennent la mer, sortent les bêtes ou travaillent la terre. Ceux qui parlent peu et travaillent tant qu'ils en meurent sans même s'en étonner. Elle regarde ce ciel, est-ce le matin à Olgossa ? Une vieille femme est-elle assise sur le tronc d'un baobab à terre, dans cette attente du jour, des tâches à accomplir, et de tout ce qui ne reviendra plus ?

Très vite les sœurs se rendent compte que la Moretta récite en latin sans comprendre le latin, qu'elle ne connaît ni le nom de Dieu ni celui de l'homme crucifié, qu'elle ne sait ni lire ni écrire ni compter, et que son langage, fait de fils solides et disparates, demande avant tout à être écouté. « C'est comme trier les lentilles ou sarcler la terre », dit Madre Agostina, qui est une femme simple et sensée. « Une histoire de temps et d'attention », répond la mère supérieure. Ce qui revient au même.

Cela a commencé le matin où Madre Teresa s'est approchée de la Moretta et de Mimmina, agenouillées au pied de leur lit et qui récitaient un incompréhensible *Pater Noster* interrompu par les *Amen oui* intempestifs de la petite et les *Amen non* de sa nourrice. C'était la plus étrange prière jamais entendue, plus qu'une offense, un salmigondis, l'ignorance poussée au blasphème. Doucement, la sœur s'est approchée et elle a expliqué à la Moretta :

— *Pater.* Tu comprends ? *Pater.* Redis-le. Doucement.

— *Paternosterqui.*

— Non. Seulement *Pater.* C'est *Padre.* Le Père. Redis-le.

— *Padre.*

— Très bien. Le Père. Tu parles au Père.

— Moi ?

— Toi. Tous les matins et tous les soirs, Bakhita, tu parles au Père.

— Au Père ?

— Oui. Celui qui est *in caelis. In cielo.* Au ciel !

— Au ciel ?

— C'est ça ! Au Ciel et sur la Terre !

— La terre… Oui…

— Bakhita, est-ce que tu comprends ? Ton Père est au Ciel et sur la Terre. Et toi aussi, Mimmina, ton Père est au Ciel et sur la Terre.

— Non ! Il est à Suakin !

— Non. Il est au Ciel et sur la Terre. Et le mien aussi. Et celui de ta maman aussi. Et celui de Bakhita aussi. Et celui de la mère…

— *Amen ouiiii !* interrompt Mimmina.

S'ensuit un silence désolé. Ainsi qu'un profond sentiment d'impuissance. Madre Teresa va pour sortir, tellement déçue. Elle a échoué. Alors subitement, sur le seuil de la porte, elle se retourne, sa robe fait un petit bruit d'oiseau qui s'envole, et d'une voix qu'elle voudrait moins désespérée, elle s'écrie :

— *Dio ! Dio !* Dieu !

Et elle attend une réaction qui ne vient pas. *Dio* est un mot que Bakhita connaît, il est en Italie dans toutes les phrases, comme l'était *Allah* en Afrique. Ce doit être la traduction. Et pour consoler cette sœur qui a l'air d'avoir tant de chagrin, elle lui dit d'une voix grave qu'elle veut rassurante :

— *Allah akbar.*

La mère supérieure demande à Madre Marietta Fabretti de s'occuper personnellement de la Moretta. Cette sœur de cinquante-quatre ans, assistante supérieure des catéchumènes, est une femme d'un naturel joyeux et douée d'une grande patience. La première chose qu'elle fait, c'est de ne poser aucune question. Ne rien faire réciter ou apprendre. Elle commence par le commencement. Derrière le rideau de velours noir. Derrière la porte. La chapelle attenante à l'institut.

C'est une petite chapelle romane aux hauts murs de brique ocre, à la nef obscure, éclairée de chandeliers incrustés dans le mur, des encensoirs de laiton sont suspendus au bout de longues chaînes, des fleurs pâles sont posées sur les autels latéraux et derrière le maître-autel un tableau représente le Christ au mont des Oliviers. Au fond du latéral gauche, près du portail de bois qui ouvre sur la placette, une niche abrite les fonts baptismaux dans une simplicité austère. Une odeur d'encens et de fleurs fanées emplit l'air froid qui ne se remarque pas tout d'abord, ce qui se remarque, c'est le silence. Un vrai silence. Celui qui occulte tout son extérieur, un silence enveloppant, un accueil. Madre Fabretti s'assied et invite Bakhita à faire pareil. Mimmina se tient sur ses genoux. Le banc fait face au crucifix, sur la croix de bois sombre, celui que Bakhita nomme encore *l'esclave* a les yeux clos, et le sang coule depuis son cœur transpercé.

— Il est mort, dit Bakhita.

Madre Fabretti ne répond pas. Elle la laisse regarder le corps étiré, les mains clouées, le visage dévasté.

— Je le connais.

— Tu le connais ?

Bakhita sort de sa poche le crucifix qu'elle a caché sur elle quand Parona Michieli a préparé son trousseau.

— Oui. C'est lui. Il s'appelle Jésus. Tu comprends ? Jésus-Christ. C'est lui.

— C'est un joli nom.

— Si tu veux… Sortons, maintenant. Mimmina est assez couverte ?

Madre Fabretti ouvre le portail de bois et la lumière d'une fin d'après-midi les accueille, fragile et sobre. Mimmina lâche la main de Bakhita pour courir sur la petite place. Elles marchent en silence jusqu'au Grand Canal, l'air de la mer mêlé au vent porte quelque chose d'indompté, une violence retenue, derrière la beauté immédiate.

— Jésus est mort il y a très longtemps. Très très longtemps…, dit Madre Fabretti, et elle prend le bras de Bakhita.

Bakhita a un mouvement de recul, et puis elle accepte, mal à l'aise, comme le jour où Stefano lui avait offert son bras pour traverser Zianigo.

— C'est très loin ?

— Très loin, oui. Jésus, c'est très loin.

— L'ancêtre…

— Si tu veux. L'ancêtre. Son père c'est le Père du *Pater Noster*. Il s'appelle Dieu. Et pas *Allah*, *Allah*, non.

— Non.

— Dieu.

— Oui.

C'est la première fois que Bakhita ne remarque pas les regards apeurés qu'elle suscite, la première fois qu'elle marche au bras d'une femme, avec cette petite fille qui court au-devant d'elles pour effrayer les pigeons et les mouettes. Il y a quelque chose de familier sur ce quai au bord du Grand Canal, une intimité paisible qui s'accorde au soir qui vient. Pas encore l'insouciance, mais la confiance. Bakhita dit :

— Je suis esclave.

— Je le sais.

— Les petites filles, elles sont esclaves ?

— Non. Les petites filles, elles ne sont pas esclaves. Les petites filles, elles sont seules au monde. Tu comprends ?

— Beaucoup.

Le froid arrive subitement, avec des nuages bleus qui recouvrent l'horizon et s'unissent au canal. Mimmina, effrayée par un chien, se rue sur Bakhita qui la prend dans ses bras. La petite est lourde, et Bakhita boite un peu maintenant, quand elle la porte. En face d'elles, la blancheur de l'île de San Giorgio Maggiore s'efface lentement dans la nuit, et les feux des pêcheurs s'allument sur la lagune. Dès qu'une chose disparaît, une autre surgit.

— C'est beau, dit Bakhita.

Madre Fabretti est surprise. Elle ne savait pas que la beauté touchait cette âme simple.

— La lune ! La lune ! Je l'ai vue la première, Bakhita ! J'ai gagné !

Mimmina désigne une lune incertaine, prise dans la brume froide.

— Toi tu vois rien ce soir.

— Tu crois ?

— Sûre !

Et elle pose sa main sur ses yeux, pour jouer au jeu de l'aveugle qu'elles ont inventé. Mais Bakhita repose la petite à terre. Elle n'a plus envie de jouer. Et elle a trop parlé. Madre Fabretti prend Mimmina par la main et s'éloigne avec elle. Le visage sombre de la Moretta s'unit à la nuit et fait surgir l'éclat de son regard.

Pendant un an, Bakhita va apprendre une nouvelle langue, de nouveaux rites, de nouvelles histoires, des prières, des paroles et des chants, elle va s'appliquer à rejoindre celles avec qui elle vit, et qui parlent à Dieu et à Jésus comme on s'adresse à ses parents, des parents que l'on n'aurait jamais quittés, éternels et partout. C'est ce « partout » qui la bouleverse. Madre Fabretti lui dit que Dieu la voit, l'entend, tout le temps. Du premier à son dernier jour, Il est là. Elle a honte. Elle repense aux scènes les plus violentes de son enlèvement. Est-ce qu'Il a vu *ça* ? Est-ce qu'Il était *là*, la première nuit avec les ravisseurs, et les autres nuits dans l'enfermement et le martyre, les jours de désert, de tortures et d'humiliations, et avec Samir, les maîtres et les enfants des maîtres, est-ce qu'Il était *là* ?

— Oui, Bakhita. Il était là.

— Honte… Madre… Honte.

— Il était là pour ne jamais te laisser seule.

C'est une grande violence. Un combat entre le désir de vivre et celui de tout lâcher. Elle ne comprend pas cette parole que Madre Fabretti lui répète

296

sans cesse : « Il t'aime. » Et elle pense que Madre Fabretti se trompe, Il ne voit pas tout. Il n'est pas tout le temps là. Et Il ne sait pas. Elle est une esclave, et personne. Aucun maître, même le meilleur, personne, jamais, n'aime son esclave. Et elle se dit qu'un jour, la Madre, d'une façon ou d'une autre, apprendra ce qu'est l'esclavage et ce jour-là, elle la punira pour avoir caché la monstrueuse existence qui a été la sienne. Une vie moins qu'une bête. Une vie qui se vole, une vie qui s'achète et s'échange, une vie qui s'abandonne dans le désert, une vie sans même savoir comment on s'appelle. L'angoisse la saisit n'importe où, n'importe quand, aux cuisines où elle apprend à cuisiner, au cours d'alphabétisation ou de catéchisme, et elle file sans demander l'autorisation, sans prendre Mimmina avec elle. On ne sait pas à quoi elle pense, elle est penchée sur son ouvrage et puis soudain elle n'est plus là. On sait où elle court. C'est toujours la même chose, elle court comme une égarée et va trouver Madre Fabretti, toujours disponible pour elle, patiente, calme, et inquiète aussi de la tournure que prennent les choses. Cette âme simple est trop sensible, le choc de la révélation l'a ébranlée, et plus d'une fois elle hésite à demander à la mère supérieure de faire venir le médecin. Les visites de Stefano et de sa famille font du bien à la Moretta, mais l'apaisement ne dure jamais longtemps. Elle se lève la nuit, saisie par les cauchemars, le jour, elle a des moments d'exaltation, et puis elle pleure sans raison, on la trouve agenouillée au pied de la croix, qui demande pardon, prosternée à l'orientale, et impossible de lui ôter cette habitude, ni celle de nommer Dieu *El Paron. Le Patron.*

Bakhita a pourtant bien compris : Jésus est le Fils de Dieu. Qui a créé la nuit qu'elle regarde chaque soir, avec les étoiles et la lune. Qui a créé la terre, avec tous ses bienfaits. Qui a créé les hommes et les bêtes. Les fleuves et les rivières. Elle sait depuis toujours que l'univers est vivant et qu'il faut lui rendre grâce. Elle l'a toujours fait. Elle sait que les vivants et les morts demeurent ensemble. Et elle a toujours respecté ses ancêtres. Dieu est le maître de l'univers et de tous les hommes. Elle a compris plus qu'ils ne le croient. Mais elle a honte. Honte d'elle-même. Honte de son espoir. Et honte de son chagrin. On lui parle de baptême. On lui dit qu'avec le baptême, elle sera la fille du Paron. Cet amour qu'elle attend depuis si longtemps (elles disent « treize ans, tu as été enlevée il y a treize ans », d'accord), cet amour est là. Tout proche. Elles disent que si elle reçoit le baptême elle sera aimée et pour toujours. Quoi qu'elle fasse et quoi qu'on lui fasse. Est-ce que c'est possible ? Parfois la joie la submerge, elle voudrait chanter et remercier. Ne plus être cette négresse qui dérange dix fois par jour celle qu'elle appelle simplement « Madre », et qui un soir lui demande de la suivre dans la petite chapelle où elle allume un cierge et très lentement, en détachant presque les mots, ouvre le livre et lit d'une voix douce :

— « Heureux les pauvres en esprit, car le Royaume des Cieux est à eux. Heureux les doux, car ils recevront la terre en héritage. Heureux les affligés, car ils seront consolés. Heureux les affamés et assoiffés de justice, car ils seront rassasiés. Heureux les cœurs purs, car ils verront Dieu. »

Et puis elle laisse vivre le silence. Elle referme le livre et elle attend. Bakhita détourne le regard, Madre Fabretti prend son menton dans sa main et la force à la regarder.

— Ça m'est égal que tu pleures, ma chérie. Regarde-moi. Tu as compris les Béatitudes ?

— Oui, Madre. Mais est-ce que c'est vrai ?

Madre Fabretti lui taperait bien sur le crâne avec l'Évangile, si le livre n'était pas sacré. Cette Bakhita est têtue, sa prison c'est elle-même. Elle dit en écartant les bras :

— Et bien sûr que c'est vrai. Et tu le sais, hein ? Dis-moi que tu le sais.

— Oui je le sais.

— *Ecco !*

Le baptême est prévu pour le mois de janvier. Mais deux jours plus tard, le 15 novembre, un télégramme de Suakin annonce l'arrivée prochaine de Maria Turina Michieli.

Mimmina va avoir quatre ans, et cela fait un an qu'elle n'a pas vu sa mère. Elle appelle Bakhita *mamma* sans plus de retenue et apprend avec elle à compter avec le boulier, à lire dans les abécédaires et les vies des saints. Sainte Blandine, esclave romaine mangée par les lions, saint Marc, qui mourut près de Suakin, en Égypte, les membres brisés et le corps brûlé, ramené à Venise, et sainte Alice, la plus belle, épouse du roi d'Italie, une impératrice qui aimait les pauvres et qu'elle joue à être comme d'autres jouent à la princesse. C'est un univers de femmes, préservé, ritualisé, rassurant. Elle a une amie, la petite Giulia Della Fonte, qui habite en face de l'institut et avec qui elle joue tous les après-midi sur la placette, surveillées par Bakhita. Le monde, pour elle, n'est ni l'Italie, ni l'Afrique, le monde est Bakhita. Elle vit dans un présent éternel où rien ne la menace. On lui annonce que sa mère revient, elle en est heureuse sans savoir vraiment pourquoi, c'est une joie qui n'espère ni n'anticipe rien.

Un soir que la pluie tombe sur la Vierge aux bras ouverts, tout en haut du dôme de la basilique, Bakhita et Mimmina regardent la nuit se mêler à la pluie. Bakhita berce la petite au rythme d'une mélodie monotone. C'est bientôt fini. Ce monde de l'institut. L'Italie de Stefano et de Madre Fabretti. L'Italie de l'enfance tranquille de Mimmina et de sa rencontre avec Dieu, celui dont elle a failli être la fille, mais au fond d'elle, elle le savait bien. Que ça n'arriverait pas, ce baptême. Ça n'est pas juste, *abda*, ça ne l'a jamais été, mais c'est ce qu'elle est. Et elle a du mal à imaginer qu'à l'âge de Mimmina, elle vivait encore dans son village. Préservée et heureuse pareil, un bonheur qui ne se sait pas. Et très lointainement elle revoit son père, une voix, une silhouette, son cou contre lequel elle pose sa tête et face à elle, cette autre elle-même, sa jumelle. Ce n'est pas eux qu'elle va retrouver en Afrique. Eux seront toujours de l'autre côté de l'île. Elle sera au bar de l'hôtel, au service des hommes de tous les pays et de toutes les religions, réunis par l'alcool et le vice, et ses journées se passeront à les servir et à leur dire non. À tenter de préserver Mimmina… « C'est impossible. » Elle se dit ça. « C'est impossible. » Elle ne sait pas pourquoi mais c'est impossible. Elle regarde la Vierge en haut du dôme, on dit qu'elle a sauvé Venise de la peste. Le front contre la vitre elle récite l'*Ave Maria* à voix basse, ses paroles embuent la vitre et on dirait qu'il pleut aussi à l'intérieur.

Le lendemain, Maria Michieli est à l'institut. Elle retrouve Mimmina et Bakhita au parloir, en présence de la mère supérieure et de Madre Fabretti. Mimmina est heureuse de retrouver sa mère, qui la trouve si belle, s'émerveille de ses progrès, elle parle bien à présent, et elles s'embrassent, se couvrent de baisers, c'est un tableau charmant qui ravit les sœurs, cela les change des orphelines et des jeunes filles perdues, cette scène de famille est une sorte de récréation bienheureuse, et Maria qui était partie sur une défaite, laissant l'enfant avec la nourrice, reprend ses droits. Bakhita se tient un peu à l'écart, en domestique bien formée. Bientôt sa maîtresse s'approche d'elle et lui prend les mains.

— Tu as très bien pris soin de Mimmina. Et vous aussi, mes sœurs ! Ton pays, Moretta, est une splendeur ! C'est vrai ! Cette petite île, toute ronde… vous savez, mes sœurs ? Une perle posée sur la mer… bref !

Moretta il faut que je t'annonce quelque chose, nous avons fait de beaux travaux dans l'hôtel, le bar sera tout à toi, et tu recevras, pour la première fois de ta vie, tu recevras un petit salaire. Rien ne m'y oblige, je le sais, mais j'y tiens.

Bakhita se recule un peu. Dans le parloir sombre et triste on n'entend plus que la petite Alice qui joue avec sa poupée, comme si elle habitait un autre monde, léger et personnel. Et puis soudain, la voix grave de Bakhita :

— Non.

C'est comme une intrusion, quelque chose dans la pièce qui n'a rien à y faire, un mot déplacé. Madre Fabretti remarque le poing fermé de Bakhita, et dans son poing, elle devine le crucifix.

— Pardon ?

— Non.

Il y a un petit temps, suspendu, que Maria chasse en agitant la main devant son visage.

— Eh bien, non, ou oui, ça m'est égal, je reviens vous chercher dans cinq jours.

Elle s'approche de sa fille pour lui dire au revoir, lui expliquer qu'elle revient bientôt, mais de nouveau cela résonne dans le parloir :

— Non.

Pire qu'un poignard dans le dos. Un affront public. Sans même se tourner Maria crie, d'une voix un peu trop aiguë :

— Va faire les valises !

Mimmina éclate en sanglots. Bakhita ne bouge pas. Ses lèvres tremblent et son regard est à la fois apeuré et d'une fixité inquiétante. Maria prend sa fille contre elle, elle la tient haute, son visage contre le sien, et la secoue pour la consoler.

— Moretta, tu vas m'obéir et plus vite que ça !

— Impossible.

— Quoi ?

— Impossible, *Parona*.

— Et pourquoi ?

Le visage de Bakhita est secoué d'un petit spasme, sa joue tremble et elle prend une profonde inspiration avant de dire :

— Je sors pas. Je reste.

Maria serait presque étonnée, si elle n'était pas si violemment, si profondément en colère.

— Mais tu es folle ou quoi ? C'est l'air de Venise qui t'a rendue dingue ? Tu te souviens que tu es mon esclave et que je suis ta maîtresse ? Ça te dit quelque chose ?

Sa vulgarité éclate malgré elle, elle aurait aimé autre chose, plus d'aplomb et d'autorité, mais elle ne sait pas faire. Elle a envie de gifler cette fille, et elle comprend ceux qui battent leurs esclaves, qui les brûlent, qui les tuent.

— Tu es à moi. C'est à moi qu'on t'a donnée. Où a-t-on vu une esclave dire non à son maître ? Et c'est comme ça : je pars à Suakin et tu me suis ! Dans la vie, on ne fait pas toujours ce qu'on veut, n'est-ce pas Madre Fabretti ? Allez ouste ! Va faire les valises.

— Impossible...

Madre Fabretti s'approche de Bakhita, va s'asseoir sur le canapé avec elle, tente de la raisonner, elle doit obéir à sa maîtresse et partir avec elle, c'est ce qui était convenu, et on ne peut pas désobéir à sa maîtresse. Bakhita murmure :

— Là-bas, je suis pas sa fille.

— À Dieu, tu veux dire ? La fille de Dieu ?

— Oui.

— Ne t'inquiète pas pour le baptême, ne t'inquiète pas, ma chérie, on va avancer la date. Bien sûr que tu seras fille de Dieu, je te le promets !

— Non. Impossible ! Là-bas je suis pas sa fille ! Impossible !

— On est partout la fille de Dieu, souviens-toi, je t'ai expliqué déjà, Il est partout ! En Afrique, en Italie, partout !

— Madre… *Aiuto*… Au secours…

Les sanglots de Bakhita résonnent dans la pièce et soudain tout change. Il n'est pas question de désobéissance ou de caprice. Il est question de quelque chose de grave, qu'aucune des sœurs ne comprend. Mimmina hurle et appelle Bakhita « Mamma ! Mamma ! », la mère supérieure fait signe à Signora Michieli de la sortir un instant. Madre Fabretti lui demande de leur dire tout ce qu'elle a envie de leur dire. Il ne faut pas qu'elle ait peur, elle doit dire ce qui se passe. Elles se tiennent prêtes à découvrir un monde.

Mais elles ne sauront jamais ce que la Moretta leur a confié. Car jamais elle n'a parlé si vite et avec autant de mots arabes et turcs, de dialectes africains, de gestes, de supplications et de larmes, c'est comme voir venir un éboulis sans pouvoir s'en protéger, et elles écoutent, dans la stupeur et la révélation, tout ce que cette jeune femme connaît de mots étranges et de douleurs profondes. Elles ne savent pas que c'est la première fois qu'elle raconte. Les hommes de Suakin. Les inconnus qu'elle sert et les autres, qu'elle a peur de retrouver, les bourreaux, qui sont parfois d'anciens esclaves, ceux qui demandent à Augusto Michieli si elle est à vendre et à qui il répond *Pas encore*. Mimmina contre elle comme un bouclier. Et les enfants, filles ou garçons, que les hommes demandent dans leur chambre. Et sa sœur, Kishmet, qu'elle a peur de reconnaître dans chaque prostituée. Elle dit qu'elle est jeune et qu'elle est vieille, elle dit qu'elle a vingt ans et que tout lui est arrivé. Elle dit qu'elle a vu le diable et que maintenant elle veut voir Dieu. Mais pas à Suakin, on ne peut pas voir Dieu à Suakin, on ne peut pas être enfant de Dieu à Suakin. Elle parle de cet homme qui criait toutes les nuits dans l'hôtel, un seul cri, juste une fois, mais toutes les nuits, et elle, elle ne veut plus avoir peur. Elle est l'enfant volée, l'enfant sur les marchés, elle a toujours obéi à tout, elle répète *à tout*, et chaque jour elle a remercié ses maîtres de lui laisser la vie. Elle a obéi à des monstres et maintenant elle veut obéir à Dieu. *Abda*, ce n'est pas sa faute et ça n'est pas juste. Non. Elle redit non. C'est la première fois. Non. Elle n'a que ce mot. Non.

Elle parle avec son *mélange* plus confus que jamais et quand elle s'arrête épuisée, prête à se rendre, ou à mourir, elle entend :

— Je vais te défendre.

Elle sait que c'est vrai. Car jamais la mère supérieure ne l'a trompée. Madre Fabretti prend sa main et elles restent ainsi, avec celle qui a vécu ce qu'elles n'imagineront jamais et qui, par des chemins incompréhensibles, est arrivée chez elles avec sa peur et sa force, sa jeunesse et son passé. Le Seigneur ne leur a jamais donné signe plus visible et plus poignant de Sa présence. Elles sont impressionnées et secrètement excitées. Bien loin d'imaginer jusqu'où les mènera la défense de la Moretta.

Trois jours durant, Maria Michieli vient à l'institut et demande la Moretta au parloir. Ainsi bien sûr que sa fille, pièce maîtresse de sa stratégie. Elle vient seule, puis accompagnée d'une princesse russe, puis enfin d'un cousin, officier dans l'armée. Elle se bat, comme elle l'explique, « soutenue par des personnes haut placées », qui lui ont conseillé d'attaquer les sœurs de l'institut qui outrepassent leurs droits, aussi a-t-elle écrit au président de la Congrégation de la Charité pour les dénoncer. Elle sortira son esclave de cet institut, ou elle le fera fermer. Comme dans toute bataille, les soutiens vers qui elle se tourne, loin de la raisonner, soufflent sur les braises et la poussent à une bataille qu'elle n'aurait pas menée sans eux. Mais devant tant d'amis passionnés par l'affaire et curieux de voir comment elle va s'en sortir, elle se sent obligée à l'offensive, ce n'est plus son esclave qu'elle veut récupérer, c'est sa dignité perdue, et tous les coups sont permis, et tous les coups passent par l'enfant. Elle explique à Mimmina que Bakhita va l'abandonner, et devant la petite, elle supplie la Moretta avec des larmes de rage qui passent pour le désespoir le plus pur. Elle brandit l'enfant et hurle :

— Aime-la ! Je t'en supplie ! Tu sais qu'elle meurt sans toi, pourquoi fais-tu cela ?

L'enfant est plongée dans une angoisse abyssale, et d'esclave, Bakhita devient bourreau, de nourrice, infanticide. Elle voudrait dire que Mimmina lui a donné beaucoup de force, lui a donné la tendresse et la confiance, que Mimmina va vivre, même sans elle, qu'elle a grandi, elle ne sera plus malade maintenant. Mais elle ne dit rien. Elle se tait et elle serre si fort le crucifix dans sa main que sa paume saigne. Le soir, quand elle se retrouve dans la chambre avec la petite, elles sont épuisées, assommées de douleur et d'incompréhension. Mimmina lui dit qu'elle ne veut pas mourir. Bakhita lui jure qu'elle ne va pas mourir. «Jamais ?» Bakhita hésite… «Jamais.» La petite lui dit que maintenant elle va être gentille tout le temps, elle ne fera plus de caprices et elle mangera tout ce qu'elle n'aime pas, elle jouera avec les enfants pauvres qui lui font peur, elle aidera les sœurs à faire la vaisselle, et elle demande pardon en pleurant :

— *Asfa, mamma ! Asfa !*

— Tu connais ce mot ?

— *Asfa !* Tu le dis, toi ! La nuit tu le dis.

Bakhita regarde cette petite fille qui l'oubliera elle, mais pas la fureur de ces jours massacrés.

— Je veux que tu m'aimes encore.

— Je t'aime encore, Mimmina.

— Tu es toute noire, toi.

— Oui.

— Comme le diable.

Bakhita ne pensait pas que ça irait si vite. Depuis combien de jours Maria Michieli est-elle revenue ? Une petite maîtresse finit-elle toujours par aimer comme un maître ? Et elles pleurent toutes les deux, parce qu'il n'y a rien d'autre à faire que laisser couler cette douleur inhumaine, cette séparation qui signe la fin de leur vie ensemble, leurs jeux, leurs rites, leurs chants, leur langage pour elles deux, leurs vœux dans le soir qui vient, tout ce qu'elles quittent en se quittant. Elles se sont donné mutuellement la vie, le bébé que massait Bakhita et dont elle aspirait les glaires, l'esclave que Mimmina réclamait sur le bateau, mais elles ne se reverront plus. La douleur ne s'effacera pas, elle sera ravivée par d'autres douleurs, et par les joies aussi, qui leur rappelleront celle qu'elles s'étaient donnée, la joie, cet éclat brûlant, soudainement remplacée par la solitude.

— *Asfa…* Mimmina… *Asfa* ma chérie…

C'est la première fois que Bakhita a le choix, et quel qu'en soit le prix à payer, elle décide de rester en Italie. Elle veut être baptisée et devenir la fille d'un père qui ne l'abandonnera jamais.

On lui a simplement dit qu'il y aurait du monde, beaucoup de monde au parloir. Des hommes importants qui vont l'écouter, et écouter la Signora Michieli, avant de décider si elle reste à l'institut ou si elle suit sa maîtresse. On n'a pas prononcé le mot de « procès ». Mais ça en est un. Madre Fabretti lui fait répéter une phrase courte, facile à retenir et qui exprime sa volonté :

— « J'aime la signora, j'aime Mimmina, et j'aime Dieu. Je choisis Dieu. » Tu es d'accord avec ça ? Les hommes qui viendront, très gentils, tu verras ils sont très gentils, ils ne parlent pas l'arabe, ni les dialectes du Soudan, ma chérie. Tu le sais ?

— Oui. À eux, j'obéis ?

— Tu as compris, à eux, tu obéis. Mais la Signora Michieli aussi, à eux, elle obéit.

— Les hommes. Je les connais ?

— Non.

— Ah… Et toi, tu parles ?

— Non. Moi, je prie. Je prie très fort pour toi. Mais je serai là, à côté de toi.

— Toujours ?

— Quand les hommes seront là, toujours.
— Quand ?
— Demain. Au parloir.

Madre Fabretti la protège des rumeurs de Venise où l'annonce du procès de l'esclave chez les Canossiennes occupe toutes les conversations, dans les taudis comme dans les salons, dans les couvents comme dans les rues, il y a ceux qui exigent la libération immédiate de cette Africaine martyrisée par une patronne tyrannique et ceux, moins nombreux, qui parlent d'une nourrice inhumaine prête à laisser mourir sans remords une petite fille. Elle ne lui permet plus de sortir du couvent, plus de promenade du soir au bord de la lagune, plus d'après-midi à surveiller les jeux de Mimmina et de Giulia, plus de courses au marché avec la sœur cuisinière, elle interdit même les parloirs pour les autres jeunes filles catéchumènes depuis que la *portinaia* lui a expliqué que la plupart ne venaient que dans le but d'apercevoir la Moretta pour en rendre compte après dans tout Venise. On dit que la petite est à l'agonie, on parle de sorciers, de projets d'évasion, une femme assure avoir vu la Moretta la nuit dans Venise, ses grands bras noirs s'agitaient dans les airs tandis qu'elle prononçait des formules magiques face à la statue de la Vierge. On se moque d'elle. Mais on y croit un peu.

La mère supérieure tient sa promesse, elle la défend. Elle se tourne vers l'Autorité de l'Œuvre Pieuse, qui réfère de la situation au patriarche de

Venise, le cardinal Agostini, qui en réfère au procureur du roi. Il l'informe que la Signora Michieli retient la Moretta en esclavage et que selon les lois africaines personne ne peut l'obliger à l'affranchir. Dès le lendemain on lui porte la réponse : « Éminence, par la grâce de Dieu, la loi inhumaine de l'esclavage n'existe pas en Italie. L'esclave qui pose un pied sur le sol italien brise ses chaînes. » La mère supérieure et Madre Fabretti rencontrent le président de la Congrégation de la Charité, des entretiens auxquels assiste leur prieur. Eux aussi, comme les simples curés et l'évêque, comme les gens du peuple et les bourgeois, comme les hommes de loi et leurs sous-fifres, eux aussi se passionnent pour l'affaire.

Les cloches n'ont pas sonné. C'est ce qui intrigue d'abord les habitants du quartier du Dorsoduro ce matin-là, quand la gondole blanche ornée de rouge et d'or du cardinal patriarche accoste sur les rives du Grand Canal. Quelque chose d'extraordinaire se produit et pourtant. Les cloches n'ont pas sonné, il n'y a donc aucune célébration ou cérémonie officielle. Le prélat traverse le Campo, suivi par une foule qui va grossissant, les femmes du peuple et les bourgeoises se prosternent devant lui, tentent de l'approcher pour baiser son anneau d'or, il les bénit en marchant, son secrétaire, excité et fébrile, sautille en le suivant, mais très vite le peuple ne sait plus dans quel sens aller, car voilà qu'on annonce l'arrivée du procureur du roi lui-même ! Il passe dans le quartier une frayeur admirative, le nom de la Moretta est répété dans les ruelles et sur les ponts, les places et les palais, les boutiques des artisans, les entrepôts ; le nom de l'esclave associé aux plus hautes figures de l'Italie, l'Église et le roi, est-elle si puissante que cela, cette pauvre négresse qui a rencontré Dieu ? On allume des cierges dans la basilique et aussi dans les plus humbles chapelles, au pied des statues, dans les oratoires, et Venise s'allume en plein jour et prie aux heures du labeur.

Elle, on lui demande de rester dans la chapelle et de n'en pas sortir, tant que Madre Fabretti ne viendra pas la chercher. On lui a pris Mimmina, déjà. Elle ignore que c'est pour toujours. Elle se protège de cette déchirure-là. Derrière la porte de la chapelle, les puissants s'installent, qui vont décider si elle reste ou si elle part. Elle sait que c'est à eux qu'elle devra dire la phrase : « J'aime la signora j'aime Mimmina j'aime Dieu je choisis Dieu. » Surtout pas de mots africains et pas de grands gestes et attention à sa voix si grave, et calme il faut rester calme *toujours*, Madre Fabretti l'a répété plusieurs fois, rester calme *toujours*. Ne pas regarder Mimmina. Ne pas aller la consoler si elle pleure. La laisser avec sa mère *toujours*.

Le parloir prend l'aspect d'une cour d'assises. Son Excellence le cardinal patriarche s'assied sur le canapé, au-dessus duquel le crucifix expose une nudité qui contraste avec ses habits de velours rouge, et son secrétaire à ses côtés a installé pupitre et grand cahier. Le procureur du roi, des magistrats, le président et des membres de la Congrégation de la Charité, des juristes, des nobles, la Signora Michieli avec ses alliés, la mère supérieure, Madre Fabretti, quelques sœurs. Et sur les genoux de Maria Michieli, Mimmina, qui déteste ce parloir, Bakhita n'est pas là, sa mère lui demande d'arrêter de gesticuler, mais elle la cherche, dès que quelqu'un entre elle croit que c'est elle, elle a envie de faire pipi. «Je t'ai amenée trois fois déjà. Arrête.» Oui, elle l'a amenée trois fois déjà, mais elle n'a pas vu Bakhita, alors elle est où? Sa mère l'embrasse en lui chuchotant de se taire et elle aura un cadeau si elle est sage, et regarde comme c'est joli ces grandes croix sur les messieurs très gentils mais qui seront très méchants si elle se lève encore pour aller faire pipi, *compris*?

C'est surtout quand le cardinal patriarche prend la parole qu'elle commence à comprendre. Les mots elle les reconnaît, toujours les mêmes depuis que sa mère est revenue: Moretta, esclavage, Mimmina, mourir, des mots qui parlent d'elle. C'est long et ça ne l'intéresse pas, mais sa mère se raidit, elle la tient fort et Mimmina s'inquiète, elle veut partir, habituellement on ne la laisse jamais avec les grandes personnes, pas même pour un repas de fête, jamais une petite fille n'a le droit d'être avec tous ces grands, et pourquoi est-ce que Bakhita n'est pas là, elle? Elle regarde les hommes en rouge, en violet, en or, en pèlerine, en manteau, en cape, en soutane, en chapeau, en tricorne, en calotte, des éclats de velours et de soie dans le parloir surchauffé, dans lequel on a eu tort d'allumer un grand feu, sa mère dit très fort, avec des larmes dans la voix, que la Moretta est sa fille, elle l'aime comme sa fille, elles sont une famille, elle lui a donné une chambre, des habits, des chapeaux et des boucles d'oreilles en or, et surtout, elle lui a confié son enfant. Mimmina ne veut plus entendre sa mère dire à tout le monde qu'elle va mourir, et pleurer après, parce que même si Bakhita lui a promis qu'elle ne mourrait pas, ça la fait pleurer tout de même. L'histoire tragique que raconte sa mère l'anéantit une fois de plus, elle appelle Bakhita, et sa mère, au lieu d'aller chercher sa nourrice, la désigne aux hommes déguisés et à tous ces gens qui se tordent le cou pour mieux voir, et elle s'écrie : « Et voilà ! Voilà le résultat ! Elle pleure déjà ! » Elle se rassied, remet Mimmina sur ses genoux, et ses amis prennent la parole, l'officier, la princesse, avec les mêmes mots : Moretta, esclavage, Mimmina, mourir, et la petite finit par tout confondre, est-ce que Bakhita est malade, est-ce qu'elle va mourir, et où est-elle ? Ça a l'air très grave. Ces gens font de grands gestes. Ces gens sont laids et vieux. Où est sa *mamma* qu'elle ne doit pas appeler *mamma* ? Où est-elle donc ? Et ses pleurs font une litanie fine dans cette pièce encombrée.

— Écoutons l'intéressée, dit le patriarche.

Et c'est comme si on ne s'y attendait plus, comme si les discours des uns et des autres avaient fait oublier « l'intéressée ». On se rassied mieux, on se pousse, on se racle la gorge, comme à l'Opéra avant que ça commence. Il fait très chaud. Étouffant. Ça va commencer. La négresse qui ne sait pas parler (on les a prévenus) va arriver. On dit qu'elle est à la chapelle, elle prie, elle prie sans arrêt le Seigneur notre Dieu. On dit qu'elle est très noire, qu'il faut cacher sa surprise et avoir beaucoup de patience.

Madre Fabretti entre dans la petite chapelle où Bakhita est assise, le visage penché sur sa paume, le crucifix comme une main dans sa main. Bakhita la voit et elle comprend. Elle vient la chercher. Elle va l'emmener vers les hommes riches à qui elle va dire, lentement, la phrase apprise. À son visage grave, son sourire désolé et encourageant, elle sait que cela va être aussi difficile qu'elle le pressent. Son cœur enfle dans sa poitrine, ses mains tremblent, et quand elle se lève, sa jambe droite se raidit. Avec sa démarche hésitante, son trouble et sa détermination, elle entre dans le parloir qui ne ressemble plus au parloir. Il y a tant de monde. C'est un marché. Une place publique sous la brume de chaleur. Elle entend Mimmina sans la voir. « Bakhita ! » C'est la seule chose qu'elle reconnaît, l'appel de l'enfant. Même les sœurs dans cette foule, elle ne les reconnaît pas. Elles sont plus grandes, plus nombreuses, figées comme des statues. Les autres, tous les autres, elle le sent, ils ont chaud et ils ont soif. Ils ont peur aussi. Elle sait d'emblée où sont les plus puissants, tout de suite elle les reconnaît, ils sont assis sur le canapé. Et tout autour, cette sauvagerie, cette curiosité qu'on a d'elle. Elle entend les chuchotements, et cette évaluation dans leurs yeux. Madre Fabretti l'amène jusque devant le patriarche et le procureur du roi, puis s'éloigne à reculons et la laisse seule. Le cardinal sourit et s'adresse à tous en regardant l'esclave :

— Ah ! Voici notre Moretta !

Un air de contentement, puis il poursuit :

— Dieu a donné à tous le libre arbitre ! Quelle que soit notre race ou notre religion.

Cet homme va parler longtemps, ça se voit. Il n'a pas l'air cruel. Il a l'air heureux, un peu fatigué, il a trop mangé et il dort mal. Il a chaud lui aussi, et sa voix est un écho, il parle à tous et à personne. Il parle à lui-même. Bakhita attend le moment pour dire sa phrase mais le cardinal plaide. Longuement. Il parle d'amour absolu et d'avenir incertain, que deviendra-t-elle une fois sortie de l'institut, est-elle consciente des dangers qui guettent les jeunes filles dans cette Italie où elle est une étrangère, ne vaudrait-il pas mieux, une fois baptisée, qu'elle suive dans sa belle Afrique la Signora Michieli qui promet de toujours veiller sur elle, proie facile et démunie, humble parmi les humbles, pauvre parmi les pauvres… ? Bakhita ne comprend pas un mot. Quand il a fini, elle se tourne et cherche du regard Madre Fabretti, qui bouscule la petite foule pour la rejoindre, chuchote à son oreille, tente de traduire succinctement, mais surtout, lui dit que maintenant, elle doit dire sa phrase, elle se souvient ?

— J'aime…

Madre Fabretti montre sa gorge, moins grave, la voix, plus douce.

— J'aime…

Et soudain elle ne peut plus. Tous autour brûlent

de savoir. Elle a du mal à respirer dans cette impatience, elle aimerait fuir et se cacher, mais elle ne le fait pas, elle est douce et gentille, et ils attendent, patiemment, puissamment. Alors ? Elle doit dire son amour. En une phrase. Tout ce qui l'habite. Une seule phrase. Maintenant.

— J'aime...

Qui peut comprendre cela ? Elle va faire du mal à la seule personne qu'elle aime :

— Mimmina...

Ça ne suffit pas, cette vérité-là. Il faut creuser plus loin.

Il faut continuer. Encore un peu et tout sera fini.

— Et je veux Dieu.

Elle s'écroule, elle tombe sur le parquet sombre, elle se ramasse sur elle-même et elle entend la stridence du cri inhumain, le cri animal qui annonce la mort et ne sert à rien : « *Mamma ! Mamma ! Aiuto ! Mamma !* » Le parloir s'enflamme et elle ne sauve pas Mimmina, elle la laisse seule au milieu du feu et de la dévastation, elle ne lui répond pas, elle ne lui répondra jamais. « Jamais. » C'est la seule vérité. « Jamais plus. » Elle cogne son front contre le sol, on évacue la salle, on emmène la petite fille qui hurle, on l'emporte loin de cette négresse à qui Maria Michieli crie « Ingrate ! Ingrate ! », comme une malédiction. Bakhita n'entend plus rien. Ni l'amour ni la haine. Ni l'adieu ni la sentence, cette phrase qu'elle attend depuis treize ans : « Je déclare libre la Moretta », elle ne l'entend pas.

Le procureur du roi l'a prononcée avec une émotion à laquelle il ne s'attendait pas. Il est un peu déçu qu'elle ne le remercie pas, ne lui baise pas les mains, ne se prosterne pas à ses pieds. Il pense qu'elle pleure de joie. Elle est dévastée. Elle ne s'en remettra jamais vraiment. Elle a abandonné sa petite fille. Nous sommes le vendredi 29 novembre 1889. Bakhita est libre.

II
DE LA LIBERTÉ À LA SAINTETÉ

Le lendemain matin, quand elle vient la chercher dans sa chambre, Madre Fabretti trouve Bakhita endormie, recroquevillée dans le lit de Mimmina. Elle regarde cette adulte noire dans le lit de l'enfant blanc, et elle voit la charge de tout ce qu'elle ignore, le passé d'avant l'esclavage, l'enfance. Et la solitude. L'alliée éternelle. Son visage est abîmé, il ne porte ni la libération ni l'exaltation, il porte la fatigue et les larmes. C'est une mère dépossédée. Une enfant épuisée et coupable.

Stefano n'a pas assisté au procès, il a laissé la Signora Michieli se battre et revendiquer, il était son intendant et il ne voulait pas la voir telle que tous l'ont vue, une femme cruelle qui se pensait propriétaire d'une autre. Lui, la connaît, et il sait : Maria Michieli est une mère qui *a peur de rester seule avec son enfant*. Peur de la faire mourir. Peur de ne porter que cela, la mort de ses enfants. Après le procès la petite est tombée malade, elle a été tourmentée, sans sommeil et sans appétit, et sûrement elle aussi ne se remettra jamais tout à fait de la blessure. Cet enlèvement au parloir. Elle a entendu la malédiction de sa mère « Ingrate ! Ingrate ! » et les sifflets de la foule qui les attendait devant l'institut et les a suivies dans Venise, insultant la mère, plaignant l'enfant, et ce qu'ils se criaient les uns aux autres dans ces rues striées d'ombres et de lumières : « La Moretta est libre ! La Moretta est libre ! Oh Dieu ! Jésus Marie Joseph ! » avant de tomber à genoux, les mains jointes et les yeux au ciel. Mimmina gardera la peur panique de la foule, et ce sentiment trouble pour sa mère, un amour entaché d'inquiétude. L'amour de sa mère comme une menace de mort.

Deux jours après le procès, Stefano, Clementina et leurs cinq enfants sont à l'institut. Devant la mine défaite de leur petite sœur Moretta, ils décident de sortir avec elle pour une promenade le long de la lagune, mais ils n'ont pas tourné l'angle de l'institut que déjà ils reviennent. Sortir avec Bakhita dans Venise s'est révélé un cauchemar dont ils auraient dû se douter : depuis la veille les habitants du Dorsoduro sonnent à l'institut avec des fleurs, des petits cadeaux, ils veulent montrer leur amour à l'esclave libérée, ils veulent la voir, et si possible, la toucher.

Il fait très froid en ce début décembre, et ils se rassemblent autour du feu allumé dans ce parloir sombre, dans lequel on a du mal à imaginer qu'il y a eu quelques jours plus tôt tant de célébrités. Chiara et Mèlia, sur un signe de leur père, ne quittent pas la Moretta, montent sur ses genoux, tentent de remplir le vide laissé par Mimmina, mais le soulignent au contraire, car elles ne sont pas moulées depuis l'enfance dans le corps de Bakhita, elles ne savent pas comment ces deux-là allaient ensemble naturellement, sans y penser et même, sans le savoir, oubliant qu'elles étaient enlacées comme on oublie qu'on respire ou qu'on pose un pied devant l'autre pour marcher. Stefano voudrait tant que Bakhita retrouve la joie, il prend ses mains dans les siennes.

— Maintenant petite sœur, tu es libre !

— Oui, *babbo*.

— Tu ne dois plus être triste.

— Non.

— Tu vas être fille de Dieu et toujours, toujours, ta joie sera immense.

— Immense, je le sais.

— Et tu es ma fille, à moi aussi ! Je ne suis pas Dieu, mais bon...

— Notre maison sera toujours ta maison, dit Clementina.

— Oui ! Nos enfants sont tes frères et sœurs, et à ma mort mon héritage sera votre héritage à tous, ce qui est à moi est à toi. Tu ne seras jamais dans le besoin, jamais seule, ne sois pas triste. Hein ? Tu comprends ce que je te dis ?

Elle comprend et elle a peur. Va-t-elle réellement devenir *fille de Dieu* ? Cet amour «immense», cet amour du jour qui se lève et du jour qui se couche, cet amour de tout ce qui vit, de tout ce qui est, cet amour... Ça n'est pas supportable. On lui a creusé la poitrine jusqu'au cœur, on le lui a arraché et maintenant elle voit. De quoi il est plein. Ce qu'elle protégeait, ce qu'elle retenait pour ne pas en mourir. Sa mère. Pas la Madone, non, sa mère, cette femme assise le matin sur le tronc d'un baobab à terre. Elle lui manque. C'est d'une simplicité à crever. Elle ne connaît pas les mots mais elle sait que ce manque-là ne se nomme pas. Elle va devenir fille de Dieu, et elle se demande si en Lui, qui contient tout, il y aura un tout petit peu de sa mère. Ce qui se ravive, la violence de ce sentiment brutal, la cloue au sol et elle sait qu'ils ont raison, elle est à terre alors qu'elle devrait être dans la joie. Elle va devenir la fille de Celui qu'elle appelle « el Paron », et qui ne sera pas seulement le Patron, mais aussi le Pardon. Pardon à la désobéissance. Pardon à sa mère. Pardon à Kishmet, à Binah, à tous les esclaves. Pardon pour l'amour perdu. Elle sourit à Stefano, parce qu'elle ne comprend pas tout ce qu'il lui a dit, mais il est si beau avec sa tendresse démunie, sa présence maladroite, et pour lui faire plaisir, elle dit :

— Je comprends tout, *babbo*.

— Ah ! Je savais que tu avais fait de gros progrès en vénitien, je leur disais : avec les sœurs, elle va faire des progrès fulgurants, elle va savoir compter et lire et écrire et...

— Tu la vois ?

— Mais qui ?

— Mimmina.

Stefano est pris de court. Il fait signe à Chiara et Mèlia de se pousser.

— Mais qu'est-ce que vous faites là ? Vous l'étouffez avec vos caresses et vos baisers, elle ne peut plus respirer, la pauvre. Et bien sûr, je l'ai vue. Elle va très bien.

— Triste ?

— Non. Elle va très bien, je te dis.

— Elle pleure ?

— Eh non ! Elle est heureuse pour toi ! Elle se réjouit, comme nous tous ! Nous sommes tous dans la joie, n'est-ce pas ?

— Stefano, arrête.

Clementina regarde Bakhita au fond des yeux et lui parle doucement, comme si le ton pouvait alléger la nouvelle :

— Mimmina est partie. Mimmina est à Suakin.

Bakhita comprend. Elles ont échangé leurs pays. Elles se sont donné leurs terres. Et elle voit tout : le train, le bateau, les escales, la mer Rouge, l'île de Suakin, les rives de l'Afrique dans la brume, et l'hôtel. Les hommes. Les enfants à la grille, chassés par le jardinier. Et Mimmina qui joue près de la fontaine où elle a appris à marcher.

— C'est bien.

Elle a confiance en Mimmina, elle la connaît. Elle ne pense pas qu'elle sourie tout le temps, elle sait qu'elle pleure et qu'elle l'appelle, puisqu'elle l'entend. Mais elle sait aussi que cette petite fille libre et blanche, riche et curieuse de tout, drôle et tendre, cette petite fille va faire une jolie lumière sur cette terre martyre du Soudan. Et qui sait ? Peut-être un jour, sans le savoir, elle rencontrera sa sœur. Ou Binah. On ne sait pas. On ne sait jamais où la vie nous mène.

— Madre, recommence. S'il te plaît, recommence. Madre Fabretti n'a jamais préparé avec tant d'application une adulte au baptême. Chaque jour Bakhita lui demande de lui redire les paroles qu'elle devra prononcer, elle a peur de se tromper, comme au procès, et tout le jour elle se répète pour elle-même : « La foi, la vie éternelle, je renonce ! Je le veux ! Credo ! Credo ! La foi, la vie éternelle, je le veux, je renonce. » Madre Fabretti a peur que Bakhita mélange les paroles, et puis elle se dit qu'elle doit lui faire confiance. À vingt et un ans, elle a ce mélange de vulnérabilité et de force, son énergie est puissante, son intelligence profonde, et elle est drôle aussi, souvent elle ose un peu d'humour, que l'on comprend mal, mais elle sourit et on se dit que cela doit être tendre, la bonne humeur, pour cacher son désarroi.

Madre Fabretti a montré à Bakhita par où elle entrerait dans la chapelle et où se tiendrait le cardinal, les gestes qu'il ferait, les mots qu'il prononcerait, dans quel ordre et pourquoi. Elle a joué tous les rôles, Bakhita, le cardinal, le chapelain, le parrain, et elle l'a prévenue qu'il y aurait beaucoup de monde. Dans la chapelle. Dans l'institut. Et sur la petite place. Elle sait que le regard des autres sur elle a la violence de la convoitise. Elle voudrait qu'elle entre dans l'église comme elle entrerait chez elle, dans la confiance et la paix. Cela sera-t-il possible ?

Le 9 janvier 1890, à Venise, le matin est clair, le soleil généreux, c'est le jour de son baptême, Bakhita sait que ce sera l'inverse du procès. Il y aura les hommes puissants, les sœurs, la famille Checchini, la foule curieuse, mais elle sait aussi qu'on ne la maudira pas (« Ingrate ! Ingrate ! ») mais qu'on va l'accueillir au contraire. Mais y a-t-elle vraiment droit ? Elle est toujours une esclave. L'esclavage ne s'efface pas. Ça n'est pas une expérience. Ça n'appartient pas au passé. Mais si elle a le droit d'être aimée, alors ce jour qui vient est sa récompense. Elle a marché jusqu'à ce jour. Elle a marché des années. Marché jusqu'à el Paron. Pour ne plus jamais obéir à d'autres ordres, ne plus jamais se prosterner devant d'autres maîtres.

La petite chapelle est décorée, fleurie, illuminée. Elle se remplit très vite. La cloche de l'institut ne cesse de sonner et la *portinaia* est débordée, les invités se pressent, il y a les proches et aussi des inconnus, des nobles, des intellectuels, et quelques artistes. Tous ne sont pas italiens, ils font partie de cette intelligentsia européenne qui vit dans les vieux palais, les demeures patriciennes et les hôtels somptueux. Les autres, simples habitants de Venise, se bousculent sur la placette et débordent dans tout le quartier du Dorsoduro, et ceux qui ont eu si peur de la Moretta et avaient ri d'elle se vantent de la connaître. Les femmes du peuple sont curieuses de voir celle qui vient d'une Afrique lointaine et bestiale, où les hommes mangent les hommes, où les enfants sont vendus et les villages brûlés, et elles sont rassurées de savoir qu'elle sera sauvée par *leur* Dieu, celui au nom duquel elles acceptent tant de souffrances inacceptables. Aujourd'hui elles aiment la Moretta avec une ferveur pleine d'espoir, elle est plus pauvre qu'elles et la voilà célèbre. Les cloches de l'institut et celles de la basilique sonnent, et cela recommence, le cardinal patriarche, et sa suite, et les autorités, tous ils reviennent dans leur quartier, ils vont dans cet institut plein d'enfants abandonnés et de jeunes filles incultes, et leur vie de pauvres gens est prise dans l'éclat de cet événement, comme une réflexion de lumière.

Mais qui les voit ? Qui les regarde, eux qui restent à la porte ? Une femme, petite, maigre et avide, les a tous bousculés pour se placer sur le seuil de la chapelle dont on a ouvert en grand les portes de bois, et, haussée sur la pointe des pieds, elle regarde comme c'est beau, *à l'intérieur.* Et puis elle se tourne vers la foule massée sur la petite place, et elle crie ce qu'elle voit. Elle raconte l'histoire, ce qui se passe. *Mamma mia* comme c'est beau. Et comme c'est bon de croire.

La petite chapelle a perdu de son humilité, elle se fait riche et flamboyante, magnifiée par l'éclat des cierges, des fleurs, des habits lourds et colorés des officiants, et de ceux endimanchés de l'assistance. On se tourne vers Stefano pour lui demander comment elle était *avant*, quand elle a débarqué de son pays. Comment elle était, la Noire ? Et qu'est-ce que ça fait d'être arrivé à la sauver ? Une femme ose s'avancer du côté des hommes, pour lui demander si c'est vrai qu'elle a été torturée. On l'a ébouillantée comme saint Georges, ou brûlée comme sainte Jeanne ? Est-ce qu'il va faire un pèlerinage à la Vierge pour rendre grâce ? Mais Stefano se tait. Il est étranglé d'appréhension, il a peur pour la Moretta, et il est heureux, aussi. Il se bat depuis cinq ans pour ce jour, et il se souvient d'elle, le lendemain de son arrivée à Zianigo, quand il l'avait vue chez Augusto Michieli. Il se demande si le choc qu'il avait eu était provoqué par sa couleur, ce noir si sombre, si plein, ou par sa présence. Un coup de foudre filial. Est-ce que cela est possible ? Il regarde la cuve baptismale simplement creusée dans le mur de brique, et il pense que c'est juste que Bakhita soit baptisée là où vivent les enfants du peuple, perdus et mal aimés. Il se tient bien droit. Qu'elle ne voie que lui, quand elle entrera dans l'église.

Elle attend à l'oratoire. Elle est à genoux et elle se recueille, elle recueille sa vie. Elle pense à sa jumelle et elle lui dit : Regarde comme je suis habillée, c'est aussi beau que la peinture rouge sur le corps nu de notre mère. Aussi beau que nos perles et nos bracelets. Que la cendre blanche. Les paupières tatouées. Regarde à quoi tu ressemblerais si tu vivais ici, en Italie, très loin après le Nil. Tu vis ici, en Italie, très loin après le Nil. Tu as traversé les déserts et les mers avec moi et je te remercie d'avoir été, aussi, aux côtés de notre mère. Ne la quitte jamais.

Elle entend Madre Fabretti s'approcher et elle se relève. Sa cuisse lui fait mal, une douleur familière, presque rassurante.

— Je suis venue te chercher, ma chérie.

Et puis elle murmure :

— Mon Dieu, Bakhita… comme tu es belle…

Bakhita entend ce mot qui n'est plus celui de la convoitise, mais du respect. Et c'est vrai qu'elle est belle dans son manteau pourpre, le visage recouvert d'un long voile noir. Elle est grande, imposante, et Madre Fabretti lui fait signe de lever haut le visage. C'est difficile, elle n'a pas l'habitude. Elle traverse le cloître au centre duquel les petites orphelines de l'institut attendent pour la voir. Il fait froid et elles se tiennent dans leurs manteaux gris, des grosses chaussettes dépassent de leurs sabots. Elle voudrait leur dire qu'elle les aime. Mais elle ne sait pas le dire au pluriel. Elle voudrait leur dire qu'elle les connaît. Leur attente craintive, et cet espoir mêlé de tant d'appréhension, elle sait ce que c'est. Une petite, plus hardie que les autres, lui souhaite bonne chance, et les autres se moquent parce qu'elle a osé parler à la Moretta. Elle pose la main sur le visage de chacune de ces petites filles qu'elle avait prises à son arrivée pour des esclaves, comme elle.

Madre Fabretti à ses côtés, elle se tient devant la porte latérale de la chapelle. Elle frappe trois fois. Fort et lentement. On lui ouvre. Elle reste muette, sur le seuil, et elle pense à relever la tête. Son père l'attend, aujourd'hui elle va retrouver son père, el Paron. La chapelle est pleine. Elle ne voit pas Stefano mais elle sait qu'il est là avec Clementina et leurs enfants. Elle se rappelle ce qu'elle doit faire. Elle est dans cet instant ramassé et puissant dans lequel rien d'autre ne peut advenir que l'événement. Elle entend la prière du cardinal patriarche de Venise, Domenico Agostini, puis il s'avance au milieu de la foule attentive pour venir la chercher, l'accompagner jusqu'à son parrain, le comte Marco Soranzo, sa marraine est malade et il la représente. Elle garde les mains jointes, et elle sent au tremblement de ses jambes que la peur revient, malgré elle. Son souffle fait trembler le long voile. La voix du cardinal résonne, haute et ferme contre les murs de brique :

— Quel est ton nom ?

La question la transperce, elle ne s'y attendait pas. C'est la plus grande honte de sa vie, l'oubli qu'elle a de son nom. Est-ce que Dieu n'accepte pas les enfants volés ? Madre Fabretti ne lui a pas fait répéter cette question. Elle lance un regard affolé à la sœur. Le silence semble éternel. Comment elle s'appelle. Comment elle s'appelle… Non. Impossible. *Asfa*. Pardon à tous. Elle baisse la tête. C'est fini.

« Elle n'a pas de nom ! » La petite femme avide s'est tournée vers la foule et la rumeur enfle, déçue et friande. Dans la chapelle on chuchote et on tousse, l'assistance est médusée. Mais le cardinal pose la seconde question :

— Que demandes-tu à l'Église de Dieu ?

Ça continue, alors ? Il faut qu'elle se reprenne. Il faut qu'elle le regarde pour lui répondre, Madre Fabretti le lui a dit. Elle lève son visage voilé et elle s'applique à répondre avec assurance :

— La FOI !

— Que te donne la foi ?

Elle sait la réponse. Elle l'a dite déjà. Dite et répétée. Elle lève les yeux au ciel pour montrer ce que donne la foi, c'est là-haut : l'amour et la guérison de l'amour. Le cardinal soupire et répond :

— La vie éternelle, oui, c'est ça.

L'assemblée respire, la petite femme avide sur le seuil se retourne vers la place et crie :

— Elle a bien répondu ! La vie éternelle !

Et maintenant, c'est l'instant que tous attendent avec appréhension et délice. L'histoire terrifiante qu'ils connaissent depuis l'enfance. L'histoire qui fait peur et qui apaise. Parfois.

— L'exorcisme ! L'exorcisme ! crie la femme avide sur le seuil.

Et la petite foule se prosterne et se signe. Le soleil de Venise se voile. Des jeunes filles pleurent, on embrasse les médailles et les chapelets. Les hommes, les femmes, les enfants, les vieillards, tous sont unis, semblables et humbles, et dans la chapelle l'ombre de la peur se pose sur l'assemblée. Qui sait? Le démon pourrait gagner. N'a-t-on pas parlé de diable noir à propos de la Moretta? Qui est-elle vraiment cette étrangère sans nom et sans langage, que l'on s'est mis à aimer brusquement? Certains trouvent ce moment exotique, délicieux, ils ont déjà envie de le raconter, de l'écrire, ou même de le dessiner. C'est maintenant ou jamais que la vérité va éclater. On va savoir de quel côté sont les forces du Mal. Le cardinal s'approche de Bakhita et souffle trois fois sur son visage. Son voile frémit et ses paupières sont closes. Elle attend. Sur ses épaules elle sent peser, plus lourde que son manteau, cette atmosphère de curiosité méfiante et de rejet prêt à surgir.

— Je te conjure, Satan, ennemi du salut des hommes, reconnais la justice et la bonté de Dieu le Père qui, par son juste jugement, a condamné ton orgueil et ton envie. Quitte cette servante de Dieu, le Seigneur l'a faite à son image, l'a parée de ses dons, et par miséricorde, l'a adoptée comme sa fille. Je te conjure, Satan, prince de ce monde, reconnais la puissance et la vertu de Jésus-Christ, qui t'a vaincu dans le désert, a triomphé de toi dans le jardin, sur la croix t'a dépouillé, et, se relevant du tombeau, a transporté tes trophées au royaume de la lumière. Retire-toi de cette créature, Satan!

Le cardinal trace le signe de la croix sur le front de Bakhita, sur ses oreilles, ses yeux, sa bouche, son cœur, ses épaules. Elle tremble et elle chasse les images du passé, le regard des petits garçons que le prêtre emmenait à la castration, les cris de la mère dont le bébé fut fracassé sur les pierres, le corps de la petite Yebit morte sous la torture du tatouage, elle pourrait hurler, pousser un cri brutal qui chasserait ce démon et rendrait à tous ces martyrs le bienfait de leur vie. Mais elle se tait. Elle veut que le cardinal le fasse pour elle, chasse le mal avec les formules appropriées, lui seul sait comment doit se dérouler le rite et elle est dans la confiance. Elle se concentre sur ceux qui sont là et qui l'aiment, les Checchini, les sœurs, elle oublie la foule insatiable, la puissance de ceux qui depuis toujours, massés sur les places, regardent la négresse qu'elle est.

Maintenant que le démon a laissé place à l'Esprit saint, elle peut entrer dans le Temple de Dieu. Le cardinal lui demande :
— Renonces-tu à Satan ?
— Je renonce !
— Renonces-tu à ses œuvres et à sa vanité ?
— Je renonce !
Le cardinal oint son front du saint chrême.
— Crois-tu en Dieu le Père, en Son Fils unique Jésus-Christ et en l'Esprit saint ?
— Credo ! Credo ! Credo !
— Veux-tu être baptisée ?
— Je le veux !
Elle est bouleversée et épuisée, comme si elle avait couru longtemps pour arriver à ce moment-là. Et elle entend son nom de baptême, qui contient le prénom de sa marraine de baptême, celui de sa marraine de confirmation, son nom d'esclave en italien, le nom de la Vierge, et son nom d'esclave en arabe.

— Gioseffa, Margherita, Fortunata, Maria, Bakhita, je te baptise au nom du Père, du Fils, et du Saint-Esprit.

Par trois fois le cardinal verse l'eau baptismale sur son front incliné, son manteau pourpre tombe à terre, elle se défait de son long voile, et elle surgit, créature nouvelle, vêtue de l'habit blanc. Son visage apparaît à tous comme une vérité ineffaçable au-dessus de l'habit de lumière. À leur grande honte, certains pensent au corps qu'il y a, dessous, on dit qu'il est noir aussi, noir et marqué, est-il possible que cela laisse des traces sur l'habit de baptême ? Et ils devinent, non sans délices, que son histoire pourrait troubler leur sommeil et pétrifier leur âme.

On lui porte un grand cierge qu'elle allume à celui de son parrain. Les dernières paroles vont être prononcées. L'ordre et l'autorisation :

— Va en paix. Le Seigneur est avec toi.

— Amen.

« Amen oui ! » Mimmina est avec elle. Elle l'entend. « Amen oui ! » Mimmina jouerait sûrement avec le voile tombé à terre, pour être sainte Alice, la belle impératrice. Sa petite fille et elle sont pareilles maintenant, toutes deux filles de Dieu. Tenues dans le même amour, appartenant à la même famille. Mais qui lui dira, à sa petite Mimmina, que maintenant elle a un nom ? Qui lui dira de ne plus l'appeler *mamma* ?

Elle s'appelle officiellement Gioseffa, mais toujours on dira « Giuseppina », le diminutif. On le dira avec peine, avec application, car pour tous, elle reste la Moretta. Sur le certificat de baptême elle est déclarée née de parents inconnus, mahométane venant de Nubie. Personne ne connaît ni son histoire ni sa géographie. Son pays n'a pas de nom et sa mère n'existe pas. Son enfance n'est pas son enfance, c'est une imagination collective, des années que l'on résume d'un mot, « souffrance », et qui se diluent dans une Italie qui est « délivrance ». Délivrance… et pourtant ! Elle est baptisée depuis un an, elle a continué sa formation de catéchèse, et on la voudrait rayonnante, témoin vivant de l'amour du Christ, elle est dévastée. On la retrouve seule dans la petite chapelle, prosternée aux pieds de la Vierge, priant et pleurant. On lui parle et elle n'écoute pas, elle est bouleversée, et on ne sait pas pourquoi. Stefano l'invite souvent à passer quelques jours à Zianigo, dans cette famille qui est maintenant la sienne. Elle y connaît des moments de bonheur, ces moments où enfin elle rit, se lance dans des récits incompréhensibles et agite ses mains dans tous les sens. Le rire que l'on partage avec elle est une surprise et une grâce. Stefano chérit ces moments-là. Bakhita a vu grandir ses enfants, elle a assisté au mariage de son fils Giuseppe. La joie de Stefano, la beauté de la mariée, blanche dans sa robe blanche, et la promesse des enfants à venir, qui seront ses neveux à elle aussi, il le lui dit et elle sait que c'est vrai.

Tout ce qu'ils disent est vrai. Ils l'aiment. Et cet amour, elle voudrait tellement le leur rendre, être une Giuseppina qui apporterait à tous la joie et la gratitude. Elle n'y arrive pas. Elle veut quelque chose qu'*elle ne peut pas dire*. Elle sait que son année de catéchuménat se termine. Elle a vingt-trois ans, et elle va devoir choisir : aller vivre chez les Checchini, comme Stefano le lui propose, ou rentrer au service d'une patronne, être domestique. Quand elles sortent, avec une petite dot, les jeunes filles de l'institut sont devenues de vraies chrétiennes, de bonnes ménagères et d'excellentes brodeuses. Elles savent lire et écrire. Elles travailleront et se marieront, car sans le mariage elles n'existeraient pas. Mais bien sûr, dans le cas de Bakhita, le mariage est exclu. La couleur de sa peau est une barrière naturelle et infranchisssable. Ni mariage ni enfant.

Un soir qu'elles font leur promenade le long des quais des Zattere, Madre Fabretti lui demande quels souvenirs elle garde de son enfance.
— Je veux dire… l'enfance d'avant.
— Avant l'esclave ?

— Oui, avant que tu sois esclave.

Bakhita ne s'attendait pas à cela. On le lui a déjà demandé, bien sûr, le consul italien, Stefano et ses enfants… Pourquoi veulent-ils savoir ce qu'elle ressent et ne sait pas dire ? Ce dont elle se souvient si mal. Et si intimement pourtant. C'est comme lui demander de comprendre la nature de son sang, de son souffle, tout ce qu'elle est. L'air est doux. Le jour disparaît dans une lumière délavée et rose, jetée avec tendresse sur le ciel. *Abda…* Qu'y avait-il, avant ? *Abda.* Une vie tellement loin, plantée en elle au plus profond, là où les mots n'existent pas. Raconter là où elle n'a jamais su revenir. Dire les siens, qu'elle n'a jamais pu retrouver. Impossible. Elle regarde devant elle, la mer et le ciel. Le paysage vaste, intime pourtant, dans le soir qui vient. Un grand filet de pêche est attaché à la berge du canal, les pieux sont couverts de mousse et semblent si vieux et pourtant, les pieux tiennent Venise sur cette eau vivante et forte. Le ciel s'est élargi, distendu en de fines traînées bleues et grises qui se croisent et disparaissent. Il est si vaste que l'horizon s'éloigne. C'est très beau. Presque trop. Bakhita regarde la beauté qui la bouleverse et elle dit, comme si c'était à elle qu'elle parlait :

— Je sors pas. Je reste.

Madre Fabretti ne comprend pas. Parle-t-elle de son enfance ? Mais Bakhita se tourne vers elle, le visage violet d'émotion, étonnée de sa propre audace.

— Je sors pas de l'institut, Madre. Je reste.

Madre Fabretti est soufflée. Mais elle l'admire pour ça, cette force. Cette façon qu'elle a d'aller au bout de sa douleur et d'en revenir infaillible. Bien sûr, elle aimerait la garder une année supplémentaire avec elle… Elle lui enseignerait encore le vénitien, une langue pour comprendre plus que les mots des autres, comprendre leur façon de vivre et de penser. Elle la protégerait encore un peu de tout ce qui l'attend au-dehors, et elle s'en veut de l'aimer autant, une religieuse ne s'attache à personne, qu'à Dieu. Mais elle, c'est différent. Bakhita, c'est autre chose.

Elle écrit aux responsables de la Congrégation, demande une année supplémentaire, Giuseppina a besoin de plus de temps que les autres, elle est lente, et ne sait toujours pas écrire. Très vite, la demande est acceptée.

Une année se passe ainsi, une année d'enseignement patient, de confidences difficiles, de répit, mais aussi de longue tristesse. Bakhita, cette fois-ci, n'a pas regardé les trois cent soixante-cinq soleils dessinés par Madre Fabretti pour comprendre le temps qui passe. Elle a regardé le ciel et les jours qui vont se rétrécissant, gelés et brefs, l'année qui se clôt sur elle-même et la met à la porte. Cette fois-ci elle doit quitter l'institut pour toujours. Plus d'exception. Aucune lettre, aucun recours. Elle ne sait pas écrire, on a encore du mal à la comprendre, mais elle est une cuisinière hors pair, elle brode, tricote, raccommode comme personne, et fabrique avec les perles ce qu'aucune jeune fille ne sait faire : des bourses, d'étranges ceintures, des bouquets de fleurs. Elle fera une excellente domestique. Nourrice, peut-être pas, elle s'attache trop. Mais domestique, c'est fait pour elle.

Encore une fois, elle veut quelque chose qu'elle n'ose pas dire, et le temps qui avance la mène au bord du gouffre. Sa vie est faite de séparations violentes, d'enlèvements, de fuites, elle a survécu à tout, et pourtant. Au moment d'avouer son désir le plus profond, elle est sidérée. Muette et désemparée. Madre Fabretti tente de nouveau de l'apaiser, la comprendre et la consoler. En vain. L'angoisse l'envahit. L'angoisse l'enferme. Elle est séparée des autres par ce désir qu'elle ne parvient pas à avouer.

Et puis, un matin, elle demande à voir son confesseur. Elle a fait un rêve qui l'a ramenée, une fois encore, au temps de la violence, quand elle n'avait plus rien à perdre, quand elle se jetait aux pieds du consul pour qu'il l'emmène en Italie, et qu'elle s'obstinait, malgré ses refus réitérés. Dans son rêve, la terre était rouge et elle entendait les rires des chameaux, leurs dents qui grinçaient et leurs pattes entravées, ce bruit qui cognait dans la nuit, ce bruit dans son rêve l'a réveillée en sursaut. Et la peur était là, tendue devant elle, sans autre horizon. La peur immense et nue. Et soudain, elle a décidé de s'en affranchir.

Son confesseur l'écoute avec attention. Derrière le grillage de bois il ne voit que le blanc de ses yeux, et il aime bien ces deux flammèches, il aime bien aussi la voix de la Moretta qui résonne dans la loge, basse et exotique, et sa ferveur de nouvelle convertie.

— Padre. Je veux quelque chose.

— Je t'écoute, Giuseppina.

— C'est très grand.

— Hum… Très grand, oui.

— Moi, je suis petite.

— Hum…

— Noire.

— Continue, continue…

— Et voilà.

— Non. Continue. N'aie pas peur.

— Padre.

— N'aie pas peur, Giuseppina, continue.

— Je sors pas. Je reste.

— Encore ?

— Non. Pas encore.

— Mais si, Giuseppina, ça va faire deux ans que tu es baptisée, trois ans que tu vis ici !

— Padre…

— Ma pauvre Giuseppina…

— Padre, je veux quelque chose.

— Dis-le. Dis-le lentement et je comprendrai.

— Je… veux… être… comme… les… autres.

— Blanche ?

Il entend son rire. Son gros rire qui ne s'arrête pas et il a envie de rire aussi, de soulagement. Un moment il l'a crue simple d'esprit, mais le simplet c'est lui, vraiment.

— Mais c'est quoi, être comme les autres ?

— Religieuse.

Il pleut sur Venise, des gouttes glacées qui s'abattent sur les hommes, criblent les toits et transpercent les petits canaux. Ici, la saison des pluies est courte. Une hésitation. Elle se souvient de ces journées qui ressemblaient aux nuits, prises pareillement par la pluie. Elle se souvient des réserves mises à l'abri, des bêtes patientes et apeurées, de la colère des rivières et de son respect craintif pour la puissance du ciel. Elle se souvient lointainement de cette pluie sur son village, c'est une couleur obstruée, une odeur de boue et de maïs grillé. Étrangement, c'est aussi une odeur de peau, peut-être celle de sa mère qui la tenait contre elle, ou celle de sa jumelle avec qui elle dormait. Elle se souvient de cette pluie chez les maîtres, et de leur colère qui l'étonnait au début, et puis ne l'étonnait plus, quand elle avait compris qu'ils haïssaient tout ce qui ne leur obéissait pas. La pluie bat et gonfle en ruisseaux sur les pavés, elle écoute sa force, Venise résignée. Elle s'est mise à l'abri avec deux autres femmes et quelques enfants dans une remise ouverte sur la rue, où un vieil homme tresse des paniers. Il est à peine étonné par l'intrusion de ces femmes qui ne le regardent pas et, n'osant se découvrir devant lui, gardent sur la tête leur foulard trempé. Elles restent debout face à la pluie qui redouble, et sur le sol de terre battue, leurs enfants silencieux mêlent leurs mains à la terre mouillée. Dans la pénombre, Bakhita est moins noire, elle le sait. Elle garde le visage baissé, elle serre contre elle le pain acheté au marché. C'est bon d'être dans cette demi-nuit et de rester dans le silence. Ne pas effrayer. Ne pas être reconnue, comme cela lui arrive encore si souvent, avec les visages qui s'approchent si près d'elle qu'elle sent l'haleine de leur bouche trouée, des sourires indiscrets auxquels elle répond timidement, découvrant la blancheur inhabituelle de ses dents. Parfois, ce sont de riches passants qui l'arrêtent. L'autre fois, un peintre voulait la peindre, un de ces innombrables peintres dont Venise regorge. Il est très rare qu'elle sorte seule et les sœurs repoussent pour elle les importuns. Mais quand il pleut comme aujourd'hui, les artistes, les nobles, les riches marchands sont chez eux, ils sont rentrés dès que le sirocco s'est levé. Elle ferme les yeux et elle entend les mouches que l'orage a rendues furieuses, le bruit de la pluie, éternel et sans recours. Elle se sent bien. La veille, elle a osé parler à son confesseur. Elle a osé dire le mot. Comme un blasphème. Elle, Bakhita, Giuseppina, elle, religieuse ! Oh, s'il avait pu comprendre son langage, ce prêtre, elle lui aurait dit comme ça l'avait surprise, au début. Presque autant que lui. Elle ne comprenait pas ce qui se passait. Oui, c'est un grand étonnement : avoir la foi.

Entendre le chant de Dieu, et comprendre qu'il lui est adressé, à elle ! Elle change, elle le sent bien, elle change à l'intérieur d'un monde qui se ressemble. Le Soudan, l'Italie, c'est la même beauté et le même mal. Elle a pleuré, parce que Dieu savait tout, toute sa vie Il l'avait vue, et puis elle a compris que Dieu, c'est un amour qui se pose. Est-ce que son confesseur aurait admis cela ? Est-ce qu'elle serait arrivée à se faire comprendre ? Elle a la force maintenant pour aimer les autres. Maintenant que sa vie est dans des mains plus hautes.

Les sœurs lui pardonneront. Le pain est difficile à rompre, mais elle s'applique, ses mains peuvent tout faire, depuis toujours. Elle rompt plusieurs morceaux de pain et les donne aux enfants qui jouent dans la boue. Ils sont taiseux et appliqués. Et soudain, elle se souvient. Elle en est sûre, elle se revoit, elle revoit sa sœur et les enfants de son village piétinant la terre mêlée pour en faire une boue épaisse, une boue lisse et grasse, la même oui, la même que celle de leurs maisons. C'était cela aussi, la saison des pluies. Les maisons nouvelles faites avec la boue piétinée par les petits. Elle reçoit ce souvenir comme un souffle. Ces surgissements sont de plus en plus fréquents. Elle se souvient d'elle-même, c'est loin dans sa vie et c'est très proche, un vent violent qui la bouscule, ranime les braises de ce qu'elle a été. Sa vie. Son enfance quelque part. Quand elle n'était différente de personne. Quand être noire était simplement être.

Après sa confession, le prêtre a rassuré Giuseppina : « Jésus ne fait attention ni à la race ni à la couleur de la peau. » Et puis il a couru apprendre la nouvelle à la mère supérieure et à Madre Fabretti : la Moretta est non seulement convertie mais en plus, elle demande à rentrer dans les ordres ! *Leur* ordre ! On peut dire que leur institut fait des miracles. Ou tout au moins, des merveilles. Ils présentent la demande à la supérieure générale, Primaria Anna Previta, à Vérone, qui l'examine avec le neveu de la fondatrice de l'ordre, le cardinal Luigi dei Marchesi di Canossa. Peuvent-ils accepter qu'une ancienne esclave entre au noviciat ? Depuis le XVIIe siècle, l'Italie a une longue tradition de rédemption des esclaves. Ses missionnaires franciscains revenaient d'Égypte, du Soudan et d'Éthiopie avec d'anciens esclaves qu'ils éduquaient et convertissaient. Et il est encore très populaire au XIXe siècle que des missionnaires italiens aillent au Soudan. Le prêtre Daniele Comboni a ainsi mis sur pied le plan Pour la Régénération de l'Afrique et ouvert au Caire l'Institut des Noirs, où il forme d'anciens esclaves qui l'aideront, une fois éduqués, à évangéliser le Soudan. C'est « l'Afrique par l'Afrique », ce continent que l'on considère comme « la partie du monde la plus rebelle à la civilisation ». La supérieure et le cardinal estiment que l'entrée dans les ordres de l'ancienne esclave s'inscrit dans cette tradition, et Bakhita est acceptée au noviciat. Elle n'est ni une conquête ni un trophée, mais une confirmation : l'Italie catholique sauve les esclaves. Et le 7 décembre 1893, l'Église ouvre ses portes à celle dont l'esprit n'avait pas de maison.

Ce temps du noviciat, qui dure presque deux ans, Bakhita le vit à l'inverse de ce qu'il est censé être : une épreuve. Pour elle c'est, enfin, le temps de la délivrance. Madre Fabretti est nommée maîtresse du noviciat, elle aide ses « filles » à discerner et approfondir leur vocation. Mais éprouver la résistance spirituelle et physique de celle qui a survécu à tout est superflu. Bakhita ne demande qu'une chose : l'autorisation d'aimer. Ce sentiment si longtemps interdit, dangereux et porteur de souffrances plus fortes que la maltraitance, aujourd'hui, elle y a droit. Elle se donne corps et âme à el Paron, ce maître dont l'amour rachète les péchés.

Elle a vingt-quatre ans et elle a beau suivre le même enseignement, dire les mêmes prières, communier, se confesser et porter le même uniforme que les autres, elle n'est pas comme les autres. Elle est à part. Et pour toujours. Pour elle, on fera toujours une exception. On demandera une dérogation. On hésitera à l'accepter ou, au contraire, on s'en félicitera bruyamment. Elle est celle qui se met à une place et ne s'y installe pas. Celle qui veut dire quelque chose et n'y arrive pas. Elle étonne, elle surprend, et souvent, elle dérange. La plupart des novices l'admirent, sa gentillesse, son ardeur inépuisable au travail, debout avant tout le monde et couchée la dernière, volontaire et douée, mais d'autres sont mal à l'aise. Elles n'osent pas la regarder en face. Elles ne comprennent rien à ce qu'elle dit. Elles ont peur de la croiser la nuit dans les couloirs. Elles n'aiment pas dormir dans le même dortoir. Se laver à la même eau et manger en face d'elle. La façon qu'elle a de tenir sa fourchette, sa voix gutturale quand elle dit le *Benedicite*, et les cicatrices qui dépassent de sa manche. Elles sont gênées de leur propre dégoût, elles s'en confessent mais rien n'y fait, elles ont peur et elles aimeraient mieux que cette épreuve-là, vivre aux côtés de la Noire, ne leur ait pas été envoyée. Bakhita demeure noire sous l'uniforme, comme un défaut impardonnable, un péché sans rémission.

Madre Fabretti voit tout cela, la peur de certaines de ses «filles», et l'humiliation de Bakhita. Un jour, elle la conduit à l'église Santa Maria della Salute. Elles montent les marches de marbre qui semblent naître de l'eau, et c'est comme entrer dans un ventre énorme, blanc et froid. L'église orgueilleuse, célèbre et honorée. Les colonnes, les dômes, les multiples chapelles, les innombrables statues, les peintures de maîtres, Bakhita s'incline, se signe avec l'eau du bénitier, impressionnée par la richesse séculaire, la dévotion immémoriale. Madre Fabretti avance jusqu'au maître-autel, devant lequel elles s'agenouillent toutes deux en silence. Bakhita ferme les yeux. Elle sent autour d'elle les voix des visiteurs et les prières chuchotées de ceux qui allument de longs cierges penchés. L'air porte une humidité froide, de minuscules courants d'air traversent la basilique. Elle en fait abstraction et se concentre sur sa prière. Mais Madre Fabretti lui tapote le bras.

— Regarde, Giuseppina, elle est comme toi.

Bakhita ne comprend pas. Que doit-elle regarder ? «Comme toi», elle pense que c'est «novice», ou «recueillie», «agenouillée». «Comme toi.» Les mots qu'on ne lui dit jamais.

— Regarde. Là ! L'icône !

Au-dessus du maître-autel, la Madone est couverte d'or, elle porte une couronne sertie de pierres précieuses, et dans ses bras, l'Enfant Jésus est aussi richement paré qu'elle. Leurs visages sont plats, leurs mines impassibles, leurs regards lointains. Bakhita ne savait pas que cette Madone existait. Ne pensait pas que ce soit possible. Elle ne l'a jamais vue auparavant. Dans aucun livre de catéchisme, aucune image pieuse et aucun rêve non plus. Mais cette Vierge et son Fils, Madre Fabretti a raison, sont comme elle. *Tous deux ont la peau noire.* Elle les regarde et elle ne comprend pas. D'où viennent-ils ? Sont-ils vraiment la Vierge et son Fils Jésus-Christ ?

— Ils sont adorés des Vénitiens depuis des siècles, Giuseppina. Tu vois ? Tu comprends maintenant que tu es comme les autres ?

— C'est la Madre ?

— Et bien sûr, c'est la Madre. La Madone noire.

— Et les anges, aussi.

Madre Fabretti ne les avait jamais remarqués, mais c'est vrai, à l'arrière-plan, les deux petits anges ont le visage noir.

— Tu vois, Giuseppina, vous êtes cinq Noirs : un,

deux, trois, quatre, cinq. Et moi… je suis toute seule. La seule Blanche.

Bakhita lui sourit.

— Alors je te protège !

Et elles essayent de ne pas rire trop fort dans l'imposante basilique qui accueille ce soulagement inattendu.

Ils sont venus, pressés et curieux, au couvent de Santo Giuseppe de Vérone, pour la regarder. Elle, elle ferme les yeux et cela vibre contre ses oreilles, précis et rapide, et en même temps que les ciseaux claquent et que ses cheveux tombent, elle ressent un profond soulagement, ainsi qu'une grande peine. Elle perd un peu d'elle-même, un peu des gestes et de la grande patience de sa mère, quand elle tressait ses cheveux avec les perles dont elle était si fière. Elle la trouvait belle, et elle l'était. Et quand elle bougeait la tête, les petites perles heurtaient son visage, elle aimait ça. Elle se souvient, ce souvenir est net, juste, et rien qu'à elle.

Elle reste immobile, droite, les yeux clos, elle ne voit pas ce que les autres regardent : ses cheveux crépus qui flottent un peu avant de tomber, indécis, légers comme la plume. Ils regardent et ils ne savent pas. La cave, le trou de terre en haut du mur qu'elle essayait d'agrandir en y frottant ses cheveux, elle avait sept ans et c'était le début de la captivité, le grand cauchemar impérissable. Elle se souvient d'une espérance folle, et aussi de ce qui ne faisait que commencer. Ils la regardent, ils aimeraient toucher ces mèches, en prendre une et l'enfermer dans un médaillon qu'ils montreraient à leurs amis avec une superstition bravache, en riant ils diraient : « Touche le gri-gri ! »

Elle pense à Mimmina qui ne pouvait s'endormir sans toucher ses cheveux, et elle ne disait rien quand la petite en se retournant tirait trop fort, parce que c'était bon d'être aimée à ce point-là. Au point d'accompagner la personne que l'on aime jusqu'au bout de la nuit. Elle sent maintenant la lame des ciseaux contre son crâne. Elle pense à sa tête heurtée contre le sol, la violence de Samir, son impureté. Mais aujourd'hui, elle se fiance. Aujourd'hui, 21 juin 1895, c'est le premier jour de l'été, et c'est la fête du Sacré-Cœur. Elle va épouser Celui qui ne la quittera jamais et l'aimera tant qu'une seule vie n'y suffira pas, il y en aura une autre après, éternelle et sans faille. Aujourd'hui elle va revêtir l'habit des sœurs canossiennes, semblable à celui des femmes du peuple, robe marron, châle et coiffe noirs, car c'est auprès du peuple que ces sœurs vivent pour « consoler, instruire et soigner » les plus pauvres. Elle passe sa main sur son crâne sans cheveux, elle n'a pas de miroir et elle ne se voit pas. Mais dans l'assistance tous la regardent et la reconnaissent. Avec ses cheveux rasés, elle est semblable aux esclaves photographiés dans le journal, dessinés dans les livres des explorateurs, botanistes, missionnaires, médecins. Ils l'imaginent avec la fourche au cou, la chaîne au pied, ils pleurent de pitié, et pour certains, aussi, d'un peu de honte inexpliquée. Et tous ressentent le même soulagement de ne pas faire partie de « cette race-là ».

Ensuite, elle sera vêtue et coiffée comme les autres religieuses, elle prononcera ses premiers vœux, son habit sera l'habit de pénitence. Cela aura lieu dans la maison mère, la grande église d'or et de marbre. Elle aurait préféré la petite chapelle du Dorsoduro, mais elle obéit avec la ferveur de celle qui est prête à tous les sacrifices, les espère même en secret, preuve de son engagement indéfectible. Après les vœux de pauvreté, d'obéissance et de chasteté, elle s'appelle « sœur Giuseppina Bakhita » et reçoit la médaille de l'ordre des Filles de la Charité canossiennes, marquée des initiales M.D., *Mater dolorosa*. Elle est acceptée dans la communauté de celles qui recueillent les enfants rejetés et perdus.

À son retour à Venise, les habitants se précipitent à l'institut, se prosternent à ses pieds, baisent sa médaille et lui demandent de prier pour eux. Ils ne l'appellent plus « la Moretta ». La Noire. Ils ne l'appellent pas non plus « sœur Giuseppina ». Pour les gens du peuple, elle est et restera jusqu'à sa mort *la Madre Moretta*. Mère et Noire. Semblable et différente. Admise et isolée.

Trois ans après sa prise d'habit, à plus de trente ans, elle ne sait toujours pas écrire. Elle lit avec application. Elle parle un peu mieux le vénitien. Elle brode. Elle prie. Elle obéit aux ordres, et elle aime ce cadre rassurant, ces jours qui se ressemblent, rythmés par les prières, vigile, laudes, sexte, vêpres et complies. Elle aime entre toutes les laudes, prières de l'aurore. Elle ne passe jamais derrière le rideau de velours noir sans repenser à ce premier matin quand, pieds nus sur le seuil de sa chambre, elle avait regardé passer les sœurs et en avait été effrayée. Elle était heureuse, pourtant. Mimmina dormait dans son lit. Elle ne connaîtra plus jamais le bonheur de cette vie partagée avec un enfant qui découvre la vie et vous pousse à la découvrir aussi. C'est fini. Tenir la petite contre elle, chanter pour qu'elle pose sa main sur la gorge qui vibre, guetter la première étoile et l'apparition de la lune, partager un langage, une complicité et une intimité uniques. C'est fini. L'odeur chaude de sa peau, sa main dans la sienne, et son regard qui dit «J'attends tout de toi». C'est fini. Elle est là où elle désirait être, et elle a lutté pour devenir la religieuse qu'elle est devenue. Personne ne sera plus jamais son enfant, et personne ne la remplacera.

C'est elle qui devient, au fil des ans, la fille de Madre Fabretti. C'est une religieuse âgée, de plus en plus joyeuse, comme si cela l'amusait, ce mouvement du monde, vaniteux et désorienté. Elles ont gardé l'habitude de leur *passeggiata*, leur promenade du soir le long des quais, elles marchent moins vite, Madre Fabretti s'appuie au bras de Bakhita et elle pense que peut-être sa jumelle marche ainsi avec leur mère devenue vieille. Elles parlent peu, regardent la lumière du couchant, les petites îles englouties, le mouvement des marées, se serrent la main avec une tendresse rapide. Parfois, Madre Fabretti demande à Bakhita de se souvenir. Maintenant qu'elle a plus de vocabulaire et que sa vie est apaisée, elle lui pose des questions. Et cela revient. Des souvenirs tellement violents qu'ils ne semblent pas lui appartenir, et d'autres qu'elle reconnaît et n'ose pas dire. Par pudeur, et par peur aussi de choquer sa Madre, cette vieille dame italienne qui vient d'une famille aisée. À cette religieuse qui a donné sa vie aux autres, elle hésite à dire ce que l'on faisait là-bas aux esclaves, pourtant, malgré la souffrance qu'il y a à retrouver les images du calvaire, il est bon de dire à celle qu'elle aime ce qu'elle a vécu. Madre Fabretti laisse venir les silences et les larmes, démêle les phrases incompréhensibles, écoute avec un amour bouleversé. Et quand elle dit « Ma chérie… », Bakhita sait que c'est fini. Il est l'heure de rentrer. Elle va rentrer, prier et se coucher, se relèvera pour prier encore, ne se relèvera pas pour hurler dans la nuit les souvenirs de l'inhumanité.

C'est un lien filial. Et c'est un temps heureux. Les autorités ecclésiastiques estiment que dans ces conditions, c'est trop facile. La foi de sœur Giuseppina coule de source, tout lui est donné, il est temps de voir ce qu'elle a réellement dans le cœur. Il est temps de l'éprouver. Un soir, après les vêpres, on lui signifie que c'est fini. Cette maison dans laquelle elle a vécu treize ans, dont sept en tant que religieuse, n'est plus sa maison. Pour dire adieu à Madre Fabretti le lendemain, elle n'a même pas le temps d'une *passeggiata*. Ce sera le matin, au parloir, au milieu de toute la communauté, ni favoritisme ni attendrissement. Toutes deux sont stupéfaites, comme étourdies, et elles se quittent sans démonstration de faiblesse ni d'attachement. Cet arrachement sans larmes et sans révolte, elles l'offriront à Dieu, le maître qui réclame un amour sans partage.

Il est presque midi lorsque sœur Giuseppina monte dans la gondole qui la conduit à la gare, pour une ville dont elle ne connaît pas le nom.

Elle rejoint sa vie d'avant, ses ancêtres et tous les *parias* de son espèce, les esclaves éternels, les Noirs pour toujours. Elle porte en elle cette malédiction et la fascination pour tout ce qu'on imagine d'elle et qu'elle n'est pas. Elle fait peur aux enfants, elle dégoûte les vieillards, et elle attire les hommes, comme une bête qu'on aimerait dompter pour tester sa propre puissance et révéler sa suprématie. Elle est assise et elle se tait, on lui a dit de se taire surtout, sa voix, ils la découvriront plus tard, ils la craindront et l'imiteront entre eux, maintenant, et pour les siècles des siècles. Elle est assise depuis des heures et la douleur tire sur sa cuisse blessée, sa jambe à la chaîne fantôme, elle-même n'est qu'un spectre et son image est volée. Elle ne les regarde pas, les yeux au sol elle les entend, un vénitien à l'accent nouveau, plus lourd, bref et fermé, qui donne à la parole le poids de la condamnation. Elle est assise ils sont debout, et même les enfants la dominent. Les vieilles femmes brisées ont le visage à la hauteur du sien et se signent en grimaçant, rentrées chez elles elles feront les gestes rituels qui chassent les mauvais esprits, elles feront des sacrifices en douce, que la nouvelle génération ne se moque pas et ne gêne pas leurs suppliques. Elle est assise et elle porte leur peur et leur ignorance, elle leur donne la joie du rassemblement et du partage offusqué. Pour une fois, tous, les opprimés, ouvriers depuis l'enfance, malades et rachitiques, exploités par des patrons qu'ils ne verront jamais, portant des enfants qui mourront en bas âge ou les fuiront pour les Amériques, analphabètes pour la plupart, bâtards bientôt envoyés au séminaire, révoltés bientôt matés par le service militaire, petite bourgeoisie craintive, boutiquiers endettés, bergers plus sauvages que leurs troupeaux, paysans plus affamés que leurs chiens, tous la regardent et la plaignent. C'est mieux que la fête des moissons, la Saint-Jean ou les processions, mieux que le théâtre, mieux que les fifres et les danses, mieux que la Vierge portée par les rues dans les cris et les pleurs bruyants, c'est une médecine commune, une prière sans paroles et un rire qui unit. Ils étouffent ce rire qui les prend, cette négresse est habillée comme une religieuse, cette négresse EST une religieuse, ils sentent le blasphème qu'il y aurait à rire devant elle, et qui sait, si elle allait les maudire ensuite, attirer sur eux la colère du démon ? Mais de quoi est-elle donc faite ? Vient-elle du ventre d'une femme et à quoi ressemblait cette femme, était-elle entièrement humaine, des pieds à la tête, ou bien… ? Il y a des pensées qu'il vaut mieux chasser, des visions qu'il est mal d'avoir, et certains s'agenouillent et tombent en prière devant tout ce que suscite en eux, de dangereux et de violent, cette femme noire assise dans la cour du couvent. Cela fait deux jours qu'elle est exposée, certains sont venus deux fois, pour s'habituer et avoir moins peur, ainsi que leur ont expliqué les sœurs de l'institut. «S'habituer et avoir moins peur», mais tout de même, on ne voit pas ses yeux et on distingue mal son visage. Parfois la mère supérieure s'approche et lui parle à l'oreille, alors la Noire lève lentement la tête. L'assistance pousse un long cri d'horreur suave. Ses yeux noirs sont baignés d'un blanc si pur qu'on dirait qu'il a été volé au voile de la Madone. Un enfant lui jette un peu d'eau et reçoit une claque, il pleure bruyamment, il voulait seulement voir si sa couleur s'effaçait avec l'eau. On le corrige mais on le comprend. Est-ce que ça s'efface? Elle ne sait pas parler, mais est-ce qu'elle sait pleurer? Et s'il pleut? Oh doux Jésus, cette femme-là, les sœurs pourraient l'exposer encore et encore qu'ils n'y comprendraient rien! Et bientôt ils lui en veulent du malaise que sa vue provoque en eux, ils étaient plus tranquilles avant, est-ce qu'on avait besoin de ça ici? Et ils s'en vont, déçus et amers, avec tout de même, le long de l'échine, un frisson d'horreur dont ils avaient oublié jusqu'à la douce sensation.

Quand c'est fini, le corps endolori et l'âme sidérée, elle court tant qu'elle peut, boitant plus que de coutume, jusqu'à sa petite chambre où, passé le temps de l'ébahissement, elle pleure. Elle pleure tant que son corps est secoué par un chagrin furieux, elle pleure des sanglots rauques comme la bête qu'elle est, elle s'arracherait les cheveux si elle en avait, elle se grifferait le visage si elle ne se retenait pas, elle se tient au bord de la folie car elle sait que ces gens, tous ces gens, elle va devoir les rencontrer chaque jour, apprendre à les connaître et surtout, elle va devoir les aimer. Elle est là pour ça. Pour oublier Madre Fabretti et s'ouvrir à ces gens-là, habitants d'une ville dont elle n'arrive décidément pas à retenir le nom, un nom bref, comme un serpent qui passe, un nom comme un ordre rapide et sans pitié.

La porte de sa cellule s'ouvre, la mère supérieure pose une main sur son épaule. Lui demande d'être raisonnable. Elle était obligée de l'exposer pour faire cesser ce cauchemar. Depuis qu'elle est arrivée à l'institut, tout est chamboulé, la vie si ordonnée du couvent est sens dessus dessous, on ne peut plus travailler, ni prier, et les élèves ne voulaient plus venir en cours. Elle s'est montrée une bonne fois pour toutes, cela ne vaut-il pas mieux que d'entendre un hurlement à chaque fois que quelqu'un la croise ? Peut-elle comprendre qu'elle effraye les petites sœurs qui n'avaient jamais vu de négresse avant, qui n'osaient pas toucher une porte après elle de peur de se tacher, n'osaient plus se relever la nuit de peur de se cogner à elle, et la sœur lingère, n'est-il pas normal qu'elle ait refusé de s'occuper de ses draps ? Comment pouvait-elle deviner qu'elle ne déteignait pas ?

Elle est épuisée et elle voudrait dormir, rêver qu'elle est ailleurs, là où on n'attend rien d'elle, l'esclave perdue parmi les esclaves, la Noire mêlée aux caravanes du désert, la petite fille qu'on vole et puis qu'on jette, l'invisible, l'oubliable, celle qui ne vaut rien, pas même un sac de maïs. Et puis elle a honte, tellement, de ce sentiment qui ressemble à la mort. Elle pense à l'esclave Jésus-Christ, n'a-t-il pas subi lui aussi les crachats et les rires de la foule ? Elle ne veut pas comparer sa vie à la sienne. Elle n'est rien, et il est tout. Elle veut simplement s'allonger un peu et qu'il la garde, après elle le priera, elle l'honorera, mais cette nuit, cela serait trop long de ne pas être aimée.

Elle rêve du feu. Elle rêve de Binah qui a terriblement mal aux dents. Elle a le visage enfoncé dans la terre et ne veut plus en sortir. Bakhita l'appelle, lui dit qu'il faut partir, le feu arrive, il faut qu'elle vienne avec elle, mais Binah dit qu'elle ne viendra pas, elle a trop mal aux dents. Bakhita l'appelle encore et Binah devient étrangement la petite Yebit morte sous la torture du tatouage. Elle est prisonnière de la tatoueuse, tenue par un esclave, Bakhita est agenouillée près d'elle, avec une énorme cuillère elle lui donne à manger. Le corps de la petite convulse et saigne, et pourtant elle mange calmement, ouvre la bouche à chaque cuillerée, bientôt sa tête se détache de son corps, et elle continue à manger. Bakhita hurle et se réveille en sueur, et immédiatement, elle regarde si elle n'a pas sali les draps. Elle espère que son hurlement n'a réveillé personne, ils ont tous déjà tellement peur d'elle, que vont-ils penser ? Elle se lève et ouvre la fenêtre. C'est une nuit d'automne, profonde et fraîche. Schio est protégée par les montagnes, bordée par le torrent et les rivières. Il y a ce froid qui vient de l'eau, claire et rapide. Elle entend les cloches des bêtes dans les alpages, et de loin en loin, un aboiement court, et puis après, le silence qui recouvre tout. Elle cherche les étoiles et la lune, mais c'est une nuit embrumée, couverte de nuages lents. Elle voudrait voir une étoile, juste une. Le vent souffle doucement dans les arbres de la cour, les cyprès immobiles, et le châtaignier fait un bruit de tissus remués, elle aime ce bruit qui ressemble à celui des palmes dans les vents tièdes du Soudan. Un nuage décoloré quitte le ciel et purifie la nuit. Les étoiles sont petites comme des têtes d'épingle. Bakhita pense qu'el Paron a créé la nuit pour le repos des hommes et des bêtes, et aussi pour rien. Pour la beauté. Elle remonte sa manche, avance son bras à la fenêtre, le remue doucement et se force à le regarder. Et c'est peut-être la première fois. Son corps est dissimulé à elle-même, il n'est plus le sien, il porte les cicatrices profondes du fouet et les tatouages choisis par les maîtresses turques, des boursouflures laides comme des serpents croisés, elle a si peur des serpents, et elle les sent se distendre et se déchirer quand elle bouge en dormant, ou quand elle se prosterne, des griffes qui tentent de la retenir. Son bras ressemble à la nuit, une étoile pourrait se poser sur son poignet, comme un oiseau. Elle veut oublier son cauchemar, oublier Binah et la petite Yebit, oublier le feu, mais tandis qu'elle ouvre sa paume à l'air de la nuit, elle comprend qu'elle se trompe. Elle ne doit pas fuir ses songes. Elle doit les écouter. Binah est loin, et elle est libre. Pourquoi ?

C'est lors des laudes, ces prières de l'aurore qu'elle aime tant, qu'elle comprend le message de son cauchemar avec Binah et la petite Yebit affamée. Elle chante le cantique de Zaccharie : « Le serment juré à notre père Abraham de nous rendre sans crainte, afin que, délivrés de la crainte des ennemis, nous le servions... » Elle est si troublée par ces paroles qu'elle ne peut continuer de chanter. Elle reste debout, saisie par la révélation. Si elle veut servir el Paron, elle ne doit plus avoir peur. Il l'a placée ici, au milieu de tous ceux qui l'ont regardée avec une curiosité méfiante. « Ça s'appelle des esclaves », avait dit Binah. Au nom de tous ceux avec qui elle a grandi, tous ceux qu'elle a vus naître, souffrir et disparaître, il est temps qu'elle aille enfin, sans crainte, vers le peuple.

Elle demande à allumer le feu avant l'arrivée des élèves. Elle dit qu'elle aime ça, aller chercher le bois dans le jour qui se lève, et elle voudrait préparer les poêles dans les salles de classe. Elle pense qu'ainsi elle verra arriver le matin, parfois après des heures de marche, les élèves, ceux de la maternelle et des petites classes. Elle les aidera à mettre à sécher leurs vêtements gelés autour du poêle et à s'installer avant l'arrivée de l'institutrice. Mais on lui dit que ce n'est pas sa place. Elle est affectée aux cuisines, qui sont au sous-sol, et si elle veut allumer le feu, il y a de quoi faire : la cuisine a trois fours à bois et un âtre principal. Il faut préparer chaque jour plus de deux cents repas pour les orphelines, les élèves de la maternelle et des classes élémentaires, les éducatrices et les sœurs. Elle travaille sous la direction de la sœur cuisinière, avec deux orphelines d'une quinzaine d'années. C'est un travail qui ne s'arrête jamais, commence à l'aurore et se termine quand tout le monde est couché. Elle met tant d'ardeur à préparer les repas, elle s'y donne avec tant de recueillement et de soin, que bientôt on raille : « Madre Moretta a toujours l'air d'être à l'église ! » On se moque. Et on envie un peu. La noiraude sourit en allumant les fours, en épluchant les pommes de terre, en récurant les casseroles, en frottant le sol et en portant les marmites. Elle travaille comme si sa vie en dépendait. Ce doit être la gaîté nègre dont parlent les journaux, ce sont des gens qui sont habitués à travailler et à obéir. Un peuple sans révolte.

Ils ne savent pas. Qu'elle comprend ce qu'ils disent. Et qu'elle a la patience des êtres sauvés. Ils ne se doutent pas de la joie qu'elle a à préparer les bols pour les orphelines de l'institut et les filles de paysans qui viennent de loin, et pas tous les jours, seulement ceux où elles n'aident pas aux champs. Et si elle le pouvait, elle travaillerait même la nuit, elle donnerait son repos, toutes ses heures de sommeil, pour une seule faim apaisée. La première cuisinière, qui la voit réchauffer les bols des petits pour qu'ils mangent toujours chaud, préparer des plats spéciaux pour ceux qui sont malades et doubler souvent les rations, la prévient : « C'est trop, Madre Moretta ! Les enfants n'ont pas besoin de manger autant. »

C'est faux. Les enfants ont besoin de manger beaucoup plus, seulement ils ne le disent pas. Les enfants ont faim et personne ne s'en doute. Elle, sait. Elle sait qu'on perd l'habitude de manger et celle de demander. Elle sait qu'il faut du temps pour apprivoiser un enfant malheureux. Elle va trouver une façon de les approcher. Elle travaille vite et bien, et elle gagne toujours quelques minutes pour remonter du sous-sol et aller au réfectoire, à l'infirmerie parfois. Elle glisse du pain, un morceau de fromage, dans les poches des enfants, elle se baisse à leur hauteur pour leur parler, les plus petits l'appellent la « *Mare Moretta* », « *Madle Moletta* », ou encore « *Moetta Bella* », et bientôt ils la guettent, la réclament en tapant des poings sur la table en scandant son nom, elle vient et les gronde pour ce bruit qu'ils ont fait, elle est douce et d'une autorité calme, et très vite, elle devient plus qu'une aide cuisinière, elle devient quelqu'un dont on a besoin. On l'aime pour les mêmes raisons qu'on l'avait rejetée. Sa différence rassure, car au fond, qui parmi ces enfants et ces adolescents de l'institut se sent à sa place ? Qui n'est pas menacé ? Schio est une ville prospère pour qui travaille à la filature Cazzola et surtout à la *Alta Fabbrica*, ainsi que l'on nomme l'énorme bâtisse qui domine et fait vivre la ville, l'usine de filature Lanerossi. Mais les autres ? Être ouvrier chez Lanerossi, c'est être sauvé. C'est avoir un travail, vivre dans le village ouvrier, mettre ses enfants à l'école de l'usine, recevoir des soins médicaux, aller à l'école des adultes, au théâtre, et avoir accès au club de lecture. Mais les autres ? Être « un Lanerossi », c'est avoir la fierté de faire partie de l'usine modèle, participer au rayonnement de la ville, de la Vénétie et de l'Italie réunifiée. Être « un Lanerossi », c'est être l'exemple vivant de ce que l'Italie postunitaire donne au peuple malade et abêti : l'éducation et la culture. Les ouvriers de Lanerossi, hommes, femmes, enfants, sont alphabétisés, éduqués, et leur travail s'exporte dans toute l'Europe. Être « un Lanerossi » est une chance. Il faut évidemment se plier aux horaires, au règlement, ne pas contester le salaire, mais il faut surtout ne pas tomber malade ni se blesser. Car sortir de l'usine, quitter Lanerossi, c'est quitter le pays, envoyer son salaire et ses mensonges à une famille qu'on ne reverra jamais, à un pays qui vous oubliera. Dans les hauteurs de Schio il y a la ville enfantée par la *Alta Fabbrica*, prospère et fière, et plus bas, il y a l'autre, l'ancienne, la ville des paysans, des travailleurs domestiques, des petits boutiquiers, des employés municipaux, des femmes seules, des vieux et des malades.

Les enfants se reconnaissent dans la Madre Moretta. Comme elle, ils se font comprendre avec un langage de peu de mots, et comme elle, ils cherchent leur place. Ils observent le monde, l'endroit où on les met : l'institut ou les champs, les alpages ou l'école, la famille ou l'absence de famille. Au fil des mois, Moetta Bella remonte de plus en plus souvent du sous-sol, sort de la cuisine pour les rejoindre dans la cour. Elle leur raconte des histoires de petite fille qui dort dans les arbres, de bête sauvage qui voudrait la manger, elle raconte des histoires qui se terminent bien, des histoires vraies, elle montre avec ses mains, et elle a cette façon de regarder, avec des silences immenses, ses yeux dans les vôtres, et alors les regards se mêlent comme des baisers. Les enfants font cercle autour d'elle dans la cour de récréation, ils s'assoient par terre et elle s'assoit aussi, elle ne veut jamais être sur le banc, et c'est drôle de voir une religieuse qui salit ses habits en s'asseyant sur la terre.

Avant de les quitter elle leur demande toujours de se prendre la main et de dire doucement : «Je ne lâche pas ta main.» Après, elle se relève en grimaçant parce qu'elle a mal à la cuisse, elle tape des mains et les enfants se dispersent, un peu sonnés, un peu rêveurs, certains reviennent subitement vers elle, se ruent contre ses jambes, et puis repartent, elle a posé sa main sur leur tête, et c'est tout ce qu'ils voulaient. Elle sait ce qu'ils ne savent pas dire. Elle connaît les maladies, la pauvreté et la honte de la pauvreté. Elle a toujours du fil et une aiguille dans sa poche et elle recoud en douce les accrocs et les poches trouées, elle voit les bleus que l'on cache, elle devine qu'on a mal à la façon dont on se tient, dont on marche, dont on refuse de jouer. Elle n'est pas une adulte comme les autres, elle n'enseigne rien, ni les règles d'hygiène, ni le catéchisme, ni la lecture ou le calcul. Mais c'est elle que l'on vient chercher pour nourrir un enfant malade qui ne veut plus rien avaler, pour consoler une petite qui s'est fait mal et la réclame, c'est elle que les enfants appellent quand elle traverse la cour, elle leur envoie de petits signes de la main et elle s'éloigne de sa démarche rapide, un peu bancale, ils crient et lui envoient des baisers qu'elle reçoit sans les voir. Les enfants l'aiment comme on aime celle qui ne vous trahira jamais. Elle sent le chaud et sa voix est lente et grave. Elle est noire comme une nuit douce, elle est celle que l'on trouve tout de suite au milieu des autres, la pas-pareille, une enfant géante, et ceux qui rentrent chez eux le soir n'en parlent pas, ils gardent pour eux la découverte de leur Moetta Bella et serrent les lèvres quand leurs parents leur demandent si la négresse a le mauvais œil.

Elle sait qu'il ne faut s'attacher à aucune de ces élèves, admises à partir de l'âge de cinq ans. Elle sait qu'il ne faut s'attacher à aucune orpheline qui grandit à l'institut, jusqu'à son placement ou son mariage. Elle sait qu'il ne faut s'attacher à personne, qu'à Dieu. C'est ce qu'ils disent, mais elle n'y croit pas. Ce qu'elle croit, c'est qu'il faut aimer au-delà de ses forces, et elle ne craint pas les séparations, elle a quitté tant de personnes, elle est remplie d'absences et de solitudes. Ce qu'elle fait maintenant, aider aux cuisines et raconter des histoires aux enfants, c'est exactement ce pour quoi elle est venue au monde. Dès qu'elle quitte la cuisine ou ses petits, elle va prier à la sacristie, ce refuge derrière l'église qui donne sur la cour de récréation. De là, elle entend les cris des enfants et elle se recueille dans ce flot de voix absorbé par le silence de la sacristie, comme le soleil dans une eau claire. Elle parle à el Paron et jamais il ne la rejette, c'est pour toujours cet amour, c'est le grand champ dans lequel elle se repose, et il lui semble que son cœur va éclater de joie et de douleur. Elle est comme percluse de reconnaissance et elle s'applique à donner le meilleur d'elle-même, tout ce qu'elle peut. Les histoires qu'elle raconte aux enfants sont celles d'une enfance édulcorée, ses malheurs deviennent des aventures, son désespoir, une grande frayeur. Mais quand elle se couche le soir, c'est autre chose. À force de dévider le fil des souvenirs, les images affluent, brutales et vraies.

Parfois, le souffle lui manque et l'angoisse monte en elle comme une chaleur, ça l'enveloppe, la tient serrée, elle doit se relever dans la nuit pour ne pas succomber à la panique. Est-ce que ces souvenirs sont réels ? Ce que son esprit a enfoui, son corps en témoigne, et petit à petit, elle accorde les deux ensemble, elle accepte ce qui lui est arrivé et ne peut être à personne d'autre, aucune autre vie que la sienne. Elle reconstitue lentement sa famille, son village, le temps d'*avant*, mais son prénom, elle ne le retrouve pas. Il est resté là-bas, un prénom qui en Italie serait difficile à prononcer, ne serait qu'une déformation de ce que sa mère seule peut dire. Alors, même cet oubli impardonnable elle l'accepte, et sa honte devient le secret de sa mère.

En 1907, cinq ans après son arrivée à Schio, celle qui fut exposée deux jours durant comme un animal sauvage mais dompté, est nommée première cuisinière de l'institut. Bakhita a trente-huit ans, la mère supérieure lui remet les clefs de la cuisine et affecte trois orphelines, Anna, Elena et Elvira, à son service. Clefs de la cuisine, des placards, de la réserve, de la cave, de l'entrepôt, c'est un lourd trousseau et c'est un geste de reconnaissance. Anna et Elena rapportent des histoires que l'on écoute avec une curiosité amusée :

— Hier, la Moretta a caché la farine de maïs ! On n'a pas pu faire la polenta, elle voulait qu'on improvise un autre repas, elle nous a dit : « Les filles, vite une idée ! » On a couru voir le jardinier et on a ramassé et épluché tellement de courgettes qu'on en a encore les mains vertes !

— L'autre jour, qu'il pleuvait tant, elle nous a fait rajouter des clous de girofle et des oignons dans tous les plats, elle disait : « Les petits ont froid. » Elle soigne *avant* la maladie ! *O Dio !* Et moi, avec tous ces oignons, j'ai pleuré toute la matinée !

— Oh Jésus Marie Joseph, soyez charitables, ne vous moquez pas !

Elles ne se moquent pas trop, les sœurs et les orphelines, elles sont contentes de savoir qu'elles mangeront bien, qu'il n'y aura ni gâchis ni imprévoyance, et que les visiteurs, ecclésiastiques et familles, seront admiratifs de la façon dont la cuisine de l'institut de Schio est tenue.

Elvira ne rapporte pas ce qui se passe en cuisine. Elle a demandé à y travailler pour être avec la Moretta. Elle n'est pas douée pour cuisiner et elle n'a pas l'intention, au sortir de l'orphelinat, de se placer comme domestique. Elle aime dessiner et peindre. Mais aux cuisines elle est avec la Moretta, qu'elle connaît depuis qu'elle a dix ans et qu'elle aime tant. Elle travaille dans ce sous-sol sombre aux murs recouverts de traces de suie, dans cette ambiance affairée et généreuse, et chacune de ses journées est protégée. Elvira est une adolescente grande et costaude, dont le corps s'accorde mal avec la finesse de son visage lisse et anguleux, ses yeux marron et vifs, ses lèvres pâles. On dirait que ce visage s'est trompé de corps, ou au contraire est protégé par lui, une jeune fille fragile portée par un athlète. À la maternelle Elvira était malingre, un buste creux, des jambes fines comme des roseaux, et elle tombait tant que ses genoux blessés n'avaient pas le temps de cicatriser. Au fil du temps elle s'est concentrée sur elle-même pour forcir, elle a traversé l'enfance comme un terrain miné et elle a vaincu. Elle connaît depuis qu'elle a dix ans les histoires de la petite fille noire qu'on enlève en disant : «Si tu cries, je te tue», et qui ne crie pas, la petite fille qui dort dans l'arbre et n'est pas dévorée par les bêtes sauvages, l'esclave qui marche dans le désert et monte dans le bateau géant après avoir supplié le gentil consul italien de l'emmener avec lui dans le pays qui sauve les Africains. Comme la Madre Moretta, Elvira est une sans-famille, son enfance est un champ en friche dans lequel il lui est difficile de démêler les souvenirs réels du conte qu'elle s'invente, l'enfance est embourbée dans un temps lointain qui tremble comme un paysage entre les cils, vacille et disparaît. Elle sait que sa mère vit toujours, pas très loin, de l'autre côté des Alpes. Elle l'attend sans y croire et sans le vouloir peut-être. Sa mère écrit qu'elle va venir et ne vient jamais, chaque lettre est un événement qui déçoit. Pourquoi ne vient-elle pas ? Pourquoi écrit-elle ? Se souvient-elle vraiment de sa fille ?

— Et toi, lui demande Bakhita, tu te souviens ?

— Je me souviens de ce qu'on m'a dit. Peu de temps après avoir émigré à Genève, elle a vu qu'elle était enceinte, mais en Suisse les émigrées n'avaient pas le droit d'avoir d'enfant. Alors, quelques jours après l'accouchement elle m'a donnée à mes grands-parents restés au village. C'est mon grand-père qui m'a ramenée à Posina, je ne pesais pas plus qu'un goret, il disait, et j'étais pâle comme le lait. Je me souviens qu'il disait ça, le goret et le lait, et toujours je me suis imaginé que j'étais un petit cochon dans des langes. J'avais cinq ans quand ils sont morts, lui et ma grand-mère. J'ai eu beaucoup de chance.

— De la chance ?

— J'ai eu une bonne mère. Elle m'a nourrie. Elle n'a pas mis d'huile sur ses seins, comme les autres faisaient.

— Quelle huile ?

— L'huile de camphre, pour que le bébé ne tète pas. Beaucoup de femmes émigrées affamaient leurs petits, elles s'arrêtaient juste avant qu'ils meurent. Alors, elles les portaient à l'orphelinat.

— Elle t'aime.

— Madre, je vais t'apprendre les conjugaisons.

— Quoi ?

— Je vais t'apprendre les temps. Tu ne peux pas toujours parler au présent, parce que alors ce que tu dis n'est pas juste.

— Si. Ce que je dis est juste. Je le pense.

— Non. Tu dis que ma mère m'aime. C'est aussi faux que si tu disais : « Ta mère vient. » Il faut dire : « Ta mère *t'aimait* », et « Ta mère *viendra* ».

— Ta mère *viendra*. Et elle *t'aimera* toujours. Bon, maintenant, il faut travailler.

Bakhita dicte à Elvira les commandes, anticipe les quantités, elle prévoit, et sa vie trouve des repères nouveaux. Son repère le plus tangible, c'est Clementina et leurs enfants qu'elle appelle ses « neveux ». Stefano est mort subitement l'année précédente. Elle a beaucoup pleuré cet homme providentiel et bon, mais il a tenu sa promesse et aujourd'hui elle a comme les autres sœurs une famille. Elle a des visites, des colis, et des photos sur sa table de nuit, posées à côté des images pieuses et de la statuette de la Vierge. Avec

Elvira elle apprend à parler au futur et au passé, et cela modifie les événements, cela les ordonne et les classe. Un jour, Elvira lui montre les dessins qu'elle a faits de la petite esclave qui dort dans les arbres. Elle est sans voix. Sur ces dessins, c'est elle. Elle est si petite, elle a l'air maligne et débrouillarde, mais surtout, elle a l'air « douce et bonne ».

— Comment tu le sais ? Comment je suis.

— Comment *j'étais*, Madre ! Au passé !

— Non. C'est comment je suis. Maintenant. Sur le dessin je me reconnais, maintenant.

Elvira la prend par le cou et l'embrasse sur ses joues qui sentent la lessive, elle aurait envie de la tenir contre elle, mais ça ne se fait pas. Pas d'effusions et pas de favoritisme. Pourtant, à elle, quand elle dit « Madre », le mot n'est pas le même que pour les autres sœurs.

— Demain je t'apporterai d'autres dessins. Je dessinerai la petite fille qui garde les moutons.

— Pas les moutons. Les vaches.

— Les moutons, les vaches, ça n'a pas d'importance. Ce qui m'intéresse c'est toi.

— Mais moi, c'est les vaches. C'est plus difficile. Et les moutons... Je ne les aime pas. Je te raconte, un jour, pourquoi.

Et cela se répète, et cela se répand, les histoires de la Moretta, et aux yeux de la communauté c'est comme si elle grandissait, leur échappait un peu, prenait la forme d'une personne complexe. Humaine, au même titre qu'eux.

La cuisine est son royaume et sa fierté. Se lever chaque jour pour nourrir les enfants apaise la culpabilité qu'il y a à être sauvée, et si loin des autres. Mais un matin la mère supérieure, Madre Margherita Bonotto, lui apprend que c'est fini. Elle ne travaillera plus aux cuisines. C'est comme un croche-pied, une chute lente, et elle se demande où elle va mettre à présent son amour et sa joie.

— Madre Giuseppina, je t'affecte à la sacristie. Est-ce que tu comprends ce que cela veut dire ?

— Oui, Madre. Je vous remercie.

— Être sacristine c'est plus important qu'être cuisinière. Tu t'es occupée de la nourriture des hommes, maintenant c'est toi qui prépareras le repas dans la Maison du Seigneur, les hosties et le vin de l'eucharistie.

— Merci, Madre.

— Tu n'as pas l'air très heureuse.

— Je le suis.

— Bien sûr nous devrons nous habituer à manger moins bien, nous devrons toutes offrir au Seigneur ce… petit sacrifice. Tu me rends les clefs, Madre Giuseppina ?

Ses mains tremblent et les clefs ont ce petit bruit de métal qu'elle n'aime pas. Elle s'en veut de vivre ce changement de poste comme une séparation. Être sacristine est un honneur et une grande responsabilité, elle le sait. Elle rend les clefs de la cuisine, elle est désorientée et blessée.

— Je vais les donner à la première cuisinière, je

reviens dans une heure et je te donnerai les autres clefs, les nouvelles. Une heure, tu comprends ce que ça fera ?

Elle regarde par la fenêtre l'ombre du grand châtaignier dans la cour.

— Oui. Dans une heure, je suis… je serai là, Madre.

Elle s'incline et s'en va de son pas lent, elle garde cette habitude de frôler les murs pour qu'on la voie moins, qu'elle n'effraye pas. Elle s'assied sur un banc dans le couloir et elle écoute les enfants réciter le catéchisme avant que le cours ne commence. Ils apprennent en italien, la langue de tous les livres, eux aussi doivent oublier leur dialecte, et elle sait comme il est difficile de penser calmement quand on doit parler une langue qui est plus fuyante que l'eau du torrent. Elle se répète qu'elle fait la volonté d'el Paron. Elle se répète qu'elle est sauvée et qu'elle est la bienheureuse fille de Dieu. Elle se répète que c'est un honneur qu'on lui fait. Et elle ne sait pas où mettre son chagrin irraisonné. Ils disent qu'elle va avoir quarante ans, et la voilà qui pleure devant la salle de classe, elle regarde ses mains noueuses et elle se sent seule comme elle n'en a pas le droit. Alors elle se lève et va dans sa cellule, tente de marcher le plus droit possible, la tête haute elle mord ses lèvres, sa respiration fait du bruit, elle est soulagée de ne croiser personne ni dans les couloirs ni dans l'escalier. Elle va vivre loin des autres cette peine lourde qui, elle le sait, ne s'apaisera qu'avec des pleurs d'une violence aussi surprenante qu'habituelle. «On croit toujours quand on est malheureux qu'on le sera toujours, tu ne trouves pas, Madre ?» Elle avait eu du mal à comprendre le sens de cette phrase d'Elvira. Elle y avait réfléchi longtemps, et elle avait dit qu'elle n'était pas d'accord. Quand elle est malheureuse, elle sent qu'elle revient quelque part, un endroit où elle a laissé quelqu'un qu'elle voudrait ramener avec elle. Mais qui ne vient pas. Elle aurait voulu ajouter que lorsqu'elle est heureuse, elle sent qu'elle le sera toujours. Mais elle s'est embrouillée et a seulement dit : «Quand on est malheureux il faut faire une chose et c'est tout. Il faut faire confiance.»

Il va être difficile de ne plus nourrir les enfants. Ne plus les rejoindre dans la cour. Ne plus les soigner, les consoler, leur raconter son histoire. Son nom écorché par eux, leurs baisers et leurs rires, et cette familiarité qui fait tant de bien dans cette vie de religieuse vécue dans la retenue et le respect prudent. Le travail qui l'attend à la sacristie lui paraît irréel, tellement immense. Elle va préparer la Maison du Maître. C'est elle qui chaque jour ouvrira les portes de l'église. Préparera les offices, les vêtements ecclésiastiques, les livres, les objets liturgiques, vases sacrés, calices, ciboires, ostensoirs, présentoirs, bénitiers, plateaux, c'est elle qui veillera à ce qu'il y ait toujours des hosties, du vin, mais aussi du charbon, de l'encens, des cierges, des protège-flammes, des allumettes, du buis, elle devra connaître par cœur les rites et l'ordre des rites, elle sera la gardienne du Temple d'el Paron. La servante.

Elle aime marcher dans la ville. Elle aime aller seule, ce qui est exceptionnel pour une canossienne, mais seule elle peut marcher lentement, ses jambes la font souffrir, et lentement elle voit mieux, elle observe, sa longue silhouette appuyée sur son parapluie fermé, elle va dans Schio comme dans un jardin. Ses souffrances physiques elle n'en parle jamais, son travail est méticuleux, sans faille, elle est sacristine avec passion. Personne ne se doute que ses genoux sont deux feux posés sur ses jambes, qu'elle a du mal à marcher, à s'agenouiller, à se relever, qu'elle se réveille chaque nuit parce que la douleur court sous sa peau et ronge ses os. Elle marche sur les pavés disjoints de Schio, le visage baissé, et le monde lui arrive plein de sa fureur désordonnée, bruyant d'enfants qui jouent au milieu des mulets et des chiens, des charrettes, des vélos, des marchands, de l'eau souillée et des détritus, des enfants innombrables qui comme dans son village sont responsables, dès qu'ils savent marcher, de ceux qui naissent après eux. Elle regarde les murs jaunes et roses des maisons serrées, elle sent l'humidité des cours encombrées, la vie surgit dans une urgence survoltée et puis s'apaise parfois, une grande fatigue docile. Elle marche avec précaution dans le monde qui vit. Il y a encore, il y aura toujours ceux qui auront peur d'elle, qui l'appelleront la négresse, le diable, le singe, elle l'appréhende, s'en protège à l'avance, avec son sourire un peu las de l'éternel combat. Il y a quelques jours la mère supérieure lui a demandé ce que c'était, ces histoires qu'elle racontait aux enfants du temps qu'elle était aux cuisines. Elle n'a pas su quoi répondre. « Ce sont des histoires vraies ? – Un peu. – Ce sont des histoires qui te sont arrivées ? C'est ta vie ? » Elle a dit non, d'abord. Et puis elle a effacé le mensonge, et elle a dit oui, en le regrettant aussitôt. Elle aurait préféré que Madre Bonotto ne lui pose pas la question, elle se souvient du procès à Venise, elle se souvient de la petite fête qui a suivi son baptême, elle se souvient de tous les curieux qui venaient à l'Institut des catéchumènes, elle se souvient qu'ils lui deman- daient pourquoi elle ne s'était pas révoltée, pourquoi elle ne s'était pas vengée, et la pauvre ! Oh la pauvre ! Comme elle leur faisait pitié. Et elle était dans leur regard comme dans une cage, observée et condamnée. Mais la mère supérieure veut savoir. Et elle doit obéir. Elle préférerait se fondre dans les murs du couvent, disparaître dans la lumière oblique de l'église, offrir son travail à el Paron et qu'il la garde toujours. Mais Madre Bonotto lui a demandé d'aller dans le bureau de Madre Teresa Fabris, et elle y est allée. Elle s'est assise en face d'elle et elle a obéi quand elle lui a demandé de lui raconter clairement, calmement, ces histoires de sa vie, qu'elle racontait aux enfants.

Elle ne savait pas que ce qu'elle dirait serait écrit. Elle parlait et elle voyait ses paroles transformées en mots, ces suites de taches noires, et elle a demandé à Madre Fabris de lui lire :

— « Ma mère a beaucoup d'enfants. Ma mère est très belle. Ma mère regarde le matin, toujours, je veux dire le matin elle regarde le soleil quand il vient. Et je me souviens de ça. »

Elle a eu honte. Elle parle vraiment comme ça ? Comme une petite fille ? Elle a quarante et un ans, et écrite, sa vie ressemble à une comptine. Une comptine naïve et banale. Sa vie est banale, sa vie d'esclave est semblable à celle de milliers d'autres, depuis des siècles, mais elle est dans ce bureau et on écrit ses mots, elle qui ne s'est « ni révoltée ni vengée ». Elle voudrait se faire oublier. Elle est au bord des larmes.

— Pardon Madre Giuseppina de remuer ces souvenirs.

Mais la Madre ne remuait rien. Au contraire. Elle écrivait son incapacité à leur dire, à leur raconter. Qu'est-ce qu'il fallait faire ? Remonter sa manche, sa robe, et montrer les cicatrices ? Mimer l'enlèvement, le travail, la violence et la peur ? C'est Elvira qui sait, avec ses dessins elle raconte mieux que les mots. Elle a désigné la feuille écrite et elle a demandé :

— Madre, c'est pour faire quoi ?

— Pour savoir. Ta vie. L'Afrique.

— L'Afrique ?

— Oui, bien sûr.

— Madre, pardon, mais... Je connais la carte. Le

consul me montre la carte et Giuseppe Checchini me montre la carte. Et l'Afrique… C'est grand. Et moi… qu'est-ce que je peux dire ?

— Il faut raconter, Madre Giuseppina, les traditions, la nourriture, la religion.

— La religion ?

— Mais oui. Avant de rencontrer le vrai Dieu, quelles idoles tu adorais ?

— Je préfère aller dans le jardin.

— Giuseppina, tu comprends ce que je t'ai demandé ?

— Je préfère aller dans le jardin.

Elles ont marché dans le jardin derrière l'église, en ce début d'automne la lumière était claire et hésitante, le parfum amer des pommes à terre et des rosiers sauvages rappelait l'intimité des maisons, quelque chose de ces pièces encombrées et anciennes ; il faisait un peu froid pour Bakhita, et Madre Fabris avait posé un châle sur ses épaules. Elle avait autant de tendresse que d'ignorance, et sa bonne volonté maladroite trahissait son peu d'expérience. Bakhita se demandait comment, avec quels mots lui dire. Elle connaissait certaines questions à l'avance, sur ses bourreaux, le pardon, sa conversion, et ce qu'elle avait à répondre lui paraissait toujours autre chose que ce qu'on attendait. C'était différent, et aussi plus simple. Ses bourreaux ? Elle les avait depuis longtemps confiés à el Paron, elle ne s'en encombrait pas, mis à part bien sûr quand ils décidaient de lui rendre visite dans les longues nuits de cauchemars. Mais elle est soulagée d'eux, parce que Dieu pardonne pour elle. Elle est sa fille et Il fait cela pour elle. Est-ce que ses histoires sont vraies ?

Est-ce que ces souvenirs sont les siens ? Mais rien n'est vrai, que la façon dont on le traverse. Comment leur dire ça ? En vénitien ? En italien ? En latin ? Elle n'a aucune langue pour ça, pas même un mélange de dialectes africains et d'arabe. Parce que ça n'est pas dans les mots. Il y a ce que l'on vit et ce que l'on est. À l'intérieur de soi. C'est tout. On lui demande si sa mère lui manque, si son père lui manque et ses sœurs, son village, et elle a envie de leur dire : comme vous. Oui, comme vous, parce que tout le monde aime quelqu'un qui lui manque. Mais ce n'est pas ce qu'ils veulent entendre. Ils veulent entendre la différence, ils veulent aimer avec effort, aller vers elle comme on découvre un paysage dangereux, l'Afrique archaïque. Ils sont sincères, tellement. Mais elle ne pourrait que les décevoir, parce que sa vie est simple, et ses souffrances passées n'ont pas de mots.

Chaque matin les portes de l'institut s'ouvrent aux élèves et aux institutrices, et le monde entre avec elles. Ce 3 novembre 1911, les petites sœurs entourent Anna, la plus jeune des institutrices. Le journal qu'elle a entre les mains célèbre un héros national, Giulio Gavotti. On regarde la photo. On ne comprend pas ce qu'elle représente, sur quoi ce jeune homme est assis. Il y a des barres métalliques, deux auvents, et lui assis au milieu, avec ses bottes et son chapeau. La mère supérieure dit qu'il y a deux ans, en France, un homme a traversé la mer sans toucher la mer, c'est sa nièce, émigrée à Paris, qui le lui a dit. Anna dit que ce Français, Blériot, avait volé au-dessus de la mer.

— Au-dessus de la mer ?

— Oui. Dans le ciel.

— Le ciel ?

Personne n'ose aller plus loin. C'est incompréhensible, presque blasphématoire. Mais il y a la photo, cet homme assis vole comme un oiseau dans le royaume céleste. Anna explique :

— C'est avec cette machine qu'il vole : « Etrich

Taube», ça s'appelle comme ça, c'est écrit : «Monoplan Etrich Taube».

Dit comme ça c'est encore plus agressif. On ne sait pas comment prononcer ces mots. Mais le nom de l'homme, le héros, Giulio Gavotti, c'est tellement beau, et tellement italien, que Gabriele d'Annunzio a écrit un poème. On ne peut pas s'attarder plus longtemps, les cours doivent commencer, et chacun se disperse. Le journal reste à la conciergerie, bientôt oublié dans un coin. Ce jour-là les institutrices en parleront entre elles, un peu. Et les sœurs, jamais. Leurs repas sont silencieux, leurs journées laborieuses, leurs récréations joyeuses, presque enfantines, et leurs nuits entrecoupées de prières. Les mots dans le journal célèbrent ce qui s'est passé le 1er novembre 1911. Le premier bombardement aérien de l'Histoire. Quatre grenades à fragmentation lancées d'une main par le pilote Gavotti au-dessus de la Libye. Personne alors ne se doute que cette guerre, courte et à la victoire facile, va réveiller le nationalisme dans les Balkans, car personne jamais ne voit venir les catastrophes humaines qui l'une après l'autre prennent leur place dans le monde, se succèdent pour perpétuer l'ensauvagement et le désastre commun. Les premières années du XXe siècle préparent la Grande Guerre, mais les conflits sont lointains et les morts ont peu d'importance. Il s'agit de déserts et de colonies, il s'agit d'empires démantelés, et on rêve d'expansion et de revanches territoriales. Les sœurs canossiennes enseignent patiemment aux enfants les prières et l'alphabet, le calcul et la broderie. Et cela gronde, s'avance vers eux comme une avalanche sur la montagne derrière leur dos. Leur monde va se renverser, ils vivent un présent éphémère, car quelque part des hommes rêvent à leur place, et leur héroïsme sera leur martyre.

Bakhita apprend par hasard, un jour où elle apporte à la lingerie la chasuble et l'aube du prêtre, que des grenades sont tombées en Afrique. La sœur lingère n'a jamais aimé Madre Giuseppina, et bien qu'elle ne déteigne pas comme elle l'avait craint à son arrivée, elle laisse le soin à ses auxiliaires de laver ses draps qui la dégoûtent.

— On a lancé des grenades chez toi, Madre Giuseppina, tu sais ce que ça veut dire ?
— Chez moi ?
— Africa ! Boum !
— Quelle Africa ?
— La tienne. Boum !

Bakhita ne dira pas à la sœur lingère ce qu'elle sait. Ni de l'Afrique ni des grenades. Elle a compris depuis longtemps que pour rassurer, elle doit rester celle qui ne sait pas, et elle demeure impassible quand certains hurlent pour lui parler ou parlent un langage haché, des mots privés de liens. Elle se tait et elle sourit. Elle attend. Elle sait très bien attendre. Elle a eu tant de maîtres, elle a reçu tant d'ordres fous, elle sait que se taire est souvent la plus prudente des attitudes. Ce jour-là, elle ne répond pas à la sœur lingère, elle apporte le linge sale et elle prend celui qui est propre, elle fait comme d'habitude. Mais quand elle repart, son cœur cogne de panique et sa respiration siffle, cela grouille dans sa gorge, comme les bruits d'eau dans les gorges des femmes, les esclaves au cou entravé. Elle sent la sueur couler sur ses joues et elle va comme elle peut jusqu'à la sacristie ranger le linge dans le chasublier. Ses mains font des gestes minutieux, plient lentement, lissent et caressent, séparent les vêtements par un tissu propre, sa vue est brouillée mais elle vérifie avec une application concentrée qu'il n'y a aucune trace de vers, de mites ou de souris dans les tiroirs, que les vêtements ne touchent pas le bois, qu'il n'y a pas de poussière et nul accroc sur les habits sacrés, et puis elle recommence, elle sort les aubes, elle sort les chasubles, les étoles, elle les déplie, les empile, les mélange. Et s'assied. Tout le linge est en désordre à présent et elle ne sait plus ce qu'elle doit en faire. « Africa ! Boum ! » Ça ne fait pas ce bruit-là. L'Afrique qui explose. La menace est silencieuse et les explosions ressemblent à un cri de la terre, profond et confus, leur écho dans les montagnes a le tempo d'un cœur qui éclate. Elle repense à l'avancée du Mahdi. Elle revoit, pour la première fois, nettement, la nuit dans laquelle le maître turc a rassemblé ses esclaves avant de les disperser pour quitter au plus vite le Soudan. Elle entend les cris des séparés et la panique des êtres à bout de douleurs.

Elle est née de la guerre. Elle a vu tant d'hommes et d'enfants armés, tant de morts, de blessés et de femmes violentées, qu'elle a sûrement vécu plusieurs vies. Elle pense à son village. Est-ce que personne ici ne lui aurait dit si on y avait lancé des grenades ? Mais pour cela il aurait fallu qu'elle donne des noms, qu'elle comprenne les cartes, qu'elle parle correctement. Elle regarde les habits des prêtres, mêlés et chiffonnés, un amas de couleurs vives et de fils d'or, on dirait une colline dessinée par des enfants. Quel désastre. Elle laisse venir les larmes. Elle devrait ranger le linge et nettoyer les chandeliers, il va bientôt être l'heure de l'office de none, elle le voit à la lumière qui vient de la cour. Mais elle pleure et ne peut rien faire d'autre. Elle lève les yeux vers l'esclave crucifié qui connaît la guerre. « Heureux ceux qui pleurent car ils seront consolés. » Madre Fabretti lui manque. Elle pleure et elle se dit qu'il faut beaucoup de temps et de larmes pour comprendre la vie du couvent. Elle s'agenouille, elle s'incline comme elle ne doit pas le faire, à l'orientale, parce que c'est ainsi, avec ses paumes et son front nu contre les dalles, avec son buste penché et ses bras tendus, qu'elle pense le mieux à l'Afrique.

On lui a donné l'autorisation d'accompagner Elvira jusqu'à la gare. Elle a du cran pour deux. Elle garde le chagrin pour plus tard, ne montre pas sa tristesse, juste sa confiance et sa fierté. Elle aimerait porter sa valise, mais elle n'en a pas la force, son corps est à la peine, il n'a plus la résistance ni l'endurance qui l'ont si souvent sauvée, elle marche comme elle respire, avec application et prudence, et cela se voit de plus en plus, cette souffrance acharnée. Elvira est robuste, elle porte ses bagages en se forçant à accorder son pas à celui de Bakhita, elle voudrait courir pourtant, tout quitter très vite, sans penser ni souffrir.

C'est un matin sec et gercé, on voit la neige en haut des montagnes, et les chemins arides bientôt désertés par les troupeaux annoncent l'hiver qui va dévorer le jour, geler la terre et désespérer les paysans. Le soleil est blanc, les ombres pâles, on dirait que rien ne tient, que tout est prêt à s'effacer et à disparaître. C'est l'automne 1913, un temps dont personne ne se souviendra et que chacun pourtant devrait chérir. La gare est encore le lieu des départs choisis et du voyage individuel, on se quitte sans déchirement. Bakhita s'arrête pour reprendre son souffle, malgré la fraîcheur du jour ses paupières et son front sont mouillés de sueur. Elle regarde Elvira, elle lui semble si jeune, mais elle pourrait être mère déjà, c'est étrange cette précipitation du temps, comme si tous grandissaient si soudainement.

— Tu as raison de partir, Elvira. Il faut partir quand on le veut beaucoup.

— Je t'écrirai souvent, Madre. Je t'enverrai des cartes postales toutes les semaines, tout le temps.

— Des dessins. Je préfère.

— Je ne vais pas dessiner dans les rues, je vais dessiner dans des ateliers. Je t'ai expliqué. Je vais dessiner des beaux garçons, des magnifiques modèles ! Tu veux que je t'envoie des dessins de beaux garçons ? Pardon… Je suis bête quand je suis émue.

— Tu dois faire attention, très. Les hommes ne comprennent pas la joie des filles.

— Les Parisiens sont très romantiques.

— C'est quoi, « romantique » ?

— C'est… doux… gentil… amoureux.

— Oh ! Je vais prier pour toi ! Innocente tu es…

Elles reprennent leur marche, et on n'entend plus que le souffle volontaire de Bakhita, elle souffre dans ses chaussures, elle marcherait tellement mieux sans elles, ses pieds sont déformés et de plus en plus gonflés. Elvira voudrait courir et crier. Pleurer aussi, d'agacement et de bonheur. Elle quitte l'Italie, elle fuit l'attente de sa mère, son besoin d'elle, elle ne veut pas passer sa vie à guetter ses lettres, et elle ne veut pas être au service des bourgeoises de Schio. Elle ne dit pas qu'elle émigre en France, elle dit qu'elle va étudier la peinture à Paris, comme tant d'autres artistes italiens. Elle se donne une identité et un peu de hauteur. Elles arrivent à la gare et elles n'ont plus rien à se dire. Elles sont dans ce temps qui ne leur appartient plus, dans ce lieu bruyant et confondu où tout est inutile. Où tout est important.

— Tu as aussi le billet de Milan ? Tu as tout ?

Elvira ne répond pas, elle regarde sa Madre, onze ans qu'elles se connaissent, et Elvira a dessiné tant de fois ce visage profond, elle en connaît les expressions par cœur, la concentration dans le travail, les sursauts aux simples bruits, aux appels du dehors, aux pas, aux sifflements, la surprise heureuse au moindre signe d'affection, la main devant la bouche avant un vrai rire, ses yeux au ciel et ses lèvres qu'elle mord quand elle cherche ses mots, elle la connaît et elle aime la bousculer un peu, la faire sortir de la convenance, oublier la religieuse, et que la femme étrange et passionnante qu'elle est surgisse. Mais les portraits d'elle quand elle rit trop fort, quand elle chante en fermant les yeux, quand elle regarde ses mains en silence, Bakhita ne veut pas qu'Elvira les garde. Elle voudrait une vie sans regard. Elle lui demande de déchirer les dessins. Elvira ne le fait pas toujours. Elle garde ces portraits comme un privilège. La Moretta est connue maintenant à Schio, des anciennes élèves de l'institut la croisent dans la ville et vont à elle avec un enthousiasme retenu par la timidité de ceux qui ont grandi, elles n'oseraient plus l'appeler Moetta

Bella, elles n'oseraient plus lui dire «Viens !», et elles se souviennent avec confusion qu'elles ont léché ses mains pour sentir le goût du chocolat, qu'elles ont frotté des mouchoirs sur ses joues, et comme elle les laissait poser leurs paumes sur son visage et sentir sa peau en disant «N'aie pas peur». Et aussi «Tu as faim ? Tu me dis si tu as faim, toujours tu me dis». Elvira pense qu'elle aura peut-être été sa préférée, et aussi que beaucoup de pensionnaires aimeraient cela autant qu'elle, être celle que la Madre Moretta a aimée plus que les autres. Maintenant elle va la leur laisser, elle sera tout à elles, les élèves, les orphelines, et elle se demande s'il y a des femmes noires à Paris, si on les regarde comme on regarde sa Madre, comme ici sur ce quai, avec cette gêne offusquée.

Bakhita voit avant elle le nuage gris qui traverse les arbres au loin, enfle, s'obscurcit, et la puissance bruyante de la locomotive, ce sifflement qui arrache les tympans, est-ce fait exprès pour que l'on puisse enfin crier tout ce que l'on retient, cette peur de partir et cette éternelle sensation de solitude ? Une petite mèche s'est échappée du bonnet de sa Madre. Elvira la remet en place en souriant.

— Tu ne m'avais pas dit que tu avais les cheveux gris.

— Bientôt je suis blanche.

— Je *serai*.

— Oui. Je serai blanche.

— Ne fais jamais ça, Madre ! Je ne veux pas que tu ressembles aux autres. Jamais.

Elle la prend violemment contre elle, et elle sent

son cœur contre le sien, ses os si maigres, et la sueur qui coule sur son cou. Elle ne croit pas en Dieu mais elle est sincère quand elle lui dit :

— Prie pour moi, Madre. Je ne suis pas aussi innocente que tu le crois, mais prie quand même pour moi.

Bakhita ferme les yeux, c'est un oui, très doux, très vrai, Elvira s'éloigne, ne lui laisse que la foule et la fumée, la panique habituelle des voyageurs qui se mêle déjà aux regrets et aux remords, aux baisers qu'on envoie et aux larmes qu'on porte jusque chez soi, avec tellement de courage qu'on se demande pourquoi la vie est cette montagne de renoncements et de chagrins.

Le temps passe et ne s'inscrit nulle part ailleurs que dans les corps qui vieillissent et les enfants qui naissent. La guerre a commencé en France, de l'autre côté de la montagne, et en Autriche-Hongrie, de l'autre côté du fleuve. Les journaux parlent de pays alliés et de pays ennemis, de pays lointains ou convoités, Russie, Afrique, on se dispute on se défie : faut-il se battre aussi, rompre le pacte de neutralité, faire la guerre ou ne pas la faire, et dans quel camp, avec l'Allemagne et l'Autriche, alliés de l'Italie, ou avec la France et l'Angleterre ? Les hommes instruits lisent les journaux, on braille dans les cafés, dans les familles et sur les places on parle de révolution, de république, d'empire, de démocratie et de despotisme. Les socialistes, dont le populaire Mussolini, exhortent les ouvriers et les paysans au pacifisme, les syndicalistes et les intellectuels souhaitent que le prolétariat se batte enfin, les patrons rêvent de production à grande échelle, les nationalistes veulent effacer l'humiliation de l'émigration et reconstruire la nation, les émigrés fuient la France, la Belgique et l'Allemagne pour rentrer au pays, et dans les rues le crieur n'annonce plus seulement l'heure d'un enterrement ou le passage d'un marchand, il ordonne aussi des rassemblements devant la mairie où le podestat va parler, plus haut et plus fort que les autres ; les hommes prennent vie en prenant parti, parlent sans jamais faire silence, collés aux événements ils s'excitent, manifestent et se battent pour une guerre dont au fond ils ne savent rien. Alors ils changent de camp et d'avis. Mussolini, exclu du Parti socialiste, fait campagne pour l'entrée en guerre, anarchistes et nationalistes le rejoignent, créent les faisceaux d'action révolutionnaire, l'Italie se divise, se bat déjà chez elle, c'est une frénésie que plus rien ne peut contenir, une exaspération et une ivresse qui débordent.

À l'infirmerie du couvent, Bakhita prie, tout le jour sans repos, et la nuit sans sommeil. Le monde vient à elle, elle le reconnaît, c'est comme un marché, le bazar du commerce des hommes, toujours le même, l'agitation désorientée. C'est l'hiver 1915, depuis plusieurs semaines à l'infirmerie elle est assise dans son lit, soutenue par des piles d'oreillers elle tousse sans cesse, sa peau devient violette, un violet sombre et déchiré, elle étouffe sous les brûlures d'une toux qui crépite et il lui semble qu'on l'écorche à l'intérieur, on dépèce ses poumons, le fond de sa poitrine, elle est épuisée comme après une course sous le soleil, son corps sue, et à sa grande honte on change ses draps chaque jour. Elle pourrait partir maintenant, dans le calme du couvent, avec le crucifix au-dessus du lit et le passage du prêtre chaque matin, mais elle veut rester dans le chaos humain et elle lutte contre la bronchopneumonie. Elle sait que les hommes veulent la guerre et qu'ils l'auront, les pères de famille et les jeunes garçons, ils vont y aller, dans le massacre, ce qu'ils nomment « la grande expérience collective », et leurs femmes et leurs mères seront inconsolables, irréparables, comme la sienne l'a été. Elle se souvient, après les coups de Samir, après la torture du tatouage, de ces mois à repousser la mort, allongée sur sa natte à terre, cette terre qui gardait la trace de tous les martyrs, et elle sent comme cela tourne et se tient, toutes les douleurs humaines dans le bruit des combats. Elle respire mal, elle a la fièvre, mais son esprit n'a jamais été aussi lucide. Le temps de la maladie semble un temps irréel, mais elle entend ce qui se passe, elle sent les odeurs et elle voit le jour naître et disparaître derrière la fenêtre, elle est dans une réalité qui mêle les êtres et les époques, les vies qu'elle a croisées, les êtres avec lesquels elle a vécu, elle entend les harangues des puissants, les comptines des enfants, les cantiques des sœurs, les slogans des manifestants, la chanson des journaliers, « Polenta de maïs, eau du fossé, travaille, toi, patron, car moi, je ne peux pas… », elle pense aux élèves qui ont grandi, aux enfants qu'elle a vus naître, à ces générations de soldats. Les hommes vont-ils se cacher dans les collines ou sortir des maisons, sortir des grottes et des cabanes, des coins les plus reculés, Eutichio le charmeur de loups qui vit dans la montagne, Angelo le charbonnier qui vit avec les siens dans la forêt, Tano le gardien de chèvres analphabète, les paysans sans terre et ceux qui cachés dans les champs survivent de la contrebande du tabac ? Tous ces hommes qui ne savent plus où vivre ni comment vivre, vont-ils rejoindre le grand mouvement des armées ? Il faut prier pour les hommes qui veulent se battre et ne veulent pas mourir, qui veulent être uniques et porter des uniformes. Elle voudrait leur dire comme la vie est rapide, ce n'est qu'une flèche, brûlante et fine, la vie est un seul rassemblement, furieux et miraculeux, on vit on aime et on perd ceux que l'on aime, alors on aime à nouveau et c'est toujours la même personne que l'on cherche à travers toutes les autres. Il n'y a qu'un seul amour. Une seule hostie partagée. Un seul pain multiplié. Elle voudrait leur dire, mais avec son *mélange*, et sa timidité, qui la comprendrait ?

La nuit est venue, le ciel est profond, la lune brûlante est coupée en deux, elle se demande dans quelle partie du monde vit l'autre moitié, invisible dans un ciel clair. Cette demi-lune telle qu'elle la voit maintenant, allongée dans cette chambre qui sent le camphre, l'éther et le bois brûlé, elle la partage avec les soldats de l'autre côté de la montagne, et de l'autre côté du fleuve, ces pays en guerre dont elle ne retient pas les noms. Elle est à l'abri, une fois de plus. Elle est malade et on la soigne. On la désaltère et on la nourrit. Elle fait partie de ceux à qui tout est donné. Elle repousse les draps, les couvertures, fait pivoter ses jambes gonflées, assise au bord du lit trop haut elle reprend son souffle, et puis elle se redresse, s'approche lentement de la fenêtre, l'ouvre, comme elle a l'habitude de le faire le soir, et elle reçoit le froid de métal de la nuit et la luminosité crue de la lune. Ses mains agrippent le rebord de la fenêtre, peu à peu sa respiration se calme, elle écoute mais elle n'entend rien, pas un seul animal, pas un souffle de vent, on dirait que la nuit a posé sur le couvent et sur la ville, sur les montagnes et dans les rues, les usines, les étables, son dédain brûlant. Ni pitié ni secours. Elle voudrait réciter un *Pater Noster* mais son esprit se brouille. Elle voudrait s'agenouiller mais ses jambes sont raides. Elle cherche son crucifix, à son cou, ou dans sa poche, mais il n'y a rien. Rien que son vieux corps d'esclave, noir sous la chemise blanche, et face à lui, un monde qui se tait. Esclave, oui, elle est. Bakhita. La Chanceuse. Celle qu'un prêtre a surnommée en ricanant «la mouche de Jésus», car elle était à la sacristie, noire et affairée, noire et bourdonnante, comme une mouche. Elle est un insecte et peut-être moins qu'un insecte. Et elle va protéger sa vie, si minuscule soit-elle. Et elle va guérir pour vivre encore, parmi les hommes, ceux qui se rassemblent chaque jour pour crier en brandissant des drapeaux ces deux mots qui ne vont pas ensemble, ces mots acharnés, éternels et fous: «Vive la guerre!»

Elle aime être avec les enfants et les jeunes filles, parce qu'elle aime être avec ceux qui commencent. Qui entrent dans la vie, attentifs, crédules et flamboyants. Ils comprennent son langage métissé, ils recherchent sa force et sa protection, et ils rient avec elle parce qu'elle n'est pour eux personne d'autre qu'elle-même. De cela, elle a besoin. Cette reconnaissance sans hiérarchie, cette tendresse immédiate, complicité heureuse. Mais aujourd'hui les classes de l'institut n'ont plus d'élèves et les orphelines sont parties à Bergame. Le 23 mai 1915, l'Italie est entrée en guerre aux côtés de la France, de l'Angleterre et de la Russie. Les armées se sont mises en place le long de la Vénétie julienne et dans les Alpes. Schio a accueilli les Italiens du Nord. Femmes, enfants, vieillards. Les hommes, eux, semblaient s'être démultipliés, une multitude d'hommes affairés, inventifs, stratèges, à qui rien ne résistait, qui bâtissaient des ponts de bois au-dessus des précipices montagneux, des tanks qui avalaient les maisons et les arbres, des bateaux qui vivaient sous l'eau, des avions insatiables, la guerre était un incendie permanent et sous sa puissance délirante les civils fuyaient, devenaient soudain des êtres errants, à la merci des autres.

En juin 1916, les troupes autrichiennes marchaient sur la Vénétie, comme pour reprendre un bien injustement perdu, et les habitants de Schio avaient fui la ville, d'hôtes ils étaient devenus à leur tour des réfugiés. Bakhita les a vus partir à pied, à vélo, partir avec les bêtes, les petits ânes chargés, et les chiens qui suivaient les charrettes tirées par des bœufs faméliques, sur lesquelles des matelas recouvraient une machine à coudre ou un miroir, un seau, une poule ou le portrait d'un défunt, ce bric-à-brac qui ne résume pas une vie mais avoue l'impossibilité à savoir ce dont une vie est faite. Les enfants étaient à peine étonnés, ils avaient faim déjà, et leurs yeux étaient plus grands que leurs visages, ils ne posaient pas de questions, ils suivaient simplement le cours de la vie, ils partaient avec les mères, les grands-parents et tous les autres étonnés et confiants comme eux, ribambelle de bébés, de frères et sœurs, de cousins. Ils se sont éloignés de la frontière autrichienne, cet empire auquel, habitants de la Vénétie, ils avaient si longtemps appartenu, pour se réfugier à Milan, Turin, Ferrare ou Cuneo, logés dans les hospices et les écoles, les malades envoyés à l'hôpital civil de Vicenza, et sur ordre de l'évêque les objets de culte, des plus précieux aux plus sacrés, des saintes reliques jusqu'aux registres paroissiaux, ont été mis à l'abri à Venise. C'était comme un évanouissement de la vie, une transparence et un recul. Quelques mois plus tard les obus tombaient sur les maisons abandonnées, et les rues se changeaient en ruines poussiéreuses où gisaient des crucifix brisés, des marmites de cuivre et quelques lettres d'amour mal orthographiées et déchirantes. Bakhita a marché dans Schio métamorphosée, ce qui s'avançait là, c'était la mort, portée en triomphe par tous ceux qui y survivraient, les marchands d'esclaves que les Italiens appelaient « rois », « empereurs », « ministres » ou « présidents », et qui envoyaient par caravanes entières les hommes au combat. Elle a regardé le jour pâlir sur les murs déchirés, les chambres des maisons ouvertes, les boutiques éventrées, les ruisseaux empoisonnés, et puis les rues de Schio se sont vidées même de ses ruines, se sont ouvertes sur les camions remplis de soldats, les voitures de la Croix-Rouge et celles des officiers, les mulets portant des caisses de munitions, les tracteurs traînant des canons, et portés sur les civières, les blessés ont été couchés dans les dortoirs du couvent et dans les salles de classe de l'institut. Et au grand dam de ceux restés au pays, l'armée a réquisitionné via Rovereto une maison pour les soldats, un lieu dont on se détourne et dont on n'ose pas prononcer le mot, grossier comme le plaisir. Une maison pour oublier la mort. Schio s'est transformée en caserne.

Elle n'est plus avec les enfants. Elle n'est plus avec ceux qui commencent. Elle soigne ceux qui n'ont plus d'âge et qui, amputés, mutilés, défigurés, veulent vivre, et dans leur acharnement elle reconnaît la force terrible et menaçante de ceux qui, comme elle, dans une vie si lointaine et si proche, décident de ne pas céder un pouce aux ténèbres.

Quand on a mal. Quand on a faim. On n'aime plus. On n'en a plus la force, elle le sait. Alors elle nourrit les blessés pour qu'ils retrouvent en même temps que le goût du pain celui de la vie. Elle leur porte ce qu'elle a réussi à cuisiner en remplaçant la farine par des pommes de terre, les confitures sans sucre par des raisinés de poires, elle conserve les œufs dans l'eau de chaux, la viande au fond du puits dans la glace et la paille, elle invente, elle improvise, et nul ne songe à la contredire, elle travaille en silence et quand elle remonte du sous-sol, elle aide les sœurs à nourrir les soldats. Et elle sait. Ce qui va se passer avec ceux qui la voient pour la première fois. Elle va leur faire peur. Comme une violence, elle va les effrayer, car tout ce que l'homme voit pour la première fois l'effraye, toute nouveauté est une menace. Elle s'attend aux regards épouvantés, aux visages qui se détournent, aux refus, à la stupéfaction muette et paralysante. Les dortoirs sont pleins de cela, la crainte et le besoin de l'autre. Elle voit les sœurs expérimentées soigner sans faillir, et celles, plus jeunes, qui contiennent une envie de vomir, de fuir, une envie d'être ailleurs, se réfugier dans l'église pour prier, les yeux fermés prier, loin de ce que la vie propose d'inhumanité, tout ce qui ne devrait jamais arriver mais arrive et simplement s'impose, s'installe et demeure. Elle s'approche des soldats le visage baissé, doucement, pour que leurs regards s'habituent à elle.

Petit à petit elle passe autant de temps aux cuisines qu'à l'infirmerie, dormant à peine ou somnolant dans un fauteuil posé dans le dortoir elle veille sur eux, et une nuit, dans la brièveté fulgurante d'un rêve, lui revient l'enfant qu'elle avait soigné, celui d'une esclave morte en couches dans la maison serpent du premier maître. Et puis l'enfant avait été vendu, ou donné, elle ne se souvient plus, mais soudain le manque de cet enfant la déchire, elle l'a laissé partir, comme Binah elle ne l'a pas retenu, l'oppression se pose sur sa poitrine, Kishmet est une vieille femme dans les rues de Khartoum, Mimmina a quitté l'Afrique, sa mère a quitté le tronc du baobab à terre, où êtes-vous, où êtes-vous tous partis ? Elle se réveille comme on se noie, suffocante et essoufflée, les mains agrippées au fauteuil, et l'odeur du dortoir, lourde et putride, la renvoie à son rêve, c'est l'odeur des nuits dans les maisons aux esclaves, elle se lève et s'agenouille, là, au milieu des blessés. Elle parle à son père, l'Africain, l'homme qui jamais ne l'a retrouvée, et elle demande à el Paron de lui pardonner. Elle vient de comprendre la culpabilité et l'effroi de celui qui l'a engendrée et perdue. Au Père suprême et infaillible, elle confie l'âme désolée de cet homme, mort ou vivant, son amour et sa déroute. Et elle s'apaise. Se relève, marche lentement, des pas lourds, irréguliers et chavirants, au milieu des soldats endormis. Elle comprend que tout ce qu'elle a appris *abda* lui sert aujourd'hui. Elle avance dans la pénombre au milieu des lits alignés, et elle sait qu'en chacun de ces hommes il y a quelque chose de très haut, et quelque chose d'errant. Certains mourront avant l'aube, sans comprendre, d'autres survivront à des blessures que l'on pensait inguérissables, inégaux devant la douleur et devant la mort, elle sent leur souffle d'enfants stupéfaits. Cela vient doucement, presque malgré elle, l'air de cette chanson qu'elle ne pensait même pas connaître, et puis qu'elle chante à ces soldats endormis, qui sentent mauvais et qui souffrent, elle chante en oubliant des mots, en se trompant parfois : « Un petit air passait… Les roses… leur parfum et moi je rêvais et mon âme aussi rêvait. Mais les fils… les fils… », et un soldat continue pour elle, du fond du dortoir elle l'entend, une voix rauque et saccadée : « Mon âme aussi rêvait. Mais tandis que les fils couraient sur le métier, j'entends, comme un coup de fusil en plein cœur, retentir la cloche. Une brûlure à l'âme m'est venue, et j'ai hurlé les poings fermés : maudite soit l'usine qui fume, maudits soient les métiers à tisser et les navettes, depuis vingt ans elles consument ma vie, ces machines, ces monstres maudits. »

Elle est aux côtés de cet homme, étonnée par la violence du chant dont elle ne connaissait que le début, l'âme et l'odeur des roses.

— Vous êtes un Lanerossi ?

— Non, petite sœur, je suis de l'autre filature, la Cazzola.

— Et maintenant, ici…

— Oui. Retour au pays. La vie est étrange…

— Oui.

— J'y retournerai jamais, à l'usine… Je suis la moitié d'un homme maintenant.

Il désigne sa jambe unique, elle pense qu'en Italie on n'abandonne pas les hommes inutiles, et que celui-là puisera sa force ailleurs, dans un endroit de lui qu'il ne connaît pas encore.

— Il n'y a rien à faire ici en terre amère. Et je n'ai rien à faire de moi non plus. Rien…

Elle le regarde, sa colère, et surtout, le dégoût de ce qui lui arrive. Le mépris de lui-même.

— Protège ta vie.

— Ma vie ? Quelle vie ? Une *demi*-vie, oui !

— S'il te plaît. Toujours, tu la protèges.

Elle lui sourit et ose poser sa main sur son front, c'est une main gercée, longue et très chaude, qui apaise elle le sait, et le soldat ferme les yeux, ses larmes sont si fines qu'on dirait qu'elles sont anciennes, comme la fin épuisée d'un sanglot, et il demande :

— Pourquoi ?

— Quoi ?

— Pourquoi vous êtes gentille comme ça, petite sœur si noire ?

La respiration du soldat s'échappe par soupirs profonds, elle tient toujours sa main sur son front qui sue maintenant, brûlant sous la paume, la fièvre s'évade, son bras est douloureux, son épaule raide, mais elle n'a pas fini, cela doit durer encore, cela dure, jusqu'à ce que le soldat incline la tête, lèvres entrouvertes, visage serein, il s'abandonne au sommeil. De son pas maladroit elle retourne à son fauteuil, elle voudrait ne pas faire de bruit mais elle en fait, claudicante et essoufflée, et dans le fauteuil elle s'endort pour une heure ou deux, et quand parfois un soldat se réveille, la présence de cette femme assise et endormie lui rappelle qu'il n'était qu'un enfant, un tout petit enfant, avant que cette guerre ne commence.

Un minuscule soleil noir tourne et la voix de l'homme est à côté d'elle. Elle ne le voit pas, ni lui ni le piano, elle ne comprend pas ce qu'il chante mais son chant est si beau qu'elle l'écoute assise, attentive, ses mains noueuses elle voudrait les joindre pour prier mais elle n'ose pas car ce n'est pas un chant sacré, et pourtant. C'est la prière la plus pure qu'elle ait jamais entendue. Elle ne comprend pas ce que dit le morceau qui s'appelle « Les Pêcheurs de Perles », pêcheurs ils le sont tous, et perles aussi, ils le sont, mais personne ne leur dit, personne ne dit aux hommes qu'ils sont divins. Et ils sont revenus de la guerre, amers et taiseux, vieillis et pleins de rancune, Bakhita a vu leurs yeux méfiants qui regardaient toute chose avec cet air de dire : « Ah ! C'est comme ça maintenant, n'est-ce pas ? C'est comme ça que vous voulez que ça se passe ? » Et elle sait que cela ne fait que commencer. Elle écoute le chant de Caruso qui vient de la corolle au-dessus de la petite boîte, et c'est ce que le progrès a fait naître de plus beau. Caruso chante pour toute l'Italie et pour chaque Italien en particulier, sa voix dit l'arrachement et la douleur offerte, son chant a le rythme de la vie, volontaire et fragile, mais tenu comme une victoire du cœur. Si Bakhita osait, elle demanderait à Elvira de poser le phonographe dans l'église pour que l'esclave crucifié et la Madone accueillent la peine des hommes contenue dans le chant du ténor. Mais jamais elle ne prendrait une telle décision, elle est là pour obéir et elle obéit, dans l'humilité et la pauvreté, mais ces hommes, comment les aider ? Comment faire pour les guérir de tant de douleur ? Ce qui va suivre, elle le pressent déjà. L'humiliation subie est comme une greffe sur l'arbre, un jour un fruit nouveau est là, et impossible d'ignorer sa présence, car la révolte une fois née ne s'évanouit pas. Les soldats revenus ne parlent pas mais elle connaît ces visages de bêtes prêtes à s'emballer, elle sait qu'il ne faudra pas attendre longtemps pour qu'au premier cri ils se rassemblent et foncent tête baissée vers les puissants, pour les voir en face, et qu'ils les regardent bien, eux, leurs armées revenues.

Pendant la guerre, prisonniers des Allemands et des Autrichiens, des milliers de soldats italiens sont morts de froid et de faim. Bakhita connaît cette mort, la faim qui fait de vous des êtres échoués à l'intérieur, les crampes, les hoquets, les vertiges, le froid qui glace le cœur, l'envase et l'asphyxie, les yeux aveugles, la bouche en sang, les convulsions et les délires, elle se souvient, elle en a tant vu dans les caravanes, les zéribas et sur les marchés aux esclaves, la faim détruisait leur cerveau bien avant que leur corps ne chute. Il lui arrive parfois, dans le silence de la nuit, de se demander à quoi servent ses prières, et ses doutes sont plus violents que sa peine. Il lui semble que tout balance entre l'incertitude et la croyance, entre la beauté et la profanation de la beauté. Aujourd'hui elle écoute chanter Caruso et son émotion est aussi vive que lorsqu'elle rencontre les soldats ou les familles des soldats. Elle apprend des choses nouvelles, qui au fond ne le sont pas, des inhumanités immuables, et l'armistice n'est pas l'amnésie. La guerre se raconte sans mots, à travers des refus, des grèves, une pauvreté accrue, et tant d'injustices. Le neveu de Madre Bottisela est revenu de Caporetto, là où l'armée italienne, piégée dans les montagnes, a été vaincue. Il a raconté comment les soldats se sont repliés près du fleuve Piave, abandonnant à l'ennemi des milliers d'hommes... et la plus grande partie de la Vénétie. C'était l'automne 1917, l'automne du désastre. À Schio chacun savait que les Austro-Allemands étaient à quarante kilomètres de Venise, et dans le ciel, dans les montagnes et au bord des rivières, résonnait la cavalcade de la mort en marche, razzia plus puissante que les plus puissants des négriers. Revenu des camps, Luigi, le neveu de la petite sœur, a raconté, doucement, secrètement, comment la mort des prisonniers italiens avait été planifiée par leur état-major : ordre qu'ils demeurent affamés, ordre qu'on les force à travailler, ordre qu'on ne leur envoie, dans ces camps austro-hongrois, ni colis privé ni aide de la Croix-Rouge. Alors ils allaient pieds nus dans la neige, et mouraient de pneumonie. Mangeaient l'herbe du camp, et mouraient de dysenterie. Fouillaient les ordures, et mouraient de

faim. Mais pourquoi parler si bas ? Pourquoi raconter cela sur le ton de la confidence ? Pourquoi Luigi
portait-il la honte à la place de l'état-major italien qui
n'avait jamais caché cette réalité, qui avait fait campagne pour qu'elle soit connue, que « l'horreur de la
captivité soit inspirée aux prisonniers », ces insubor-
donnés et ces traîtres ? Luigi raconte son calvaire mais
n'apprend rien à personne. L'Italie a fait la guerre. La
guerre a défait le pays, appauvri le peuple et désuni
les hommes. Caruso chante peut-être cela aussi, une
langue unique pour un pays qui se voulait unifié mais
s'est déchiré. Elvira a fui la France, ce pays allié pendant la guerre et traître à l'armistice, ce pays ayant
volé sa paix aux Italiens, qui n'ont rien obtenu des ter-
ritoires et de l'expansion rêvés. La France est le nouvel
ennemi. Tout change si vite de camp.

À Paris Elvira n'a pas dessiné, elle a survécu en
étant modèle, la fille nue sur l'estrade, mais elle ne le
dira pas à Bakhita, elle ne comprendrait pas, la fille
nue sur l'estrade, ce n'est pas ce qu'elle craint, elle
n'était pas seulement *djamila*, pas seulement convoitée. Être regardée par des artistes, c'est déjà de l'art.
C'est ce qu'elle se dit pour garder intact son désir
d'une autre vie que l'usine ou la domesticité, mais
aujourd'hui elle sait que ça ne suffira pas, la peinture, le chant, la beauté ne suffiront pas à reconstruire
un monde. Elle est entrée au service des Caresini, la
grande maison à la sortie de la ville. Une demeure
cachée, protégée, où elle ne fait que passer. Elle n'est
pas de ceux faits pour se résigner et servir, elle est

revenue pour repartir, et elle n'a pas reconnu sa ville. Pas seulement les maisons éventrées et les champs en friche (la destruction est partout semblable). Plus que les maisons saccagées, ce sont les maisons debout, les maisons surveillées qui lui ont dit la violence nouvelle de sa ville. Les carabiniers postés en permanence devant les portes des familles des soldats accusés de désertion et fusillés, cette sentinelle qui empêche quiconque de venir voir les parents du réprouvé, mais n'empêche personne de s'emparer de ce qu'ils possèdent, et la famille n'est plus qu'une proie désignée, encagée dans sa maison et dans sa honte.

En cette fin d'après-midi douce, dans l'odeur des figues et de la glycine, Elvira regarde sa Madre Moretta, à peine étonnée par l'invention du phonographe, mais bouleversée par un chant qu'elle ne comprend pas. Si elle devait dessiner ses mains aujourd'hui, ce serait comme des sarments de vigne, du petit bois qui se tord.

— J'arrête Caruso, ça te rend trop triste. Et puis tu ne me parles plus.

Elle soulève le bras de lecture, le chant s'interrompt, et le silence soudain ressemble à un affront.

— C'est beau, dit Bakhita.

— Ça te rend trop triste, regarde-toi Madre, même tes mains sont tristes.

— Mes mains ?

— Oui. Tu es un modèle de mains tristes.

Bakhita rit. Elle regarde ses mains et les agite comme des marionnettes.

— Je suis contente, les enfants reviennent, l'école ouvre.

— Formidable ! L'école ouvre, la terre est promise aux paysans et les patrons vont nous donner la journée de huit heures !

— Les enfants reviennent, Elvira.

— Les paysans occupent les terres, Madre.

— « Occupent » ?

— Ils sont sur la terre et ils ne la travaillent pas. Les choses ont changé. Plus rien ne sera comme avant. Ah non ! Ne tords pas tes mains ! Allez ! Dansons ! Dansons !

Elvira tourne la manivelle du phonographe, pose la tête de lecture sur le deuxième morceau du disque :

— « Tarentelle napolitaine » ! M'accorderez-vous cette danse, Moetta Bella ?

Bakhita jette un bref regard autour d'elle. Dans cette cour ombragée, près du verger, il n'y a personne. Elle prend la main qu'Elvira lui tend et sur la terre sèche elles font quelques pas de danse, maladroits et joyeux. Bakhita ferme les yeux et dans son sourire, Elvira lit son amour de la vie, un amour profond comme l'espoir. Une résistance.

Les terres. Les usines. Les fabriques. Les ateliers sont occupés. Grèves. Manifestations. Émeutes. Le prolétariat prépare la révolution, comme en Russie. Les ouvriers socialistes affrontent la police. Jettent les officiers, ces laquais du capitalisme, des fenêtres des trains et des trams. Affrontent les patrons. Les propriétaires terriens. Les bourgeois et les financiers. Fini la soumission, la misère, le chômage et l'exil. L'ordre se renverse. Après la guerre, qu'ils n'ont jamais voulue, leur pays va renaître, fier, indigné et puissant. Face à eux, des anciens combattants, sans travail, sans place dans la société civile, combattent leur pacifisme et affrontent leur dédain. Ils sont nationalistes, futuristes, syndicalistes, républicains, catholiques, anarchistes, soldats d'élite, et ils créent un mouvement, les Faisceaux italiens de combat. Ils accueillent tous ceux qui ont cru en la guerre et qui sont aujourd'hui pleins d'amertume. De déception. De désespoir. De colère. De haine. La paix a été tronquée. Elle n'a rien à leur offrir. Les Alliés se sont moqués de leur patrie, se sont partagé le monde en leur laissant les miettes. Ces anciens combattants ne sont pas revenus de l'enfer pour baisser de nouveau la tête. L'homme qu'ils suivent est journaliste, fils d'un simple forgeron et d'une maîtresse de maternelle, Benito Mussolini. Il va restaurer l'honneur perdu de ces vétérans. Il va rendre sa grandeur à l'Italie. Il le leur a promis.

C'est comme ça que ça a commencé. Avec des hommes qui avaient besoin de se regrouper. Se battre. Être italiens. Être fiers, aussi. Virils. Et pour beaucoup, violents. Avec le goût de la guerre sous la peau. Et celui de la vengeance. Pour régner, enfin. Dans son groupe, son camp, son village, son pays. Et pour s'affranchir. Dans la bagarre. Le saccage. Le meurtre. L'alcool. La cocaïne et le sexe. C'était leur temps. Le temps d'une nouvelle Italie. Le temps de leur jeunesse. Ils chantaient «*Giovinezza*», et le chant devenait un hymne. Ils s'habillaient de noir, et la couleur devenait un drapeau. Ils avançaient dans les rues, et c'était la terreur. Ils s'appelaient «Désespoir», «Sans peur», «Foudre», «Satan». Ils avaient des gourdins, des poings américains, des poignards, des revolvers et des grenades. Leur sang bouillait, ils allaient vite, comme des chiens furieux, et leur envie de vivre se confondait avec celle de tuer. Ils voulaient venir à bout de tous les autres, ceux qui n'étaient pas avec eux. Qui embourbaient le pays. Entravaient leur règne. Les rouges. Les associations paysannes. Les coopératives catholiques. Les syndicats. Tous des petits. Des minables. Des nuisibles. Eux étaient un feu dévorant le pays. Un mouvement qui se déploie, pose son ombre et impose sa loi. Et puis, un jour, leur mouvement n'est plus un mouvement. C'est un parti. Le Parti national fasciste, créé par Mussolini. Avec des députés. Des voix au Parlement. La légalité et la force. La révolution bolchévique est morte. La révolution fasciste est en marche. Mussolini entre dans Rome. Mussolini est nommé Premier ministre. Mussolini crée la milice. Ramène l'ordre. La discipline et le respect. La guerre a créé martyre et sacrifice, mais le temps est venu de dominer la Méditerranée, de se faire enfin une place au soleil. La réunification a fait l'Italie. Il est temps de faire les Italiens.

À l'institut, les orphelines reviennent. Plus nombreuses et plus jeunes que jamais. De toutes petites filles si maigres que les maladies les emportent sans même qu'on ait eu le temps de les soigner. Les cercueils en bois blanc sont légers, recouverts d'une fleur cueillie au jardin, suivis par des sœurs stupéfaites de leur impuissance. Les élèves arrivent en retard, elles ont du mal à se concentrer, elles ont faim, elles aussi, comme les institutrices, comme tout le monde. Comment se nourrir, où trouver la nourriture, comment la payer, avec quoi, la vie a augmenté de 450 %, les usines d'armement se vident, le chômage souffle les hommes, désespère les familles, met le pays à genoux. Mais le Duce désigne le soleil.

La mère supérieure fait venir Bakhita dans son bureau. C'est une émotion pour elle d'obéir à ce qu'elle ressent toujours comme un ordre. Elle se force à se calmer en montant les escaliers qui mènent au bureau, elle tient fort la rampe sans laquelle il lui serait impossible d'avancer, et quand elle arrive chez la mère supérieure, cette dernière a préparé le mouchoir avec lequel elle devra, immanquablement, essuyer la sueur à son front. Elle lui désigne le fauteuil face à elle et lui fait signe de reprendre son souffle. Bakhita sourit, une main sur son cœur, gênée que cela prenne tant de temps, avant que sa respiration ne s'apaise.

— Je fais du bruit, toujours. Pardon.

— Madre Giuseppina, depuis la guerre, vous le savez, beaucoup de choses ont changé…

— Je reste pas ?

— Pardon ?

— Madre, je suis envoyée ailleurs ?

— Bien sûr que non.

— Je reste ?

— Madre Giuseppina, ne parlez pas tout le temps

comme si on allait vous chasser. C'est le contraire que je veux vous annoncer.

— Le contraire ?

— Vous avez travaillé aux cuisines, à la sacristie, et même à l'infirmerie. Maintenant, je voudrais que vous soyez à la porte de l'institut. Vous comprenez ?

Bakhita sent son cœur qui s'emballe, comme si toute nouvelle était brutale, et tout changement douloureux.

— Madre, vous voulez dire que je suis… pardon : que je serai, *portinaia* ?

— Concierge, oui, c'est cela.

— Ici ? Via Fusinato ?

— Et bien sûr ici, à l'institut ! Où voulez-vous que ce soit ?

— Mais… Pardon. Merci, Madre. Mais… une question, je peux ?

— Vous pouvez.

— Je suis…

— Très noire, oui. Ils s'y feront. Vous avez la patience. La gentillesse. Vous leur expliquerez. Vous avez déjà un peu servi à l'accueil, vous savez ce qu'il faut faire.

— Un peu…

— Ça s'est toujours très bien passé, je le sais.

Bakhita mord ses lèvres, la mère supérieure éclate de rire.

— Ce que je veux dire, c'est que ça s'est toujours très bien terminé. Les gens vous voient, ils sont effrayés, mais au bout de quelques jours tout s'arrange !

— Eh oui…

— Vous accueillerez les élèves, les orphelines, les institutrices, les familles des sœurs, les ecclésiastiques, les inspecteurs scolaires, et même les plombiers, les peintres, les livreurs, et le jardinier ! C'est une grande responsabilité.

Bakhita baisse le visage en signe d'acceptation. Elle devrait remercier et obéir. Mais être la concierge de l'institut est comme être exposée en permanence à la porte où peuvent sonner tous ceux qui viennent du dehors. La porte des religieuses se doit d'être ouverte à tous et toujours. Cela elle le sait. Et elle s'en veut de ressentir plus de crainte que de gratitude.

— Merci Madre.

Et elle ajoute, parce que c'est la seule pensée qui la rassure :

— C'est la volonté d'el Paron…

— Bien sûr que c'est ce que veut le Seigneur, votre Patron, Madre Moretta !

C'est étrange comme on lui rappelle instantanément qu'elle est la Moretta dès qu'elle évoque el Paron. L'Église emploie pourtant les mots de maître et de servante sans que cela fasse référence à l'esclavage ou à la couleur de la peau.

— Je commence quand ?

— La semaine prochaine. Sept jours.

— Bien.

Elle s'appuie aux bras du fauteuil pour se relever, mais la mère supérieure la retient.

— Vous vous rappelez, quand Madre Fabris avait commencé à écrire votre histoire ?

— Mon histoire ?

— Vos souvenirs d'Afrique.

— Oh... Bien sûr.

— Et l'an passé, quand Madre Maria Turco a continué avec vous, cela vous a aidée à retrouver la mémoire, n'est-ce pas ?

— ... Oui...

— Nous aimerions reprendre.

— Oh merci, Madre, mais... la mémoire, je l'ai. Merci.

— Tant mieux, mais Madre Maria Cipolla, notre mère générale, est très attachée à votre... parcours. À ce que vous êtes. Elle a demandé qu'on envoie les écrits de Madre Fabris à Venise, à Ida Zanolini, qui écrit pour notre revue *La Vie canossienne*. Vous comprenez ?

— Oui.

— Mme Zanolini a trouvé vos souvenirs... vraiment, mais vraiment touchants, cependant elle pense que vous pourriez aller plus loin. Beaucoup plus loin.

— Loin ?

— Dans les souvenirs. L'esclavage surtout.

Ce mot est comme une gifle. Ce mot la définit toujours, mais elle ne comprend pas ce qu'elle pourrait raconter de plus, ce qu'ils ont besoin d'entendre. Peut-être que son histoire est trop pauvre pour cette dame qui écrit dans une revue.

— Pourquoi, Madre ? Pourquoi raconter encore ?

— Parce que Mme Zanolini, qui est une femme très cultivée, une institutrice renommée et une bonne chrétienne, va écrire votre histoire en feuilleton. Vous savez ce qu'est un feuilleton ?

— Une histoire. Plusieurs fois une histoire.

— Exactement. C'est un honneur, Madre Giuseppina. Mais il ne faudra en tirer aucun orgueil. Vous partez demain matin pour Venise. À votre retour vous prendrez votre poste à la conciergerie.

— Venise ?

— Chez les canossiennes de l'Institut de Sant' Alvise. C'est là que vous attendra Mme Zanolini. Madre Giuseppina… l'Institut du Dorsoduro appartient aux sœurs salésiennes à présent. Il n'y a plus aucune canossienne à l'Institut des catéchumènes, vous le savez ? Ne vous attendez pas à retrouver qui que ce soit à Venise.

— Mais où elles sont ? Les sœurs, où elles sont maintenant ?

— Ne vous préoccupez pas de ça. Allez, à présent.

À qui d'autre ordonnerait-on de raconter sa vie sur-le-champ ? À qui imposerait-on que ses confidences soient immédiatement retranscrites et rendues publiques ? À qui d'autre sinon à une ancienne esclave sauvée par l'Italie ? Une négresse convertie au catholicisme ? Nous sommes en 1930. Les opérations militaires se sont intensifiées en Libye. On a parqué les femmes, les enfants et les vieillards dans des camps autour de Benghazi. Ils y sont morts de maladies et de malnutrition. L'armée de Mussolini a lancé sur le pays les gaz moutarde. C'est «la place au soleil», «la conquête de la Méditerranée». C'est l'Afrique qui fait rêver le Duce et le peuple à genoux, l'Afrique des barbares et des mendiants pouilleux, dont la conquête rendra aux Italiens leur honneur et leur puissance perdus. L'Afrique dont on fait des cartes postales, des films, des romans, des chansons, et même des publicités pour le café, les assurances ou la bière. Alors, pourquoi pas un feuilleton de l'histoire terrible de Madre Giuseppina, anciennement Bakhita ? Pourquoi cacher ce témoignage vivant de ce que l'Italie peut produire de meilleur ?

Elle retrouve Venise. Et c'est Mimmina qui lui manque. Instantanément. Le bébé serré contre elle dans les rues venteuses hachées de soleil, prises par la beauté soudaine d'un palais, d'une terrasse fleurie, d'un arbre centenaire sur une petite place. Revenir à Venise c'est y être pour la première fois. Elle a plus de soixante ans, mais c'est comme si elle en avait vingt, avec cet enfant blotti contre elle qui lui donnait la joie et l'envie de vivre. L'une contre l'autre. C'était leur place à toutes les deux. C'était solide et heureux. Depuis, pas un jour où elle n'ait prié pour Mimmina, pour qu'el Paron la protège, et surtout lui dise qu'elle l'aimait et qu'elle l'aime encore, un amour impérissable, uni à sa vie. Elle arrive sur la placette devant le couvent au cœur du quartier du Cannaregio, et l'église de brique rouge paraît aussi imposante et lourde qu'un palais sans fenêtres. Son pas inégal résonne sur les dalles et se heurte aux maisons prises par le soleil. Elle retrouve l'odeur salée et poisseuse de la ville, et cette sensation de protection, être sur l'île comme au creux d'une paume, confiante, parce que la lumière est si belle, et les hommes vont sur leurs gondoles comme ils vont sur les pirogues, solitaires et orgueilleux. Face à la lagune toute proche, elle retrouve cette vie ouverte sous le ciel, l'horizon que rien n'arrête, et elle sourit de trouver à Venise un peu des espaces sans retenue de l'Afrique. Elle a beaucoup prié la veille, elle n'a pas dormi, et elle sait qu'el Paron lui demande de parler de tous ceux qu'elle n'a pas aidés, qu'elle a laissés mourir sur une terre saccagée.

C'est dans le cloître du couvent de Sant'Alvise qu'elle rencontre Ida Zanolini. La surprise de la jeune femme... Bakhita est la première Noire qu'elle rencontre, et elle est si bouleversée qu'elle ne sait pas comment la saluer, elle s'incline, baise la *Mater dolorosa* de sa médaille de canossienne, et lui sourit avec un embarras ému. C'est une femme engagée, joyeuse, une institutrice laïque dévouée à son métier et à l'action catholique. Elle va s'asseoir avec Bakhita dans le petit parloir du couvent, et très vite Bakhita comprend qu'à cette femme-là, elle peut parler à son rythme, parler comme elle l'entend, et elle pense qu'elle va lui dire ce que c'est. D'en être revenue. Sans les autres. Elle pense qu'elle a suffisamment dit le village brûlé, la sœur enlevée et le poignard des ravisseurs contre son cou. Mais Ida l'écoute sans écrire, sans lui faire répéter ou préciser un mot, sans lui demander de reprendre ou d'ordonner mieux son récit. Parce que ce n'est pas Madre Giuseppina qu'elle écoute. C'est la femme qui ne se souvient plus de son nom, mais qui lui dit son passé comme elle ne l'a jamais raconté. La douleur. Les défaites et la honte. Et le manque, qu'aucune ferveur n'a réussi à combler.

Le soir, rentrée dans sa chambre, Ida note tout ce qu'elle a entendu, à une vitesse telle qu'elle a du mal à se relire, elle écrit comme un flot, et c'est la voix gutturale, pudique et arrachée de la petite Dajou qui guide son écriture. Elle n'a jamais vécu cela. Jamais rencontré quelqu'un comme elle. Vacillante, et d'une force plus qu'humaine. Incandescente. Inclassable. Intelligente et retenue. Elle ne sait pas encore où cet écrit les mènera toutes les deux, et peut-être que si elle l'avait su, jamais elle n'aurait osé. Si elle avait eu conscience du déploiement, de l'engouement, de la presque folie que cela susciterait, ce feuilleton dans la revue canossienne, peut-être qu'elle aurait demandé pardon à la femme qui trois jours durant s'est confiée à elle, étouffée parfois par les sanglots, et qui se reprenait comme on se raccroche au dernier rocher de la dernière montagne, pour raconter le martyre, les enfants surtout les enfants, «vous comprenez : les enfants, les enfants esclaves, les enfants soldats, est-ce que vous comprenez, moi je n'ai rien fait et vous non plus et qui le pourra, dites-moi qui le pourra un jour ?». C'est cela qu'elle disait, dans son *mélange*, que par éclairs elle comprenait si facilement.

Le dernier jour, Ida emmène Bakhita au 108 du Dorsoduro, l'ancien Institut des catéchumènes. Vingt-huit ans après l'avoir quitté, elle retrouve le lieu. Les sœurs salésiennes ont été prévenues et cachent comme elles le peuvent leur surprise face à la Moretta plus noire que toutes les photos ou les dessins qu'elles connaissent des Africaines, et ouvrent grand leur porte. Le petit cloître, ce jardin ramassé, un carré de silence sous le ciel calme, et cette impression violente d'être chez soi. Cet institut, le premier lieu où elle a dit non. Elle entre dans le parloir, vaste et si vide, et qui résonne pourtant des pleurs de Mimmina et de la malédiction de sa mère, « Ingrate ! Ingrate ! ». Le lieu si sombre n'est habité que par les ombres et les échos qu'il retient, et Bakhita retrouve, dans cette fulgurance des temps confondus, la proximité violente du passé. Elle revoit Stefano, son impatience et son engagement, elle a compris bien plus tard l'acharnement avec lequel il avait lutté pour elle, tout cela, maintenant, est écrit. Justice lui est rendue. Ses enfants liront peut-être le feuilleton. Et Mimmina ? Elle ne donne aucune nouvelle. Elle pourrait si aisément savoir où vit son ancienne nourrice, elle le sait peut-être, et elle ne vient pas.

Bakhita entre dans la chapelle, pauvre, presque nue. Elle s'approche des fonts baptismaux, les désigne à Ida.

— Je suis devenue fille de Dieu. Ici.

Et Ida s'en veut de savoir que ces paroles-là, si intimes, elle les écrira aussi. Bakhita s'assied face à l'esclave crucifié, qu'elle connaissait avant de savoir qui il était. Elle entend Madre Fabretti : « Heureux ceux qui pleurent, car ils seront consolés », et elle a l'impression de revenir aux sources d'elle-même, comme si ce lieu gardait aussi son enfance chez les siens, gardait la confusion et l'amour qu'elle en a. Elle comprend que Venise l'a sauvée parce que Venise appartient à la mer, c'est une terre de flux et de reflux, de réfugiés et de marchands, de « mélangés » et de rêveurs, une ville où elle s'est sentie chez elle, attirée et intriguée par les chants de l'aube que psalmodiaient les sœurs derrière un rideau de velours.

Un peu à l'écart, Ida ne peut s'empêcher de la regarder : en quelle langue se parle-t-elle à elle-même ? Y a-t-il une langue pour l'Afrique et une autre pour l'Italie ? Une langue pour el Paron et une autre pour les étoiles, qu'elle lui a dit regarder chaque soir depuis l'enfance ? Est-ce qu'elle a réellement oublié son prénom, ou est-ce son dernier secret ? Elle a peur de la trahir. Peur de la blesser en écrivant cette enfance d'un autre siècle, et immuable pourtant, dans ses saccages. Elle regarde Bakhita avec la sensation du vol. Elle prend tout. Même sa solitude dans la chapelle, elle la prend. Il y a ce qu'elle ne voit pas, ce qu'elle devine, et toutes les questions qu'elle ne lui a pas posées. La violence des maîtres. Leur pouvoir éternel sur les petites filles et sur les femmes. Elle se doute. Elle ne dira rien. Puisque cela a été tu. Le déshonneur. La mort intérieure. La partie brûlée. Elle regarde Bakhita, qui se courbe un peu dans la fatigue, et elle est gênée de savoir son dos marqué par le fouet, sa peau tatouée, et gênée surtout parce que bientôt les lecteurs du feuilleton liront cela, aussi. Elle voit ses mots, ses phrases alignées comme des cordes aussi solides que les chaînes, qui attrapent et confisquent les confidences. Elle ne lui a pas dit. Il faut qu'elle lui dise. Absolument. «Les gens liront, Madre Giuseppina, vous comprenez? Ils vont savoir. Ils ne sont pas nombreux. Et ils sont des nôtres. Mais ils vont tout savoir.» *Vita canossiana*, ce n'est pas grand public. Mais au fond d'elle, elle sait. Elle le refuse mais elle sait, la malhonnêteté de l'écrit, l'aveu oral inscrit, diffusé et multiplié. Elle se dit: «Ça peut tomber entre toutes les mains.» C'est une intuition qu'elle chasse aussitôt et masque par une surprise, aujourd'hui elle va faire une surprise à Madre Giuseppina, se dédouaner à l'avance de ce qui pourrait se passer une fois le feuilleton publié, et dont elle se sait responsable.

Elles prennent ensemble le vaporetto et le vent les enveloppe avec une vigueur qui fait rire Bakhita, elle aime ce si court voyage dans le bruit du moteur et l'agacement du roulis, le geste large de la Vierge sur le dôme de la basilique, comme si elle leur offrait ce ciel, cette journée heureuse, quitter Venise et voir Venise s'agrandir en s'éloignant. «C'est beau!» crie Bakhita, et Ida lui fait signe que oui, en tenant son foulard sur ses cheveux qui s'échappent.

Elles arrivent sur l'île de la Giudecca, au nouvel institut de l'enfance abandonnée. C'est une surprise pour Bakhita. Et ça en sera une aussi pour celle qu'elle est venue revoir, Madre Fabretti. La sœur *portinaia* qui leur ouvre est jeune, elle semble une enfant à Bakhita, mais elle dit qu'elle est là depuis quinze ans déjà, comme si c'était un gage d'honnêteté, elle rougit quand Bakhita lui parle, et dans son regard il y a la fierté de voir de ses propres yeux l'ancienne esclave dont on raconte la conversion à toutes les novices. Elle dit que Madre Fabretti ne se déplace plus, et elle fait appeler une sœur qui les accompagnera à sa chambre. Bakhita s'assied pour attendre. Est-ce qu'une mère si âgée reconnaît encore son enfant ? Est-ce qu'on peut se reconnaître après « presque trente ans d'absence. Dix. Plus dix. Et encore dix », a expliqué Ida avec ses deux mains ouvertes. Elle ne sait pas. Elle n'a jamais retrouvé quelqu'un.

Elle suit, avec Ida, la sœur qui les guide dans les longs couloirs cirés, depuis lesquels on entend les cris des enfants qui jouent, des cris qui se cognent aux fenêtres innombrables. Ida prend le bras de Bakhita, l'aide à marcher sans en avoir l'air, surprise par le poids de ce corps qui va comme s'il s'arrachait à la terre, elle sait – et elle y pense, forcément – les kilomètres que ce corps a parcourus dans les déserts et sur les collines, et devant les regards effrayés de ceux qui croisent Bakhita, elle se demande si l'on peut être libre un jour quand son corps est noir.

Bakhita va au fauteuil où Madre Fabretti est assise, ramassée sur elle-même, courbée comme dans la prière, le menton sur la poitrine, le cou fragile. Elle s'agenouille pour être à sa hauteur, et dans la douleur de ce geste, elle semble rejoindre la vieillesse de celle qu'elle retrouve. Leurs visages sont si proches, face à face, souffle contre souffle. Elles ne se parlent pas. Elles se regardent. Longuement. Et puis c'est un mouvement lent et doux, le front de Bakhita qui se penche et son visage qui se pose sur les genoux de Madre Fabretti. La main déformée de la vieille femme caresse sa coiffe. Et cela monte lentement, dans un souffle d'abord, raclé, difficile, et puis une toux, quelque chose d'enfermé dans la gorge, et du visage enfoui de Bakhita surgit un sanglot vigoureux et sans fin.

Ida sort sur la pointe des pieds, laisse la vieille dame et sa protégée redevenir dépendantes l'une de l'autre, dans un sentiment prohibé, un attachement qui, elle le sait, ne prend rien à Dieu, mais rend aux humains un peu de cet amour choisi, consenti et subjectif, qui fait de vous un être unique.

— Il faudra mettre une photo, Madre Giuseppina, une photo de vous sur la couverture du livre.

— Mais quel livre?

— Après le feuilleton sortira le livre, on vous l'a dit. On ne vous l'a pas dit?

— Mon visage affreux? Sur un livre?

— Mais non! Les Italiens sont de plus en plus habitués aux visages nègres. Ida, vous lui montrerez les cartes postales, il y en a de si jolies maintenant. Vous connaissez celle des jeunes Italiens à genoux devant la petite négresse? Mais si, celle avec le marteau! Le petit Italien est à genoux et il brise les chaînes de la jeune esclave. Mes neveux m'ont montré, c'est si touchant!

Depuis l'île de la Giudecca, une sœur ramène Ida et Bakhita à Venise, et sa voix aiguë couvre mal le bruit du vaporetto. Bakhita la regarde en plissant les yeux.

— Mais vous aussi, Madre, vous serez sur le livre.

— Moi ? Et pourquoi donc ?

— Les Canossiennes vont toujours par deux. Alors je ne peux pas être toute seule sur la photo.

Le rire de la sœur signifie le refus enjoué. On lui a parlé de l'humour de la Madre Moretta. Elle la dépose avec Ida sur le quai du Cannaregio et s'en retourne illico à l'institut, heureuse d'avoir rencontré cette Madre noire dont l'histoire, à ce qu'elle en sait, est si romanesque. Elle s'éloigne et les mains en porte-voix, elle crie à Ida Zanolini :

— Et écrivez-nous un joli feuilleton !

Bakhita fait les photos. Seule. Debout. À genoux. Tenant un livre ou les mains jointes. Prière. Sourire retenu. Regard au loin. Elle garde ce port droit, puisqu'il faut lever la tête et ne pas bouger, elle a cette dignité et cette élégance naturelles qui troublent ceux qui doivent choisir parmi les clichés, et ils chuchotent que c'est peut-être parce que son père était le frère du chef du village, ainsi qu'elle l'a dit à Ida Zanolini. Qui sait ? Et si c'était une princesse africaine ? Oh… il n'y a pas de quoi rire, sa vie… Sa vie ! Comment dire ? Elle est… tiens ! comme le titre du feuilleton : merveilleuse. Sa vie est merveilleuse, oui, une véritable *storia meravigliosa*. Tous les petits Italiens devraient la connaître, ils verraient ce que subissent les enfants en

430

Afrique, et ils seraient doublement heureux de servir le Duce.

En janvier 1931 le premier épisode de l'*Histoire merveilleuse* de Madre Giuseppina Bakhita sort dans la revue canossienne. En décembre, le livre est en librairie. Il raconte l'enfer de l'esclavage, la rencontre salvatrice avec le consul italien, sa vie en Italie, jusqu'au noviciat. La couverture n'effraye personne : le dessin du visage lisse et sage de Bakhita avec sa coiffe de canossienne se découpe sur une large carte africaine, c'est un visage clair, presque métis. À l'intérieur du livre, la photo laisse voir le noir profond de sa peau, comme s'il fallait au lecteur italien un temps pour s'y faire. Dans la préface, après qu'Ida Zanolini a parlé du bouleversement de leur rencontre, l'éditeur ajoute quelques lignes sur les voies admirables de Dieu, qui a voulu, dans Sa bonté, « conduire Bakhita du lointain désert enténébré de superstitions et de barbaries à la lumière du Christ et aux splendeurs de la grâce, dans la perfection religieuse ». Ses derniers mots sont pour l'action missionnaire.

Le livre n'est pas un succès. C'est un phénomène. On se l'arrache. On le réimprime. Plusieurs années durant, jusqu'en 1937, la fin de la guerre en Éthiopie, on le réimprime. Elle n'y comprend rien tout d'abord. Elle ne comprend pas pourquoi on sonne à la porte de l'institut tout le jour, et parfois la nuit, mais elle ouvre, elle est la *portinaia*. Ils arrivent de partout. Pas seulement des villages alentour, pas seulement des petites villes de Vénétie, ils viennent de Trieste, Fiume, Venise, Turin, ils viennent pour la voir, la toucher et être touchés par elle, être bénis, soignés, consolés. Certains se jettent à ses pieds en sanglotant. D'autres la regardent avec stupeur, touchent sa médaille, baisent le bas de sa robe, lui demandent de prier pour eux. Il y a les errants. Les superstitieux. Les blessés de l'âme. Les curieux. Les humiliés et les exaltés. Et près de la Madre, si noire, si *moretta*, les sœurs ont placé un tronc. Il est conseillé, après avoir rencontré Madre Giuseppina, de donner de l'argent pour les mission-naires canossiennes, chaque don rachète une esclave, et alors le plus pauvre d'entre eux sent qu'il participe à la grandeur de la patrie, les Italiens ne sont plus ces exilés joueurs de mandoline, ils ne sont plus ce peuple de paysans analphabètes et alcooliques, ils sont ces êtres généreux qui œuvrent à sauver les peuples qui ne connaissent pas encore la civilisation.

« C'est ce que veut el Paron… » Quand le soir vient et qu'elle est seule dans sa cellule, la fenêtre ouverte sur la nuit, elle se le répète. Dieu veut cela. Et elle le prie de lui expliquer. Qu'est-ce qu'ils cherchent tous ? La mère supérieure a ri quand elle lui a demandé pourquoi tant de gens voulaient la voir, alors qu'ils ont sa photo sur le livre. Elle a ri et elle n'a rien répondu. Et depuis la sortie du feuilleton, bien avant le livre, c'est au cœur du couvent que les choses ont changé. Un jour, à leur récréation, les sœurs lui ont demandé de leur chanter une chanson africaine. Elle ne se souvenait d'aucune. Elles ont insisté, quand même elle pouvait faire un effort, une chanson africaine, rien qu'une seule. Elle a fermé les yeux, c'était un matin d'avril avec une lumière pâle, un matin clair qui ne retenait rien, elle n'arrivait pas à se rappeler, cela a déçu les sœurs et l'a laissée désolée et honteuse, comme si elle leur avait menti, comme si elle ne venait pas réellement de « là-bas », à part sa peau de diable, elle n'avait rien rapporté de l'Afrique, et elle a vu le doute et la suspicion dans les yeux de certaines : elle avait raconté sa vie et ne se souvenait même pas d'une chanson ? Elle en a été tourmentée plusieurs jours durant, et elle allait, le front plissé, chantonnant parfois le début d'une mélodie qui ne débouchait sur rien, essayant de siffloter, de rappeler à elle un son de l'enfance, une musique de sa mère, qui ne la visitait plus dans ses songes depuis qu'elle était décrite dans le livre. Bakhita ne la retrouvait plus, comme si elle avait quitté pour toujours le tronc du baobab à terre (particularité qu'elle avait gardée pour elle) et s'était évanouie dans un ailleurs inaccessible, mais peut-être son âme et celle de son père lui en voulaient-elles d'avoir raconté leur défaite. La petite fille esclave. C'est la petite fille qu'ils n'ont pas retrouvée. Elle prie pour cela aussi, pour que les siens lui pardonnent. Et quand elle entend l'argent tomber dans le tronc de la mission canossienne, elle ne peut s'empêcher de penser à Binah, à Kishmet et à toutes les autres. Alors elle accepte d'être « cette bête rare », comme elle dit, mais parfois la fatigue est trop grande, la gêne et l'angoisse la paralysent. Elle demande : « Deux lires pour acheter le livre. Et pour me voir, combien ? » Combien vaut-elle, combien a-t-elle jamais coûté ? À soixante ans passés, au Soudan, chez les maîtres, elle ne servirait plus à grand-chose, et elle s'imagine dans les rues poussiéreuses et brûlantes de Khartoum, assise contre un mur nu, une mendiante comme les autres, comme elle en voit en Italie, poursuivies et battues par les fascistes, et qu'on retrouve à demi mortes, avec leur sourire fou et leur gêne d'être encore de ce monde. C'est de celles-là qu'elle se sent proche. Mais el Paron veut autre chose. Et le jour où elle retrouve sa chanson « Quand les enfants naissaient de la lionne », elle l'annonce aux sœurs avec un soulagement de petite fille consciencieuse. Elles en sont heureuses, et tellement curieuses qu'elles lui demandent de la chanter là, maintenant, même si ça n'est pas l'heure de la récréation, là, dans le réfectoire où elles ont poussé les tables avant de s'asseoir pour écouter. Et regarder aussi : « Il faut battre des mains, Madre Giuseppina ! Et danser aussi ! » Elles ont vu les films, elles savent comment ça se passe. Bakhita chante sa chanson de petite fille. Elle qui se sent si vieille. Cette chanson pour les enfants assis autour d'elle, insouciants et crédules. C'est un mélange de dialectes, d'arabe et de turc, elle fait ce qu'elle peut, elle ne connaît plus sa langue maternelle depuis longtemps. Au début, les sœurs sont gênées, cette voix si grasse, ces mots lourds, ces mains qui frappent, ce corps qui bouge, elles n'osent pas se regarder, elles s'en veulent de frissonner, et quand Bakhita ferme les yeux pour terminer le chant, les bras le long du corps, immobile et grave, elles ont peur que quelqu'un entre

434

et voie cela, cette douleur à laquelle elles ne comprennent rien.

Par la suite, pour réparer cette gêne, elles décident d'en rire. Et ça devient une habitude à la récréation de demander à la Madre Moretta de chanter sa chanson. Mais sans fermer les yeux. « À l'africaine », jusqu'au bout : en tapant des mains et en dansant. La joie. Toujours la joie ! Ensuite, Bakhita a tellement mal aux jambes, au dos, et même aux bras, qu'elle se dit que décidément aujourd'hui à Khartoum, elle ne serait qu'une mendiante. Elle ne servirait plus dans aucune maison. Aucune petite maîtresse ne lui demanderait plus de chanter ni de faire le singe pour distraire ses invitées.

Bien sûr, aujourd'hui, tous ces gens qui viennent la voir, ils savent à quoi s'attendre, ils ont lu le livre, ils sont curieux, intrigués, mais pas effrayés. Aujourd'hui, c'est mieux qu'à ses débuts de *portinaia*, quand elle faisait peur aux enfants, les premiers jours d'école étaient les pires. Les petites ne voulaient pas qu'elle les touche, certaines éclataient en sanglots quand elles la voyaient et restaient face à elle figées et désespérées. Elle était sûrement la femme de *l'Uomo nero*, le Babau de la fable, ce terrible fantôme noir dont leurs parents les menaçaient à la première bêtise. A-t-elle des jambes sous sa robe ? Est-ce que le bas de son corps fume ? Est-ce qu'elle se cache la nuit sous leur lit ? Et toujours cette peur qu'elle les salisse, qu'elle les contamine, qu'elle les vole pour les manger. La patience qu'il fallait pour les apaiser, ces enfants qui grandissaient dans la peur et dont les parents remplaçaient les habits par l'uniforme du parti fasciste, robes, jupes et chemises noires, avec cette envie de bien faire, d'être comme les autres, acceptables et identiques. Elle ne voulait qu'une chose : les accueillir de son mieux, être la meilleure concierge possible, c'est important, elle le sait, de commencer une journée. Alors elle fait asseoir les petites avant que la cloche de rentrée ne sonne, et elle leur raconte la vie de Jésus. Sa vie à elle, elle aimerait ne plus en parler, ne plus répondre, elle préfère raconter l'esclave crucifié, comment on avait envie de le suivre, de l'écouter, comme il aimait les mendiants, les malades et les petits enfants. Mais beaucoup préfèrent le livre de Mussolini expliqué aux enfants ou ces poèmes qu'elles récitent à toute allure en tapant dans leurs mains : « Rosa était son nom, un nom qui signifie épines, mais il était sa fleur, Benito, son fils. En embrassant son front, elle lui dit : Tu es à moi ! Mais elle savait qu'il appartenait à l'Italie. Et à Dieu. » C'est un jeu. Une nouvelle façon de vivre. Groupés. Rassemblés. Autour du chef qui relève l'Italie après que la Grande Guerre a fait d'elle un pays « pire qu'un asile de fous ou qu'une tribu africaine ».

Jusqu'en 1933 elle va faire cela, accueillir les enfants de l'institut, les visiteurs, et répondre aux appels incessants des lecteurs de son *Histoire merveilleuse*. Où qu'elle soit dans le couvent, l'école ou l'église, quand on sonne, elle y va. Est-ce d'avoir avoué les mauvais traitements, les coups, la torture du tatouage, est-ce d'avoir parlé des marches, de la faim, de la soif, son corps ne tient plus. Il lâche. Au moment où on a tant besoin d'elle, où elle doit accourir dès qu'on la demande, son corps voudrait s'arrêter. Mais toujours elle a ce réflexe : on la demande, elle obéit. Elle ne comprend pas toujours ce que l'on veut d'elle. Pourquoi ce besoin de l'approcher ? Pourquoi lisent-ils son histoire avec tellement de passion ? Ne voient-ils pas ce qui se passe ici, chez eux ? Les petites paysannes, ils ne les regardent pas ? Des enfants qui ne connaissent pas leur date de naissance, savent-ils qu'il y en a tant à l'institut ? Pourquoi ne demandent-ils pas aux orphelines de raconter leur merveilleuse histoire, elles qui arrivent sans sous-vêtements, sales et muettes, maltraitées déjà et honteuses ? Elle ne comprend pas, et puis accepte de ne pas comprendre, elle est cette religieuse qui porte son histoire sur sa peau, comme un stigmate, et elle cache comme elle peut ses douleurs aux jambes qui lancent jusqu'au bas du dos, jamais elle ne demande qu'un docteur l'ausculte, et jamais elle ne montrera à l'infirmerie les étranges petites boules qui apparaissent sur ses cicatrices et enflamment sa peau.

Un jour, on lui annonce qu'elle doit partir. Elle a soixante-quatre ans, elle va quitter Schio. La mère supérieure lui présente Madre Leopolda Benetti qui revient de Chine où elle a été missionnaire plus de trente ans.

— Vous savez où est la Chine, Madre Giuseppina ?

Bakhita fait signe que non, elle ne connaît pas la Chine, et elle sourit de son mieux à Madre Benetti, qui la regarde avec tant de curiosité.

— C'est très loin la Chine. Plus loin que l'Afrique.

Madre Benetti hoche la tête, l'air de dire « Eh oui ! C'est possible ! Un pays plus loin que l'Afrique ! ».

Madre Benetti dit à Bakhita qu'elle a lu le livre. Bakhita hoche la tête, le livre, bien sûr, pour quoi d'autre demanderait-on à lui parler, et de quoi d'autre lui parle-t-on depuis qu'il est sorti, le livre, oui, et elle écoute parler d'elle-même, de son enfance et de sa conversion, et puis des missions qui, comme elle le sait, sont de plus en plus présentes en Afrique, au Soudan, en Libye. Elle écoute et attend la demande qui va suivre, car il y a toujours une demande à la fin des phrases.

— Tous ces esclaves à racheter. Toutes ces vies à sauver.

— Oui.

— Et vous… Les Italiens vous aiment tant.

— Moi ?

La mère supérieure excuse l'innocence de Bakhita :

— Notre Madre Moretta est l'humilité même. Madre Giuseppina, vous pouvez aider nos missionnaires.

— Mais comment ?

— Les gens viennent de toute l'Italie pour vous voir, n'est-ce pas ? Eh bien maintenant, c'est vous qui allez partir à leur rencontre.

— Je vais partir ?

— Oui. Vous allez partir.

— Je reste pas ? Je sors ?

Elle est chassée, encore une fois, c'est sa faute, elle en a trop dit, c'est étouffant cette place qu'elle a prise, elle le sait, elle a parfois l'impression d'être un immense drapeau planté devant l'institut, elle masque tout le reste, le travail humble, patient, que font les autres, et elle se souvient du bonheur qu'elle avait quand elle travaillait aux cuisines, à la sacristie, le bonheur de ce temps d'avant-guerre quand les petites

l'appelaient dans la cour : «Moetta Bella ! Viens ! »
Elle n'aurait jamais dû les rassembler et leur raconter la petite esclave évadée qui dort dans les arbres et
n'est pas mangée par la bête fauve. C'est comme cela
que tout a commencé.

— Vous m'entendez, Madre Moretta ? Vous voulez
bien nous aider à racheter des esclaves ? À sauver vos
frères africains ?

— En Afrique ?

Madre Benetti étale sur le bureau une carte de
l'Italie. Depuis la guerre Bakhita l'a vu déjà, ce long
pays de montagnes et de mers.

— Vous et moi, nous allons partir annoncer la
bonne parole. Vous, moi... et le livre. Nous allons par-
courir l'Italie, tous les instituts canossiens du pays, et
nous allons récolter l'argent pour nos missionnaires.

— Je dois le dire, Madre. Pardon, mais... je
marche difficile. Vraiment.

Elles n'ont pas compris tout de suite. Partir, pour
Bakhita, signifie marcher. Quand elles ont compris,
elles ont eu à la fois envie de rire et de la serrer contre
elles, dans un mouvement de protection et de gratitude, car l'idée qu'avait eue Madre Maria Cipolla,
la mère générale, était vraiment la bonne : «relever le prestige de l'institut» en promenant Madre
Giuseppina dans toute l'Italie, et ça, cette simplicité
d'esprit, cette innocence, c'était tellement représenta-
tif du peuple africain !

Elles vont prendre des trains. Des dizaines et des
dizaines de trains à travers tout le pays, pendant trois

ans. Avant de partir, Bakhita s'est confiée à Elvira. Elle était angoissée à l'idée d'aller parler d'un livre qu'elle n'avait pas écrit et qu'elle avait du mal à lire. Elvira l'avait rassurée : Madre Benetti («la Chinoise», comme elle l'appelait) traduirait son dialecte vénitien, tout se passerait bien, les gens l'aimaient tellement, l'aimaient sans la connaître. Elle avait tenté de l'apaiser, alors qu'elle aurait voulu lui dire de ne pas y aller. Elle avait le droit de se reposer. Elle avait le droit d'être comme les autres, une vieille religieuse fatiguée, aimée par les anciennes élèves, les institutrices laïques, les orphelines, tous ceux qui avaient grandi et vieilli avec elle.

— Je te rejoindrai, Madre, je viendrai te voir, je te le promets.

— Ta patronne ne veut pas.

— T'inquiète pas pour ma patronne !

— Je pars combien de temps tu crois ?

— Je ne sais pas.

— Une canne pour marcher, je peux l'avoir ?

— Je leur demanderai.

Et puis elles étaient restées un moment sans se parler. Elvira voyait son profil relâché, si différent des dessins que les autres maintenant faisaient d'elle, cette image qui circulait, sage, sage comme une image, lèvres closes, cœur silencieux, et tous les tourments retenus. Comme si elle avait deviné ses pensées, Bakhita lui avait fait cette confidence :

— Tu sais, Elvira, ma mère est revenue. Elle pardonne le livre.

— Tu l'as vue ? En songe ?

— Pas en songe. Elle m'a embrassée.

Elvira l'aimait tellement quand elle avait l'air d'avoir cinq ans, quand elle tordait sa bouche et levait les sourcils, la petite étoile bleue plantée dans son regard étonné.

— Comment ça, elle t'a embrassée ?

— C'est très froid, mais quand je dors elle m'embrasse, là, sur la joue. Elle pardonne.

— Oui, ma petite Madre chérie, elle t'a pardonné et maintenant, elle ne te quittera plus jamais.

— Tu crois ?

— Qui voudrait te quitter ?

Elle l'avait prise contre elle en murmurant :

— Et laisse la Chinoise porter ta valise, hein !

En sentant le rire de Bakhita frémir contre sa poitrine, elle avait su qu'elle était loin de se rendre compte de ce qu'on attendait d'elle. Elle venait d'une Afrique réelle, et on allait lui demander de parler d'un pays inventé, sa mère l'embrassait la nuit, et on allait lui demander de raconter une Abyssinie de sauvages. Le discours officiel. C'est ce qui se faisait de mieux en Italie, la rassurance et l'espérance passaient par des voix simplistes qui s'adressaient directement aux peurs des peuples, la peur des autres. Ces barbares.

Par milliers, et pendant des années, ils viennent. Par groupes. Par écoles. Par universités. Des enfants malades. Des pèlerins. Ils viennent l'écouter, et surtout, la voir. Dans des églises, des théâtres, des écoles. Au couvent de Castenedolo, des hommes qui ne sont jamais rentrés dans une église lui baisent les mains et s'en retournent en pleurs. À Florence, à Bologne, à Ancône elle rencontre à chaque fois le cardinal, à Lodi l'évêque la reçoit en audience spéciale, à Trente on refait des photos officielles, à Milan elle rencontre les enfants de la Maison canossienne où l'on enseigne aux jeunes sourds-muets. En la voyant les enfants s'enfuient. Une petite s'approche, pose son doigt sur elle. Elle n'a pas été salie. Elle fait signe aux autres de venir, et tous se ruent dans ses bras, demandent des baisers, et elle reste l'après-midi entier avec eux, ils lui montrent le langage des signes, elle leur répond par ses gestes désordonnés, et avec eux elle se sent comprise. À Venise on l'invite pour le centenaire de la fondation de l'institut. Au noviciat de Vimercate on lui demande de tenir quelques jours le poste de *portinaia*. Les parents des novices refusent de rentrer tant qu'une sœur blanche ne se montre pas. Dans une ville la cohue est telle pour venir la voir que les trams sont bloqués, quatre mille personnes sont dans les rues. Ailleurs on monte en chaire pour mieux la voir et on lui crie de venir prêcher. On l'attend dans les gares, à l'arrivée du train certains entonnent des cantiques, d'autres, plus engagés politiquement, chantent « Faccetta Nera » : « Petit visage noir, petite Abyssine, nous t'emmènerons à Rome libérée, tu seras embrassée par notre soleil, et tu seras pure en chemise noire. » On lui demande si elle connaît Joséphine Baker, dont l'amant est sicilien et dont la tournée triomphale est passée par l'Italie. On lui demande si elle a lu ce livre à scandale, *Sambadù, amore negro*, dont Mussolini vient d'ordonner la saisie, parce qu'il est une offense à la dignité de la race. (La couverture affiche une femme blanche embrassant un homme noir, mais à la fin du roman la femme italienne reconnaît la barbarie de son amant et celui-ci rentre dans sa tribu.) Elle est l'Afrique. On dit même qu'elle est « la couleur de l'Afrique ». Elle, elle avouera simplement, plus tard, beaucoup plus tard : « J'avais l'impression de tomber dans le néant. »

Ce qu'on lui demande est au fond assez simple, et le déroulement des rencontres, toujours identique. La sœur missionnaire, Madre Benetti, parle des missions canossiennes, le manque d'argent, les conversions et les esclaves rachetés, la vie des missionnaires, et surtout leurs morts (maladies, violences, pauvreté), puis elle demande à Bakhita de la rejoindre. C'est le moment que tous attendent. Le moment pour lequel ils sont venus, bouleversés avant même qu'il ne commence. Elle s'avance sur l'estrade. Elle entre dans la lumière. Et puis elle les laisse toujours un peu la regarder. Puisque c'est cela qu'ils veulent, elle le sait. Passé la stupeur, la délicieuse stupeur, ils cherchent à reconnaître en elle la petite fille du livre, l'esclave à moitié nue sur les marchés de Khartoum, ils se taisent et elle revoit parfois l'oiseau blanc qui planait au-dessus d'El Obeid, quand un acheteur demandait à voir la marchandise. Ce qu'il fallait faire alors, ramener le bâton, courir, se baisser, montrer les dents, elle ne pourrait plus le faire aujourd'hui qu'elle s'appuie sur une canne pour marcher, mais pas ici, pas en public, la canne reste au vestiaire, et c'est en boitant lourdement qu'elle s'avance au-devant d'eux. Après, Madre Benetti lui demande de «dire les mots du cœur». Elle va parler, et elle sait que sa voix va les effrayer. Et qu'ils vont aimer cette frayeur, qui elle aussi dit si bien «l'Afrique». Elle les salue, et dans son mauvais vénitien les remercie tous, elle dit : «Je me souviendrai de vous dans mes prières», et parfois elle ajoute : «Je veux tous vous voir au paradis.» Et puis elle descend de l'estrade. Elle ne veut pas, mais c'est un ordre et elle obéit. («Madre Giuseppina, trois choses : premièrement, pas de canne pendant les rencontres, deuxièmement, n'hésite pas à utiliser ton dialecte africain, et enfin, n'hésite pas non plus à descendre au milieu d'eux, et à faire ce qu'ils demandent.») Elle signe le livre, elle accorde des grâces, elle s'assied au milieu de ceux qui veulent «des précisions», et elle montre même les cicatrices à son bras, quand on insiste beaucoup. Avec sa médaille de la Vierge elle bénit les enfants malades, et en les bénissant elle prie pour tous ceux qu'elle a vus mourir, au Soudan et en Italie, et sa tendresse pour ces enfants qui ne demandent rien est immense. Eux regardent leurs mères, en espérant qu'elles aussi, elles surtout, seront consolées par Madre Giuseppina, et ce sont elles que Bakhita voudrait prendre dans ses bras. Mais cela ne se fait pas.

C'est ainsi, en se mêlant à la foule, en parlant avec les étudiants, les journalistes locaux, les curieux et les sincères, qu'elle apprend ce qui se passe en Éthiopie.

Le 2 octobre 1935, sur la place de Bergame, elle avait assisté au rassemblement, où tous devaient écouter le discours du Duce, retransmis en direct à la radio. Madre Benetti lui avait montré d'où sortirait la voix, les haut-parleurs accrochés aux arbres.

— Le Duce est à Rome, dans son palais, et pourtant, il va parler et ici, nous allons l'entendre. Et dans toute l'Italie, sur toutes les places, ce sera pareil. Tout le monde va l'entendre.

— Oui.

— Il ne faudra montrer aucun signe d'incompréhension, ni de désaccord.

— Je sais.

— Il ne faudra rien montrer du tout. Et ce que tu ne comprends pas, je te l'expliquerai, après.

— Oui.

— Mettons-nous un peu à l'écart.

Elle a compris plus tard pourquoi Madre Benetti l'avait protégée de la curiosité de la foule. Ce discours-là, ce qu'il allait annoncer, mieux valait ne pas être noire pour l'entendre au milieu de tous ces gens en liesse, mieux valait être assise un peu plus loin, sur un banc, à l'ombre d'un tilleul qui la dissimulait un peu.

Elle avait entendu l'orchestre avant le discours, les clameurs, l'annonce de l'arrivée du Duce avant le Duce, et elle n'oubliera jamais la musique de Mussolini. Elle écoutait avec l'attention de celle qui cherche à comprendre les mots et reçoit le sens de la parole. Elle entendait « Rivoluzione ! », « Tutta l'Italia ! », « Unità della Patria ! », « Destino ! », « Determinazione ! », « Tutti uniti ! », le tempo lent, saccadé du début, comme si l'histoire qui allait venir viendrait en crescendo, chargée d'abord d'une lenteur lourde, de phrases courtes interrompues par les clameurs de la foule, celle de la radio et celle de Bergame en écho, et elle entendait la colère de la voix du Duce qui portait la colère de tous les Italiens sur toutes les places, et puis le discours avait changé de rythme, l'histoire racontée s'emballait, la voix profonde descendait très bas, comme un chant de Caruso, et puis soudain enflait, montait dans les aigus, et puis retombait, rauque, appesantie de révolte, les *r* puissants roulés comme des battements de tambour, les phrases amples et furieuses, parfois il semblait que le Duce allait pleurer, mais il se gonflait de nouveau de cette rage implacable qui lui donnait cette effrayante énergie. Et puis Bakhita avait entendu des dates, des nombres hurlés, qui alimentaient la révolte de la foule épuisée et exaltée, des chiffres qui les enflammaient et contre lesquels ils semblaient partir en guerre. Et c'est bien de cela qu'il s'agissait. « La guerrrra !!! » « Italia proletaria e fascista !!! » Les hommes sur la place s'étaient reconnus dans ces mots comme si ces mots étaient ce qui leur avait manqué toute leur vie. À la fin du discours, leurs cris se confondaient avec les grésillements de la radio, Mussolini était en eux, son sang coulait dans leurs veines, sa voix résonnait dans leurs oreilles longtemps après qu'on eut décroché les haut-parleurs. Bakhita ne savait pas ce que faisait le Duce une fois qu'il avait fini de parler à toute l'Italie en même temps, mais sur la place, depuis le banc à l'écart, elle avait vu la joie éclater, dans des chants, des cris, des pleurs et des embrassades entre personnes de tous les âges et des deux sexes, et les enfants en chemise noire, qui avaient encore moins compris qu'elle, étaient heureux, puisque tous les autres l'étaient. L'Italie fasciste avançait à l'unisson pour revendiquer l'espace vital qui lui revenait et venger les injustices dont elle était victime depuis trop longtemps. Elle ne se contenterait plus des miettes du festin colonial. C'était cela, l'annonce. Et quand le Duce avait hurlé « Ô Éthiopie ! Nous patientons depuis quarante ans, maintenant ça suffit ! », la joie des Italiens avait été aussi violente que s'ils allaient retrouver quelqu'un qui leur avait manqué et sans qui vivre leur était impossible. Mais ils s'étaient manqué à eux-mêmes. Et ils pensaient se retrouver en se battant contre « ces chiens d'Abyssiniens », car la colonisation ferait d'eux des êtres riches et respectés.

448

C'est en parlant à tous ceux venus si nombreux pour l'écouter (et la voir plus que l'écouter, et la toucher plus que simplement la regarder), c'est au contact des Italiens que Bakhita apprend que l'Éthiopie, ce pays si proche du sien, est un pays immoral mais aux richesses non exploitées, le pétrole, l'or et l'argent, le platine, le nitrate, le soufre, le fer, il y a tout et ils vont tout dévorer, envahir, fouiller, creuser, ce pays exotique et barbare ils le connaissent, ils ont regardé les reportages effrayants qui parlent de l'infibulation et des sacrifices d'enfants, ils se passent en cachette les photos pornographiques prohibées, les Africaines qui tentent comme le diable avec leur peau de diable, l'Éthiopie ne porte pas seulement des richesses innombrables, elle porte aussi leurs fantasmes et leurs désirs trop longtemps refoulés, les vapeurs qui les emmènent là-bas sont chargés de soldats, d'agriculteurs, d'ouvriers, de religieuses et de missionnaires, mais aussi d'Italiennes promises aux bordels italiens, afin que la race blanche ne se métisse pas et que toute cette virilité se déverse sans faiblir, au bon endroit.

Andrea Fabiani écrit pour un simple journal paroissial et il demande, comme tant d'autres, une entrevue avec Bakhita. Il lui fait répéter ce qui est déjà écrit dans le livre et redire ce qu'elle vient de dire à la foule. Elle dit comme on récite, elle pourrait presque tout raconter en italien tant elle a entendu Madre Benetti raconter son histoire dans la langue officielle, celle du livre. Elle s'efforce pourtant d'être présente à ce qu'elle fait, de raconter comme si c'était la première fois, mais sans la douleur de la première fois. Andrea Fabiani profite d'un moment où Madre Benetti s'absente pour poser une question à Bakhita, mais si bas, et si vite, qu'elle la comprend mal et répond simplement par un sourire désolé que le journaliste prend pour une peine pudique.

Elle a retenu les mots. Son instinct lui dit qu'ils sont dangereux. Il faut s'en approcher avec prudence. Et c'est avec prudence qu'elle demande à Madre Benetti, dans le train qui les mène d'un institut à l'autre, ce que « arsenic » veut dire.

— Arsenic ? C'est un poison. Pourquoi parles-tu d'arsenic ?

Bakhita ferme les yeux. Elle a terriblement chaud, ses mains tremblent en serrant son rosaire. Madre Benetti la pense partie en prière. Elle marche dans les champs éthiopiens. Près des lacs aux poissons crevés, des rivières empoisonnées et des cadavres aux corps convulsés. Les mots d'Andrea Fabiani recouvrent ce paysage assassiné : « Ils ont gazé la population. Gazé, vous comprenez ? Les obus, avec l'arsine et les gaz moutarde. Arsine, vous connaissez sûrement ? C'est vrai. Je l'ai entendu sur une radio étrangère. »

Elle essaye de retenir sa douleur. Elle la dirige. Elle la conduit. Elle la tient. Et le soir, dans la cellule de l'institut qui l'accueille, elle pleure. Elle vit dans le chaos furieux du monde. Et elle ne sait pas où poser sa révolte.

Elle l'a entendu à la radio. Elle connaît les photos et les dessins, les journaux, les affiches, les cartes postales, elle l'a vu domptant un lion, galopant à cheval, surmontant les canons, maniant la pioche, semant des graines, torse nu battant les blés ou faisant du ski, embrassant les enfants, inspectant les armées, et son visage, se détachant sur la carte de l'Afrique comme le sien sur la couverture de la *Storia meravigliosa*, elle l'a vu aussi. Aujourd'hui, l'Éthiopie est italienne. Et elle va rencontrer le Duce dans sa résidence privée, ce Palazzo Veneziano depuis lequel il parle à l'Italie tout entière. Il fait froid, ce 11 décembre 1936, Rome est pleine de places immenses et de courants d'air, de ruines et de rues sombres, sa canne glisse sur les pavés gelés où elle a du mal à marcher. Elle avance, courbée, soutenue par deux sœurs qui la tiennent avec émotion, comme si elles étaient intimes, mais c'est vrai que maintenant, les inconnus la connaissent. On lui parle de son père, de la nuit de son évasion, de la bergerie, et plus on lui parle de sa vie, plus sa vie s'éloigne. Quand elle se confiait à Ida Zanolini, elle ignorait que cela ferait un livre et que ce livre on lui demanderait de l'offrir à un chef de guerre. Si elle avait su, quand elle chuchotait dans le minuscule parloir de Sant'Alvise, que ce qui s'arrachait d'elle serait vendu deux lires à travers tout le pays, sûrement, elle aurait gardé pour elle l'intimité. Elle aurait parlé des enfants. Les esclaves. Les innombrables martyrs. Mais pas des autres. Pas son frère. Sa sœur jumelle. Kishmet. Pas les petits à qui elle racontait des histoires et chantait des chansons. Les enfants de son village, elle les aurait protégés de ça, le palais de Mussolini. Elle avance, fouettée par le vent glacé qui siffle et la pousse, et courbée, elle ne voit que ses pieds et la canne, elle a trois jambes idiotes qui bougent si mal, et elle n'arrive pas à suivre la foulée vaillante des sœurs missionnaires en partance pour Addis-Abeba, curieuses et effrayées à l'idée de découvrir bientôt ce pays sauvé par le Duce, et soudain elle s'arrête. Elle reprend son souffle. Lève le visage. Il est là, face à elle, si minuscule. Le balcon. Celui depuis lequel il parle. Il hurle. Il est prêt à pleurer et à les tuer tous, elle le sait, cet homme a la voix de la terreur, elle la connaît, oh, elle la connaît si bien. Elle manque s'écrouler, les petites sœurs la retiennent : « Ne vous prosternez pas maintenant, Madre, attendez d'être devant lui. » Sa vue se brouille. Le vent s'engouffre sous sa robe, il pique ses jambes abîmées, elle est cachée avec Binah, derrière un massif d'acacias, elles se sont enfuies et elles écoutent la voix du gardien apportée par le vent, la voix qui se rapproche et vient les chercher. Et puis, lentement, le bruit des chaînes. Le souffle des esclaves. Elle regarde le balcon trop petit où flottent deux drapeaux italiens. Elle se tourne vers la sœur missionnaire, elle lui dit :

— La première chose à faire avec les enfants…

Mais la sœur n'entend pas, il y a trop de vent et Bakhita parle trop doucement, elle lui crie en détachant les mots :

— JE-NE-COM-PRENDS-PAS-DÉ-PÊ-CHONS-NOUS !

Bakhita agrippe sa canne, hoche la tête et redit tout bas, pour elle-même :

— La première chose à faire avec les enfants, c'est de leur donner à boire.

Et elle entre, avec les missionnaires, dans l'immense maison serpent.

Quelques jours plus tard, avec les mêmes missionnaires, elle rencontrera Pie XI, ce sera l'apogée de sa tournée, après cela elle pense qu'elle va rentrer à Schio, mais on la place *portinaia* à l'Institut des sœurs de la Charité canossiennes de Vimercate, près de Milan, où elle est déjà venue et où les novices se préparent à partir en mission. Elle est posée comme un pont entre deux continents, elle rassure les parents qui s'inquiètent de voir partir leurs filles, si jeunes, si exaltées et ignorantes de tant de choses. Ils ont peur de les perdre et ils n'ont pas tort. L'Éthiopie a beau être italienne, les Éthiopiens, eux, sont encore africains, et leurs révoltes font l'objet de représailles sanglantes, une puissance militaire contre laquelle ils ne sont rien. De cela bien sûr l'Italie ne doit rien savoir. Mais on ne peut taire longtemps les meurtres, les déportations et les camps de concentration. Les hommes circulent, comme l'argent et les fusils. Il y a des failles dans les murs, pour qui veut bien les voir, de grandes ombres posées sur le soleil du Duce. Et ceux qui reviennent, qui parlent ou refusent de raconter, ceux-là, et peut-être malgré eux, avouent l'offense. Face à la bonne volonté des missionnaires, il y a le trafic d'hommes et d'enfants, les petites filles que l'on s'achète, que l'on s'offre et que l'on abandonne à la rue quand on rentre en Italie. D'un côté l'engagement sincère, de l'autre le pillage. Mussolini s'enivre de sa propre puissance, engage ses armées à soutenir les nationalistes du général Franco, «pour la défense de la civilisation chrétienne», il a faim et le monde est à lui, il veut tout, il est indestructible, grisé et dément. Bientôt il fait un voyage officiel en Allemagne, autre balcon, autre discours, même exaltation du travail et de la jeunesse, même hostilité au communisme, il souligne avec orgueil les similarités entre nazisme et fascisme.

En mai 1938, Hitler est à Rome. Peu de temps après, le thème de la race apparaît dans la presse italienne, rattaché à la question juive.

Bakhita reste deux ans à Vimercate. De 1937 à 1939. Elle sait que la guerre ne meurt jamais. La guerre est éternelle. Elle est une vieille femme à présent, et c'est comme cela que l'on s'adresse à elle, comme à celle *qui sait*. À Vimercate elle n'est plus cet objet de peur et de curiosité qu'elle a pu être. Elle est du pays où ils s'en vont. Les novices et leurs parents lui demandent. De prier pour eux, mais surtout, de les préparer. Elle parle du pays de l'enfance, qui est le même pour chacun, elle leur dit que là-bas le jour est béni, la nuit respectée, la nature remerciée. «C'est pareil pour vous, non?» Avec le père. La mère. Ceux qui les ont engendrés. Et ceux qui attendent de venir au monde. «C'est pareil pour vous, non?» Et c'est bien cela qui les trouble. Ils ont peur de se reconnaître dans les vies des Africains, et de s'y confondre. Se perdre dans les espérances et les détresses des autres, si semblables aux leurs. Elle a reçu un cadeau inestimable. Au monastère de Crémone, quelque temps auparavant, elle a rencontré sa sœur. C'est ce qu'elles ont décidé d'être l'une pour l'autre, cette possibilité que cela soit vrai. Sœur Maria Agostina a l'âge de

Kishmet et la même peau noire du même Soudan, le rapt et les années d'esclavage, la même conversion que Bakhita, après avoir été rachetée par le prêtre Don Biagio Verri, « l'apôtre des filles esclaves », « l'apôtre des *morette* ». Cela faisait cinquante-trois ans que Bakhita n'avait pas vu une femme ou un homme de sa couleur. Cinquante-trois ans qu'elle était l'effrayante étrangeté, la seule au monde. Quand elle s'est approchée de Maria elle a compris, à sa peau, à ses mains, à la façon dont son corps bougeait, dont ses yeux regardaient, qu'elles étaient des mêmes croyances et des mêmes paysages, des mêmes caravanes, des mêmes négriers et des mêmes maîtres. Elle a compris qu'elles étaient sœurs. Elles avaient tout perdu. On leur avait tout arraché. Elles avaient tout vu. Et leur cœur, étrangement, continuait à battre. Elles se sont enlacées, longuement, sans un seul mot, avec une reconnaissance telle qu'en serrant l'autre contre soi, c'est elle-même que chacune serrait, un corps noir infaillible, légitime et sans honte. Elles se sont parlé dans une langue qui revenait, une langue éméchée, disparate et abîmée, elles ont ri et elles ont pleuré, avec un soulagement violent comme l'amour, et le manque qu'elles en avaient. Elles avaient tant de choses à se dire, et derrière chaque mot, chaque situation, il y avait la même douceur perdue, la même barbarie, le début et la fin, ce que leur vie aurait pu être et ce qui les avait amenées à se retrouver dans un monastère italien, la croix du Christ sur la poitrine et la médaille de la Madone qui protège les enfants volés. Après deux ans de tournée, la rencontre avec l'esclave soudanaise devenue sœur Maria Agostina a été le signe pour Bakhita qu'elle avait bien travaillé et qu'el Paron la remerciait pour cela. Alors sa vie n'a plus été vraiment la même. Elle s'est sentie, pour la première fois peut-être, digne de Lui, et elle a su que plus rien désormais ne lui ferait peur, plus rien de mauvais ni d'inconnu ne pourrait lui arriver. Elle était protégée de tout.

C'est en juillet 1938 que paraissent les lois raciales qui établissent les bases du régime fasciste. Peu de temps après, Giulia, une amie d'Elvira, est venue à Vimercate porter une lettre à Bakhita qu'elle devait brûler dès qu'elle l'aurait lue.

— Lis-la pour moi.

— Mais Madre… vous venez de le faire.

— Je ne la comprends pas.

— Si. Vous avez bien compris, hélas.

C'était le début d'un après-midi sec et chaud, les volets étaient fermés et la cellule avait cette pénombre des heures de sieste où le soleil règne. De ses doigts déformés, Bakhita lissait encore et encore la lettre d'Elvira, comme si elle voulait défroisser un tissu. Ou effacer les mots.

— Il faut la brûler, Madre, je lui ai promis.

— Comment elle le sait ?

— Qu'elle est juive ?

— Oui.

— C'est un ami de sa grand-mère qui est venu l'avertir. Il lui a dit que sa grand-mère maternelle, celle qui l'a élevée, vous savez, elle était juive. C'est ce qu'il a dit.

— Mais elle a grandi chez nous, à Schio. Elle a grandi chez les catholiques.

Giulia a dit qu'elle devait partir, mais qu'elle reviendrait lui donner des nouvelles dès qu'elle en aurait, dès qu'Elvira serait en sécurité en Suisse où, à ce qu'elle disait, sa mère l'attendait.

— Priez pour elle, Madre.

— Oui. Et pour tous les autres.

Giulia s'est levée pour partir, Bakhita a pris sa canne.

— Ne me raccompagnez pas, Madre.

Bakhita a ouvert la porte et pris le bras de Giulia. Le couvent était silencieux, elles ont marché lentement le long du couloir aux rideaux pâlis par le soleil, contre lesquels on entendait bourdonner des mouches et des guêpes prises au piège de leurs plis. Bakhita s'est arrêtée pour reprendre son souffle, a demandé à Giulia d'ouvrir la fenêtre. L'air était brûlant, et c'était comme si au lieu d'avoir le visage au-dehors, elles venaient d'entrer dans une pièce surchauffée.

— Regarde, c'est Milan. C'est beau.

— Oui, Madre.

— Pourtant les hommes se cachent. Tu vois.

Giulia a regardé longtemps, mais elles étaient bien trop loin de Milan pour y distinguer autre chose que les flèches de la cathédrale, les toits enchevêtrés et les terrasses de la ville.

— Pardon Madre, mais je ne vois rien.

Bakhita s'est tournée vers elle.

— C'est parce qu'ils sont bien cachés.

Elle a souri comme si elle venait de faire une

blague, mais ça n'en était pas une. Elle a posé une main sur le cœur de Giulia.

— C'est là que les hommes se cachent. Dans la force. Dis-le à Elvira. La force.

Et puis elle est retournée dans sa cellule, et son souffle se mêlait aux bourdonnements des guêpes et des mouches. Elle savait. Ici, à Vimercate, le monde entrait. La radio, les journaux, les discussions des uns et des autres. Tout se savait. C'était un temps embrasé. *Il Giornale d'Italia* avait publié un article, « Le fascisme et le problème de la race », dans lequel dix scientifiques avaient établi que les Italiens étaient, dans leur immense majorité, d'origine aryenne et formaient une civilisation aryenne. Le manifeste encourageait les Italiens à « se déclarer en toute honnêteté racistes » et affirmait que les juifs étaient la seule population qui n'avait jamais été assimilée en Italie. Alors la grande peur a resurgi. Peur de la « race supérieure » envers les « races inférieures » : les juifs et les nègres. Les premiers étaient dépravés, les seconds infantiles, et tous deux menaçaient la pureté du pays. Il fallait apprendre aux enfants qu'ils étaient supérieurs aux Noirs et racialement différents des juifs, et le ministre de l'Éducation nationale affirmait le caractère « éminemment spirituel » de l'antisémitisme fasciste. Journaux et magazines relayaient le message en publiant des caricatures et des articles satiriques, les couvertures du magazine *La Difesa della razza* les montraient ensemble, juifs et nègres, ligués contre l'Italie, des photos de négresses aux seins nus, de juifs au nez crochu embusqués derrière un bébé

blanc faisant le salut romain, une statue romaine entachée d'une empreinte noire sur laquelle était apposée
l'étoile de David, et bien d'autres encore, la femme
nègre et l'homme juif toujours de mèche, et tandis
que l'on envoyait des missionnaires en Éthiopie, on
excluait les juifs des universités, des écoles, de la plupart des professions et de l'espace public.

Ce jour-là, Bakhita n'a pas brûlé la lettre d'Elvira.
Elle l'a portée contre elle, entre sa peau et son habit
de nonne. Là où son cœur battait avec la force qu'il
lui restait, et sa prière s'adressait autant à el Paron qu'à
ses enfants, cette famille déchirée, cruelle et perdue,
qui s'avançait dans le désastre et la haine.

Elle a soixante-dix ans, le train qu'elle prend est le dernier, elle le sait. On la ramène « chez elle », à Schio, et on lui dit que maintenant elle va se reposer. Elle ne pense pas que ce soit vrai. Personne ne se repose en temps de guerre. L'Italie se bat aux côtés de l'Allemagne, une guerre que les gouvernants annoncent une fois de plus rapide et facile. Les hommes lisent l'heure sur les montres et les calendriers, voient le monde sur des atlas ou depuis les avions. Elle pense que les hommes regardent tout de beaucoup trop loin. Elle sait que cela va être long. Encore plus long que la guerre elle-même. Ça va venir et ça va s'inscrire, le massacre des vivants transmettra le chagrin à leur descendance, et qui les consolera, ces enfants de la paix qui porteront l'invisible peine de leurs pères ? Il y a un souvenir et une trace dans l'univers, qui ne s'effacent pas. Rien ne s'invente. Et rien ne s'efface. Elle pense à Elvira, dont elle n'a plus de nouvelles, elle pense aux jeunes missionnaires égarées entre l'amour du Christ et la peur des peuples « barbares ». Elle a traversé de nombreuses années et de nombreux pays, et elle n'a jamais vu que le même paysage, celui des hommes perdus, des mères dépossédées et des enfants sans innocence. Le train freine avec force, grince longuement et stoppe d'un coup. Sa valise tombe à ses pieds, la sœur qui l'accompagne se précipite, s'inquiète, est-ce qu'elle va bien ?

— Oui. Je vais bien.

Le train ne redémarre pas. On ouvre les fenêtres. Il fait chaud. Très lourd. Le temps va changer. Il serait bien qu'il pleuve, que le ciel éclate. On a ouvert les portes et des voyageurs sont descendus dans les champs. Bakhita entend les appels, les rumeurs.

— C'est une biche…

— Oui. Ça en prend du temps pour la retirer.

— Mais qu'est-ce qu'ils attendent ?

Tout le monde parle et s'en mêle. Bakhita reste assise. Ses oreilles bourdonnent, lancent des sifflets continus. Cela lui arrive de plus en plus souvent, des grésillements entre le monde et elle. Rien à y faire. Et soudain, il pleut. De grosses gouttes chaudes qui font monter les odeurs de la terre. Les enfants tendent les bras au-dehors. On les gronde et on ferme les fenêtres. L'air est étouffant. Et on ne repart toujours pas.

— Mais bougez-le, cet animal !

— Qu'est-ce qu'ils foutent ?

Le coup de feu est sec. Il anéantit les bourdonnements de Bakhita et il règne soudain un silence étonné, aussitôt suivi d'une grande excitation.

— Mais quoi ?

— Dites donc, qu'est-ce qui se passe ?

Et puis lentement le train repart. Les voyageurs sont remontés en toute hâte, trempés de pluie, ils rient et secouent leurs vêtements, ôtent leurs chapeaux. Ils ont eu peur mais ça n'était rien. Impossible de dégager la biche sans l'avoir abattue. Ses pattes étaient brisées. Un enfant se met à pleurer de détresse, sa mère lui donne un baiser et un morceau de pain. Assis sur ses genoux, il regarde Bakhita. La vieille femme au visage brûlé. Elle sourit à cet enfant qui vient d'entrer dans la guerre.

Elle, va entrer dans la vieillesse. À Schio, elle n'a plus ni fonction ni horaires fixes. Elle est dans le dénuement que donne la maladie. Ses doigts sont déformés par l'arthrite et la synovite, ses poignets sont rouges, gonflés par les œdèmes, ses genoux, ses hanches, ses épaules, tout se grippe et se resserre, elle est tenue par la douleur, et petit à petit, sous l'effet de la cataracte, elle va perdre la vue. Elle s'égare dans les couloirs, se tient aux murs, se dirige aux bruits, mais ses oreilles sifflent et tout se mêle, les repères se brouillent. Son corps se retire, son esprit veille. Elle vit dans le couvent ce que vivent toutes les sœurs vieillies et malades, priant et se préparant à ce qui vient. La nuit. Ou le jour. Elle va lentement dans l'institut, d'un lieu à l'autre. S'applique à peigner et laver les mains des élèves qui arrivent sales et délaissées, offre sa part de pain, son fruit, à celles qui ont faim et qui le cachent, ces enfants fatiguées qui se tiennent à l'écart pour regarder les autres jouer, avec cet air rêveur de ceux qui dérivent. Elle lave chaque jour à la main les nappes et le linge de la sacristie. Range le réfectoire. Tricote, coud, raccommode et brode, et personne n'ose lui dire la laideur nouvelle de ses travaux, car elle voit mal et ses doigts sont si déformés qu'on dirait qu'ils vont se casser, se briser comme du petit bois. On lui rend visite, dans le calme du parloir ou dans sa chambre, et petit à petit on se rend compte que, presque aveugle, elle est d'une étonnante clairvoyance, annonçant la guérison d'un proche, prédisant l'affectation d'une religieuse, ou plus simplement l'endroit où se trouve une lettre égarée. Elle a soixante-treize ans quand elle tombe pour la première fois. Et puis une autre fois. Et encore une autre. Le prêtre devant qui elle s'effondre lui demande de ne plus jamais faire ça, ne plus jamais se prosterner à l'orientale devant lui. Elle lui demande de l'aider à se relever. Bientôt on la pousse sur un fauteuil à roulettes, un gros fauteuil de bois qui lui ressemble, sombre et sans souplesse, il arrive qu'on l'amène à la messe et puis qu'on ne la ramène pas, elle reste courbée dans son fauteuil, oubliée dans l'église. Bientôt la respiration lui manque. Elle souffre de bronchite asthmatiforme et on la reconnaît au bruit qu'elle fait, son fauteuil roulant craque, sa respiration siffle, elle tousse, et crache dans un mouchoir qui tremble dans ses mains. Ses séjours à l'infirmerie sont de plus en plus fréquents. Elle ne sait plus comment se tenir. Être allongée est impossible. Être assise lui brise la cage thoracique, son buste glisse lentement et s'effondre, on allonge ses jambes en dehors du lit, sur une chaise, car elle est atteinte d'éléphantiasis. Les sœurs viennent lui tenir compagnie, elle les renvoie, elle a trop peur que l'infirmière pense qu'elle ne s'occupe pas bien d'elle et en soit peinée.

Le 8 décembre 1943, on fête ses noces d'or, ses cinquante ans de vie religieuse, on s'octroie une heure de paix dans le fracas de la guerre. Après la messe elle reste assise, silencieuse, dans un coin du réfectoire, elle regarde l'assemblée. Ils sont venus nombreux célébrer son jubilé, et ce n'est pas seulement l'institut, mais toute la ville qui est en fête. Elle a passé cinquante ans parmi les sœurs, dont la plupart maintenant lui paraissent si jeunes, qu'est-ce qui les a poussées, elles, à affirmer un jour «Je sors pas. Je reste»? Elles n'auront jamais d'enfants. Ne devront s'attacher à personne. Ne rien posséder. Obéir à tout. «Je sors pas. Je reste.» La prison est dehors. Être au couvent c'est être libre. Il y a des règles, difficiles, dures, et injustes parfois. Mais ces règles rassurent et on va, tenu par elles, Bakhita le sait: le couvent est à l'intérieur. Il est dedans. On ne le comprend pas tout de suite. Il faut des années pour trouver sa place. Elle les voit, les novices et les jeunes religieuses, celles qui regrettent un peu et celles qui sont déjà fatiguées, celles qui rayonnent tellement que leur peau est envahie de lumière, elles vivent ensemble jour et nuit et ont du mal parfois à se supporter, il y a des agacements, des rivalités et des amitiés qui n'ont pas le droit de naître. L'affection passe par de toutes petites attentions, quelques confidences parfois, comme en reçoit Bakhita. Les sœurs lui parlent, il y a des choses qui s'avouent plus facilement à une femme qu'à son confesseur, et la Moretta qui a tout vu peut tout entendre. Bakhita regarde ces gens venus pour elle, elle est à la fois présente et retirée, imposante et effacée. Elle aurait aimé qu'Elvira partage ce moment. Elle n'a pas de nouvelles, mais elle sait que les juifs ont glissé déjà au bord du monde, et elle pressent ce qui va arriver. Elle n'est pas une voyante, comme ils le croient. Elle connaît simplement un peu le monde. Elle sait que ce qui va nous arriver est marqué en nous. Et ce qui va arriver au monde est inscrit. Elle ne reverra jamais Mimmina, ni Elvira. Elles feront partie de cette partie d'elle-même arrachée comme la peau enflammée, douloureuse et perdue.

Les razzias commencent, et ce ne sont plus les Noirs que l'on prend, ce sont les juifs. Avant de rejoindre les Alliés en Sicile le roi a fait arrêter Mussolini, Hitler l'a libéré et sous son contrôle il dirige la République nazie-fasciste de Salò, dans le nord du pays. En septembre le premier convoi de déportés est parti pour Auschwitz.

Les bombes sont tombées sur le monde, sur l'Italie et sur Schio. Bakhita n'a jamais voulu qu'on la porte aux abris. Elle disait qu'aucune bombe ne tomberait sur l'institut, mais qu'il fallait protéger les enfants. Elle, elle restait dans la maison, comme une gardienne, une vieille femme brisée qui écoutait le fracas des attaques. Il y a eu des morts, des blessés, et de terribles destructions près de la *Alta Fabbrica*. Le ciel terrorisait les enfants. À qui pourrait-elle maintenant montrer la beauté du monde par la fenêtre ouverte? La nuit avait envahi le jour. Elle priait pour que les petites n'aient pas trop peur en bas dans les caves, ne deviennent ni fragiles ni amères devant leur vie qui venait. Elle suppliait: «Seigneur, donne-leur la force.» Et elle se demandait qui décidait que l'on pouvait laisser les enfants mourir. Qui décidait des maternités massacrées. Aux enfants qui hurlaient quand elles entendaient les avions, elle disait: «Ma chérie, ce bruit, c'est celui de la carriole, tu entends?» Et c'est vrai qu'on reconnaissait dans le vrombissement des avions le pas des chevaux sur les pavés. «Il ne faut pas avoir peur des carrioles, car toujours elles s'en vont, tu le sais ma chérie ? » Et les enfants regardaient sans répondre cette vieille dame ridée, tordue et noire, qui avait l'air si pauvre et si puissante. Elles la croyaient et descendaient aux abris, « le temps que la carriole passe ». Après les bombardements, Bakhita demandait : « Comment ça s'est passé pour les petites ? Est-ce que quelqu'un leur a raconté des histoires ? Est-ce que quelqu'un leur a chanté des chansons ? »

Puis la paix est revenue. Avec un monde effacé. Cinquante millions de morts. Et tant de disparus. Bakhita rêvait d'Elvira parfois, la confondait avec d'autres, sa jumelle, ou des esclaves qu'elle croyait avoir oubliés et qui surgissaient dans ses rêves avec des noms précis et des visages qu'elle reconnaissait. Elle savait qu'on venait la chercher. Que c'était fini. Cette fois-ci, c'était la fin de sa vie. Déjà, elle vivait plus intensément dans ses songes que dans la chambre de l'infirmerie où elle était veillée jour et nuit. Sa langue avait enflé, sa respiration s'amenuisait, ses membres gonflés d'eau tendaient ses cicatrices, on aurait dit son corps prêt à se déchirer. Une apothéose de la souffrance après toute une vie à la combattre. Entendait-elle les prières murmurées et les mots de compassion ? Savait-elle qu'elle n'était pas seule ?

Un soir, allongée sur son lit, elle a senti ses pieds sur le sable, il était chaud, fuyant et doux. Elle retrouvait ses jambes fines, ses jambes d'enfant qui marche. Elle retrouvait l'angoisse et le poids de l'angoisse. Elle a crié :

— Les chaînes ! Les chaînes !

Et son cri était si faible que la sœur qui la veillait s'est approchée.

— Qu'est-ce que vous dites, Madre ? Quelles chaînes ? Madre ?

— Elles sont trop lourdes...

La sœur a pris sa main, elle avait un peu peur de ces mots-là. Qu'est-ce qu'elle pouvait faire ? Qu'est-ce qu'elle pouvait dire ? « Elle a la fièvre... », « Elle s'en va... », « Mon Dieu ! »...

Les prières ont commencé, deux jours et deux nuits, au chevet de Bakhita. Les sœurs mouillaient ses lèvres d'un peu d'eau, lui tenaient la main, comme si elles donnaient à la vieille femme ce dont la petite fille avait eu tant besoin. Bakhita avait reçu l'extrême-onction, le couvent veillait, les cours étaient suspendus, on jeûnait, ceux de Lanerossi débrayaient pour se recueillir, et dans l'église les habitants de Schio se relayaient jour et nuit pour prier. La ville tout entière était autour d'elle, ramassée dans l'attente de ce qui allait advenir. On avait prévenu les sœurs de Venise, Ida Zanolini et les enfants de Stefano. Tous les instituts où elle s'était déplacée. Les orphelinats, les missions et les couvents. L'approche de sa mort donnait à tous l'envie de se taire, se mettre, pour la première fois, à son rythme à elle, un rythme intérieur relié au monde, et ils comprenaient qu'elle avait apporté avec elle plus qu'une vie.

— Mamma ! Oh ! Mamma...

Les sœurs se sont approchées, Madre Giuseppina

avait crié, mais qu'avait-elle dit ? Sa voix écorchée semblait venir d'une autre, et on n'aurait su dire si elle exprimait la joie ou la terreur. Son agonie était son dernier combat.

— Je crois qu'elle a appelé la Madone.

— Quoi ?

— Je te dis que la Madre a appelé la Sainte Vierge !

Cela s'est répandu dans le couvent, l'institut, la ville et les autres villes : dans son agonie, Madre Giuseppina avait vu la Santa Madonna. Elle était heureuse, déjà. Alors tous se sont inclinés. On a allumé d'autres cierges aux pieds de la Vierge. Et l'orgue a joué l'*Ave Maria*.

Elle ne l'entendait pas. Elle n'entendait ni ne voyait plus rien. Que sa mère. Qui se tenait derrière elle. La main souple dans ses cheveux tressés, elle ajoutait de toutes petites perles colorées qui venaient de sa propre mère, et de plus loin encore, toutes les femmes de cette famille dajou qui vivait au bord de la rivière depuis si longtemps. Elle a senti la bouche de sa mère sur sa nuque, des lèvres fraîches, mouillées, qui avant de l'embrasser ont mordu sa peau toute neuve et chuchoté à son oreille, d'une façon unique, joyeuse et infaillible, son nom de naissance.

Le samedi 8 février 1947, à l'âge de soixante-dix-huit ans, Madre Gioseffa, Margherita, Fortunata, Maria, Bakhita meurt à Schio. Le lendemain, on transporte sa dépouille dans une chapelle ardente. Deux jours durant, pour la voir, la procession est interminable.

Le mardi 11 février, après une messe dans la chapelle de l'institut, elle est enterrée au cimetière de Schio, dans le tombeau de la riche famille Gasparella, en signe de reconnaissance.

En 1955, l'Église ouvre le procès ordinaire d'information en vue de sa béatification.

En 1969, son corps est exhumé et transféré à la chapelle de l'Institut des Filles de la Charité canossiennes de Schio.

Le 1er décembre 1978, Jean-Paul II signe le décret d'héroïsation de ses vertus. Après enquête, Bakhita a été considérée comme vénérable en raison de ses efforts héroïques pour se conformer à l'Évangile et être fidèle à l'Église.

Le 6 juillet 1991, Jean-Paul II signe son décret de béatification.

Le 17 mai 1992, Jean-Paul II déclare bienheureuse celle qui a laissé «un message de réconciliation et de pardon évangélique dans un monde si divisé et blessé par la haine et la violence».

En 1995, Jean-Paul II la déclare patronne du Soudan.

Le 1er octobre 2000, Jean-Paul II la déclare sainte. Bakhita devient ainsi la première sainte soudanaise et la première femme africaine à être élevée à la gloire des autels sans être martyre. Jean-Paul II dira à son adresse: «Il n'y a que Dieu qui puisse donner l'espérance aux hommes victimes des formes d'esclavage anciennes ou nouvelles.»

Pour proclamer une personne bienheureuse ou sainte, l'Église exige des personnes non martyres un miracle pour la béatification et un autre pour la canonisation. Le premier miracle retenu pour Bakhita concerne Angela Silla, sœur canossienne de Pavie, qui, en 1947, la veille de son opération (on prévoit l'amputation de sa jambe), est guérie d'une tuberculose au genou après avoir prié la défunte Madre Giuseppina Bakhita. Le second concerne Eva da

Costa, une Brésilienne qui en 1992, atteinte d'un diabète qui s'est aggravé, doit être amputée de la jambe droite. Elle fut guérie par ses prières à la bienheureuse Madre Giuseppina Bakhita.

REMERCIEMENTS

Merci à Odile Blandino qui a suivi et encouragé mon travail avec une amitié vigilante, joyeuse et infaillible.

Merci à Elena Vezzadini qui a répondu avec tant de patience à mes questions sur l'esclavage au Soudan à la fin du XIXe siècle.

Merci aux sœurs canossiennes de Schio et de Venise pour leur accueil et leur écoute.

Merci aux sœurs salésiennes de Venise pour m'avoir ouvert les portes du couvent du Dorsoduro.

Merci à Claire Delannoy, à Richard Ducousset et à Francis Esménard pour leur confiance et leur présence.

Du même auteur :

Romans

BORD DE MER, Actes Sud, 2001.
NUMÉRO SIX, Actes Sud, 2002.
UN SI BEL AVENIR, Actes Sud, 2004.
LA PLUIE NE CHANGE RIEN AU DÉSIR, Grasset, 2005.
SA PASSION, Grasset, 2007.
LA PROMENADE DES RUSSES, Grasset, 2008.
LE PREMIER AMOUR, Grasset, 2010.
CET ÉTÉ-LÀ, GRASSET, 2011.
NOUS ÉTIONS FAITS POUR ÊTRE HEUREUX, Albin Michel, 2012.
LA NUIT EN VÉRITÉ, Albin Michel, 2013.
J'AIMAIS MIEUX QUAND C'ÉTAIT TOI, Albin Michel, 2015.

Nouvelles

PRIVÉE, Éditions de l'Arche, 1998.
LA PETITE FILLE AUX ALLUMETTES, Stock, 2004.

Théâtre

LE PASSAGE, Éditions de l'Arche, 1996.

CHAOS DEBOUT, LES NUITS SANS LUNE, Éditions de l'Arche, 1997.

POINT À LA LIGNE, LA JOUISSANCE DU SCORPION, Éditions de l'Arche, 1997.

LE JARDIN DES APPARENCES, Actes Sud-Papier, 2000.

MATHILDE, Actes Sud-Papier, 2001 et 2003.

JE NOUS AIME BEAUCOUP, Grasset, 2006.

UNE SÉPARATION, Triartis, 2009, Albin Michel, 2013.

DES BAISERS, PARDON, Avant-scène, 2014.

UN AUTRE QUE MOI, Albin Michel, 2016.

Le Livre de Poche s'engage pour l'environnement en réduisant l'empreinte carbone de ses livres. Celle de cet exemplaire est de : **400 g éq. CO_2** Rendez-vous sur www.livredepoche-durable.fr

PAPIER À BASE DE FIBRES CERTIFIÉES

Composition réalisée par MAURY-IMPRIMEUR

Achevé d'imprimer en mars 2019 en Espagne par
Liberdúplex
Dépôt légal 1re publication : février 2019
Édition 02 – mars 2019
LIBRAIRIE GÉNÉRALE FRANÇAISE
21, rue du Montparnasse – 75298 Paris Cedex 06

65/0351/2